Marie Hermanson

HIMMELSTAL

Roman

Aus dem Schwedischen von Regine Elsässer

Insel Verlag

Titel der Originalausgabe:
Himmelsdalen
Albert Bonniers Förlag
Published by arrangement with Loud Literary Agency, Malmö

Satz: Hümmer GmbH, Waldbüttelbrunn
Druck: CPI – Ebner & Spiegel, Ulm
Printed in Germany
Erste Auflage 2012
ISBN 978-3-458-17530-8

1 2 3 4 5 6 – 17 16 15 14 13 12

»Bosheit ist bloß eine Art Ungeschicklichkeit«
Bertolt Brecht,
Der gute Mensch von Sezuan

TEIL 1

1 Als Daniel den Brief bekam, glaubte er zunächst, er käme aus der Hölle.

Es war ein dicker DIN-A4-Umschlag aus einem gelblichen, grobfasrigen Papier. Er hatte keinen Absender, aber er erkannte in den schludrigen, fast unleserlichen Großbuchstaben die Handschrift seines Bruders. Wie in großer Eile hingekritzelt.

Aber der Brief konnte eigentlich nicht von Max sein. Daniel konnte sich nicht erinnern, jemals einen Brief oder eine Ansichtskarte von seinem Bruder bekommen zu haben. Wenn Max sich meldete, was selten genug vorkam, dann rief er an.

Es war eine ausländische Briefmarke. Und natürlich stand darauf nicht Helvete, das schwedische Wort für Hölle, wie er einen eiskalten Augenblick lang geglaubt hatte, sondern Helvetia.

Er nahm den Brief mit in die Küche und ließ ihn auf dem Tisch liegen, während er die Kaffeemaschine anschaltete. Er hatte die Angewohnheit, nach der Arbeit eine Tasse Kaffee zu trinken und ein paar Brote zu essen. Er aß mittags warm in der Schulkantine, und weil er allein lebte, hatte er abends keine Lust, für sich zu kochen.

Die alte Kaffeemaschine hustete, er wollte den Brief mit einem Messer öffnen, hielt jedoch inne, als er bemerkte, dass seine Hände zitterten, so sehr, dass er kaum das Messer halten konnte. Er bekam nur mühsam Luft, als ob er sich an einem zu großen Bissen verschluckt hätte. Er musste sich setzen.

Seine Gefühle angesichts des noch ungelesenen Briefs waren die gleichen wie früher, vor den Treffen mit Max, eine große Freude darüber, sich endlich zu sehen, auf den Bruder zuzulaufen und ihn zu umarmen. Und gleichzeitig hielt ihn etwas zurück. Eine diffuse, pochende Unruhe.

»Ich kann wenigstens einmal lesen, was er schreibt«, sagte er laut zu sich, mit fester, entschlossener Stimme, als ob eine andere, vernünftigere Person aus ihm spräche.

Er nahm das Messer und öffnete den Brief.

2 Von ihrem Platz am Konferenztisch konnte Gisela Obermann durch das große Panoramafenster direkt auf die senkrechte Felswand an der gegenüberliegenden Seite des Tals schauen. Die Oberfläche war glatt und gelblich weiß wie ein auseinandergefaltetes Blatt Papier mit schwarzen Punkten. Sie ertappte sich dabei, nach Schriftzeichen zu suchen.

Ganz oben wurde die Felswand von einem Kamm kühner Tannen gekrönt. Einige hatten sich zu weit nach vorne gewagt und hingen über den Rand wie abgebrochene Streichhölzer.

Die Gesichter um den Konferenztisch verblassten im Gegenlicht, die Stimmen wurden leiser.

»Gibt es diese Woche irgendwelche Besucher?«, fragte jemand.

Gisela Obermann war müde und durstig, irgendwie ausgelaugt. Das kam von dem Wein, den sie heute Nacht getrunken hatte. Aber nicht nur vom Wein.

»Wir haben einen Angehörigenbesuch«, sagte Doktor Fischer. »Für Max.«

Gisela wurde plötzlich munter.

»Wer besucht ihn?«, fragte sie erstaunt.

»Sein Bruder.«

»Aha. Ich dachte, sie hätten keinen Kontakt.«

»Das wird ihm sicher guttun«, sagte Hedda Heine. »Das ist sein erster Besuch, seit er hier ist, nicht wahr?«

»Kann sein.«

»Ja, das ist sein erster Besuch«, bestätigte Gisela. »Wie nett. Mit Max passiert gerade viel Positives. Ich finde, er wirkte in letzter Zeit sehr harmonisch und gut gelaunt. Es tut ihm sicher gut, wenn er Besuch von seinem Bruder bekommt. Wann kommt er?«

»Er müsste heute Nachmittag oder Abend ankommen«, sagte Doktor Fischer, schaute auf die Uhr und sammelte seine Papiere ein. »War das alles?«

Ein rotbärtiger Mann Mitte vierzig winkte eifrig mit der Hand.

»Brian?«

»Gibt es was Neues über Mattias Block?«

»Nein, leider nicht. Aber die Suche geht weiter.«

Doktor Fischer nahm seine Papiere und erhob sich. Die anderen folgten ihm.

Typisch, dachte Gisela Obermann. Max' Bruder kommt heute. Und niemand gibt mir, seiner Ärztin, Bescheid.

Genauso lief es hier. Deswegen war sie so müde. Ihre Energie, mit der sie bisher immer wie ein Messer durch jeden Widerstand hatte schneiden können, war verschwunden. Es war, als prallte sie an Wänden ab und richtete sich schließlich gegen sie selbst.

3 Daniel folgte dem Menschenstrom zum Ausgang des Flughafens, wo eine kleine Schar Taxifahrer handgeschriebene Namensschilder hochhielt. Er ließ den Blick über die Schilder schweifen, zeigte auf eines davon und sagte auf Deutsch:

»Das bin ich.«

Der Fahrer nickte und führte ihn zu einem kleinen Bus. Daniel stieg ein, der Fahrer kümmerte sich um das Gepäck.

»Ist es weit?«, fragte er.

»Ungefähr drei Stunden. Wir machen unterwegs eine Pause«, sagte der Fahrer und schob die Tür zu.

Sie verließen Zürich und fuhren an einem großen See entlang, der von waldbedeckten Bergen umgeben war. Daniel hätte den Fahrer gerne gefragt, was man rechts und links des Weges so sah, aber sie waren durch eine Glasscheibe getrennt. Daniel lehnte sich im Sitz zurück und strich sich mit den Fingern durch den Bart.

Es war nicht allein die brüderliche Fürsorge, die ihn veranlasst hatte, das Angebot zu dieser Reise anzunehmen, das musste er zugeben. Es ging ihm ökonomisch nicht sehr gut. Seine Aushilfsstelle als Lehrer lief zum Herbst aus, wenn die reguläre Lehrerin nach dem Mutterschaftsurlaub wiederkam. Dann würde er sich wieder mit solchen Gelegenheitsjobs und Übersetzungen durchschlagen müssen. Eine Ferienreise konnte er sich diesen Sommer auf keinen Fall leisten. Max' Angebot, die Reise in die Schweiz zu bezahlen, war verlockend. Nach dem Besuch in der Klinik konnte er noch eine Woche in einem kleinen Hotel auf einer Alm bleiben und die Tage mit ein paar gemütlichen Wanderungen in der schönen Landschaft verbringen.

Ulmen, Eschen und Haselnusssträucher sausten vor dem Autofenster vorbei. Am See lagen hübsche kleine Häuser mit abschüssigen Gärten. Große braune Vögel segelten langsam über die Straße.

In den letzten Jahren hatte Daniel nur wenig Kontakt mit seinem Bruder gehabt. Max lebte im Ausland, erst in London, dann an verschiedenen anderen Orten, wo er, soweit Daniel wusste, irgendwelchen Geschäften nachging. Auch Daniel hatte die ersten Berufsjahre im Ausland verbracht.

Seit seiner Jugend hatte Max sich auf einer Berg-und-Tal-Bahn aus Erfolgen und Niederlagen befunden, für die er immer selbst verantwortlich war. Seine Projekte entwickelte er mit einem imponierenden Ideenreichtum und einer fast unmenschlichen Energie. Aber wenn er das Erstrebte erreicht hatte, verlor er plötzlich das Interesse an der ganzen Sache und verschwand einfach, während verzweifelte Mitarbeiter und Kunden versuchten, ihn auf ausgeschalteten Telefonen und in verwaisten Büros zu erreichen.

Mehr als einmal musste der schwer geprüfte Vater der Brüder einspringen und Max aus irgendeiner Klemme helfen. Vielleicht waren die Turbulenzen, die sein unberechenbarer Sohn ihm bereitete, schuld daran, dass er eines Morgens im Badezimmer einen Herzinfarkt erlitt und kurz darauf starb.

Bei einer psychiatrischen Untersuchung im Rahmen eines Gerichtsprozesses wurde festgestellt, dass Max an einer bipolaren Störung litt. Die Diagnose erklärte das rätselhafte Chaos, in dem Max sich offenbar ständig befand, seine waghalsigen Geschäfte, sein selbstzerstörerisches Verhalten und seine Unfähigkeit zu einer längeren Beziehung mit einer Frau.

Hin und wieder telefonierte Daniel mit seinem Bruder. Max rief oft zu den merkwürdigsten Tageszeiten an und klang immer ein wenig betrunken.

Als ihre Mutter starb, unternahm Daniel große Anstrengungen, ihn zu finden, aber es gelang ihm nicht, und das Begräbnis fand ohne Max statt. Irgendwie musste er dennoch davon erfahren haben, denn ein paar Monate später rief er an und fragte, wo die Mutter begraben sei, er wolle Blumen aufs Grab bringen. Daniel hatte vorgeschlagen, dass sie sich treffen und zusammen hinfahren könnten. Max versprach, sich zu melden, sobald er nach Schweden kam, aber das tat er nicht.

Die Glasscheibe glitt zur Seite. Der Fahrer drehte sich um und sagte:

»Nach ein paar Kilometern kommt ein Gasthaus. Wollen Sie eine Pause machen und etwas essen?«

»Essen möchte ich nicht, aber gerne eine Tasse Kaffee trinken«, antwortete Daniel.

Die Glasscheibe glitt wieder zu. Kurz darauf hielten sie an einem kleinen Gasthaus und tranken einen Espresso an der Bar. Sie sprachen nicht miteinander, und Daniel war dankbar für die Schlagermusik, die aus den Lautsprechern dröhnte.

»Sind Sie schon einmal in Himmelstal gewesen?«, fragte der Fahrer schließlich.

»Nein, noch nie. Ich möchte meinen Bruder besuchen.«

Der Fahrer nickte, als wisse er Bescheid.

»Fahren Sie regelmäßig dorthin?«, fragte Daniel vorsichtig.

»Hin und wieder. In den neunziger Jahren, als es eine Klinik für plastische Chirurgie war, fuhr ich häufiger. Mein Gott, da musste man Leute fahren, die aussahen wie Mumien. Nicht alle konnten es sich leisten, in der Klinik zu bleiben, bis die Operationswunden ausgeheilt waren. Ich erinnere mich vor allem an eine Frau, von der man nur die Augen zwischen den Verbänden sah. Und was für Augen! Geschwollen, verweint, unendlich traurig. Sie hatte solche Schmerzen, dass sie die ganze Zeit weinte. Als wir hier Rast machten – ich mache immer hier Rast, das Gasthaus liegt genau auf dem halben Weg nach Zürich –, blieb sie im Auto sitzen, ich brachte ihr Orangensaft und einen Trinkhalm, sie saß auf dem Rücksitz und schlürfte den Saft. Ihr Mann hatte eine junge Geliebte, sie hatte sich liften lassen, um ihn zurückzugewinnen. Meine Güte. ›Alles wird gut. Sie werden schön sein wie der Tag‹, sagte ich zu ihr und hielt ihr die Hand. Ja, meine Güte.«

»Und jetzt? Was ist das jetzt für ein Ort?«, fragte Daniel. Der Fahrer ließ die Espressotasse in der Luft schweben und schaute Daniel kurz an.

»Hat Ihr Bruder Ihnen das nicht erzählt?«

»Nicht genau. Irgendeine Reha-Klinik.«

»Ja, genau.« Der Fahrer nickte eifrig und stellte die Tasse auf den Unterteller. »Sollen wir weiterfahren?«

Kaum waren sie wieder losgefahren, schlief Daniel ein, und als er die Augen wieder aufschlug, befanden sie sich in einem Tal mit grünen Wiesen, die von der Abendsonne beschienen wurden. Er hatte noch nie eine so intensive grüne Farbe in der Natur gesehen. Sie wirkte künstlich, wie mit chemischen Zusätzen versetzt. Das lag vielleicht am Licht.

Das Tal wurde schmaler, und die Landschaft veränderte sich. Die rechte Straßenseite wurde von einer fast senkrechten Felswand begrenzt, die die Sonne verdeckte. Es wurde dunkler im Auto.

Plötzlich bremste der Fahrer. Ein Mann in einem kurzärmeligen Uniformhemd und Schirmmütze versperrte ihnen den Weg. Hinter ihm war eine heruntergelassene Schranke zu sehen. Ein bisschen weiter weg stand ein Transporter, und von dort näherte sich ein weiterer uniformierter Mann.

Der Fahrer ließ seine Scheibe herab und wechselte ein paar Worte mit dem Mann, während der zweite die Heckklappe ihres Busses öffnete. Die Scheibe zwischen Vorder- und Rücksitz war immer noch geschlossen, so dass Daniel nicht hören konnte, was gesprochen wurde. Er öffnete die Seitenscheibe und lauschte. Der Mann sprach freundlich mit dem Fahrer, sie unterhielten sich offenbar über das Wetter. Er sprach einen Dialekt, der schwer zu verstehen war.

Dann beugte er sich zu Daniel und bat ihn um seinen Ausweis. Daniel reichte ihm seinen Pass. Der Mann sagte etwas, das er nicht verstand.

»Sie können aussteigen«, übersetzte der Fahrer, der sich zu ihm umgedreht und die Trennscheibe geöffnet hatte.

»Ich soll aussteigen?«

Der Fahrer nickte auffordernd.

Daniel stieg aus. Sie standen ganz nahe an der Felswand, die mit Moos und Tüpfelfarn bedeckt war, an manchen Stellen gluckerten kleine Rinnsale. Der Geruch vom Fels war kühl und säuerlich.

Der Mann hatte einen Metalldetektor, den er an Daniels Körper entlangführte.

»Sie haben eine weite Reise hinter sich«, sagte er freundlich und gab ihm seinen Pass zurück.

Der Kollege stellte Daniels Koffer, den er offensichtlich durchsucht hatte, wieder in den Bus und schloss die Klappe.

»Ja, ich bin heute morgen in Stockholm abgeflogen«, antwortete Daniel.

Einer der Männer beugte sich ins Auto, fuhr mit dem

Metalldetektor über den Rücksitz und zeigte dann mit einer Geste, dass er fertig war.

»Sie können wieder einsteigen«, sagte der Fahrer und nickte Daniel zu.

Der Mann salutierte, die Schranke ging auf, und sie fuhren weiter.

Daniel beugte sich vor, um dem Fahrer eine Frage zu stellen, aber der kam ihm zuvor.

»Routinekontrolle. Schweizerische Gründlichkeit«, sagte er und ließ mit einem Knopfdruck die Scheibe wieder vor Daniels Nase zugleiten.

Durch das offene Seitenfenster sah er die moosige Felswand vorbeirasen, sie warf das Motorengeräusch zurück und verstärkte es.

Er rutsche auf dem Sitz hin und her und schloss die Augen. Die Kontrolle hatte ihn verschreckt. Er wusste, dass er nicht auf einer Vergnügungsreise war. Wenn Max sich nach so vielen Jahren wieder bei ihm meldete, ging es um etwas Wichtiges. Max brauchte ihn.

Die Erkenntnis beunruhigte ihn. Wie sollte er seinem Bruder helfen können? Max war, das musste er nach all den Jahren betrogener Hoffnung einsehen, nicht zu helfen.

Er tröstete sich damit, dass er mit dieser Reise immerhin seinen guten Willen zeigte. Er kam, wenn Max ihn rief. Er würde ihm zuhören, für ihn da sein. Und nach ein paar Stunden würde er wieder abreisen. Mehr als das würde bei diesem Besuch nicht herauskommen.

Der Bus machte eine Linkskurve. Daniel öffnete die Augen. Er sah Bergwiesen, Tannenwald und weiter weg ein Dorf und einen Kirchturm. In einer Gärtnerei arbeitete eine Frau gebückt in einem Meer von Dahlien. Sie richtete sich auf, als der Wagen näher kam, und winkte mit einem kleinen Spaten.

Der Fahrer bog in eine kleine Straße ein, die den Hügel hinaufführte. Sie fuhren durch Tannenwald, der Weg wurde steiler.

Kurz danach sah Daniel die Klinik, ein gewaltiges Gebäude aus dem 19. Jahrhundert, mitten in einem Park. Der Fahrer fuhr bis zum Eingang, holte Daniels Koffer und öffnete ihm die Tür.

Die hereinströmende Luft war klar und von einer Schärfe, die seine Lungen vor Überraschung zittern ließ.

»Da wären wir.«

4 Max und Daniel waren eineiige Zwillinge, aber es hätte nicht viel gefehlt und ihr Geburtstag wäre nicht auf den gleichen Tag gefallen. Als ihre Mutter, eine achtunddreißigjährige Erstgebärende, sich nach zehn Stunden harter Geburtsarbeit endlich von dem einen Zwilling befreit hatte, war der andere, Max, immer noch drinnen und wollte da offenbar auch noch eine Weile bleiben. Es war spät am Abend, und die Hebamme, die allmählich auch müde war, seufzte und sagte zu der erschöpften Mutter: »Es sieht so aus, als müssten Sie zwei Geburtstagsfeste für diese Kinder ausrichten.«

Während Daniel gewaschen und gewogen wurde und dann brav in einem kleinen Bettchen einschlief, holte der Arzt die Saugglocke, die jedoch den widerspenstigen, sich entziehenden Bruder nicht zu fassen bekam, und sich stattdessen an den inneren Organen der Mutter festsaugte, die dadurch beinahe umgestülpt worden wäre wie ein Pullover. Als die Saugglocke schließlich da war, wo sie hingehörte, schien Max einzusehen, dass es ernst war, er fügte sich und machte den ersten von vielen Schnellstarts, mit denen er später seine Umgebung überraschen sollte.

»Jetzt haben wir ihn an der Angel . . .«, sagte der Arzt, aber noch ehe er seinen Satz beenden konnte, glitt der Fang ganz von selbst auf einer Rutschbahn aus Blut und Schleim dem Arzt in den Schoß.

Da war es fünf vor zwölf, und die Brüder konnten nun doch gemeinsam Geburtstag feiern.

Fünf vor zwölf. Wie sollte man das wohl deuten?

Dass Max auf seiner Einzigartigkeit bestand und um keinen Preis am gleichen Tag wie sein Bruder geboren werden wollte, um sich dann in letzter Minute doch umzubesinnen, weil er die Gemeinsamkeit der Individualität vorzog?

Oder war es eher ein Balancieren auf dem schmalen Grat, um Aufmerksamkeit zu wecken, wenn er mal wieder spät – aber nicht zu spät – zu einem Termin kam, Zug oder Flugzeug gerade noch erreichte und seine nervösen Freunde mit einem Lächeln fragte, was sie denn von einem, der fünf vor zwölf geboren worden war, erwarteten.

Die erste Zeit verbrachten die Jungen im Haus der Eltern in Göteborg. Der Vater war ein erfolgreicher Unternehmer in der Elektronikbranche, die Mutter hatte bis zur Geburt der Zwillinge etwas planlos diverse Fächer studiert.

Am Anfang waren die beiden Zwillinge ziemlich verschieden.

Daniel aß tüchtig, weinte selten und entwickelte sich entsprechend der Gewichtskurve.

Max war ein Spätentwickler, und als er im Alter von zwanzig Monaten immer noch kein Wort von sich gab und keinerlei Ansatz zeigte, sich fortzubewegen, machte seine Mutter sich Sorgen. Sie brachte die beiden Jungen zu einer bekannten Kinderärztin in ihrer Heimatstadt Uppsala. Nachdem die Ärztin die beiden Jungen zusammen beobachtet hatte, fand sie eine einfache Erklärung. Sobald Max den Blick auf eines der netten Spielsachen richtete, die die Ärztin im Raum verteilt hatte, machte Daniel sich auf seinen rundlichen Beinchen auf den Weg und brachte es ihm.

»Man sieht es ganz deutlich«, sagte sie zur Mutter der Zwillinge und deutete mit einem Stift auf die Jungen. »Max braucht gar nicht zu gehen, Daniel holt ihm alles. Spricht er auch für seinen Bruder?«

Die Mutter nickte und berichtete, dass Daniel auf fast gespenstische Weise zu wissen schien, was der Bruder wollte, und mit seinem kleinen, aber geschickt genutzten Wortschatz vermittelte. Er konnte sagen, ob Max Durst hatte, ob ihm heiß war oder wenn er die Windel gewechselt haben wollte.

Die Kinderärztin war besorgt über das symbiotische Verhältnis der Brüder und schlug vor, sie für eine Zeitlang zu trennen.

»Max hat keine natürliche Motivation, zu laufen oder zu sprechen, solange sein Bruder alles für ihn tut«, erklärte sie.

Die Mutter der Jungen wollte zunächst einer Trennung nicht zustimmen, sie würde für beide schmerzlich sein. Sie waren ja so eng miteinander verbunden. Aber sie hatte großes Vertrauen in die Ärztin, einer Autorität in Pädiatrie und Kinderpsychologie, und so willigte sie nach langen Diskussionen und Gesprächen mit dem Vater der Kinder, der das vernünftig fand, ein. Es wurde beschlossen, die Kinder den Sommer über zu trennen, da hatte der Vater Ferien und konnte sich zu Hause in Göteborg um Max kümmern, die Mutter würde Daniel mit zu ihren Eltern nach Uppsala nehmen. Die Ärztin sagte auch, dass Kinder sich im Sommer am schnellsten entwickeln und am offensten für Veränderungen sind.

In den ersten Tagen weinten beide Jungen verzweifelt. In der zweiten Woche wurde Daniel ruhiger. Er schien die Vorteile eines Einzelkinds zu erkennen und genoss die ungeteilte Aufmerksamkeit von Mutter und Großeltern.

Max hingegen brüllte weiter. Tag und Nacht. Der Vater, unerfahren in der Kinderbetreuung, klang in seinen Telefongesprächen nach Uppsala immer verzweifelter. Die Mutter schlug vor, das Experiment abzubrechen, und rief die Kinderärztin an, die sie jedoch zum Weitermachen überredete. Aber der Vater brauchte Unterstützung durch ein Kindermädchen.

Mitten im Sommer ein Kindermädchen zu finden war nicht so einfach. Und die Mutter wollte ihren Sohn natürlich nicht irgendjemandem anvertrauen. Eine schlampige, unreife Fünfzehnjährige, die unbedingt einen Sommerjob suchte, kam hier nicht in Frage.

»Ich will sehen, was ich tun kann«, sagte die Kinderärztin, als die Mutter ihr das Problem schilderte, und ein paar Tage später rief sie an und empfahl eine gewisse Anna Rupke. Sie war 32, ausgebildete Kinderkrankenschwester und spezialisiert auf Kinder mit psychischen Störungen. Ihr Interesse für das Seelenleben von Kindern war schnell gewachsen, so dass sie angefangen hatte, Psychologie und Pädagogik zu studieren, und gerade an ihrer Dissertation arbeitete. Die Kinderärztin kannte sie als Studentin, ihre Begabung und ihr Engagement hatten sie beeindruckt. Sie wohnte in Uppsala, aber wenn die Familie ihr eine Unterkunft besorgte, würde sie für den Sommer nach Göteborg ziehen und sich um Max kümmern.

Wenige Tage nach diesem Gespräch bezog Anna Rupke das Gästezimmer der Familie. Für den Vater war sie eine große Hilfe. Der jungen Frau schien das Kindergeschrei nichts auszumachen, sie las in aller Ruhe einen Forschungsbericht, während Max auf dem Boden saß und brüllte, dass die Wände wackelten. Ab und zu kam der Vater ins Kinderzimmer geschlichen und fragte, ob das wirklich normal sei. Vielleicht war der Junge ernstlich krank? Anna schüttelte mit einem wissenden Lächeln den Kopf.

Aber er musste doch hungrig sein? Er hatte den ganzen Tag noch nichts gegessen. Ohne den Blick zu heben, deutete Anna auf einen Keks, der ein paar Meter von dem Jungen entfernt auf einem Hocker lag. Max liebte diese Kekse. Der Vater widerstand dem Impuls, dem Jungen den Keks zu geben. Er ging zurück in sein Arbeitszimmer im ersten Stock, verfolgt vom Geschrei des Jungen. Irgendwann wurde es still. Er lief hinunter, weil er fürchtete, der Junge sei vor Erschöpfung oder Hunger zusammengebrochen.

Als er ins Kinderzimmer kam, sah er, wie sein Sohn sich halb rutschend, halb krabbelnd auf den Hocker zu bewegte, seinen konzentrierten und wütenden Blick auf den Keks gerichtet. Max erreichte den Hocker, und mit einer letzten Anstrengung zog er sich hoch und nahm sich den Keks. Er biss ein großes Stück ab, drehte sich mit vollem Mund um und lächelte triumphierend und so breit, dass die Hälfte wieder aus dem Mund fiel.

Anna Rupke warf dem Vater einen vielsagenden Blick zu und vertiefte sich dann wieder in ihre Lektüre.

Die folgende Woche war sehr intensiv. Mit Hilfe von listig verteilten Keksen durchlief Max in Rekordzeit die Krabbel-, Steh- und Laufphase.

In der folgenden Woche brachte Anna ihm das Sprechen bei. Zu Beginn kommunizierte Max wie gewohnt, er zeigte auf etwas und schrie. Aber statt aufzuspringen und die gewünschten Dinge zu holen, blieb Anna ruhig sitzen und las weiter ihr Buch. Erst wenn er das Ding beim Namen nannte, wurde er belohnt. Max verfügte nämlich über einen großen passiven Wortschatz und verstand fast erschreckend viel von dem, was man ihm sagte. Es war ihm bisher nur nicht in den Sinn gekommen, dass er selbst reden könnte.

Als der Sommer vorbei war, sollten die beiden Brüder wieder vereint werden.

Sie schienen sich nicht mehr zu erkennen.

Daniel benahm sich wie jedem fremden Kind gegenüber, schüchtern und abwartend.

Max schien seinen Bruder als Eindringling zu empfinden und verhielt sich aggressiv, wenn Daniel Spielsachen nahm, die er als sein privates Eigentum betrachtete. (Eine nicht sehr überraschende Reaktion, wenn man bedenkt, dass sein erstes Wort »mein« war und sein erstes Zweisilbenwort »haben!«.)

Wenn die Kinder aneinandergerieten, teilte die Familie sich sogleich in zwei Lager, und beide verteidigten »ihr« Kind. Auf der einen Seite die Mutter, die Großeltern und Daniel. Auf der anderen Seite der Vater, Anna Rupke und Max. Die Mutter fand, dass Anna ihren kleinen Daniel schlecht behandelte. Der Vater und Anna bewerteten das aggressive Benehmen von Max positiv und sahen es als Ausdruck der Befreiung vom Bruder.

Nach der missglückten Wiedervereinigung wurden die Kinder nach Rücksprache mit der Kinderärztin wieder getrennt.

Anna Rupke wollte nun eigentlich die Arbeit an ihrer Dissertation wieder aufnehmen, aber sie beschloss, weiter als Kindermädchen für Max zu arbeiten. Sie bezeichnete sich allerdings als Pädagogin. Der Vater des Jungen war ihr zutiefst dankbar, er war sich bewusst, dass sie ihm zuliebe auf eine Karriere verzichtete. Aber Anna versicherte, dass Max ein so interessantes Kind sei und daher eher von Nutzen für ihre Forschungsarbeit.

Die Mutter nahm Daniel wieder mit zu ihren Eltern nach Uppsala, und so lebten die Eltern weiterhin getrennt, jeder mit seinem Zwilling. Sie verständigten sich täglich per Telefon über die Fortschritte der Jungen.

Zu Weihnachten sollte die Familie wieder zusammengeführt werden. Aber der Riss war jetzt so tief, dass er nicht mehr gekittet werden konnte. Während der langen Trennung hatte der Vater nämlich ein Verhältnis mit dem Kindermädchen seines Sohns begonnen.

Er wusste selbst nicht so recht, wie es dazu kommen konnte. Angefangen hatte es damit, dass er *beeindruckt* war. Von Annas Umgang mit Max, ihrer Sicherheit, Ruhe und Intelligenz. Zufrieden stellte er fest, dass sie genau wie er eine pragmatische Forschernatur war, kein wankelmütiger Gefühlsmensch wie die Mutter der Kinder.

Und ganz unmerklich ging das *Beeindrucktsein* über in *Anziehung*. Annas hohe slawische Wangenknochen, der Duft, den sie im Badezimmer hinterließ, die Art, wie sie nachdenklich ihre Halskette drehte und geräuschvoll gähnte, bevor sie zu Bett ging.

Vielleicht ist es ganz normal, dass ein Mann angezogen wird von der Frau, die mit ihm in einem Haus wohnt und sich um sein Kind kümmert.

Die Mutter hatte sich inzwischen eine eigene Existenz in Uppsala aufgebaut. Ihre Mutter kümmerte sich um Daniel, und sie selbst arbeitete ein paar Stunden als Sekretärin am Institut für klassische Sprachen, wo ihr Vater immer noch Professor war.

Ein Jahr später wurde das Arrangement besiegelt. Die Eltern trennten sich, der Vater heiratete Anna, die Mutter richtete sich in einer Wohnung zehn Minuten vom Haus der Eltern entfernt ein.

Die Zwillinge wuchsen also getrennt voneinander auf und trafen sich nur einmal im Jahr am 28. Oktober, um gemeinsam ihren Geburtstag zu feiern.

Vor diesen Geburtstagstreffen waren alle gespannt. Waren sich die Brüder immer noch ähnlich? Was hatten sie gemeinsam? Was war anders?

Es wurde deutlich, dass die Jungen charakterlich sehr verschieden waren. Max war umgänglich, forsch und redete viel. Daniel war zurückgezogen und vorsichtig. Inzwischen konnte sich niemand mehr vorstellen, dass Max einmal völlig abhängig von seinem Bruder gewesen war.

Auch wenn sie vom Charakter her immer unterschiedlicher wurden, äußerlich ähnelten sie sich immer mehr. Max, der zu Beginn kleiner und dünner als sein Bruder war, wuchs schnell, und im Alter von drei Jahren gab es, was Größe und Gewicht anging, keinen Unterschied mehr. Auch die Ähnlichkeit der Gesichter trat deutlicher hervor, nachdem Daniel seinen rosigen Babyspeck verloren hatte, und ihre Stimmen zeigten die gleiche angenehm weiche Tonlage. Als die Jungen sich an ihrem siebten Geburtstag trafen, stellten sie mit einer Mischung aus Begeisterung und Schreck fest, dass sie geradewegs in ihr Spiegelbild schauten.

Wenn sich die beiden Lager Max-Vater-Anna und Daniel-Mutter-Großeltern einmal im Jahr zum Geburtstag der Zwillinge trafen, wurden alle möglichen Gefühle aufgerührt. Für die Großeltern war der Vater ein Verräter und Ehebrecher. Der Mutter gefiel nicht, wie Anna ihren Sohn erzog. Anna, die meinte Expertin auf diesem Gebiet zu sein, wollte sich von einer Laiin nicht zurechtweisen lassen. Und der Vater der Jungen war verwirrt, weil er seinen Sohn plötzlich in doppelter Ausführung vor sich hatte.

Während die Erwachsenen diskutierten und stritten, liefen die Jungen in den Garten, in den Keller oder an andere spannende Orte. Sie wollten zusammen sein, waren neugierig und erwartungsvoll. Sie stritten sich, gingen auseinander und kamen wieder zusammen. Sie balgten sich, lachten, weinten und trösteten sich gegenseitig. Während dieses einen intensiven Tages waren sie so heftigen Gefühlsregungen ausgesetzt, dass sie die folgenden Wochen ganz erschöpft waren und oft hohes Fieber bekamen.

Trotz aller Meinungsverschiedenheiten, in einem waren die Erwachsenen sich einig: *ein* Treffen pro Jahr genügte.

5 Daniel betrat eine Halle, die eher der Lobby eines eleganten Hotels glich als der Rezeption eines Sanatoriums.

Eine junge Frau in einem hellblauen, gut geschnittenen Kostüm und Schuhen mit niedrigen Absätzen empfing ihn. Ihre Kleidung, die aufrechte Haltung und das Lächeln ließen an eine Stewardess denken. Und genauso stellte sie sich auch vor, als »Hostess«.

Sie schien sofort zu wissen, wer Daniel war und wen er besuchen wollte. Sie bat ihn, seinen Namen in ein großes Buch zu schreiben, und führte ihn dann zu einer Sitzgruppe neben einem prachtvollen offenen Kamin mit Jugendstilornamenten. Über dem Kamin hingen zwei alte überkreuzte Skier, daneben zwei ausgestopfte Tierköpfe: ein Steinbock mit riesigen, geriffelten Hörnern und Bart, und ein Fuchs mit hochgezogener Oberlippe über den scharfen Zähnen.

»Ihr Bruder kommt sofort, ich werde ihm mitteilen, dass Sie da sind. Mein Kollege trägt Ihr Gepäck ins Gästezimmer.«

Daniel wollte sich gerade setzen, als ein blonder Mann in kurzärmeligem Stewardhemd auftauchte und mit seinem Koffer verschwand.

»Aber ich möchte nicht hierbleiben. Ich will gleich weiter in ein Hotel«, protestierte Daniel. »Kann mein Koffer nicht ein paar Stunden hierbleiben?«

Der Mann blieb stehen und drehte sich um.

»In welches Hotel wollen Sie?«

»Ich weiß nicht so recht. In das nächstgelegene. Können Sie mir eines empfehlen?«

Die Frau und der Mann schauten sich besorgt an.

»Da hätten Sie noch einen weiten Weg«, sagte die Frau. »Und hier oben in den Bergen gibt es fast nur Kurhotels.

Die haben ihre Stammgäste und sind Monate im Voraus ausgebucht.«

»Da unten ist doch ein Dorf. Gibt es da niemanden, der Zimmer vermietet?«, fragte Daniel.

»Wir raten unseren Besuchern, nicht im Dorf zu logieren«, sagte die Frau. »Hat Ihnen jemand eine Unterkunft angeboten?«

Sie lächelte immer noch, aber ihr Blick war eine Idee schärfer.

»Nein«, sagte Daniel. »Das war nur so ein Gedanke.«

Der Mann räusperte sich und sagte ruhig:

»Sollte Ihnen jemand ein Zimmer im Dorf anbieten, dann lehnen Sie bitte ab. Freundlich, aber bestimmt. Ich möchte Ihnen vorschlagen, in einem unserer Gästezimmer zu übernachten. Die meisten Besucher machen das. Sie können mehrere Tage bleiben, wir haben genug freie Zimmer.«

»Das hatte ich nicht geplant.«

»Das kostet Sie nichts. Die meisten Angehörigen kommen von weit her, und deshalb bieten wir ihnen an, ein paar Tage hier zu bleiben. Damit man ›landen‹ und auf normale Art miteinander umgehen kann. Waren Sie schon einmal in Himmelstal?«

»Nein.«

Für den Mann, der während des ganzen Gesprächs seinen Koffer in der Hand gehabt hatte, schien die Sache entschieden.

»Möchten Sie vielleicht Ihr Zimmer sehen und sich ein wenig frisch machen? Wir nehmen den Lift da drüben«, sagte er und ging über den dicken Teppich voraus.

Daniel folgte ihm. Vielleicht, dachte er im Lift nach oben, war es doch keine schlechte Idee, eine Nacht hierzubleiben. Es war schon spät, und er hatte eigentlich keine Lust, noch ein Zimmer zu suchen.

Das Gästezimmer war klein, aber hell und angenehm eingerichtet. Auf einem weiß gestrichenen Tisch stand eine Vase mit frischen Blumen, und die Aussicht über das Tal und die entfernten Berggipfel entsprach genau dem, was ein Tourist in den Alpen erwartete.

Himmelstal. Ein schöner Name für einen schönen Ort, dachte Daniel.

Er wusch sich die Hände und zog ein frisches Hemd an. Dann legte er sich auf das Bett und ruhte sich ein paar Minuten aus. Es war ein modernes, sehr bequemes Bett, das merkte er gleich. Am liebsten wäre er liegen geblieben und hätte ein paar Stunden geschlafen, bevor er seinen Bruder traf. Aber die Hostess hatte Max schon von seinem Kommen unterrichtet. Schlafen konnte er später.

Im Lift zur Eingangshalle wusste er plötzlich, was so eigenartig an dem Gespräch da unten gewesen war. Er hatte es die ganze Zeit gespürt, als er mit dem Mann und der Hostess sprach, aber nicht wahrgenommen: Sie hatten verschiedene Sprachen gesprochen. Er hatte Deutsch gesprochen, weil er davon ausging, dass dies ihre Muttersprache war, und sie hatten ihm auf Englisch geantwortet.

Er war es so gewohnt, zwischen verschiedenen Sprachen zu wechseln, dass es ihm gar nicht aufgefallen war. Es war nur so ein Gefühl der Disharmonie gewesen, irgendwie holprig.

Daniel hatte sich schon immer für Sprachen interessiert. Als Kind hatte er viel Zeit bei seinem Großvater verbracht, der Sprachwissenschaftler war. Fast täglich aßen er und seine Mutter bei den Großeltern. Wenn die Mutter und die Großmutter zusammen in der Küche den Abwasch machten, ging Daniel mit dem Großvater in dessen großes, nach Tabak riechendes Arbeitszimmer.

Daniel saß am liebsten auf dem Boden und blätterte in Büchern mit Bildern von ägyptischen Grabfresken, griechischen Skulpturen und mittelalterlichen Stichen, dabei erzählte der Großvater von Sprachen, lebendigen Sprachen und toten Sprachen. Wie Sprachen miteinander verwandt sind, genau wie Menschen, und wie man den Ursprung der Wörter bis weit in die Vergangenheit verfolgen kann. Das fand Daniel besonders faszinierend. Er fragte den Großvater ständig, woher die Wörter stammten. Manchmal bekam er sofort eine Antwort, manchmal musste der Großvater in einem Buch auf seinem Schreibtisch nachschlagen.

Erstaunt stellte Daniel fest, dass die Wörter, die er so selbstverständlich verwendete, viel älter waren als er, als der Großvater, als das uralte Haus mit den knarrenden Holzfußböden. Sie waren weit durch Länder und Zeiten gereist und dann ganz kurz in Daniels kleinem Mund gelandet, wie ein Schmetterling in einem Blütenkelch. Und sie würden ihre Reise fortsetzen, wenn es ihn schon lange nicht mehr gab.

Die Begeisterung und Achtung vor der Sprache hatte er beibehalten. Auf dem Gymnasium hatte er den halbklassischen Zweig gewählt und dann Deutsch und Französisch studiert. Nach dem Studium arbeitete er als Dolmetscher am Europaparlament in Brüssel und Straßburg.

Es war stimulierend und aufregend, die Ansichten eines anderen Menschen in eine andere Sprache zu übertragen, Ansichten, die den eigenen oft total widersprachen. Wenn der zu übersetzende Vortrag gefühlsmäßig stark aufgeladen war, genügte die gesprochene Sprache nicht, dann musste er die Botschaft des Gesagten auch mit Gestik und Mimik unterstreichen. Er fühlte sich dann manchmal wie eine Kasperlepuppe, die ganz vom Wesen des anderen erfüllt war. Als ob seine eigene Seele davonschweben würde. Er hörte, wie seine Stimme sich veränderte und er Gesichtsmuskeln ins Spiel brachte, die er sonst nie einsetzte. »Aha«, dachte er dann fasziniert, »so fühlt es sich also an, ›du‹ zu sein!«

Am Schluss einer besonders lebhaften Diskussion gab es manchmal eine kleine Kluft, bis er wieder bei sich selbst ankam. Eine schwindelerregende Sekunde lang hatte er das Gefühl, überhaupt niemand zu sein.

Es kam häufig vor, dass man zwischen dem Gedolmetschten und ihm keinen Unterschied machte. Gesprächspartner der Gegenseite behandelten ihn dann kurz und abweisend, wie einen weiteren Gegner.

Das Umgekehrte kam allerdings auch vor: dass die Sympathie für eine gedolmetschte Person auf ihn abfärbte. Und so, vermutete er, hatte er das Interesse der Frau geweckt, die er später heiraten sollte.

Emma war Juristin, spezialisiert auf internationales Umweltrecht. Daniel sollte ein Gespräch zwischen ihr und einem deutschen Experten für Wasserrecht dolmetschen, einem eleganten, älteren Herrn mit einer starken erotischen Ausstrahlung. Während des Dolmetschens erlebte Daniel eine starke Verschmelzung mit dem Deutschen und wusste auf beinahe gespenstische Weise schon vorher, was dieser sagen würde.

Auch Emma schien sie als eine Person erlebt zu haben, denn als der Mann gegangen war, diskutierte sie weiter mit Daniel über Wasserrecht, als wäre *er* die ganze Zeit ihr Gesprächspartner gewesen und nicht dessen nachsprechender Schatten. Er musste sie immer wieder daran erinnern, dass er sich in Wasserfragen nicht auskannte. Aber das Gespräch war in Gang gekommen. Sie gingen zu anderen Themen über, setzten den Abend in einem kleinen italienischen Restaurant fort und gingen schließlich zusammen und ziemlich betrunken in ihr Hotelzimmer. Während sie sich liebten, nannte sie ihn ein paar Mal scherzhaft »mein Herr«, was ihn ein bisschen störte.

Auch nach der Heirat hatte Daniel sich nicht ganz von dem Gefühl freimachen können, dass seine Frau ihn mit einem anderen verwechselte und dass sie immer wieder enttäuscht war, wenn sie ihren Irrtum bemerkte.

Dann fand er heraus, dass sie ihn mit einem Biologen aus München betrog, und sie ließen sich scheiden.

Im Jahr nach der Scheidung geriet Daniel in eine seelische Krise. Er wusste nicht recht, warum. Über die Trennung war er erstaunlich schnell hinweggekommen und fand im Nachhinein, dass es eine kluge Entscheidung war. In seinem Beruf war er geschätzt, er verdiente gut und wohnte in einer modernen Wohnung mitten in Brüssel. Er hatte kurze Beziehungen mit Frauen, die sich auf ihre Karriere konzentrierten und an einer festen Beziehung ebenso wenig interessiert waren wie er. Eigentlich fehlte ihm nichts. Bis er eines Tages plötzlich einsah, dass sein Leben völlig leer und sinnlos war. Seine Beziehungen waren flüchtig wie Gas, und die Worte, die er bei seiner Arbeit aussprach, gehörten einem anderen. Wer war er eigentlich? Ja, eine Handpuppe, die ein paar Stunden pro Tag buckelte und dann in eine Ecke geworfen wurde. Er lebte nur, wenn er dolmetschte, und auch dieses Leben gehörte nicht ihm, es war geliehen.

Die Einsicht überfiel Daniel eines Morgens, als er auf dem Weg zur Arbeit war und an einem Kiosk eine Zeitung kaufen wollte. Er blieb wie versteinert mit der Münze in der Hand stehen. Schaute auf die Münze, seine Hand, dann seinen Körper hinab. Der Zeitungsverkäufer fragte ihn, welche Zeitung er haben wolle, aber er konnte nicht antworten. Er steckte das Geld wieder in die Tasche und ließ sich auf eine Bank in der Nähe fallen, unendlich müde. Er hatte an diesem Tag einen wichtigen Auftrag, aber er spürte, dass er außer Stande war, ihn auszuführen.

Zwei Monate lang war er krank geschrieben. Laut Attest wegen einer Depression. Aber er selbst wusste, dass es sich um etwas anderes handelte. Eine fürchterliche Scharfsichtigkeit. Eine Offenbarung von fast religiöser Natur. Wie die Erleuchteten das Licht sehen, hatte er das Dunkel gesehen, und das hatte in ihm genau das Gefühl von Wahrheit ausgelöst, das diese Menschen beschrieben. Der trügerische Vorhang des Daseins war beiseitegerissen worden, und er hatte sich selbst und sein Leben so gesehen, wie es war. Dieses Erlebnis war ein richtiger Schock, aber er war dem Schicksal zutiefst dankbar, und ihn schauderte beim Gedanken, dass er ebenso gut im Wahn hätte weiterleben können.

Daniel hatte seine Stelle als Dolmetscher gekündigt, war zurück in seine Heimatstadt Uppsala gezogen und hatte eine Stelle als Aushilfslehrer für Sprachen an einem Gymnasium gefunden. Die Arbeit war schlechter bezahlt als seine bisherige, aber damit musste er sich abfinden, solange er noch nicht wusste, was er aus seinem Leben machen wollte.

In der Freizeit spielte er Computerspiele. World of Warcraft und Grand Theft Auto. Am Anfang als Zeitvertreib, später mit immer größerem Engagement. Je grauer sein echtes Leben war, umso lebendiger erschien ihm die fiktive Welt. Die Klassenzimmer und das Lehrerzimmer waren Warteräume, in denen er unzählige Stunden verbrachte und wie schlafwandlerisch Verbformen und kollegialen Smalltalk herunterratterte. Nach der Arbeit zog er die Rollos in seiner kleinen Einzimmerwohnung herunter, schaltete den Computer an und stürzte sich in das Leben, in dem sein Puls vor Erregung pochte und sein Gehirn vor listigen Einfällen nur so blitzte. Wenn er dann im Morgengrauen ins Bett sank, völlig erschöpft von harten Kämpfen und halsbrecherischen Fluchten, war er erstaunt, dass er so starke Gefühle für etwas aufbringen konnte, was nicht existierte, während das, was es wirklich gab, ihn so wenig berührte.

6 Als Daniel aus dem Lift trat, kam Max ihm entgegen.

Vor genau diesem Moment hatte er sich gefürchtet. Dass er sich selbst entgegenkam, sich in die eigenen Augen schaute, die eigenen Gesichtszüge sah.

Zu seiner großen Erleichterung war es dieses Mal ganz anders. Der Mann, der ihm unter dem Kristallleuchter entgegenlief, kam ihm bekannt vor, aber irgendwie entfernt und flüchtig.

Daniel fuhr sich mit der Hand durch den Bart, wie um sich zu vergewissern, dass er noch da war. Dieses weiche, aber effektive Visier schützte sein empfindliches Gesicht.

Max war braungebrannt, lässig in Bermudashorts, Polohemd und Sandalen wie ein Tourist gekleidet. Seine Haare waren kurz geschoren, sein Lächeln war so breit und strahlend, dass Daniel sofort wusste, dass Max sich am manischen Ende der Skala befand, auf der seine Psyche sich ständig auf und ab bewegte. Diesen Eindruck hatte er ja auch durch seinen Brief bekommen, aber der war vor einem Monat geschrieben worden, und Max' Laune konnte sich schnell ändern. Innerhalb von Stunden konnte sie von Euphorie in nachtschwarze Verzweiflung oder aggressive Wut umschlagen. Aber nun war er bester Laune. Solange Daniel keine Verantwortung für die Folgen übernehmen musste, war das auf jeden Fall besser.

Max' Umarmung war herzlich, beinahe leidenschaftlich, es folgte ein männlicher Schulterschlag und spielerisches Schattenboxen.

»Bruderherz! Was! Dass du da bist! Du *bist* gekommen! Yesss!«

Er lachte laut und schloss seine Fäuste zu einer Siegesgeste, blickte zur Decke, als danke er einem unsichtbaren Gott. Daniel lächelte vorsichtig zurück.

»Das war doch klar, dass ich komme«, sagte er. »Nett, dich zu sehen. Es scheint dir gutzugehen.«

»Die Lage ist stabil. Und selbst? Mein Gott, hast du immer noch diesen albernen Bart! Der ist ja noch schlimmer als früher. Wundert mich, dass sie dich ins Flugzeug gelassen haben. Du siehst aus wie ein Taliban.«

Max packte Daniels Bart und zog scherzhaft daran.

»Mir gefällt er«, sagte Daniel und trat einen Schritt zurück.

»Wirklich?« Max lachte. »Und diese Brille! Gibt es auch Secondhand-Läden für Brillengestelle? Oder wo hast du die gefunden? Warum hast du denn keine Kontaktlinsen wie alle anderen vernünftigen Menschen?«

»Ich finde es unangenehm. Sich Dinge in die Augen fummeln.«

»Dummes Zeug. Aber es ist ein Gefummel, das stimmt. Ich will mich schon seit Jahren lasern lassen, bin nur noch nicht dazu gekommen. Man muss mit zwei Wochen für die Heilung rechnen. Wann hätte ich dafür Zeit? Okay, jetzt gehen wir erst zu mir und deponieren deine Sachen, dann essen wir im Restaurant. Sie haben heute Forelle auf der Karte, ich habe schon geschaut. Wo ist dein Gepäck?«

»Das Personal hat es ins Gästezimmer gebracht.«

»Gästezimmer? Was soll das denn! Kommt nicht in Frage! Du bist mein Gast und wohnst natürlich bei *mir*.«

»Wo wohnst du?«

»Ich habe eine kleine Hütte ganz in der Nähe. Einfach, aber gemütlich. Gästezimmer! Ist das der Schlüssel?«

Max nahm ihm den Zimmerschlüssel mit dem Messinganhänger aus der Hand und verschwand Richtung Lift.

»Warte hier«, befahl er und drückte ungeduldig auf den Liftknopf.

Nachdem er ein paar Sekunden gewartet hatte, gab er auf und nahm die Treppe, immer zwei Stufen auf einmal.

Daniel blieb bestürzt und verwirrt stehen. Blitzschnell war er überrumpelt, dominiert, überfahren worden.

Ein paar Minuten später kam Max mit seinem Koffer zurück und ging mit raschen, zielsicheren Schritten durch die Eingangstür, die protzige Treppe hinab und weiter durch den Park. Daniel trabte folgsam hinterher. Was hätte er sonst tun sollen?

»Scheint prima hier zu sein«, begann er eine Konversation, als er den Bruder eingeholt hatte. »Angenehmes Personal. Keine weißen Kittel.«

»Nein, wozu weiße Kittel? Noch ist niemand von einem weißen Kittel geheilt worden, soweit ich weiß. Mir gefallen die Kostüme der Hostessen. Die haben Stil. Und sie sind sexy. Findest du nicht?«

»Doch, vielleicht.«

Oberhalb des Parks lagen mehrere Reihen von kleinen Hütten aus grobem Holz im Alpenstil. Max öffnete eine davon und bat Daniel, einzutreten.

»So wohne ich. Und?«

Die Hütte bestand aus einem einzigen Raum und war mit rustikalen Holzmöbeln eingerichtet. Auf den Bänken an den Wänden lagen Kissen mit folkloristischen Motiven. Es gab einen offenen Kamin, eine Kochecke und einen Schlafalkoven mit einem Vorhang davor.

»Man kann hier eleganter wohnen, wenn man will, aber mir gefällt das rustikal Einfache«, sagte Max und stellte Daniels Koffer mit einem Knall ab. »Du kannst da auf der Bank schlafen. Das geht doch für eine Nacht, oder?«

»Wohnst du allein hier?«, fragte Daniel erstaunt.

»Klar. Ich will nicht mit jemandem zusammen wohnen. Außer mit dir, natürlich. Nein, ich möchte für mich sein.

Das ist der Vorteil hier. Man hat die Wahl. Jetzt gehen wir essen. Ich hoffe, du hast nicht in diesem schrecklichen Gasthaus gegessen, wo der Fahrer immer hält.«

»Nein, wir haben nur einen Kaffee getrunken.«

»Gut, dann bist du sicher hungrig und weißt eine frisch gefangene Forelle und einen kühlen Riesling zu schätzen. Oder was immer du möchtest. Aber ich empfehle die Forelle.«

Vor dem Essen wollte Max seinem Bruder die Anlage zeigen.

Die Klinik war größer, als Daniel zunächst gedacht hatte. Außer dem alten Hauptgebäude gab es noch einige mehrstöckige, moderne Gebäude mit Glasfassaden. Das Ganze war eingebettet in den schönen Park, in dem sich Menschen mit leichtem Schritt bewegten. Die meisten trugen Freizeitkleidung und sahen aus wie gut erholte Touristen und nicht wie Patienten einer Reha-Klinik. Daniel vermutete, dass ihre Probleme, ähnlich wie bei seinem Bruder, psychischer Natur waren.

»Spielst du eigentlich Tennis?«, fragte Max. »Wir können einen Platz buchen und morgen früh eine Runde spielen.«

»Nein danke.«

»Ansonsten sind hier die Sportgebäude. Turnhalle. Tischtennis. Und ein richtig gutes Fitness-Studio.«

Max zeigte auf ein großes Gebäude, das sie gerade umrundeten. Auf der Rückseite war ein großer Swimmingpool. Ein paar Patienten lagen auf weißen Liegen und genossen die Nachmittagssonne. Daniel beschattete die Augen mit der Hand und betrachtete sie erstaunt.

»Du hast von einer Reha-Klinik geschrieben, darunter habe ich mir etwas völlig anderes vorgestellt«, sagte er. »Mehr wie ein Krankenhaus.«

Max nickte.

»Es ist eine Privatklinik, das hast du sicher bemerkt. Für die, die es sich leisten können.«

»Was kostet der Aufenthalt hier?«

Max verzog das Gesicht zu einer Grimasse und schüttelte den Kopf, als wäre es allzu schmerzlich, darüber zu reden.

»Viel zu viel für meine Brieftasche. Noch schaffe ich es. Aber wenn ich nicht bald gesund geschrieben werde, wird es eng. Deswegen benehme ich mich so normal wie nur möglich. Ich halte Abstand zu den schlimmsten Deppen, flirte mit dem weiblichen Personal und plaudere angeregt mit den Ärzten. Hinter meinem Rücken habe ich sie schon sagen hören: ›Was macht *der* denn noch hier? Er wirkt ja so gesund wie ein Fisch im Wasser.‹ Es besteht natürlich die Gefahr, dass sie einen hierbehalten, weil sie auf das Geld scharf sind. Ich habe zu meiner Ärztin, Gisela Obermann, gesagt, dass meine finanziellen Möglichkeiten nahezu erschöpft sind und ich ihr dankbar wäre, wenn sie mich bald entlassen würde.«

Sie gingen durch den Park. Die Luft war kühl, und es roch nach dem Tannenwald weiter unten. Vom Tennisplatz hörte man das Aufschlagen der Bälle.

»Was für eine Behandlung bekommst du denn?«, fragte Daniel.

»Gar keine.«

»Aber deine üblichen Medikamente nimmst du doch?«

Ein Mann kam ihnen entgegen. Er sah aus, als wolle er mit ihnen sprechen, aber Max legte den Arm um Daniels Schultern und führte ihn schnell auf einen anderen Weg.

»Als ich herkam, setzte Gisela Obermann alle Medikamente ab. Sie wollte sehen, wie ich ohne Medikamente bin. Sie will immer wissen, wie die Patienten ohne Medikamente sind.«

Er blieb vor Daniel stehen, legte ihm eine Hand auf die Schulter und fuhr in heftigem Ton fort, jede Silbe sollte bei ihm ankommen:

»Einen unter Medikamenten stehenden Patienten zu untersuchen ist für einen Psychiater ungefähr so, als würde ein Allgemeinmediziner einen Patienten in Kleidern untersuchen. Der Patient könnte einen Hautausschlag oder einen Tumor haben, ohne dass der Arzt etwas merkt. Die wichtigste Aufgabe der Psychopharmaka ist es, zu *verbergen*. Sie heilen nicht, töten auch nicht wie Penicillin bösartige Bakterien. Sie legen sich nur wie Kleider schützend über die Krankheit.«

Daniel nickte zustimmend und trat einen Schritt zurück, um den Speicheltropfen auszuweichen, die Max in seinem Eifer versprühte.

»Oder wie eine Sprengmatte, du weißt schon«, fuhr der Bruder fort. »Sie dämpfen eine Explosion und sorgen dafür, dass Steine und Felsbrocken nicht umherfliegen und Schaden anrichten. Aber ...«

Max schob den Kopf vor, schaute Daniel streng an und senkte die Stimme zu einem intensiven Flüstern:

»Was für Schäden richten diese unterdrückten Explosionen im Innern an!«

Er machte eine Pause, schaute Daniel in die Augen und ging dann weiter.

Ein junger Mann in Trainingskleidung joggte auf sie zu, sie mussten einen Schritt beiseitetreten, um ihn vorbeizulassen.

»Und wie findet deine Ärztin dich ohne Medikamente?«, fragte Daniel vorsichtig.

»Gut, nehme ich an. Als wir uns das letzte Mal trafen, sah sie keinen Grund, mir etwas zu verschreiben.«

»Wirklich?«

Daniel war erstaunt. Soviel er wusste, nahm Max seit

dem fünfzehnten oder sechzehnten Lebensjahr regelmäßig Medikamente. Die er zeitweise abgesetzt hatte, das stimmte, aber das hatten alle, auch er, als großen Fehler erkannt. Wenn er seine Medikamente regelmäßig nahm, ging es ihm richtig gut, und er konnte ein einigermaßen normales Leben führen. Und jetzt stand er hier und behauptete, seine Ärztin habe alles abgesetzt. Merkwürdig.

Max lachte.

»Jetzt guck nicht so erschrocken. Kennst du das Phänomen der *Selbstheilung* nicht? Darauf vertraut man hier. Auf die heilende Kraft der Natur.«

Max zeigte auf die Almwiesen, die Glasfassaden und die Berge.

»Gutes und nahrhaftes Essen. Saubere Luft. Ruhe. Alte bewährte Heilmittel, die in Vergessenheit geraten sind, seit es all die chemischen Präparate gibt. Viele glauben, es braucht unglaublich viel, um einem Menschen zu helfen oder ihn umzuhauen. Als seien wir Riesen aus Stahl, kaum zu stürzen, aber genauso schwer wieder aufzurichten, wenn wir erst einmal umgefallen sind. Aber denk doch nur, was ein bisschen Stress mit einem Menschen machen kann. Viele hier in der Klinik leiden an einem Erschöpfungssyndrom. Kennst du das? Ich sah einmal eine Frau, die immer nur vor sich hin starrte und nicht wusste, wie sie hieß. Man musste sie füttern, weil sie keine Gabel mehr halten konnte. Man hätte annehmen können, dass ein schreckliches Trauma dazu geführt hatte, Kriegserlebnisse, Folter. Aber nein. Nur ganz normaler Stress. Zu große Erwartungen. Druck von allen Seiten. Es ist eigenartig, dass einen das so fertigmachen kann. Aber wir Menschen sind ja eigentlich ziemlich einfach konstruiert. Es braucht nicht viel, und wir fallen auseinander. Und es braucht auch nicht sehr viel, um uns wieder zusammenzufügen. Zeit.

Ruhe. Eine angenehme, natürliche Umgebung. Einfache, kleine Dinge.«

Daniel nickte nachdenklich.

»Bei dir ist es also ... Selbstheilung?«

Max wandte sich ihm mit einem strahlenden Lächeln zu.

»Laut Frau Obermann bin ich jedenfalls auf einem guten Weg.«

»Das freut mich zu hören.«

Max nickte kurz und schlug die Hände mit einem lauten Klatschen zusammen, als Zeichen dafür, dass dieses Gespräch zu Ende war.

»Aber jetzt *müssen* wir etwas essen.«

7 Zu Daniels großer Verwunderung beherbergte die Klinik ein Restaurant, das aussah wie jedes andere gepflegte Restaurant auf der Welt. Es lag im zweiten Stock des Haupthauses, hatte Stuckdecken und Orientteppiche. Die Tische waren weiß eingedeckt, mit langstieligen Gläsern und Leinenservietten. Außer einem älteren Mann, der allein in einer Ecke saß, war niemand im Lokal.

»Ist das für die Patienten?«, rief Daniel erstaunt aus, Max steuerte auf einen Tisch zu und setzte sich.

»Was für Patienten? Hier gibt es keine Patienten. Wir sind Gäste, die teuer dafür bezahlen, sich hier eine Weile auszuruhen. Anständiges Essen in angenehmer Umgebung ist wohl das mindeste, was man erwarten kann. Wir nehmen die Forelle.«

Max wedelte der Bedienung abwehrend zu, als sie ihnen eine Speisekarte reichen wollte.

»Und eine Flasche Gobelsburger. Kalt.«

Die Bedienung lächelte ihm freundlich zu und entfernte sich.

»Und wie geht es dir, Daniel, oder habe ich dich das schon gefragt?«, sagte Max.

»Mir geht es gut. Ich wohne wieder in Uppsala, wie du weißt. Das EU-Leben wurde mir zu stressig. Am Ende ging es mir richtig schlecht. Und dann noch die Scheidung. Du weißt schon.«

»Hier kommt der Wein!«

Max probierte den kleinen Schluck, den die Bedienung ihm eingeschenkt hatte, und nickte zustimmend.

»Probier den mal, Daniel. Ich trinke fast jeden Tag ein, zwei Gläser davon.«

Daniel nippte am Wein, der frisch und trocken war, wirklich sehr gut.

»Es wurde alles zu viel«, sagte er jetzt.

»Zu viel? Hast du heute schon etwas getrunken?«, sagte Max erstaunt.

»Nein, nein. Zu viel ... Vergiss es. Es ist ein wunderbarer Wein. Frisch, erquickend.«

»Erquickend. Das ist genau das Wort. Du hast immer so tolle Wörter für alles, Daniel. Aber du bist ja auch Experte für Sprachen.«

»Nein, nein. Ich bin Dolmetscher. Oder war.«

»Aber Dolmetscher sind doch Sprachexperten!«

Daniel zuckte verlegen die Schultern.

»Ich lerne leicht Sprachen«, gab er zu. »Aber eigentlich bin ich bloß ein Papagei.«

»Papagei? Ja, da ist etwas dran. Du ahmst gerne Leute nach, Daniel. Und gleichzeitig hast du schreckliche Angst, wie die anderen zu sein. Wie ich zum Beispiel. Warum hast du diese Angst?«

»Ich habe keine Angst. Ich versteh nicht, warum du das sagst«, protestierte Daniel aufgeregter, als er eigentlich wollte.

»Nun ja, lass uns nicht streiten. Die kleine Marike bekommt sonst Angst, glaube ich.«

Er lächelte der Bedienung zu, die mit zwei gefüllten Tellern neben ihrem Tisch stand.

»Du kannst servieren, Marike. Er sieht gefährlich aus, aber er beißt nicht.«

Die Forelle war im Ganzen gebraten und wurde mit neuen Kartoffeln, geschmolzener Butter und Zitrone serviert.

»Süß, die Kleine, nicht wahr?«, sagte Max, als die Bedienung sich ein paar Schritte entfernt hatte. Sie war bestimmt über vierzig und wirklich keine Kleine mehr.

»Nicht im üblichen Sinn«, fügte er hinzu. »Aber sie hat etwas. Hast du gesehen, was für einen breiten Hintern sie hat? Wie alle Frauen, die hier aus der Gegend kommen. Du siehst es einer Frau sofort an, ob sie aus den Bergen kommt oder zugezogen ist. Also ich rede von denen, die seit Generationen hier leben. Sie haben alle einen Überschuss an Unterhautfett, besonders konzentriert auf Hintern und Hüften. Die Männer sind auch korpulent, aber an den Frauen sieht man es deutlicher. Weiß du, warum das so ist?«

»Dass man es bei den Frauen deutlicher sieht? Weil man sie lieber anschaut als die Männer, nehme ich an«, sagte Daniel.

»Das meine ich nicht. Ich frage mich, warum sind die Menschen hier oben in den Bergen fetter als im Flachland? In allen Bergregionen der Welt ist das so. Aber nicht nur da. Inselbewohner, in der Südsee zum Beispiel, oder Menschen, die tief im südamerikanischen Dschungel leben, sind stämmig und fett. Während Völker der Ebene, die Massai in Ostafrika zum Beispiel, groß und schlank sind. Warum? Also«, sagte Max und zeigte mit seiner Gabel auf Daniel, »wenn eine Hungersnot kommt, können die Völker der Ebene in andere Gegenden ausweichen, um Nahrung zu finden. Die langbeinigen, beweglichen überleben, während die plumpen Fettklöße auf ihren dicken Hintern sitzen bleiben und verhungern. Isoliert auf einer Insel, im dichten Dschungel oder einem eingeschneiten Alpental nutzen dir die langen Beine nichts. Du musst bleiben, wo du bist, und ausharren, bis die Zeiten wieder besser werden. Wenn man da eine zusätzliche Fettschicht hat, überlebt man Hungerzeiten besser.«

Daniel nickte.

»Klingt vernünftig. Wo wir von Hunger reden. Ich war wirklich hungrig, und diese Forelle ist ausgezeichnet. Scheint total frisch zu sein. Ist sie hier in der Gegend gefangen worden?«

»Die Forelle? Ja klar. In der Stromschnelle da drüben. Vielleicht habe sogar ich sie gefangen.«

»Du?«

»Oder jemand anders. Ich fische mehr, als ich essen kann, und dann gebe ich die Fische im Restaurant ab.«

Die Bedienung kam wieder an ihrem Tisch vorbei, die Hände voller Geschirr. Max streckte eine Hand aus und klatschte ihr leicht auf den Po.

»Das war wirklich unnötig«, sagte Daniel vorwurfsvoll. Max lachte.

»Ein paar Verrücktheiten kann ein Verrückter sich erlauben. Man muss schließlich die Erwartungen erfüllen. Aber man muss wissen, wo die Grenzen sind. Sonst sind sie sofort mit Zwangsjacke und Spanngurten hier, und dann tauscht man das Luxusleben gegen die Folterkammer im Keller.«

»Aber warum bist du eigentlich hier, Max? Es scheint dir ausgezeichnet zu gehen.«

Max' scherzhaftes Lächeln verschwand. Er streckte sich und sagte ernst:

»Ich arbeite jetzt in Italien, wie du vielleicht weißt. Olivenöl.«

»Nein, das habe ich nicht gewusst«, sagte Daniel überrascht.

»Das ist eine harte Branche. Besonders wenn man Ausländer ist. Ich habe es ziemlich weit gebracht, das muss ich schon sagen, aber der Erfolg hat seinen Preis. Da hat man keine Vierzig-Stunden-Woche. In letzter Zeit habe ich eigentlich Tag und Nacht gearbeitet.«

»Oh«, sagte Daniel leise. Er wusste, was es bedeutete, wenn Max Tag und Nacht arbeitete.

»Ich bin gegen die Wand gelaufen, wie man so sagt. Das gilt für die meisten hier in der Klinik. Das Arbeitsklima für Leute in Spitzenpositionen ist heutzutage unmenschlich. Und da meine ich nicht Schweden, das ist ein Kindergarten, verglichen mit dem restlichen Europa. Hier hält es niemand sonderlich lang auf einem Chefposten aus. Darüber redet man nicht laut, aber die meisten klappen irgendwann zusammen. Das gehört zum Konzept. Wir sind wie Formel-1-Wagen, müssen regelmäßig in die Box, um Reifen zu wechseln und Brennstoff nachzufüllen. Dann können wir weiterfahren.«

Max machte eine Drehbewegung mit dem Finger und freute sich über seinen gelungenen Vergleich.

»Das hier ist also die Box?«, sagte Daniel und sah sich im Restaurant um, wo sie jetzt die einzigen Gäste waren.

»Jawoll. Himmelstal ist eine Box. Vielleicht die beste in ganz Europa. Und jetzt genehmigen wir uns einen Kaffee mit Kognak.« Max schlug mit der Handfläche auf den Tisch. »Aber nicht hier«, fügte er hinzu. »Ich kenne ein nettes Lokal im Dorf. Komm.«

Er knäulte die Serviette zusammen und stand auf.

Daniel schaute sich nach der Bedienung um. Er wollte das Essen bezahlen, wusste jedoch nicht, wie es hier vor sich ging.

»Im Dorf?«, sagte Daniel. »Aber kannst du die Klinik so einfach verlassen?«

Max lachte.

»Natürlich. Das ist der Witz an Himmelstal. Schreib's auf mich, Schatz«, rief er der unsichtbaren Bedienung zu und schritt forsch auf den Ausgang zu.

Moselwein. Kalt, köstlich, wie aus einer Quelle tief in der Erde.

Gisela Obermann hätte lieber aus ihren geerbten böhmischen Kristallgläsern getrunken als aus den langweiligen Gläsern aus Massenproduktion, die es in der Personalwohnung gab. Aber sie hatte ihre Gläser einem wohltätigen Verein für einen Flohmarkt geschenkt. Sie hatte alles verschenkt, als sie das Angebot bekam, in Himmelstal zu arbeiten. Sie hatte sich von ihrer schönen Wohnung getrennt und eine lange, destruktive Beziehung beendet. Sie hatte nur ein paar Kleidungsstücke von guter Qualität behalten, ein wenig Fachliteratur und Schneeflöckchen, ihre Katze.

Gisela legte sich aufs Bett, kuschelte sich an die langhaarige Katze und sog deren schwachen, sauberen Duft ein. Im Gegensatz zu Hunden rochen Katzen immer gut.

Die Katze schnurrte, das weiße Fell vibrierte weich und leicht an ihrem Gesicht.

Das Fenster war angelehnt. Draußen sang eine Amsel. Sie hörte Stimmen und das Geräusch von Metall auf Steinplatten. Kurze Zeit später roch sie brennende Grillkohle. Schon wieder ein Personalfest. Sie hatte nicht vor, hinzugehen.

Sie schloss die Augen, das weiche Fell der Katze streichelte ihre Wange, und sie stellte sich vor, es sei Doktor Kalpaks Hand. Auf einem Personalfest würde sie Doktor Kalpak nicht treffen, er nahm nie daran teil. Sie erinnerte sich noch genau, wie seine Hand sich angefühlt hatte, als sie neu in der Klinik war und ihn begrüßte. Schmal und braun, und mit den längsten Fingern, die sie je gesehen hatte. Sie sah nicht aus wie eine Hand, eher wie ein eigenständiges Wesen. Ein Tier. Ein flinkes, geschmeidiges, seidiges Tier. Vielleicht ein Iltis.

Sein singender Akzent passte gut hier in die Berge, weich und aufsteigend, wie die Österreicher oder die Norweger. Aber seine wirkliche Sprache waren die gestikulierenden Hände, wenn man sie sah, hörte man fast nicht mehr, was er sagte.

Gisela Obermann hatte sich von fast all ihren Träumen verabschiedet. Einen nach dem anderen hatte sie losgelassen und im harten Wind des Lebens davonfliegen sehen. Aber den Traum, einmal die Hände von Doktor Kalpak auf ihrem nackten Körper zu spüren, den behielt sie, und sie holte ihn hervor, wenn sie allein war.

Sie schloss die Augen und spürte, wie der Wein Wirbel in ihrem Gehirn auslöste. Ihr fiel ein, dass Max heute Besuch bekam. Von seinem Bruder. Max war der einzige unter ihren Patienten, der ihr noch einen Funken Hoffnung gab. Was würde dieser Besuch mit ihm machen?

Die Katze steigerte die Drehzahl ihres Schnurr-Motors.

»Ich liebe Tiere, weil sie lebendig sind, ohne menschlich zu sein.« Wer hatte das gesagt? Majakowski, Dostojewski?

Gisela dachte wieder an Doktor Kalpaks Hände. Zwei Seideniltisse, die über ihren Körper liefen. Der eine über ihre Brüste, der andere über ihren Bauch und zwischen die Beine.

9 Draußen war es dunkel geworden. Spärlich verteilte Laternen beleuchteten die Spazierwege im Park. Max und Daniel gingen den Hügel hinunter ins Dorf.

»Du scheinst in der Klinik ein und aus zu gehen, wie du willst«, stellte Daniel fest.

»Natürlich. Die Gäste würden etwas anderes auch nicht akzeptieren. Wenn ich nur brav um zwölf Uhr in meinem Bett bin, kann ich tagsüber machen, was ich will.«

Am Ende des Hügels kamen sie auf eine schmale, asphaltierte Straße, die Beleuchtung war dichter und heller, wie auf einer Joggingspur. Ein lustiges kleines Elektrofahrzeug in Hellgelb näherte sich ihnen mit weichem Surren. Der Fahrer grüßte, als er vorbeifuhr. Er trug eine Art Uniform, wie ein Hausmeister oder ein Hotelportier, und neben ihm in dem engen Fahrerhäuschen saß ein Mann, der genauso gekleidet war. Daniel vermutete, dass sie zum Klinikpersonal gehörten. Max grüßte zerstreut zurück und überquerte rasch die Straße. Sie kamen an ein paar Häusern vorbei, bogen um eine Ecke und befanden sich plötzlich im Zentrum des Dorfs.

Häuser mit blumengeschmückten Balkons umgaben einen kleinen Platz mit einem Springbrunnen in der Mitte. Hinter Bleiglasfenstern brannten Lampen, und aus einem offenen Fenster hörte man Stimmen und Hundegebell, das von den Felswänden des engen Tals widerhallte. Es war ein merkwürdiger Gedanke, dass Menschen in dieser Märchenwelt wohnten und ein normales Leben führten.

Max bog in eine Gasse ein und blieb vor einem braunen Haus stehen. In einem kleinen Garten baumelten bunte Lampen in den Bäumen.

»Hannelores Bierstube«, erklärte Max unnötigerweise,

denn genau das stand in weißen, schnörkeligen Buchstaben über dem Eingang.

»Ich dachte, es wäre das Pfefferkuchenhaus der Hexe«, sagte Daniel.

»Wer weiß?«, sagte Max. »Traust du dich trotzdem rein?«

»Ich habe wirklich Lust auf ein Bier. Das mit dem Kaffee und dem Kognak vergessen wir. Ein großer Krug kaltes Bier, genau danach ist mir. Lass uns reingehen. Es sieht nett aus.«

»Das haben Hänsel und Gretel auch gesagt«, sagte Max und ließ Daniel vorausgehen.

Max schien Stammgast im Pfefferkuchenhaus zu sein, denn er setzte sich sofort in eine dunkle Ecke des Lokals, hob zwei Finger Richtung Tresen und bestellte so, ohne ein Wort zu sagen, zwei Bier. Eine kräftige, ältere Frau nickte ihm zu, und kurz darauf brachte sie zwei riesige Krüge Bier. Sie stellte sie resolut auf den Tisch. Sie hatte Arme wie ein Holzfäller und Kiefer wie eine Bulldogge.

»Was habe ich gesagt?«, flüsterte Daniel schaudernd. »Will sie uns auffressen?«

Max zuckte mit den Schultern.

»Bisher ist mir nichts passiert. Ich glaube, sie wartet, bis ich einen ordentlichen Bierbauch habe. Sie kneift mich manchmal in die Seite, um zu sehen, wie weit ich bin. Prost, Bruderherz! Es ist unheimlich toll, dass du hier bist!«

Sie hoben ihre Krüge.

»Finde ich auch. Es ist schöner hier, als ich dachte. Ich hätte nie erwartet, dass ...«, sagte Daniel, wurde aber von einem überraschenden »Kuckuck« unterbrochen, und erst jetzt bemerkte er die große Kuckucksuhr, die über ihnen an der Wand hing.

Das Uhrwerk setzte eine ganz Szene in Gang. Außer

dem Kuckuck, der aus seiner Klappe kam, gab es einen Mann, der Holz hackte, und eine Frau, die eine Ziege melken wollte. Aber die Ziege trat aus und warf den Eimer um, den die Frau immer wieder aufstellte.

»Du liebe Güte«, sagte Daniel verwirrt, als die Vorstellung vorbei war und der Kuckuck wieder hinter seiner Klappe verschwand.

Max schien es nicht zu kümmern. Er trank gierig einen großen Schluck Bier, ein bisschen Schaum tropfte auf den Tisch. Ein kleiner, magerer Mann mit Schürze und dünnem, zurückgekämmtem Haar tauchte lautlos wie ein Gespenst aus dem Dunkeln auf und wischte den Schaum mit einem Lappen weg. Als der Mann sich über das Teelicht auf dem Tisch beugte, sah Daniel seine Wangenknochen, die wie bei einem Skelett hervorstanden.

»Das war Hänsel, nicht wahr«, sagte er, als der Mann sich nach einer stummen Verbeugung entfernt hatte. »Er passt auf, dass er nicht zunimmt.«

»Es gibt auch eine Gretel. Ich weiß nicht, ob sie heute hier ist«, sagte Max und schaute sich im Lokal um. »Vielleicht hat man sie schon aufgegessen. Würde mich nicht wundern. Sie ist recht appetitlich. Wenn ich meine kleine Giulietta nicht hätte, würde ich vielleicht auch mal kosten wollen.«

»Wer ist Giulietta? Deine Neueste?«

»Die Neueste, Letzte und Einzige. Die zweiundzwanzigjährige, wunderschöne Tochter eines Olivenbauern aus Kalabrien. Sie wohnt noch bei ihren Eltern, aber wir sind verlobt.«

»Eine Zweiundzwanzigjährige? Du bist ja dreizehn Jahre älter«, wandte Daniel ein.

»Das ist in Kalabrien nichts Ungewöhnliches. Ihre Eltern sind sehr zufrieden mit mir. Ich bin reif, erfahren und gut situiert.«

»Und ausgebrannt. Stationär in einer Reha-Klinik. Aber das hast du ihnen vielleicht nicht erzählt?«

»Nein, ich habe ihnen gesagt, dass ich in Schweden auf Geschäftsreise bin.«

»Und Giulietta? Ist sie auch zufrieden mit dir?«

»Sie ist verrückt nach mir.«

»Und sie glaubt auch, dass du in Schweden auf Geschäftsreise bist?«

»Ja. Aber ich werde jetzt runterschalten. Wenn ich Himmelstal verlassen habe, werden wir heiraten und uns in Kalabrien niederlassen. Wir bauen Oliven an. Bekommen Kinder. Sieben, acht Kinder.«

Er nickte zufrieden, als ob er diesen Beschluss gerade eben gefasst hätte. Dann sah er auf und fragte:

»Du hast keine Kinder, oder?«

»Nein, das weißt du doch. Emma wollte noch warten, und dann haben wir uns scheiden lassen.«

Max legte ihm beruhigend eine Hand auf die Schulter.

»Keine Panik. Wir Männer haben Zeit genug. Bei Frauen ist das anders. Trinken wir noch ein Bier?«

»Ich habe ja das noch nicht ausgetrunken. Aber bestell ruhig noch eins für dich. Ich bezahle.«

»Du bezahlst nichts. Du bist mein Gast«, sagte Max und bestellte mit einer Handbewegung ein weiteres Bier bei der Bulldoggen-Frau.

Das Lokal war jetzt voll und der Geräuschpegel hoch. Die meisten Gäste waren Männer, die man in der spärlichen Beleuchtung aber nur schemenhaft wahrnahm. Außer ein paar Spots am Tresen gab es nur Teelichter auf den Tischen.

»Der Aufenthalt hier scheint dir gutzutun«, sagte Daniel. »Ich habe mir tatsächlich Sorgen gemacht, als ich deinen Brief bekam.«

»Ich habe doch gesagt, das ist Europas beste Klinik für

die Behandlung eines Erschöpfungssyndroms. Aber du hättest mich sehen sollen, als ich hier ankam.«

Max legte den Kopf schief, ließ die Zunge aus dem Mund hängen und verdrehte die Augen.

»Erschöpfungssyndrom«, wiederholte Daniel. »Die Diagnose hast du noch nie bekommen.«

»Nein. Erstaunlicherweise nicht. Im Grunde kamen meine Zusammenbrüche immer dann, wenn ich eine Zeitlang sehr hart gearbeitet habe. Beim letzten Mal habe ich Tag und Nacht geschuftet. Ich habe ja nie geschlafen. Kein Wunder, wenn man da erschöpft ist.«

»Aber«, wandte Daniel ein, »diese Hyperaktivität ist doch ein Symptom deiner Krankheit und nicht deren Ursache.«

»Bist du sicher? Vielleicht hat man sich getäuscht und nicht begriffen, was Henne und was Ei ist. Vielleicht habe ich jahrelang eine falsche Diagnose bekommen. Je mehr ich darüber nachdenke, desto wahrscheinlicher finde ich, dass ich unter einem ständig wiederkehrenden Erschöpfungssyndrom gelitten habe. Erschöpfung kann sich sehr unterschiedlich ausdrücken.«

»Aha«, sagte Daniel und gähnte. »Wenn wir nicht bald nach Hause und ins Bett gehen, bekomme ich ein Erschöpfungssyndrom. Und ich will mir gar nicht vorstellen, wie sich das ausdrücken kann.«

Aber kaum hatte er das gesagt, da drangen Akkordeontöne durch das Gemurmel im Lokal, und im nächsten Moment hörte man eine weibliche Singstimme, ziemlich dunkel und mit einem deutlichen Rhythmus. Daniel drehte sich erstaunt um.

Im Schein eines Spots am anderen Ende des Lokals stand eine junge Frau in einer Art Trachtenkleid mit Schnürmieder und Puffärmeln und sang. Sie wurde begleitet von einem älteren Herrn in geblümter Weste, eng anliegenden Kniebundhosen und einem flachen, albernen Hut mit Blumen an der Krempe.

»Touristenunterhaltung, sieh an«, rief Daniel aus. »Ich dachte, wir wären weit weg von den Touristenzentren, aber dann kann ich vielleicht doch ein Hotel hier in der Nähe finden.«

»Na ja«, sagte Max ungerührt. »Touristenunterhaltung würde ich das nicht nennen. Eher Ortsansässige, die andere Ortsansässige unterhalten. Sie treten jede Woche an ein paar Abenden hier auf. Die Frau, die singt, arbeitet sonst an der Bar. Willst du zuhören oder sollen wir gehen?«

»Wir können doch nicht gehen, wo sie gerade angefangen hat. Wir warten noch ein wenig«, meinte Daniel.

Die Frau sang übertrieben artikuliert, unterstrich den Text mit den Händen und durch Blicke, als handle es sich um ein Kinderlied. Und doch verstand Daniel kaum ein Wort ihres Schweizerdeutschs. Hin und wieder schwang sie eine Kuhglocke. Es war ein langes Lied mit einem erzählenden, lustigen Text, so viel verstand er, und nach ein paar Versen wusste er, wann die Kuhglocke wieder kommen würde.

»Das dauert noch ewig. Wir gehen jetzt«, sagte Max, aber Daniel schüttelte den Kopf.

Etwas an der Sängerin faszinierte ihn. Schmale braune Augen, einen rot geschminkten Mund und eine kleine rundliche Nase mit einer Andeutung von Sommersprossen. Die schokoladenbraunen Haare trug sie in einem kurzen Pagenkopf, der Pony war wie mit dem Lineal geschnitten.

Daniel betrachtete sie und versuchte herauszufinden, wie es sich mit ihrer Schönheit verhielt, die sie auf irgendeine Weise besaß, die aber keineswegs offensichtlich war. Sie war auf eine betörende, puppenhafte Art und Weise hübsch, aber darunter lag ein anderes Gesicht mit kräftigen, bäuerlichen Zügen, die man aber nur aus einem bestimmten Blickwinkel sah. Daniel konnte sich vorstellen, wie ihre älteren Verwandten aussahen und wie sie eines Tages aussehen würde. Die bäuerlichen Züge unter der Schönheit waren spannend und minderten ihre Attraktivität keineswegs.

Aber eigentlich waren die Augen das Schönste an ihr, dachte er plötzlich. Sie glitzerten wie Sterne, und wenn sie den Kopf stillhielt und die Augen hin und her bewegte, war es, als sprühte das Glitzern ins Publikum hinein.

Ihre Singstimme war nichts Besonderes, und der ganze Auftritt hatte etwas Lächerliches. Übertrieben. Absurd. Die aufgesperrten Augen, die sich wie bei einem Spielzeug von rechts nach links bewegten. Die albernen Gesten: gekreuzte Arme, schräg gelegter Kopf und unbewegliche Hüften. Der rote Gummibandmund.

Und dazu der dickliche, rotwangige Mann mit seiner Ziehharmonika und seinem blöden Hut, das musste doch ein Scherz sein? Eine Parodie auf die schlimmsten Klischees der Alpenkultur.

Paradoxerweise war die ganze Vorstellung trotz ihrer Klarheit und der kindlichen Einfachheit völlig unverständlich. Daniel hatte noch nie einen so merkwürdigen Dialekt gehört. Es ging um Kühe, so viel verstand er auf jeden Fall. Kühe und Liebe. Wahnsinnig! Wahnsinnig und geschmacklos, und gleichzeitig, das musste Daniel zu seiner Überraschung zugeben, unglaublich faszinierend. Er saß da wie verzaubert und konnte seine Augen nicht von dem Mädchen lassen.

Irgendwann war das Lied zu Ende, und sie nahm den matten Applaus entgegen, indem sie knickste und kokett den Rock schürzte. Daniel fand das Publikum geizig und klatschte besonders heftig. Das Mädchen schaute in ihre Richtung und blinzelte ihm zu. Oder vielleicht Max?

»Lass uns die Gelegenheit nutzen, bevor sie wieder anfangen«, sagte Max und stand auf.

Er ging rasch zum Ausgang. Daniel folgte ihm rückwärts, immer noch klatschend und ohne die Sängerin aus den Augen zu lassen.

Als sie bei der Tür waren, spielte das Akkordeon einen langen, saugenden Ton, und dann sangen sie ein Duett, aber Max hatte ihn schon in den Garten hinausgezogen, wo die Girlanden aus roten und grünen Lampions immer noch im Laub der Bäume schaukelten.

»Es tut mir leid, wenn ich stresse, aber spätestens um zwölf müssen wir in unseren Zimmern und Hütten sein. Das ist die einzige Regel in dieser Klinik.«

»Wer ist sie?«, fragte Daniel.

»Die gesungen hat? Sie heißt Corinne. Sie ist fast jeden Abend in Hannelores Bierstube. Manchmal singt sie, manchmal bedient sie«, antwortete Max.

Sie bogen von der Dorfstraße ab und gingen durch das Tannenwäldchen in Richtung Klinik. Als sie die Lichter des Dorfs hinter sich ließen, wurde es dunkel, der Tannenduft war intensiv. Daniel war plötzlich sehr müde.

»Meinst du, in der Klinik kann man mir morgen früh ein Taxi besorgen?«, fragte er. »Damit ich zum nächsten Bahnhof komme.«

»Willst du morgen schon wieder abreisen? Du bist ja gerade erst angekommen«, rief Max enttäuscht und blieb stehen. »Die meisten Angehörigen bleiben eine Woche.«

»Ja, aber ich hatte geplant ...«

»Was hattest du geplant? Eine Woche Ferien in den Alpen auf meine Kosten? Eine Stunde in einem Besucherzimmer mit deinem verrückten Bruder und dann nichts wie weg zu eigenen Vergnügungen?«

»Nein. Oder ... ich weiß nicht.«

Daniel war jetzt so müde, dass er nicht mehr klar denken konnte. Wie sollte er nur den Berg bis zu Max' Hütte hinaufkommen? Seine Beine waren weich und wie aus Gummi. Und der Ton in der Stimme des Bruders machte ihm Schuldgefühle. Max hatte ja tatsächlich die Reise bezahlt, das stimmte.

»Mach, was du willst, aber ich würde mich freuen, wenn du noch einen Tag bleiben würdest. Ich möchte dir noch so viel zeigen«, sagte Max und klang plötzlich sanft und bittend.

Sie gingen den steilen Weg hinauf. Zwischen den Baumstämmen hindurch konnte man eines der modernen Klinikgebäude aus Stahl und Glas sehen. Nur das oberste Stockwerk war erleuchtet, es glich einem schwebenden Raumschiff.

»Hier ist es wirklich schön«, sagte Daniel. »Als ich deinen Brief bekam, dachte ich, er kommt aus der Hölle. Ich habe mich auf der Briefmarke verlesen.«

Max lachte laut, als hätte Daniel etwas unglaublich Witziges gesagt. Sie nahmen eine Abkürzung durch die Bäume, und Daniel wäre fast über eine Baumwurzel gestolpert, Max bekam ihn gerade noch zu fassen, immer noch lachend.

»Wunderbar. Ganz wunderbar! Kennst du die Geschichte von dem Mann, der das Boot zur Hölle ruderte?«

»Nein.«

»Anna hat sie mir erzählt, als ich klein war. Also, ein Mann war dazu verdammt, die Toten über den Fluss in die Hölle zu rudern. Hin und zurück, hin und zurück, in alle Ewigkeit. Er war es unglaublich leid, wusste aber nicht, wie er den Job loswerden konnte. Eines Tages wusste er es. Und weißt du wie?«

»Nein?«

»Die Ruder einem anderen geben. Verstehst du? So einfach war es. Er brauchte nur einen Passagier zu bitten, eine Weile zu rudern. Dann war er frei und konnte abhauen, während der andere in alle Ewigkeit weiter rudern musste.«

Max konnte gar nicht aufhören, über seine eigene Geschichte zu lachen.

Sie waren jetzt im Park angelangt. Nachtfalter flatterten um die Lampen. Ein Scheinwerfer blendete sie, und im nächsten Moment kam ihnen eines der lustigen Elektroautos entgegen. Ein junger Mann beugte sich heraus und rief:

»Na, ihr habt es aber gar nicht eilig. In zwanzig Minuten ist Nachtrunde, vergiss das nicht, Max.«

»Mein Gott, wir müssen uns beeilen«, brummte Max.

Fünf Minuten später betraten sie außer Atem die Hütte ganz oben am Hang.

Daniel legte sich sofort und noch in Kleidern auf die Bank, die Max ihm als Schlafplatz angewiesen hatte. Er war völlig erschöpft. Max warf ihm eine Wolldecke und ein Kissen zu.

»Du musst entschuldigen, aber ich hatte einen langen Tag«, murmelte Daniel schon halb schlafend.

Ein Klopfen ließ ihn zusammenzucken.

»Ich komme«, rief Max aus dem Bad, wo er sich die Zähne putzte.

In Unterhosen und mit der Zahnbürste im Mund ging er zur Tür.

»Die Nachtrunde«, erklärte er im Vorbeigehen, den Mund voller Zahnpastaschaum.

Unter seinen halb geschlossenen Augen sah Daniel, wie eine Frau in einem hellblauen Kostüm (eine »Hostess«, wie man sie offenbar nannte) und ein Mann in einer hellblauen Steward-Uniform ein paar Schritte in die Hütte kamen und stehen blieben, freundlich lächelnd und nickend.

Sie warfen einen Blick durchs Zimmer und entdeckten Daniel unter seiner Decke.

»Schläft dein Bruder schon?«, flüsterte der Mann. »Dann schlaf auch du gut, Max, ich wünsche euch morgen einen schönen Tag zusammen.«

Max antwortete mit der Zahnbürste im Mund etwas Unverständliches. Der Mann und die Frau gingen. Daniel konnte hören, wie sie bei der nächsten Hütte anklopften und ein paar Worte mit dem Bewohner wechselten. Und dann noch ein Klopfen weiter weg.

Er schloss die Augen. Alles, was er an diesem langen, merkwürdigen Tag erlebt hatte, rauschte durch sein Gehirn, ungeordnet und zusammenhanglos. Stimmen, Sinneseindrücke, Kleinigkeiten, die er bewusst gar nicht wahrgenommen hatte.

Im Grenzland des Traums tauchte eine Erinnerung auf, kristallklar bis ins kleinste Detail: die uniformierten Männer, die das Taxi angehalten hatten. Ihre Gesichter unter den Schirmmützen. Der Metalldetektor. Die unbefahrene, schattige Straße. Die Felswände mit dem Tüpfelfarn, die kleinen Rinnsale und der Geruch nach Stein und Feuchtigkeit. Einen Moment lang war sein Gehirn hellwach und von einer Unruhe erfüllt, die er erst jetzt wahrnahm.

Dann sank er widerstandslos in den Schlaf. Seine Träume waren, wie nicht anders zu erwarten, wirr und unzusammenhängend. Nur einer setzte sich fest und hielt sich bis zum nächsten Vormittag: Corinne in ihrem Trachtenkleid. Sie stand mitten auf der leeren Straße neben dem Felsen und schwang die Kuhglocke über ihrem Kopf. Er hielt an – er fuhr das Auto selbst, im Traum gab es keinen Fahrer – und stieg aus.

Sie läutete mit der Glocke, der Ton hallte am Fels wider. Dann kam sie zu ihm und führte die Glocke an seinem Körper entlang, sie scherzte und lachte dabei.

Als sie die Glocke vor seine Brust hielt, wurde sie plötzlich ernst, als hätte sie etwas entdeckt. Langsam führte sie die Glocke näher an ihn heran. (Sein Oberkörper war jetzt nackt, vielleicht schon die ganze Zeit.) Sie drückte die Glocke gegen seine Haut, da, wo das Herz war, zog konzentriert das Gesicht zusammen, ihre Augen wurden schmale Spalten, und sie schien auf etwas zu lauschen.

Er wusste, was sie gehört hatte, er hörte es jetzt selbst: Sein Herz klopfte so schnell und so laut, dass es ihn fast sprengte.

»Sie hat es entdeckt! Jetzt ist alles verloren«, dachte er. Als ob sein Herz ein blinder Passagier wäre, den er hereinschmuggeln wollte und der sich nun verraten hatte.

Aber im Traum hieß die Frau nicht Corinne, sondern *Corinte*, das wusste er, obwohl keiner ein Wort gesagt hatte. Es hatte etwas mit ihren Augen zu tun.

10 Beim Aufwachen am nächsten Morgen roch er als Erstes gebratenen Speck. Als er die Augen aufschlug, war die Hütte von starkem Sonnenschein erhellt. Max stand am Herd.

Daniel schaute blinzelnd auf seine Armbanduhr, und zu seiner Überraschung sah er, dass es schon zwanzig nach neun war. Er wachte sonst immer um Viertel vor sieben auf, ob Werktag oder Feiertag, ob mit oder ohne Wecker. Unglaublich, dass er so lange hatte schlafen können, in hellem Sonnenlicht und dem Lärm von Max' Küchentätigkeiten.

»In fünf Minuten gibt es Frühstück«, sagte Max leicht angestrengt, er klapperte mit Tellern und schloss mit einem Knall die Backofentür.

Daniel ging ins Badezimmer, duschte schnell, und mit dem Gefühl, zu spät zu kommen, setzte er sich an den Tisch, an dem Max bereits frühstückte. Der Blick aus dem Fenster zeigte das Tal mit der steilen Felswand im Süden.

»Über schlechten Schlaf kannst du auf jeden Fall nicht klagen«, sagte Max und schenkte Daniel Kaffee ein. »Aber es ist gut, dass du ausgeschlafen bist, denn heute machen wir einen Abenteuerausflug. Wir fahren mit dem Fahrrad ein Stück in die Berge und angeln an meinem Lieblingsplatz.«

»Mit dem Fahrrad?«

»Ja, und komm mir nicht mit der Ausrede, dass du kein Fahrrad hast, das habe ich alles schon organisiert, während du schliefst. Ich habe uns in der Küche ein Proviantpaket bestellt. Ich hätte auch selbst was machen können, aber ich habe nicht mehr genug im Kühlschrank, und ich finde, wir sollten keine Zeit mit Einkaufen verschwenden.«

Daniel konnte sich nicht erinnern, dass sie für heute einen Ausflug geplant hätten.

»Du weißt, dass ich heute weiterfahren will«, erinnerte er ihn.

Und um nicht undankbar zu klingen, fügte er hinzu: »Es war sehr nett gestern. Das Essen war ausgezeichnet. Die Bierstube hat mir auch gefallen. Aber mir ist es nicht recht, dass du für mich bezahlst.«

Der Bruder machte eine abwehrende Handbewegung und sagte:

»Ich finde, wir sollten erst einmal richtig zusammenkommen. Und du hast ja noch gar nichts von der herrlichen Gegend hier gesehen. Warst du schon einmal Forellen angeln?«

»Nein.«

»Da hast du etwas verpasst. Das ist unglaublich spannend. Totale Konzentration. Du solltest es wirklich einmal versuchen. Wo ich den Proviant, die Angeln und die Fahrräder schon für uns organisiert habe. Ich wäre wirklich sehr enttäuscht, wenn du jetzt schon abhauen würdest.«

Daniel gab auf.

Vor der Hütte standen zwei Mountainbikes, aus den Seitentaschen ragten längliche Futterale, in denen die Angeln waren, wie Daniel vermutete.

Sie schoben die Räder zum Hauptgebäude der Klinik, Max verschwand durch den Kücheneingang und kam kurz darauf mit Plastikschachteln und Bierflaschen zurück, die er in den Taschen verstaute. Dann rollten sie den Abhang hinunter, sie bogen nach rechts ab und folgten einer kleinen Straße oberhalb des Dorfs.

Bald hatten sie die Häuser hinter sich gelassen, jetzt lag das Tal vor ihnen, so intensiv grün, dass Daniel ein Gefühl von Unwirklichkeit überkam. Als wäre er in einem Computerspiel.

Auch die Geschwindigkeit war irgendwie unwirklich. Konnte er so schnell Rad fahren? Es war das reinste Rennen. Das musste am Rad liegen, es hatte eine phantastische Gangschaltung, keinerlei Widerstand. Sie flogen nur so dahin.

Vielleicht lag es auch an der Luft. Alles um ihn herum war deutlich und klar, bis ins kleinste Detail, er konnte jede Blume von weitem erkennen.

Sie fuhren durch ein schmales Gletschertal. Auf ihrer Seite stieg der Berg in gras- und waldbewachsenen Hängen an. Oberhalb war der Berg kahl und steil, Steine waren herabgestürzt, es sah aus wie in einem riesigen Steinbruch.

Auf der anderen Seite gab es keine Hänge. Da erhob der Berg sich senkrecht wie eine Mauer, es sah merkwürdig aus. Eine Autostraße führte den Fels entlang, weiter vorne konnte Daniel einen Transporter sehen. Ja, er war ja selbst auf dieser Straße gekommen. Es war die mit Tüpfelfarn und Moos bedeckte Felswand.

Max radelte voraus, er beugte sich tief über den Lenker, wie ein Rennfahrer. Ab und zu drehte er sich um und lächelte Daniel zu. Er hatte ein attraktives Lachen mit strahlend weißen Zähnen. Er sah gut aus, dachte Daniel, und im selben Moment fiel ihm ein, dass er dann wohl auch gut aussah. Als eineiiger Zwilling hatte man ja diese Möglichkeit, die nur wenigen Menschen gegeben war: sich selbst von allen Seiten und aus allen möglichen Perspektiven zu sehen. Von hinten, im Profil und auf einem Fahrrad. Es war doch etwas anderes, als sich im Spiegel anzuschauen, falsch herum und seitenverkehrt. Beobachtet und Beobachter zugleich.

»So sehe ich also ohne Bart aus«, dachte Daniel und beschloss, sich den Bart abzurasieren, sobald er wieder zu Hause war.

Der Bart hatte eine eigene Geschichte. Daniel ließ ihn wachsen, als er neunzehn war, und er erinnerte sich genau an den Anlass.

Er war in London, um Max zu besuchen, der zur Untermiete in Camden wohnte. Der Bruder hatte ihn überschwänglich begrüßt und war mit ihm in die Stadt gegangen.

Daniel kaufte auf einem Markt ein T-Shirt mit einem frechen Aufdruck, und Max kaufte das gleiche und zog es sofort an. Daniel gefiel das nicht, aber als Max ihn bat, seines auch anzuziehen, ging er doch darauf ein. Max legte einen Arm um Daniels Schulter und lachte, wenn die Leute sie anstarrten und mit dem Finger auf sie zeigten. Daniel fühlte sich unwohl, als ob ihre Ähnlichkeit ein Gebrechen wäre.

Sie kamen in eine Straße, in der ein Pub neben dem anderen lag. Daniel wäre lieber in ein anderes gegangen, aber Max schob ihn in ein Pub, das groß, verraucht und laut war, im Fernsehen lief ein Fußballspiel.

Als Daniel mit Max an der Bar stand, bemerkte er ein Mädchen, das allein an einem Tisch saß und aß. Sie war weißblond, mager und sah irgendwie durchsichtig aus, wie aus milchigem Glas. Ihre Bewegungen hatten etwas Auffälliges, wie sie die Gabel hob und geradeaus schaute, ohne den Blick zu fixieren. Es hatte etwas Bestimmtes, Zielbewusstes, beinahe Aggressives.

Max bemerkte sofort sein Interesse.

»Ich wette, sie ist Schwedin«, zischte er neben Daniels Gesicht. Es war schwierig, sich zu verständigen. Die Fernseher liefen auf voller Lautstärke, das Publikum kommentierte laut das Spiel.

»Es gibt hier jede Menge Schwedinnen, und man erkennt sie sofort. Und ich wette noch was.« Max beugte sich noch näher zu ihm, ihre Nasen berührten sich. Seine Augen glänzten betrunken, der Schweiß tropfte ihm von der Stirn, er hatte Mundgeruch. »Sie ist noch Jungfrau.«

Dann wollte Max weiterziehen, aber Daniel wollte nicht mitkommen.

»Geh nur«, sagte er zu Max. »Ich bleibe noch ein wenig hier.«

Als Max weg war, ging er zum Tisch des Mädchens und fragte, ob er sich setzen dürfe. Sie aß Fish & Chips, es sah fettig und unappetitlich aus, aber sie aß tapfer weiter.

»Findest du das wirklich gut?«, fragte Daniel auf Schwedisch.

»Oh yes, I really ...«, begann sie mit angespannter Stimme, dann hielt sie inne. »Bist du aus Schweden? Also, nein, eigentlich nicht. Aber ich esse es.«

Sie arbeitete als Au-pair-Mädchen in einer Familie mit drei Kindern. Sie hatte im Frühjahr das Gymnasium beendet, naturwissenschaftlicher Zweig, und wollte Chemotechnikerin werden. Aber zuerst wollte sie noch ein wenig Erfahrungen sammeln, etwas von der Welt sehen. In der Familie fühlte sie sich überhaupt nicht wohl und hatte Heimweh. Einmal in der Woche hatte sie frei, aber es war nicht leicht, Freunde zu finden. Zu ihrem Entsetzen hatte sie außerdem festgestellt, dass ihr Englisch miserabel war. Im Gymnasium hatte sie die besten Noten gehabt, aber die Leute hier redeten überhaupt nicht wie in den britischen Fernsehserien, sie verstand so gut wie nichts.

Daniel hatte sie gefragt, warum sie nicht nach Hause zurückfuhr, wenn sie sich so unwohl fühlte. Sie richtete sich auf, streckte das Kinn vor und sagte, sie würde nicht aufgeben. Sie gab niemals auf. Sie war das einzige Kind ihrer Eltern, und sie waren sehr stolz auf sie.

»Es ist nicht einfach als Einzelkind«, sagte sie. »Manchmal wünsche ich mir, ich hätte Geschwister. Hast du Geschwister?«

Zu seinem Erstaunen hörte Daniel sich »nein« sagen. Er wusste nicht, warum, aber er wollte in diesem Moment nicht darüber reden, wie es ist, ein Zwilling zu sein. Mit diesem Thema zog er immer alle Aufmerksamkeit auf sich und stellte alle anderen in den Schatten.

»Dann weißt du ja, wie es ist.«

Sie sprachen lange miteinander. Das Mädchen sagte, sie habe in zwei Monaten nicht so viel gesprochen wie jetzt mit ihm. Sie war offenbar sehr allein. Kein Freund, keine Freundinnen.

Etwas Besonderes war an ihr. Sie wirkte zart und gleichzeitig sehr stark und unbezwingbar. Ein Mädchen aus Glas und Stahl, hatte Daniel gedacht. Sie hatte weißblonde Wimpern, die die meisten Mädchen mit Mascara dunkel gefärbt hätten, aber sie war völlig ungeschminkt. Sie regte sich leicht auf. Dann wurde ihr blasses Gesicht ganz rosa, ihre Pupillen weiteten sich und entlarvten eine Schwärze, die verlockend und beängstigend zugleich war.

Zu seinem großen Erstaunen stellte Daniel fest, dass er verliebt war. Schmerzlich, schicksalhaft und wunderbar, das war ganz neu für ihn. Er empfand großen Respekt vor diesem Mädchen, fast Bewunderung, und gleichzeitig ein Begehren, das ihn beinahe verbrannte.

Er hatte ziemlich viel Bier getrunken, und als er sich entschuldigte, um auf die Toilette zu gehen, hatte er Gelegenheit, nachzudenken. Was war los? Was sollte er machen? Sie um ihre Telefonnummer bitten? Würden sie Kontakt halten, wenn er wieder in Schweden war? Vielleicht konnte er nach England ziehen, an einer englischen Universität studieren oder sich eine Arbeit suchen, als Tellerwäscher zum Beispiel. Die Gedanken hüpften in seinem Kopf umher, während er in der lautstarken Schlange vor der Toilette hin und her geschubst wurde. Es beunruhigte ihn, dass er so lange warten musste. Sie würde doch wohl nicht denken, dass er abgehauen war? Vielleicht würde sie nach Hause gehen?

Als er endlich wieder ins Lokal zurückkam, sah er, dass sein Platz besetzt war. Max saß da und sprach mit dem Mädchen. Er war zurückgekommen. Vermutlich hatte er im Gedränge an der Bar gestanden und Daniel und das Mädchen beobachtet. Und als Daniel zur Toilette ging, hatte er einfach seinen Platz eingenommen.

Das Mädchen war ganz absorbiert von ihrem Gespräch und lachte laut. Daniel erkannte sie fast nicht wieder, sie war plötzlich viel hübscher. Ihm fiel auf, dass sie bisher noch nicht gelacht hatte. Während des langen Gesprächs mit Daniel hatte sie nicht ein einziges Mal gelacht. Max erzählte offenbar etwas sehr Lustiges, ihr schmales, blasses Gesicht war ganz verwandelt vom Lachen.

Und dann waren die beiden aufgestanden, immer noch lachend, und hatten das Pub verlassen, ohne einen Blick in Daniels Richtung zu werfen.

Sein Herz klopfte vor Wut, er bestellte noch ein Bier, trank es aus und ging dann in ein anderes Pub, genau das, in das er von Anfang an hatte gehen wollen, das so nett und altmodisch aussah. Aber ein Türsteher hatte ihn gestoppt und einen eiskalten Blick auf ihn gerichtet:

»Du kommst hier nie wieder rein, das weißt du.«

Verblüfft war Daniel ins nächste Pub gegangen. Er hatte sich betrunken und viele Stunden später ein Taxi zur Wohnung von Max genommen. Aber als er klingelte, machte niemand auf, und er musste den Rest der Nacht auf einer Parkbank zubringen.

Am nächsten Tag hatte Max gesagt:

»Ich hatte recht. Sie ist Schwedin. *Und* Jungfrau.«

Als Daniel geduscht hatte und das Rasierzeug hervorholte, um sich nach dem nächtlichen Besäufnis wieder
in Form zu bringen, überlegte er es sich plötzlich anders
und wischte den Rasierschaum mit heftigen Bewegungen
wieder weg. Er würde sich nicht rasieren. Er würde sich
einen Bart wachsen lassen. Er wollte nie wieder mit seinem Bruder verwechselt werden.

11 »Hier«, sagte Max außer Atem, »das ist mein Lieblingsplatz.«

Er zeigte mit der Angel auf eine Stelle und lief über die Steine zu einem still stehenden, teichähnlichen Teil des Wildbachs. Um sie herum schäumte das Wasser über kleine Absätze und bildete Wasserfälle.

»Hier hinter den Steinen ist eine kleine Vertiefung. Da stehen sie ganz still. Man muss sie nur rausholen. Ich habe diesen Platz noch niemandem gezeigt. Du bist der Erste.«

In den folgenden zwei Stunden waren sie vollauf mit dem Angeln beschäftigt. Für Daniel war es ungewohnt, aber er lernte schnell, und gegen Mittag war seine Wurftechnik ziemlich gut. Er hatte keine Ahnung gehabt, dass sein Bruder so gut angeln konnte.

»Gibt es hier viele Touristen?«, fragte Daniel, als sie sich mit ihrem Proviant auf einem flachen Stein niedergelassen hatten.

»Touristen? In Himmelstal?«

Max reichte ihm ein belegtes Brot mit Schinken und lachte laut, als hätte Daniel etwas sehr Lustiges gesagt.

»Ich meine, es ist doch so schön hier«, fügte Daniel hinzu.

»Nicht schön genug. Das Tal ist eng und schattig, die Berge sind zu steil zum Skifahren oder Wandern. Nein, nach Himmelstal kommt man nicht, um etwas zu sehen. Man kommt her, um nicht gesehen zu werden.« Max öffnete eine Bierflasche und hielt den Verschluss fest, damit der Schaum nicht herausspritzte. »Dieses Tal ist ein Versteck.«

»Ein Versteck?«

Max trank einen großen Schluck. Er schaute über die Stromschnelle und sagte:

»Dieses Tal ist schon seit dem Mittelalter ein Versteck. Hier gab es ein Kloster, in dem Aussätzige behandelt wurden. Genau da, wo jetzt die Klinik ist. Das Kloster gibt es nicht mehr, aber der alte Friedhof unten am Hang ist erhalten. Dort durften nur die Aussätzigen begraben werden, sonst niemand. Ausgestoßen bis in den Tod. Unrein.«

Er nahm einen Tannenzapfen und warf ihn wütend in den Bach, wo er von einem Wirbel erfasst wurde und sich im Kreis drehte.

»Eine böse Krankheit«, stimmte Daniel zu. »Ich könnte mir denken, dass es hier auch ein Sanatorium gegeben hat. Die Alpen sind ja voll von alten Sanatorien, aus denen man Hotels und Privatkliniken gemacht hat.«

Max schnaubte.

»O nein. Die Tuberkulosepatienten gehörten einer ganz anderen Klasse an. Die kamen nicht nach Himmelstal. Das war viel zu unzugänglich. Keine Eisenbahn. Erst seit den 1950er Jahren gibt es eine Autostraße.«

»Woher weißt du das alles?«, fragte Daniel beeindruckt.

»Ich bekam eine Broschüre, als ich hier ankam. Im 19. Jahrhundert wurde aus dem Kloster eine Behindertenanstalt. Für Menschen mit Entwicklungsstörungen, Geisteskrankheiten und Behinderungen. Unerwünschte Individuen, die man verstecken wollte. Das Personal wohnte im Dorf oder in der Anstalt, sie waren praktisch Selbstversorger. Es muss eine eigene kleine Welt gewesen sein. Dann brannte alles bis auf den Grund nieder. Viele Patienten kamen um. Angeblich hat ein Patient den Brand gelegt.«

Es entstand eine Pause, Max trank einen Schluck Bier, und vor Daniels innerem Auge tauchten unangenehme Bilder auf. Um sie zu verscheuchen, sagte er:

»Es war wohl auch einmal eine Klinik für plastische

Chirurgie? Das hat der Fahrer erzählt, der mich herbrachte.«

»Stimmt. Ein perfektes Versteck für frisch operierte Gesichter. Ja, mein Gott, was für ein Ort. Seit Hunderten von Jahren ist es der Müllplatz für elende arme Teufel. Ich finde, man spürt es manchmal auf dem Klinikgelände. Schlechte Vibrationen. Deswegen versuche ich, so oft wie möglich abzuhauen. Ins Dorf hinunter oder hierher zur Stromschnelle.«

Ein Fisch sprang aus dem Wasser. Wie ein in die Luft geworfenes glänzendes Messer flog er in einem hohen Bogen und fiel dann an einer höheren Stelle wieder in die schäumenden Wirbel.

»Was für eine Kraft sie haben!«, rief Daniel aus.

Max lächelte verkniffen.

»Die kommen nicht weit. Da oben ist ein Gitter. Deswegen kann man hier so gut angeln. Jetzt machen wir weiter.«

Max stand auf und nahm seine Angel.

Daniel kam jetzt ohne Anweisungen zurecht, deshalb ging Max ein Stück weiter hinaus in die Stromschnelle. Jeder angelte jetzt für sich. Hin und wieder riefen sie sich ein Wort zu, hielten ihren Fang hoch, wenn ein Fisch angebissen hatte, und gratulierten sich gegenseitig. Sonst schwiegen sie, konzentrierten sich aufs Angeln und die eigenen Gedanken. Es roch nach Tannengrün, und durch das Brausen des Wassers meinte Daniel den Klang von Glocken zu hören. Es klang wie die Kuhglocke, mit der das Mädchen in der Bierstube seinen Gesang begleitet hatte.

Die Brüder waren nun schon fast den ganzen Tag zusammen. Und noch war nichts passiert. Keine Wutausbrüche, keine gemeinen Bemerkungen, keine dummen Scherze. Max schien ausgeglichen und fröhlich zu sein. Ein wenig rastlos vielleicht, aber das gehörte ja zu seiner Persönlichkeit.

Daniel stellte fest, dass auch er toleranter war gegenüber der anmaßenden Art des Bruders, seiner Selbstbezogenheit und der Unfähigkeit, zuzuhören. Er nahm es ihm im Gegensatz zu früher nicht mehr übel. Max freute sich offensichtlich über seinen Besuch. Er hatte ihn zum Essen eingeladen und zum Angeln mitgenommen. Das waren die Dinge, die Max ihm geben konnte, und Daniel konnte dieses Geschenk nun besser wertschätzen. Vielleicht hatten sie jetzt endlich eine Frequenz gefunden, auf der sie wie erwachsene, selbständige Menschen miteinander kommunizieren konnten.

Das monotone Brausen des Wildbachs, das Rauschen der Tannen und die entfernten Kuhglocken versetzten Daniel in einen meditativen Zustand. Er hatte nicht bemerkt, dass Max seinen Platz verlassen hatte und am Ufer Fische ausnahm. Erst als Max ihn rief und losschickte, um Holz für ein Lagerfeuer zu holen, kam er wieder zu sich.

Das Holz lag im Tannenwäldchen unter einem Regenschutz aus Tannenpfählen und einer Plane. Über die Schnittflächen der aufgestapelten Hölzer hatte jemand mit rosa Leuchtspray die Buchstaben T O M geschrieben.

»Dieser Stapel ist gekennzeichnet. Können wir davon was nehmen?«, rief Daniel.

»Das ist in Ordnung. Ich kenne den Bauern«, rief Max vom Bach herüber.

Offenbar hatte er in der Bierstube im Dorf viele neue Kontakte geknüpft.

Kurze Zeit später saßen sie vor einem kleinen Feuer und warteten, bis das Feuer zur Glut wurde, damit sie die in Folie verpackten Fische hineinlegen konnten. Da sagte Max:

»Ich möchte dich um einen Gefallen bitten.«

Er sagte das in einem beiläufigen Ton. Als wollte er ihn um ein bisschen mehr Holz bitten. Aber diese einfachen

Worte, sanft und freundlich hervorgebracht, trafen Daniel wie ein Faustschlag. Er bekam fast keine Luft mehr und musste ein paar Mal tief einatmen, bevor er wieder sprechen konnte.

»Aha?«, sagte er steif.

Max stocherte mit einem Stöckchen im Feuer und sagte schließlich:

»Ich habe einige Probleme.«

»Worum geht es?«

»Ich wohne nun schon eine Weile in der Klinik, und langsam wird das Geld knapp. Der Personal Trainer, Tennisstunden, mentales Coaching, Massage, Essen und Wein. Niemand redet hier über Geld, sie schreiben es einfach auf die Rechnung. Schließlich hat man das Gefühl, dass alles umsonst ist, obwohl man weiß, es ist schweineteuer.«

»Du kannst die Rechnung nicht bezahlen, möchtest du mir das sagen?«

»Eine Hostess übergab sie mir in einem hellblauen Umschlag bei der Nachtpatrouille. Diskret, lächelnd. Ich öffnete den Umschlag erst, als sie gegangen war. Ich bin fast in Ohnmacht gefallen.«

Daniel war empört. Er fand das Verhalten der Klinik eigenartig, im Fall von Max geradezu gefährlich. Wussten sie denn nicht, welche Probleme er hatte? Er nahm sich zusammen und sagte so ruhig wie möglich:

»Ich kann dich nicht auslösen, falls du das meinst. Ich arbeite als Aushilfslehrer, und vom Herbst an bin ich arbeitslos. Ich habe schlicht kein Geld.«

Max hackte ein paar glühende Kohlestücke mit dem Stöckchen entzwei.

»Ich möchte dich nicht um Geld bitten«, sagte er kurz. »Ich habe selbst Geld.«

Diese Antwort empörte Daniel nur noch mehr.

»Was ist also das Problem?«

»Das Problem ist, dass ich von hier aus nicht an mein Geld komme. Ich kann die Klinik nicht verlassen, ohne die Rechnung zu bezahlen. Und ich kann die Rechnung nicht bezahlen, ohne die Klinik zu verlassen. Ein Dilemma.«

»Aber du kannst die Klinik doch verlassen«, wandte Daniel ein. »Du gehst doch ein und aus, wie du willst.«

»Nur solange ich morgens um sieben und abends um zwölf in meiner Hütte bin. Die Patrouille kontrolliert das jeden Tag. Um nach uns zu schauen, wie sie sagen. Aber tatsächlich kontrollieren sie, dass niemand abhaut, ohne zu bezahlen.«

»Und warum musst du die Klinik verlassen? Du kannst doch online Geld auf dein Konto überweisen, oder nicht?«

Max lächelte mitleidig über Daniels Naivität.

»Das Geld liegt nicht auf einem Konto. Es ist an einem bestimmten Ort und muss an einen anderen Ort gebracht werden. Persönlich. Nicht digital. Bar. Die Mafia ist, was das betrifft, ein wenig altmodisch.«

»Oho!«, sagte Daniel erstaunt. »Ich bin nicht sicher, ob ich dir noch folgen kann. Machst du Geschäfte mit der Mafia, Max?«

Max schwieg und zuckte mit den Schultern. Von weit her hörte man das unbeständige Glockenläuten, ausgelöst durch die Bewegungen der Kühe. Manchmal ein kleines Pling, dann wieder ausdauerndes Läuten.

»Nicht, wenn ich es vermeiden kann. Aber in diesem Fall hatte ich keine Wahl. Ich will dich nicht mit der ganzen Geschichte langweilen. Aber ich habe da draußen Geld, das ich holen kann. Ich habe eine Investition gemacht, und die hat etwas abgeworfen, so könnte man es beschreiben. Nicht ganz legale Geschäfte, wie du dir denken kannst.« Mit dem Stöckchen schob er die heißen Folienpäckchen aus der Glut.

Eigentlich war Daniel nicht besonders überrascht. Max war schon früher in solche Geschichten verwickelt. Es gab Anklagen und Prozesse. Aber soweit Daniel wusste, waren es immer zivilrechtliche Fälle. Um richtige Verbrechen war es bisher nicht gegangen. Oder?

»Es ist wirklich das letzte Mal, dass ich so ein Geschäft mache, das kann ich dir versprechen«, sagte Max entschlossen. Sie aßen den heißen, frisch gegrillten Fisch aus der Alufolie. »Dieses kriminelle Pack widert mich an. Sie haben keinerlei Moral. Das Problem ist, dass ich bei einem dieser Widerlinge Schulden habe.«

»Bei der Mafia?«

Es kam ihm unwirklich und fast ein wenig aufregend vor, das Wort in Zusammenhang mit seinem Bruder zu verwenden.

»Ich musste mir Investitionskapital leihen. Ich hätte auch jede Öre zurückgezahlt, wenn es nicht Probleme gegeben hätte. Ich habe Tag und Nacht geschuftet, um meine Schulden zu bezahlen. Bei solchen Kreditoren lässt man keinen Stichtag verstreichen. Ich bat um Aufschub, aber sie wollten nicht mal mit. mir reden. Und dann bin ich zusammengebrochen und kam hierher. Gleich nach meiner Ankunft bekam ich einen Brief von dem Kerl, von dem ich mir Geld geliehen habe. Wie der die Adresse herausbekommen hat, weiß ich nicht. Solche Kliniken arbeiten eigentlich mit größter Diskretion, aber er wusste offenbar genau, wo ich war. Ich bekam einen neuen Termin für die Zahlung. Ein Datum. Und eine Drohung.«

»Hat er dir gedroht?«, fragte Daniel entsetzt.

»Nicht mir. Giulietta. Er gab mir zu verstehen, dass er wusste, dass Giulietta meine Verlobte ist. Dass er wusste, wann sie normalerweise das Haus verließ, und dann sagte er noch, dass er hoffe, ihr würde nichts zustoßen.«

»O mein Gott.«

»Und jetzt habe ich also erfahren, dass meine Investition das abgeworfen hat, was ich erhofft habe, auch wenn es etwas länger gedauert hat. Ich kann jederzeit meine Schulden zurückzahlen. Das Problem ist, dass ich nun auch Schulden bei dieser Klinik habe und sie mich nicht gehen lassen wollen, um das Geld zu holen. Verstehst du mein Problem?«

Daniel dämmerte, worum Max ihn bitten wollte.

»Ich kann das Geld nicht für dich holen, Max. Ich möchte dir gerne helfen, aber ich will nicht in kriminelle Geschäfte verwickelt werden. Da hört meine Hilfsbereitschaft auf.«

Max starrte ihn erstaunt an und brach in Lachen aus.

»Nein, nein, Daniel. Darum würde ich dich nie bitten. Das würdest du auch nicht können. Der Umgang mit der Mafia ist eine Wissenschaft für sich.«

Zu seiner Überraschung reagierte Daniel enttäuscht. Irgendwo ganz tief in seinem Inneren war er bereit, sich zu diesem Auftrag überreden zu lassen, eine ganz neue Herausforderung in seinem Leben.

»Aber du wolltest mich doch um einen Gefallen bitten«, sagte er dann. »Was soll ich denn tun?«

»Eigentlich nichts. Das Gleiche, was du heute und gestern getan hast. In Hannelores Bierstube ein Bier trinken. Mit dem Fahrrad hierher fahren und angeln. Kleine Wanderungen machen. Was du dir für deine Ferien in der Schweiz vorgenommen hast. Nur dass du kein Hotel bezahlen musst.«

»Ich verstehe nicht, was du meinst.«

»Wirklich nicht? Ich möchte dich einfach bitten, hierzubleiben, während ich meine Geschäfte erledige. Drei, höchstens vier Tage. Du sollst meinen Platz einnehmen.«

Max beugte sich vor, schaute Daniel in die Augen und fuhr fort:

»Ich reise als Daniel hier ab. Du bleibst als Max hier. Wir sind eineiige Zwillinge, hast du das vergessen?«

Daniel seufzte und verdrehte die Augen.

»Eins von den albernen Verwechslungsspielen, die wir als Kinder gemacht haben? Oder als du mir in London ein Mädchen ausgespannt hast? Meinst du, das geht so leicht? Außerdem sehen wir uns nicht mehr sehr ähnlich. Niemand hat uns auf unsere Ähnlichkeit angesprochen, seit ich hier bin, hast du das bemerkt? Weder auf dem Klinikgelände noch in der Bierstube. Keine Blicke, kein Flüstern oder Kommentare. ›Oh, ihr seid Zwillinge, wie lustig!‹ Niemand hat auch nur die Augenbrauen gehoben.«

Max lächelte höhnisch.

»Wie sollen sie denn sehen, dass wir uns ähnlich sind, wenn du den größten Teil deines Gesichts versteckst?« Beim letzten Wort beugte er sich vor und formte aus Daumen und Zeigefinger eine Pinzette, als wolle er Daniel in den Bart zwicken.

Instinktiv beugte Daniel sich nach hinten, und seine Hand fuhr in einer schützenden Geste zum Kinn.

»Deswegen hast du dir doch diese alberne Matte zugelegt, nicht wahr?«, fuhr Max fort. »Damit wir nicht mehr gleich aussehen. Du wolltest ein ganz eigenes Gesicht. Und das hat funktioniert, das muss ich zugeben. Aber unter diesem Fell siehst du genauso aus wie ich. Du musst es nur abrasieren, dann sind wir gleich.«

»Aha, ich rasiere mir den Bart ab. Und sehe aus wie du. Und dein Bart wächst über Nacht, und du siehst aus wie ich?«, sagte Daniel ironisch. »Wenn dein Bartwuchs so ist wie der meine, dann dauert es Monate.«

»Wenn er echt sein soll.«

Daniel lachte auf.

»Willst du mit einem falschen Bart herumlaufen? Dann werden sie wirklich denken, dass du verrückt bist. Das hier ist kein Studentenstreich. Ein billiger falscher Bart – wenn du hier überhaupt so einen bekommst, was ich bezweifle – sieht einfach nur blöd aus. Da fällt niemand drauf rein.«

Max faltete seine Alufolie mit den abgegessenen Gräten sorgfältig zusammen und verstaute das Päckchen in seiner Fahrradtasche.

»Wer redet denn von einem billigen falschen Bart?«, sagte er ruhig. »In der Klinik von Himmelstal gibt es keine billigen Sachen. Alles, vom Klopapier bis zu den Perserteppichen in der Rezeption, ist von bester Qualität. Auch die falschen Bärte. Bist du fertig?«

Er zeigte auf Daniels Folie, auf der Gräten und noch ein paar Fischreste lagen. Daniel nickte und sagte:

»Und wozu hat eine Reha-Klinik falsche Bärte?«

»Wir haben ein kleines Theater, verstehst du?«, sagte Max und faltete Daniels Folie genauso sorgfältig zusammen wie seine eigene. »Ein richtiges Theater mit Bühne und Logen. Eine Aula für Vorträge, Ärztekongresse und so. Aber auch für Theatervorstellungen. Die Klienten spielen selbst, es ist eine Art Therapie. Ich habe zum Beispiel den Flieger Sun in *Der gute Mensch von Sezuan* gespielt. Kam sehr gut an beim Publikum.«

»Kann ich mir denken«, sagte Daniel säuerlich. »Hattest du einen Bart?«

»Nein. Aber als ich den Bartvorrat im Kostümfundus sah, wurde mir klar, welche Möglichkeiten es da gibt. Imponierend. Die Hostess, die die Requisiten verwaltet, bestellt Haare von einer Firma in Großbritannien. Sie beliefern alle großen Theater und Opernhäuser in Europa. Man nennt sie *crêpe hair*. Sie werden aus Wollfasern von schottischen Schafen gemacht und als Zöpfe in allen möglichen Farben geliefert. Man klebt sie stückchenweise mit einem Spezialkleber fest und schneidet sie dann in die

Form, die man haben will. Es ist eine bestimmte Technik, man muss sie lernen. Aber als Mitglied des Theaterensembles habe ich einen Schlüssel zum Fundus und konnte ein bisschen üben. Inzwischen kann ich es ziemlich gut.«

Er zeigte auf Daniels Bart.

»Diesen dunkelbraunen, fast schwarzen Ton haben wir im Fundus, und ich glaube, ich bekomme einen Bart hin, der deinem sehr ähnlich ist.«

Daniel wollte protestieren, aber Max fuhr ruhig fort.

»Und nicht nur der Bart unterscheidet uns. Auch die Bewegungen. Ich habe dich seit gestern genau studiert, und ich glaube, ich kenne dich jetzt ziemlich gut. Die Steifheit, die du als Jugendlicher hattest, hat zugenommen, irgendwie drehst du den ganzen Körper anstatt nur den Kopf. Hast du Gelenkschmerzen? Einen steifen Hals? Nein, du bist einfach nur ungelenkig. Du solltest mehr Sport treiben. Und dann hast du so Gesten, die von den Handgelenken ausgehen. Als wolltest du das, was du sagst, kleiner machen. In. Ein. Kleines. Viereckiges. Paket. Packen.«

Max demonstrierte es mit seinen eigenen Händen. Angespornt durch seinen geglückten Versuch stand er auf und stolzierte durch das Wäldchen, steif und gerade, dabei gestikulierte er und tat so, als würde er sich mit jemand unterhalten.

»Genauso ist es, verstehst du. Ich weiß, wie es sich verhält. Habe alles unter Kontrolle. Totaler Kontrolle.«

Er legte affektiert die Hände aufeinander und nickte altklug.

»Und die, die hätte ich fast vergessen«, rief er begeistert.

Mit ängstlichem Blick führte er die Hände zum Kinn und piepste:

»Nicht mein Gesicht berühren! Nicht schlagen!«

Daniel zuckte zusammen, wie nach einem elektrischen

Schlag. Die Vorstellung war übertrieben, aber gut getroffen, das musste er zugeben.

Er hatte schon immer sehr gut Aussprache und Tonlage von anderen Menschen aufgreifen können, was eine große Hilfe beim Erlernen fremder Sprachen war. Max hatte offenbar die gleiche Begabung. Aber er konnte es noch besser. Das Imitationsvermögen des Bruders betraf nicht nur die Sprache, sondern auch das ganze physische Register: Mimik, Blicke, Gang und Gesten. Das war imponierend und beängstigend. Daniel war erleichtert, als Max wieder zu seiner eigenen lässigen Körpersprache zurückkehrte.

»Wie findest du es?«, fragte Max erwartungsvoll und trat das niedergebrannte Feuers aus. »Habe ich etwas vergessen?«

»Nein, eigentlich nicht«, sagte Daniel kurz.

»Wunderbar. Lob von höchster Stelle. Wir sollten uns auf den Heimweg machen. Jetzt, wo du weißt, wie man Lachsforellen angelt, wirst du diese paar Tage galant meistern.«

»Red keinen Unsinn. Das funktioniert im Leben nicht.«

»Wir werden sehen«, sagte Max und befestigte die Fahrradtasche am Rahmen. »Wir werden sehen.«

12 Auf dem Rückweg durch das Tal fuhr Max plötzlich neben Daniel, beugte sich zu ihm und sagte mit gepresster Stimme:

»Ich bitte dich, Daniel, erweise mir diesen Dienst. Ich werde dich nie wieder um etwas bitten. Aber hier geht es um Leben oder Tod. Buchstäblich, das ist mein Ernst. Leben oder Tod. Ich bitte dich nur, dass du morgens und abends in meiner Hütte bist, wenn die Hostessen die Anwesenheit kontrollieren.«

»Sonst nichts? Bekommst du keine Behandlungen?«

Max verlangsamte die Geschwindigkeit.

»Gisela Obermann, meine Ärztin, will mich überreden, in Therapie zu gehen, aber ich will nicht. Sie wird während dieser Tage vielleicht versuchen, auch dich zu überreden, aber dann brauchst du nur nein zu sagen. Im Übrigen glaube ich, dass sie es aufgegeben hat. Es hat keinen Sinn, wenn man nicht motiviert ist.«

»Und was ist mit deinen Mitpatienten? Du kennst doch Leute hier. Wie soll ich mich denen gegenüber verhalten?«, sagte Daniel und merkte jetzt, dass er mit seiner Frage schon sein Einverständnis signalisierte.

»Ich habe mit fast niemandem Umgang. Man wechselt ein paar Worte übers Wetter, das war's. Das schaffst du. Und noch eins, man spricht hier englisch. Patienten und Personal. Versuch bloß nicht, mit deinem Deutsch oder Französisch zu brillieren.«

»Aber viele sprechen doch Deutsch oder Französisch?«, wandte Daniel ein.

»Keineswegs. Die Klinik ist international. Halte dich ans Englische. Die Leute könnten ärgerlich werden. Es gibt hier paranoide Typen, die meinen, man redet schlecht über sie.«

Die Sonne war hinter den Bergen untergegangen, das Tal lag in der Abenddämmerung. Ganz oben am Berg, da, wo der grüne Hang in den steinbruchartigen Fels überging, sah Daniel die Scheinwerfer eines Autos. Da oben war also eine Straße.

»Ich weiß wirklich nicht, Max«, sagte er. »Kann ich dir nicht auf eine andere Art helfen?«

Max schüttelte heftig den Kopf.

»Das ist die beste. Die einzige.«

Sie waren zum Dorf gekommen und bogen zur Klinik ab. Sie parkten die Fahrräder an der Rückseite des Hauptgebäudes und ließen sie unverschlossen stehen.

»Du kannst dir einfach ein Rad nehmen, wenn du eines brauchst. Eine Angel bekommst du am Empfang«, sagte Max. »Ich zeige dir noch die Bibliothek, bevor wir nach Hause gehen. Du liest doch gerne.«

Sie gingen den Hang hinauf zu einem der Glasgebäude.

»Wir können auch mal ins Fitnesscenter schauen«, sagte Max und betrat das Haus.

Im ersten Stock schauten sie in eine Sporthalle. Ein Mann lief allein in der riesigen Halle hin und her, dribbelte mit einem Ball und versuchte, ihn in einen Basketball-Korb zu werfen.

»Du spielst keine Ballspiele, oder? Aber das Sportstudio ist vielleicht was für dich.«

Das Sportstudio war groß, gut eingerichtet und in einem großen Raum im zweiten Stockwerk gelegen. Die Hightech-Maschinen und die stöhnenden, schwitzenden Männer ließen Daniel an eine Fabrik in einem Science-Fiction-Film denken.

»Hier gibt es alles, was du willst«, sagte Max und wurde dabei von einem Brüllen übertönt, das so laut war, dass Daniel zusammenzuckte.

Ein Mann neben ihnen drückte mit seinen muskulösen,

tätowierten Armen eine Scheibenhantel nach oben und balancierte sie mit schmerzverzerrtem Gesicht.

»Und neben den Umkleidekabinen ist eine Sauna und ein Whirlpool«, fuhr Max ungerührt fort. »Jetzt zeige ich dir noch, wo du Bücher ausleihen kannst.«

Im Gebäude nebenan gab es eine Bibliothek, Studienräume und einen kombinierten Theater- und Versammlungssaal. Sie gingen hinein, und Max schlug Daniel vor, sich ein wenig umzusehen, während er noch etwas besorgte.

»Du brauchst keine Ausleihkarte. Du musst dem Bibliothekar nur deinen Namen sagen. *Meinen* Namen«, verbesserte er sich und ließ ihn mit einem Klaps auf die Schulter stehen.

Daniel streunte planlos durch die Bibliothek. Sie war für eine Krankenhausbibliothek ungewöhnlich gut ausgestattet. Die Zeitschriftenabteilung war imponierend, Publikationen aus allen denkbaren Gebieten in unglaublich vielen Sprachen. Er blätterte in ein paar Zeitschriften und schlenderte dann weiter durch die Regalreihen. Durch die Glasfassade konnte man in den Park sehen, in dem gerade die Laternen angingen.

Nach einer guten Viertelstunde war Max wieder da.

»Toll, nicht wahr? Es gibt sogar Bücher und Zeitungen auf Schwedisch.«

Sie gingen hinaus, Max führte ihn am Swimmingpool und an den Tennisplätzen vorbei, beide waren um diese Zeit menschenleer.

»An dieser Ferienanlage gibt es doch nichts auszusetzen, oder?«, sagte Max. »Meinst du nicht, du könntest es ein paar Tage hier aushalten?«

»Darum geht es nicht«, murmelte Daniel.

In der Hütte legte Max eine CD mit Modern Jazz auf und schenkte für sie beide einen Whisky ein. Sie setzten sich in die Sessel, und Max erzählte etwas über die Band. Es waren holländische Jazzmusiker, unglaublich begabt, er hatte sich die CD von einem Patienten geliehen.

»Ich dachte, du verkehrst mit niemandem«, wandte Daniel ein.

»Es gibt Leute, die bleiben auf der richtigen Ebene. Können Distanz wahren. Nur ein paar Worte. Man leiht sich eine Platte oder ein Buch. Das ist in Ordnung. Man muss ja nicht unhöflich sein. Wir sitzen schließlich alle im gleichen Boot. Aber an tiefer gehenden Gesprächen bin ich nicht interessiert.«

Daniel nickte, nahm sein Glas und blickte in die goldene Flüssigkeit.

»Woher hast du den Whisky?«

»Den habe ich im Dorf gekauft. Keine besonders teure Marke. Aber ganz okay, nicht wahr?«

Es klopfte an der Tür, und noch ehe einer von beiden sich erheben konnte, wurde die Tür aufgerissen und eine der Hostessen schaute herein. Sie war hübsch und wirkte sehr mädchenhaft mit ihren großen blauen Augen und ihrem dunklen Pferdeschwanz.

»Guten Abend, meine Herren. Hattet ihr einen angenehmen Tag?«

»Wunderbar. Ich habe meinem Bruder die Stromschnelle gezeigt. Er hat offenbar Talent zum Sportfischer.«

»Ihr habt gefischt? Habt ihr denn etwas gefangen?«

Die Hostess stand auf der Schwelle und redete, ihr Kollege grüßte nickend im Hintergrund.

»Ja, aber wir haben alles selber gegessen, heute hat das Restaurant nichts bekommen. Mein Bruder ist ein wunderbarer Forellenfischer. Ich wollte ihn überreden, noch eine Weile hierzubleiben, damit die Lieferungen ans Restaurant gesichert sind, aber er will unbedingt weiterreisen.«

»Gefällt Ihnen Himmelstal nicht?« Die Hostess wandte Daniel ihr Puppengesicht zu, und ihr Erstaunen verwandelte sich in ein mitfühlendes Lächeln. »Es ist ein ungewöhnlicher Ort. Aber vielleicht nicht ganz so schlimm, wie Sie erwartet haben?«

»Ich finde es ganz phantastisch«, sagte Daniel wahrheitsgemäß. »Tatsache ist ...«

Aber die Hostess war schon wieder Richtung Tür gegangen.

»Gute Nacht«, rief sie noch.

Auch ihr Kollege sagte »Gute Nacht«, und dann waren sie verschwunden.

»Noch einen kleinen Whisky?«, fragte Max.

Ohne auf die Antwort zu warten, füllte er Daniels Glas wieder.

»Nur einen winzig kleinen. Danke, das reicht.«

Max drehte die Lautstärke des Plattenspielers hoch.

»Ich liebe das.«

Eine Weile hörten sie nur der Musik zu. Eine sanfte, entspannte Musik mit originell arrangierten Melodien.

»Es sind Holländer, oder?«

Max stand auf und las unbeholfen und stockend den Namen der Gruppe auf der CD-Hülle. Dann saßen sie wieder schweigend da und nippten an ihrem Whisky.

»Das war ein schöner Tag, nicht wahr?«, sagte Max. Daniel nickte.

»Ein bisschen wie früher an unserem Geburtstag.«

»Ja. Erster Akt«, sagte Daniel.

Die kostspieligen, sorgfältig geplanten Geburtstagsfeste folgten immer dem gleichen Muster: Wiedersehensfreude, ausgelassene Spiele, die immer wilder wurden und in Streit, Tränen und nicht selten irgendwelchen Unfällen kulminierten: Sturz von einem Baum, ein falsch geworfener Dart-Pfeil, ein harter Ball am Kopf.

Max lächelte schief.

»Weißt du noch, wie wir von den Schaukeln gesprungen sind, um zu sehen, wer am weitesten kam?«

»Ja, und als ich mich umdrehen wollte, um zu sehen, wie weit du gekommen bist, schlug mir die Schaukel an den Kopf, so dass ich ohnmächtig wurde und mit einer Gehirnerschütterung ins Krankenhaus kam«, sagte Daniel.

»Aber wir hatten auch viel Spaß. Ich weiß gar nicht, warum wir uns so selten sahen«, sagte Max und stand auf.

Er wühlte in seinen großen Shortstaschen, holte etwas hervor und legte es auf den Tisch, es sah aus wie ein zusammengerolltes Seil. Daniel sagte:

»Ich glaube, sie hatten eine Verabredung. Unsere Eltern. Und dann hielt sich der lang angestaute Groll zwischen ihnen.«

»Du hast Glück gehabt, weil du bei unserer Mutter aufwachsen durftest«, sagte Max und brachte weitere Sachen aus seinen Hosentaschen zum Vorschein.

Dann holte er einen Rasierspiegel, stellte ihn auf den Tisch und rückte eine Stehlampe zurecht. Daniel schaute ihm erstaunt zu, sagte jedoch nichts.

»Du hattest es doch auch gut bei Papa, oder?«, sagte er.

»Glaubst du das wirklich?« Max gab ein freudloses Lachen von sich und drehte die Stehlampe so lange hin und her, bis das Licht im richtigen Winkel fiel. »Er hat doch immer nur gearbeitet. Ich bin nicht mit unserem Vater aufgewachsen, sondern mit Anna. Und du weißt doch«, er warf Daniel einen Blick zu und lächelte satanisch – »dass alle Stiefmütter Hexen sind.«

»Schließlich hat Anna dir das Laufen und Sprechen und andere Dinge beigebracht«, wandte Daniel ein.

»Laufen und Sprechen lernen Kinder von selbst.«

»Aber sie hat dir viel Zeit und Aufmerksamkeit gewidmet. Ich erinnere mich, dass sie stundenlang mit Mama telefonierte und von deiner Entwicklung und deinen Fortschritten berichtete. Sie hat sich unglaublich für dich engagiert.«

Max setzte sich an den Tisch. Er betrachtete sein Gesicht im Rasierspiegel, justierte die Lampe und sagte:

»So wie Forscher an Labormäusen interessiert sind, ja. Sie war doch vor allem Wissenschaftlerin.«

»Sie hatte ihre Doktorarbeit in Pädagogik fast fertig, als sie Papa heiratete. Sie hat ihre Karriere aufgegeben, damit sie sich um dich und den Haushalt kümmern konnte«, erinnerte Daniel ihn.

»Pädagogik? Ha!«

Max rollte langsam eines der zusammengezwirbelten Seile auseinander, und Daniel sah, dass es eine Art verdrehter Zopf war. Max löste ihn vorsichtig und fuhr fort:

»Man könnte es eher Dressur nennen. Solange ich alles richtig machte, war sie an mir interessiert. Wenn ich etwas falsch machte, behandelte sie mich wie Luft. Redete kein Wort mit mir. Hat für sich selbst gekocht und gegessen und mich zuschauen lassen. Und wenn ich Krach machte, um ihre Aufmerksamkeit zu bekommen, dann hat sie mich in einer kleinen Kammer im Keller eingeschlossen. Sie hat auch nie gesagt, was ich falsch gemacht habe, das musste ich selbst herausbekommen.«

Daniel starrte seinen Bruder erstaunt an.

»Hat Papa das alles gewusst?«

Max zuckte mit den Schultern.

»Er war ja nie zu Hause.«

Ein stechender Geruch breitete sich in der Hütte aus. Max hatte den Deckel von einer kleinen Flasche abgeschraubt und applizierte nun mit einem Pinsel die durchsichtige Flüssigkeit auf sein Kinn.

»Hast du ihm nicht erzählt, wie schlecht Anna dich behandelt?«, fragte Daniel.

Das Lachen, das Max hervorbrachte, klang sehr angestrengt, er reckte den Hals und streckte das Kinn nach oben. Er klebte eine lange Strähne dunklen Haars an seinem Kinn fest, nahm einen Schluck aus seinem Whiskyglas und wandte sich dann wieder Daniel zu.

»Ich *wusste* nicht, dass sie mich schlecht behandelte. Ich dachte, *ich* bin unartig.«

Max trank seinen Whisky aus. Die langen dunklen Strähnen hingen wie Seegras an seinem Kinn.

»Kümmere dich nicht darum, wie es jetzt aussieht«, sagte er, als er Daniels kritischen Blick sah. »Warte, bis es fertig ist.«

Er befestigte die nächste Strähne und fuhr fort:

»Als ich älter wurde, war sie mir egal. Ich hatte meine Freunde. Ich kam zurecht. Ich weiß gar nicht, warum ich dir das alles erzähle. Vielleicht, damit du mich besser verstehst. Ich musste mir die Rechte *nehmen*, die für dich selbstverständlich waren. Willst du noch einen Whisky?«

»Nein danke. Ich geh jetzt schlafen.«

Auf dem Weg ins Badezimmer warf Daniel seinem Bruder einen belustigten Blick zu.

»Was soll das denn darstellen, Max? Einen Troll? Einen Hippie mit punktuellem Haarausfall?«

Max sprang auf, und ehe Daniel die Badezimmertür schließen konnte, hatte er sich hineingedrängt. Er holte einen Rasierapparat aus dem Badezimmerschrank und legte ihn auf den Rand des Waschbeckens. Er deutete auf Daniels Bart und sagte:

»Bitte sehr.«

Bevor Daniel etwas sagen konnte, verließ er das Badezimmer und schloss die Tür hinter sich.

Daniel wusch sich Gesicht und Oberkörper. Der Whisky hatte seine Glieder angenehm betäubt.

Er dachte darüber nach, was Max über seine Stiefmutter Anna Rupke erzählt hatte. Stimmte das wirklich? In seiner Erinnerung war Anna eine gesunde, rundliche Frau. Stark. Intelligent. Effizient.

Aus dem Zimmer hörte er immer noch die holländischen Jazzmusiker.

»Weiß du noch, was du mir versprochen hast?«, sagte Max durch die Tür.

Hatte er etwas versprochen?

Er sah Max als kleinen Jungen vor sich. Er stand in der Küchentür, während die große, starke Anna allein am Tisch saß und aß.

Er putzte sich die Zähne und betrachtete dabei sein Gesicht im Spiegel, spülte den Mund, spuckte aus.

»Das funktioniert im Leben nicht.«

Dann nahm er den Rasierer und schaltete ihn an.

»Das funktioniert im Leben nicht«, murmelte er noch einmal und zog den Apparat über seine Wangen.

Als er fertig war, blieb er vor dem Spiegel stehen und betrachtete sein nacktes Gesicht. Den Winkel des Wangenknochens zum Kinn, die kleine Vertiefung auf der Oberlippe. Die blasse Haut, da wo vorher der Bart war, die sichtbaren Poren. All das, was so lange Zeit verborgen gewesen war.

Er ging wieder hinaus zu seinem Bruder, der immer noch am Tisch saß und mit seinem Bart beschäftigt war.

»Es ist noch nicht fertig«, murmelte Max. »Das dauert. Mach was anderes inzwischen. In meiner Schlafkoje liegt ein Taschenbuch. Es ist gut.«

Daniel holte das Buch, es war ein amerikanischer Krimi. Er setzte sich in einen der Holzsessel vor dem offenen Kamin und versuchte zu lesen. Nach einiger Zeit verdrängte die Geschichte des Buchs seine eigenen, beunruhigenden Gedanken, und es war gerade richtig spannend geworden, als Max ihm auf die Schulter tippte.

Daniel schaute auf.

Max hatte keine schütteren, zauseligen Strähnen mehr am Kinn. Er hatte einen dichten, vollen Bart, genauso lang und genauso dunkelbraun, fast schwarz wie der, den Daniel sich gerade abrasiert hatte. Er bedeckte den größten Teil seines Gesichts und sah schockierend natürlich aus. Sogar die wenigen kupferroten Haare gab es, man sah sie nur in einer bestimmten Beleuchtung.

»Ich habe es ziemlich gut hinbekommen, nicht?«

»Ich bin tief beeindruckt.«

»Ich habe doch gesagt, es ist Profimaterial. Und du hast es auch gut hinbekommen, finde ich«, fuhr Max fort, mit einem schnellen Blick auf Daniel. »Für einen ungeübten Rasierer. Keine Blessuren?«

Er fasste Daniels Kinn mit Daumen und Zeigefinger und drehte seinen Kopf hin und her.

»Phantastisch.«

Dann hockte er sich vor den Rasierspiegel und betrachtete sich selbst.

»Die Haare sind natürlich viel zu kurz. Im Theater gab es keine passende Perücke. Und wenn man es nicht perfekt hinbekommt, dann muss man es lassen. Ich werde eine Mütze drüberziehen.«

Max wühlte in einer Kommodenschublade und fand eine gestrickte Wollmütze, die er sich aufsetzte. Er zog sie tief in die Stirn und über die Ohren und schaute sich im Spiegel an. Er war zufrieden.

»Und du meinst nicht, dass eine Wollmütze mitten im Sommer ein bisschen merkwürdig wirkt?«

»Nicht, wenn man als Tourist in den Alpen unterwegs ist, hier kann es richtig kalt werden. Schnee im Juli ist nichts Ungewöhnliches. Ich würde nie ohne Mütze irgendwo hinaufsteigen.«

Daniel lachte. Das Ganze war so absurd. Und er war ein wenig betrunken und schrecklich müde.

»Ich geh jetzt schlafen«, sagte er. »Und das«, er deutete erst auf Max' und dann auf sein eigenes Gesicht. »Nein, das funktioniert nicht. Aber es ist angenehm, den Bart los zu sein. Du hast recht. Ich sehe ohne Bart besser aus.«

»*Wir* sehen ohne Bart besser aus«, sagte Max. »Da fehlt noch etwas.« Er fasste in Daniels Haare und zog ihn ins Badezimmer.

»Hast ein bisschen geschummelt?«

Max nahm eine Schere und schnitt damit in die Luft.

»Muss das sein?«

»Natürlich muss das sein.«

Max schnitt Daniels Haare zuerst mit der Schere, dann nahm er den Rasierapparat und fuhr damit über Daniels Schädel, bis er genauso kurz geschoren war wie der seine.

»Okay. Dürfte ich jetzt vielleicht schlafen gehen?«, sagte Daniel und kroch unter die Decke auf seiner Bank. Er schaute noch einmal zu Max hinüber, mit seinem Vollbart und der Wollmütze, und er musste laut lachen.

Er hatte gerade die Brille abgenommen und sich zur Wand gedreht, als Max mit ernster Stimme sagte:

»Bevor du einschläfst, will ich dir noch etwas zeigen.«

Daniel drehte sich seufzend um. Max machte die Stehlampe über Daniels Kopf an, hockte sich dicht neben ihn und hielt ihm ein Foto vors Gesicht.

»Das haben sie mir geschickt, um zu zeigen, wie sie arbeiten.« Max flüsterte so nahe an Daniels Schläfe, dass er seine Lippen fühlen konnte. »Tochter eines Verräters. Siebzehn.«

Daniel setzte die Brille wieder auf und sah ein misshandeltes Gesicht. Die Augen waren zugeschwollen, die Lider lila und prall wie überreife Pflaumen. Die Unterlippe war in der Mitte aufgeplatzt, Stirn und Wangen waren von langen Wunden gezeichnet. Man konnte sich unmöglich vorstellen, wie sie vorher ausgesehen hatte, aber die langen Haare und der zierliche Hals ließen ahnen, dass sie durchaus schön gewesen war.

»Das wollen sie auch mit Giulietta machen«, zischte Max leise.

»Die Mafia?«

Max nickte schnell, hielt den Zeigefinger vor den Mund und verschwand dann mit dem Foto in seiner Schlafkoje.

Am nächsten Morgen wachte Daniel davon auf, dass die Hostessen an die Tür klopfen und sie gleich darauf öffneten – er hatte sich schon fast daran gewöhnt – und eine fröhliche Stimme zwitscherte:

»Guten Morgen. Gehörst du heute zu den Langschläfern, Max?«

»Mein Bruder kommt gleich. Ich werde ihn wecken«, murmelte Daniel.

Er tastete nach seiner Brille, die er am Abend zuvor neben der Bank abgelegt hatte, aber er fand sie nicht. Er warf die Decke ab und ging zu Max' Schlafkoje hinüber.

»Dein Bruder ist schon abgereist, Max. Er hat das Krankenhaus um sechs Uhr verlassen. Er wollte dich wohl nicht wecken. Vielleicht wollte er ein Flugzeug erreichen? Ich muss jetzt weiter. Das Wetter ist wundervoll. Bis dann!«

Die Tür schlug zu, und kurz darauf hörte Daniel das Klopfen an der Hütte nebenan und die zwitschernde Stimme mit ihrem »Guten Morgen!«.

Daniel ging wieder zur Schlafkoje und zog den Vorhang zurück. Das Bett war ordentlich gemacht.

Er machte die Tür zum Badezimmer auf. Niemand da.

Er schaute nach seinen Kleidern, die er am Abend zuvor über einen der Holzsessel gelegt hatte. Da waren sie nicht mehr. Er suchte die ganze Hütte ab, ohne etwas zu finden. Die Schuhe waren auch weg. Und, das war das Schlimmste, auch seine Brille war spurlos verschwunden.

Ebenso der Koffer. Und sein Necessaire im Badezimmer. Und seine Brieftasche, sein Mobiltelefon und sein Pass. Und die Armbanduhr, die auf dem Tisch gelegen hatte. Sogar seine Zahnbürste war weg.

Aber Max' Bermudashorts hingen über der Rücklehne des zweiten Sessels, das Piquéhemd lag auf der Sitzfläche. Und Max' teure Sportschuhe aus weichem Leder standen an der Tür.

Daniel wurde plötzlich bewusst, dass von seinen Sachen nur noch die Unterhosen, die er anhatte, da waren. Reflexartig legte er die Hand darauf, wie um sie festzuhalten.

Die andere Hand drückte er, ebenso reflexartig, an seine glattrasierte, entblößte Wange.

13 In einem der beiden Schränke fand Daniel eine saubere Hose und ein T-Shirt, das er anziehen konnte. Er zog auch die hellbraunen Sportschuhe, die Max an der Tür stehen gelassen hatte, an, sie passten ihm.

Was ihn am meisten ärgerte, war, dass Max seine Brille mitgenommen hatte. Die Brille war eine Verlängerung seiner Sinne, ein Teil von ihm. Ohne sie war das Leben diffus und uninteressant und Lesen nicht möglich.

Im Badezimmer fand er eine große Packung Einmal-Kontaktlinsen. Als Kinder hatten die Brüder den gleichen Sehfehler gehabt, und das war offenbar immer noch so, denn als Daniel nach langem Gefummel die Linsen schließlich in den Augen hatte, konnte er genauso scharf sehen wie mit seiner Brille.

Das machte alles gleich viel besser. Durch eines der kleinen Fenster der Hütte konnte er über das Klinikgelände hinüber zum Hang sehen. Die Felswand auf der anderen Seite kam ihm erstaunlich nahe vor. Die Klinik befand sich offenbar in einem sehr engen Teil des Tals.

Drei, vielleicht vier Tage musste er also hier zubringen. Es ärgerte ihn, dass Max es so eilig gehabt hatte. Wahrscheinlich hatte er befürchtet, Daniel könnte es sich noch anders überlegen. Seine Furcht war berechtigt. Daniel *hatte* es sich anders überlegt. Er wollte nicht als Ersatzmann von Max auftreten. Hatte er überhaupt zugestimmt? Daran konnte er sich nicht erinnern. Er konnte sich allerdings auch nicht erinnern, deutlich nein gesagt zu haben. Aber er war überzeugt davon gewesen, dass Max' Wahnsinnsplan scheitern und das Personal über seinen falschen Bart und die Wollmütze lachen würde.

Sollte er zum Hauptgebäude hinuntergehen und der Hostess an der Rezeption den Betrug offenbaren? Dann würde nach Max gefahndet, er würde gefasst und wegen Betrugs verklagt werden. Vielleicht müsste Daniel selbst mit unangenehmen Folgen rechnen. Er beschloss, es bleiben zu lassen.

Es ging schließlich nur um ein paar Tage. Er hatte eine eigene Hütte und brauchte nicht mit anderen Patienten zu reden. Wenn er sich allein fühlte, konnte er ins Dorf hinuntergehen und in Hannelores Bierstube ein Bier trinken. Vielleicht würde Corinne da sein und singen, mit den Augen rollen und mit ihrer Kuhglocke läuten? Er würde hingehen und nachschauen, ob die echte Frau etwas mit seiner Traumfrau gemein hatte. Auf einmal kam es ihm viel leichter vor, die Tage zu überstehen, wenn er an Corinne dachte.

Aber es war noch eine lange Zeit bis zum Abend. Was sollte er bis dahin machen?

Zunächst frühstückte er. Im Kühlschrank waren Eier und ein Stück Wurst. Pulverkaffee. Kein Brot.

Als er gefrühstückt hatte, war es zehn Uhr. Er öffnete die Tür und schaute hinaus. Es war warm. An der Hütte nebenan saß ein Mann unbestimmbaren Alters. Er lehnte mit dem Kopf an der Hüttenwand, die Augen waren geschlossen, der Mund halb offen. Die herabhängenden Wangen gingen direkt in die breiten Schultern über. Er schien zu schlafen, aber als Daniel die Tür wieder schließen wollte, sagte er:

»Morning.«

Die Stimme war sehr hoch, man konnte kaum glauben, dass sie aus diesem riesigen Körper kam. Der Mann hatte immer noch die Augen geschlossen. Daniel schaute zu den anderen Hütten hinüber, aber sonst war niemand draußen.

»Guten Morgen. Schönes Wetter. Sehr warm«, sagte Daniel, bekam jedoch keine Antwort von dem Mann.

Er wusste nicht, in welcher Beziehung Max zu seinem Nachbarn stand, aber wenn sie auf dieser Ebene verlief, würde er es schon schaffen.

Daniel erinnerte sich, weiter unten auf dem Klinikgelände einen Swimmingpool gesehen zu haben. Er suchte nach einer Badehose, nach Sonnenbrille und Handtuch, steckte alles zusammen mit dem Taschenbuch, das er am Abend zuvor zu lesen begonnen hatte, in eine Plastiktüte und verließ die Hütte. Die Luft streichelte seine frisch rasierten Wangen.

Er blieb ein Stück vom Pool entfernt stehen und sondierte die Lage. Er hatte keine Lust, irgendjemanden zu treffen, der Max kannte und ihn in ein Rollenspiel zwang.

Neben dem Pool war eine gepflasterte Fläche, wo etwa zehn Personen auf Klappliegen lagen. Manche hatten ihre Liege in den Schatten eines Baums gezogen.

Daniel war sich immer noch nicht sicher, um welche Art Klinik es sich hier handelte. Max hatte es als Reha-Klinik für wohlhabende Burn-out-Patienten bezeichnet. Ein Erholungsheim, wo die Topleute der Wirtschaft bei Alpenluft und gutem Essen Kraft tanken konnten.

Aber wie schlecht ging es den Patienten eigentlich? Er sah sich um. Die Menschen rund um den Pool sahen völlig normal aus. Keine Tics, Ausbrüche oder hysterisches Lachen.

Zwei Männer benutzten einen Fußschemel als Tisch und spielten Karten. Die anderen sonnten sich. Ein leises Plumpsen war zu hören, wenn jemand ins Wasser glitt und ruhig seine Bahnen schwamm. Es war wie an jedem Hotelpool.

Daniel ging lässig auf den Pool zu, nickte den Anwesenden höflich und diskret zu, nahm eine leere Liege und trug sie zu einem schattigen Platz auf der Wiese. Er stellte sie auf, breitete das Badetuch darüber, holte sein Buch heraus. Er bemerkte, dass er beobachtet wurde. Die Menschen direkt am Pool – es waren alles Männer, sah er jetzt – hatten sich alle in seine Richtung gedreht und betrachteten ihn neugierig.

Daniel blieb stehen. Hatte er etwas falsch gemacht? War sein Benehmen so anders als das von Max? Vielleicht ging Max nie an den Swimmingpool?

Er ließ sich langsam auf die Liege sinken und begann zu lesen. Er schielte über den Rand des Buchs. Die anderen beobachteten ihn immer noch.

Die Karten spielenden Männer waren aufgestanden, sie standen dicht beieinander, unterhielten sich und schauten dabei in seine Richtung. Der eine, ein magerer Kerl in lächerlich engen Badehosen, verließ die Gruppe und kam ruhig über die Wiese zu ihm herüber.

Der Mann stellte sich neben Daniels Stuhl und schaute auf ihn hinunter. Er stand so nah, dass Daniel die Konturen seines Geschlechts unter dem enganliegenden Nylonstoff sehen konnte und die Rippen unter der trockenen, haarlosen Haut.

Daniel legte das Buch zur Seite und richtete einen fragenden Blick nach oben. Der Mann schwieg. Er sieht, dass ich nicht Max bin, dachte Daniel. Er überlegte, ob er das Spiel fortsetzen oder gleich alles zugeben sollte. Letzteres wäre zweifellos das einfachste.

»Du hast wohl die falsche Liege genommen«, sagte der Mann.

»Verzeihung«, sagte Daniel. »Ich dachte, sie wäre frei.«

Der Mann sagte nichts, rieb sich jedoch mit nervösen Bewegungen an der Schulter. Es sah aus, als würde er sich selbst massieren.

»Ich kann sie zurückstellen«, sagte Daniel freundlich.

Der Mann sagte immer noch nichts. Sein Reiben war in

eine Art leichtes Klopfen von Schulter und Arm übergegangen. Er schien sich selbst zu beruhigen, so wie man
ein ängstliches Pferd beruhigt. Daniel glaubte nicht, dass
der Mann einer von den ausgebrannten Topmanagern
war, von denen Max gesprochen hatte.

Er trug die Liege zurück und stellte sie wieder an den
Rand des Pools.

»Okay?«, fragte er.

Der Mann rieb sich immer schneller auf der Schulter
und im Nacken.

Einer der Freunde deutete auf eine Steinplatte. Sein Körper war mit einer stahlgrauen Wolle bedeckt, den Finger
schmückte ein auffälliger Ring mit einem dunkelroten
Stein.

»Da«, sagte der Mann.

Daniel sah nichts Besonderes an der Stelle, auf die der
Mann deutete.

Der Mann wedelte leicht mit der Hand in Richtung der
Liege, als würde er Brotkrumen in der Luft zusammen-
kehren, und zeigte wieder mit dem Finger auf die Steinplatte.

Daniel stellte die Liege an die Stelle, auf die der Mann
deutete. Der Magere hörte auf zu reiben, und alle um
den Pool schienen aufzuatmen.

Die Männer setzten sich und sprachen weiter, ohne
sich um Daniel zu kümmern. Die anderen sonnten sich
wieder.

Die Veränderung der Stimmung war so deutlich, dass
Daniel erst jetzt merkte, wie angespannt sie gewesen war.
Als würde ein großes Raubtier verschwinden und die Vö-
gel wieder zwitschern.

Er traute sich nicht mehr, eine Liege zu nehmen, und
setzte sich auf sein ausgebreitetes Handtuch an einen Baumstamm und holte sein Buch heraus. Die Sonne wärmte, er

fand es angenehm, so glatt rasiert und kurz geschoren zu sein.

Ein großer, etwas gebeugter älterer Mann in einem Leinenanzug tauchte am Pool auf. Er spazierte mit kraftvollen Schritten umher, wie ein Gutsherr, der seine Liegenschaften inspiziert, nickte er nach allen Seiten. Die Patienten setzten sich auf und grüßten.

»Guten Tag, Doktor Fischer«, kam es von den Sonnenstühlen.

»Guten Tag, meine Freunde, guten Tag, guten Tag«, antwortete der Doktor.

Er blieb vor Daniel stehen und schaute auf ihn herunter.

»Guten Tag, Max.«

Daniel beschattete die Augen mit der Hand, und noch ehe er antworten konnte, war der Doktor weitergegangen.

Gegen ein Uhr wurde es leer am Pool. Daniel hörte jemanden etwas von Mittagessen sagen. Er war auch hungrig. Wo gab es in der Klinik Mittagessen? Wohl kaum in dem eleganten Restaurant, in dem er am ersten Abend mit Max gewesen war. Er konnte niemanden fragen, weil er so verraten hätte, dass er neu war. Er beschloss, einfach den anderen zu folgen.

14 Der Speisesaal für die Patienten war ein großer, offener Raum, modern eingerichtet, mit Glaswänden zum Klinikpark. Man konnte wählen zwischen orientalischem Hühnchen und einem vegetarischen Nudelauflauf. Daniel entschied sich für das Hühnchen. Es war reichlich Platz, und Daniel setzte sich an einen leeren Tisch. Einige andere Patienten saßen auch für sich allein.

Er hatte gerade zu essen angefangen, war überrascht, wie gut es schmeckte, als jemand neben ihm sagte:

»Ich habe dich am Pool gesehen.«

Daniel schaute auf. Neben seinem Tisch stand ein Mann in seinem Alter, leicht übergewichtig, er trug eine Jeansweste, und die dünnen blonden Haare hatte er im Nacken zu einem Pferdeschwanz zusammengebunden. Auf der einen Hand balancierte er das Tablett, und mit der anderen zog er den Stuhl auf der anderen Tischseite hervor. Er setzte sich und grinste:

»Ich frage nicht um Erlaubnis, bevor ich mich setze.« Er fing an zu essen, schnell und gierig. »Aber das machst du ja auch nicht«, fügte er mit einem vielsagenden Augenzwinkern hinzu.

Daniel dachte über eine passende Antwort nach.

Der Mann hob abwehrend die Hand. Er sah aus wie ein Halbstarker aus irgendeiner gottverlassenen Kleinstadt.

»Reg dich nicht auf, Kamerad. Das hast du ganz richtig gemacht. Er wird nicht zurückkommen, oder?«

»Wer kommt nicht zurück?«, fragte Daniel vorsichtig.

»Block. Den werden wir nie wiedersehen. Ist vielleicht auch gut so.«

Daniel nickte nachdenklich. Genau davor hatte er sich gefürchtet. Jemandem zu begegnen, der Max kannte und mit ihm über die Dinge sprach, über die nur Max Bescheid wusste. Oder es war ein Verrückter, der nur Unsinn redete.

»Block ist verlegt worden«, sagte der Mann, den Mund voller Essen und starrte über Daniels Schulter.

»Oh. Wirklich?«, sagte Daniel.

Er hatte das deutliche Gefühl, dass Max nicht ganz ehrlich gewesen war, als er die Klinik und ihre Patienten beschrieben hatte.

»Und wir wissen beide, warum.«

»Natürlich«, murmelte Daniel, wobei er mit einem widerspenstigen Hühnerknochen kämpfte. Diesen Mann würde er in Zukunft meiden.

»Block war nicht, was er zu sein vorgab.«

Daniel ließ das Besteck sinken und hielt die Luft an. Dieses Gespräch war ausgesprochen unangenehm.

»Und das mögen wir nicht.« Der Mann verfolgte ein paar neu angekommene Patienten mit dem Blick. Er beobachtete sie genau, sie ließen sich drüben an der Fensterfront nieder, dann verlor er das Interesse und wandte sich wieder an Daniel.

»Wir sind uns da ähnlich, du und ich. Wir mögen keine Leute, die unter falscher Flagge segeln.«

Ein paar unerträglich lange und stumme Sekunden lang fixierte er Daniel, seine Pupillen waren so scharf, dass Daniel sich wie auf eine Gabel gespießt fühlte. Dann sagte er:

»Vielleicht warst ja du der Anlass, dass er verlegt wurde?«

»Nein«, sagte Daniel erschrocken. »Absolut nicht. Ich habe nichts damit zu tun.«

Der Mann holte einen Zahnstocher hervor und begann, seine Zähne zu reinigen. Er lehnte sich im Stuhl zurück und betrachtete Daniel amüsiert.

»Schon gut«, sagte er. »Brauchst du was?«

Er hielt mit dem Zeigefinger das eine Nasenloch zu und schnüffelte mit dem anderen.

Daniel schüttelte den Kopf, entschuldigte sich und verließ den Speisesaal.

Rasch ging er den Hügel hinauf in die Hütte von Max. Diese Art von Konfrontation musste er in Zukunft vermeiden. Er würde nicht mehr im Speisesaal essen.

Drei, eventuell vier Tage würde Max wegbleiben, hatte er gesagt. Heute war Dienstag. Das hieß, Max würde Donnerstagabend zurückkommen, schlimmstenfalls am Freitag.

Daniel suchte die getragenen Bermudashorts seines Bruders. Er durchwühlte die Taschen. Die Shorts rochen nach Rauch und hatten Rußflecke vom gestrigen Lagerfeuer. In der Gesäßtasche fand er das Portemonnaie. Max konnte wohl nichts dagegen haben, wenn er sein Portemonnaie nahm, wo er doch seines mitgenommen hatte.

Er beschloss, um sieben in Hannelores Bierstube zu gehen und dort zu Abend zu essen. Beim ersten Besuch hatte er gesehen, dass es einfache Gerichte gab. Er würde das Buch mitnehmen, lesen und ein, zwei Bier trinken. Davor würde er einen Spaziergang machen, sich das Dorf und die Umgebung anschauen. Spätestens um zehn würde er wieder in der Hütte sein, weiterlesen, auf die Nachtpatrouille warten und schlafen gehen.

Und damit wäre dann sein erster Tag als stellvertretender Patient zu Ende. Es war ein angenehmes Gefühl, ein Programm zu haben.

15 Auf dem Weg in die Ärzteetage fuhr Gisela Obermann zufällig im gleichen Aufzug wie Karl Fischer. Sie hatte schon auf den Knopf gedrückt, als er einstieg. Sein Leinenanzug war zerknittert, und er roch ein wenig nach Schweiß. Sie sah ihn im Spiegel, und während der Aufzug nach oben raste, sagte sein Spiegelbild zu ihrem:

»Dein Anstellungsvertrag läuft bald aus, Gisela. Ich muss dich darauf vorbereiten, dass er nicht verlängert wird.«

»Was habe ich denn falsch gemacht?«, fragte sie.

»Nichts. Aber für eine Verlängerung bedarf es mehr als Fehlerlosigkeit, das wirst du verstehen. Dies ist eine Forschungsklinik. Du kannst keine brauchbaren Ergebnisse vorweisen.«

»Noch nicht. Aber ich habe hier sehr viel Interessantes gesehen.«

»Daraus wirst du in deiner zukünftigen Tätigkeit sicher Nutzen ziehen können. Dein Vertrag läuft im Oktober aus, und ich sehe keine Veranlassung, ihn zu verlängern. Es gibt Hunderte von Wissenschaftlern, die hier arbeiten möchten.«

»Aber Doktor Pierce ist doch erheblich länger hier als ich. Welche Ergebnisse hat *er* denn vorgelegt? Hat überhaupt *irgendjemand* schon konkrete Ergebnisse gezeigt?«, rief Gisela aus, ihre Stimme war plötzlich unangenehm schrill.

Der Aufzug war stehen geblieben, und die Türen glitten auf, aber Karl Fischer stellte sich ihr in den Weg. Seine kräftigen Gesichtszüge wurden von tiefen Falten betont. Sein kurz geschnittenes graues Haar stand wie Nägel vom Kopf ab. Hinter ihm konnte sie den Ärztekorridor mit den vielen Türen sehen.

»Es ist nicht an dir, die Ergebnisse von anderen zu beurteilen«, sagte er ruhig. »Dir fehlt das Wichtigste für die Arbeit hier: Visionen.«

Fischer blieb in der Aufzugtür stehen.

»Hast du schon mit Max gesprochen, seitdem sein Bruder hier war?«, fuhr er fort.

Die Aufzugtüren zuckten ungeduldig, er ignorierte sie jedoch.

»Nein, ich hatte noch keine Gelegenheit. Aber ich werde ihn so bald wie möglich zu mir bestellen. Ich glaube, der Besuch seines Bruders hat ihm gutgetan. Es wird interessant sein, zu hören, was er selbst darüber sagt. Max ist überhaupt ein sehr interessanter Patient.«

»Findest du? Ich finde das nicht.«

Karl Fischer trat zur Seite. Als sie an ihm vorbeiging, sagte er:

»Sie riechen nach Alkohol, Doktor Obermann.«

Sie drehte sich um und sah, wie die Türen zugingen, und Doktor Fischer weiterfuhr. Sie blieb stehen wie festgefroren und lauschte dem Geräusch, mit dem er durch das Krankengebäude glitt.

Doktor Fischer hatte recht. Sie hatte keine Visionen. Weder in Bezug auf die Patienten noch in Bezug auf sich selbst. Alle anderen Wissenschaftler waren mit Theorien nach Himmelstal gekommen, mit Plänen und leuchtenden Vorstellungen. Sie selbst sah gar nichts vor sich. Sie war nur aus ihrem kaputten Leben geflohen. Das war die Wahrheit, auch wenn sie es in ihrer Bewerbung anders formuliert hatte. Die Alpenluft hatte sie gelockt, die Isolation, das enge Tal, das seine Bewohner wie eine Gebärmutter umschloss.

Anfangs hatte der Geist des Neuanfangs in der Klinik sie stimuliert. Die Begeisterung der anderen hatte sie angesteckt wie ein Fieber.

Aber ziemlich bald kam ihr das Leben hier genauso sinnlos vor wie das Leben da draußen. Die Arbeitsgemeinschaft, auf die sie so sehr gehofft hatte, gab es nicht.

In der Freizeit waren die Wissenschaftler viel zusammen. Fast jeden Abend gab es in einem der Personalhäuser ein Fest. Aber was die Arbeit betraf, so hielt sich jeder an sein Gebiet und hütete es eifersüchtig. Alle taten sehr geheimnisvoll. Oft verstand sie gar nicht, wovon bei den Besprechungen die Rede war. Sie glaubte nicht, dass die anderen alles verstanden. Doktor Fischer war offenbar der Einzige, der über alle Projekte Bescheid wusste.

Er nahm nie an den Festen teil, ebenso wenig wie Doktor Kalpak. Sie wohnten auch nicht im Wohnbereich der Wissenschaftler. Gisela vermutete, dass sie in einer der oberen Etagen des Verwaltungsgebäudes wohnten, wo auch die Schwestern und Hostessen ihre Unterkünfte hatten.

Sie hatte selbst kein Projekt. Das war der Fehler. Sie war mit offenen Sinnen hierhergekommen und hatte gehofft, dass das stimulierende Milieu sie kreativ machen würde. Dass es nur eine Frage der Zeit war, bis sie in Gang kam. Das war falsch gedacht.

Sie hatte schon lange aufgehört, den anderen bei den Besprechungen zuzuhören. Stattdessen betrachtete sie die Alpenlandschaft vor dem Fenster oder Doktor Kalpak, der immer schweigend und mit geschlossenen Augen dasaß, als ob er schliefe. In ihren Gedanken nannte sie ihn Doktor Schlaf. Er schien immer in einem dösenden, halb schlafenden Zustand zu sein, auch mit geöffneten Augen. Auch seine Patienten sahen aus, als würden sie schlafen. Nein, nicht schlafend. Bewusstlos.

Wie schön wäre es, betäubt zu werden. Gisela war noch nie narkotisiert worden, aber sie hatte andere davon reden hören. Alles verschwindet, Schmerzen, Gedanken,

Träume. Alles. Wie der Tod, nur dass man wieder auf-
wacht. Und unter diesem vorübergehenden Tod tritt eine
Besserung ein. Das Böse wird weggeschnitten. Vielleicht
wird etwas Neues eingesetzt. Man wacht gesünder auf,
schöner, fröhlicher.

Gisela wollte oft sterben. Aber sie wollte nicht auf ewig
tot sein. Eine Narkose wäre perfekt. Da konnte man ihr
das Böse nicht wegschneiden. Aber sie war überzeugt davon, dass allein die Narkose ihr guttun würde.

Was würde Doktor Kalpak sagen, wenn sie ihn bitten
würde, sie zu narkotisieren? Für ein paar Stunden vielleicht, oder ein paar Wochen?

Nein, sie durfte nicht mehr so denken. Sie musste sich
wach halten. Sie musste nüchtern bleiben. Sie musste sich
auf ihre Arbeit konzentrieren. Sie brauchte ein Projekt.

16 Daniel nahm den Weg, auf dem er und Max am Tag zuvor mit dem Fahrrad gefahren waren. Sie waren sehr schnell gesaust, alles war irgendwie unwirklich gewesen. Die Geschwindigkeit. Das intensiv grüne Gras. Die übersinnlich klare Luft, die in seine Lungen eindrang.

Jetzt hatte er die Ruhe, sich umzuschauen. Er war erstaunt, wie eng das Tal war, kaum einen Kilometer breit und auf beiden Seiten von hohen Bergen umschlossen. In der Mitte floss der Wildbach. Das Wasser war zinkgrau, es wirbelte wie eine Brausetablette in einem Glas. Vielleicht konnte man auch da unten angeln? Er würde es noch einmal versuchen.

Seine Blicke wurden von der südlichen Felswand angezogen, sie war senkrecht, wie eine riesige Mauer. Jetzt, wo von der Seite das Sonnenlicht einfiel, traten die Details der Oberfläche deutlich hervor. Es schien eine andere Gesteinsart zu sein als auf der Nordseite. War es Sandstein? Kalkstein? Die Oberfläche war glatt und gelbweiß. Stellenweise gab es Vertiefungen und Höhlen, wie groß sie waren, war schwer abzuschätzen, und kein Mensch würde je zu ihnen gelangen. Einige dieser Vertiefungen schienen von Schwalben bewohnt zu sein, sie kreisten über der Felswand. Aus anderen flossen kleine Bäche, die sich im Fels einen Durchgang gegraben hatten und jetzt durch die natürlichen Fallrohre sickerten und als Rinnsale weiter den Fels hinunterliefen. Das ständige Fließen hatte lange schwarze Spuren auf der gelblichen Oberfläche hinterlassen. Manche hatten menschliche Formen angenommen, als diente die Felswand als Hintergrund für ein riesiges balinesisches Schattentheater mit dreißig Meter großen Figuren.

Die Nordseite des Tals, wo die Klinik lag, war nicht so

steil. Der Berg erhob sich langsam, ein gras- und wald-
bewachsener Hang, bevor er sich zu voller Größe aufrich-
tete, grau und nackt, mit herabgerutschtem Geröll.

Im Westen öffneten sich die Berge wie ein aufgestoße-
nes Fenster am Ende eines Korridors. Und durch diese Öffnung konnte er in der Ferne einen schneebedeckten Gipfel
erkennen, er glitzerte in der Sonne, geradezu königlich,
genau wie man sich die Alpen vorstellt.

Daniel nannte den südlichen Berg Die Wand und den
nördlichen Geröllhalde und staunte im nächsten Moment
über sich selbst. Warum taufte er Dinge an einem Ort, den
er bald verlassen würde?

Bisher war er in strahlendem Sonnenschein gegangen, aber
jetzt kam er zu einem engen Durchgang, der im Schatten
des Bergs lag. Das Tal wurde zusammengeschnürt wie
ein krampfender Darm. Der Kontrast zwischen hell und
dunkel war scharf, und für einen Moment war er geblendet. Der Mann mit dem Fahrrad, den er plötzlich sah,
war deshalb wie aus dem Nichts aufgetaucht.

Das Fahrrad hatte einen Anhänger, auf dem eine große
Holzkiste stand. Das Gespann bewegt sich langsam und
quietschend.

Als der Mann etwa 10 Meter von Daniel entfernt
war, hielt er an, stieg ab und wühlte in einer Schultertasche.

»Guten Tag«, grüßte Daniel auf Deutsch. »Wissen Sie,
ob man hier unten angeln kann?« Er zeigte auf den Wildbach.

Der Mann schaute auf.

»Ich nehme es an«, antwortete er.

Sein Gesicht hatte Ähnlichkeit mit dem eines Mongo-
len, kräftige Wangenknochen, eine kleine Nase und eine
niedrige, breite Stirn. Die Augen waren klein und intensiv

blau. Daniel erinnerten sie an eine Katzenrasse, er wusste aber nicht, an welche.

Der Mann zog einen merkwürdigen groben Lederhandschuh an, den er aus der Tasche geholt hatte.

»Ich habe neulich weiter oben geangelt«, fuhr Daniel fort. »Das ging ausgezeichnet. Hier unten ist es vielleicht nicht ganz so gut?«

»Vielleicht nicht.«

Der Fahrradanhänger schaukelte, und man hörte ein raschelndes Geräusch, gefolgt von einem schrillen Piepsen. Daniel starrte auf die Kiste. Darin war etwas Lebendiges. Der Mann verzog keine Miene.

»Was haben Sie in der Kiste?«, fragte Daniel.

Ohne zu antworten, löste der Mann vorsichtig einige Riegel an der einen Seite der Kiste und öffnete langsam eine Schiebetür. Heraus kam ein Gewirr aus Federn und schlagenden Flügeln.

Der Mann drehte sich zu Daniel um. Auf seinem Arm saß ein Falke. Den Kopf bedeckte eine Lederhaube, die von einem Federbusch gekrönt war, und um den Fuß hatte er ein Glöckchen. Über den Augen des Falken wölbte die Haube sich nach außen, was ihn wie ein großes Insekt aussehen ließ.

»Ist er nicht schön?«, sagte der Mann.

Daniel nickte eifrig.

»Sehr schön.«

Der Falke saß unbeweglich auf dem Unterarm des Mannes, als ob der Verlust seines mit Abstand wichtigsten Sinnes ihn in eine Art Halbschlaf versetzt hätte. Mechanisch und regelmäßig drehte er den blinden Kopf hin und her, ein paar noch vorhandene Reflexe in einem toten Körper.

»Und ich dachte, Sie hätten Ihre Angelausrüstung in der Kiste«, rief Daniel lachend aus.

»Ich ziehe die Jagd dem Angeln vor«, sagte der Mann.

»Und dies ist die älteste Form der Jagd. Ohne Waffe. Ich mag Schusswaffen nicht.«

Er führte den Falken zu seinem Mund, als wollte er ihn küssen, aber stattdessen packte er den Federbusch mit den Zähnen und nahm ihm mit einer schwungvollen Kopfbewegung die Haube ab.

Ein Beben durchlief den Vogel, in den das Leben zurückkehrte. Daniel staunte über die Augen, groß und glänzend schwarz wie nasse Steine. Sie hatten überhaupt nichts Raubtierhaftes. Die Augen schienen einem Märchenwesen zu gehören, das aus einem dunklen Wald oder einem tiefen See gestiegen war.

»Er sieht siebenmal besser als ein Mensch«, verkündete der Mann.

Er hielt den flatternden Vogel in den Wind. Der Falke drehte sich kreisend in die Luft hinauf, immer höher, wie auf einer unsichtbaren Wendeltreppe. Die kleine Glocke klingelte leise.

»Diese Ruhe, zu schön«, sagte der Mann und folgte dem Flug des Vogels mit zurückgebogenem Kopf. »Wir sollten von den Tieren lernen.«

Der Falke stand still und rüttelte, dann stürzte er wie ein Kampfflugzeug senkrecht in die Tiefe. Kurz darauf kehrte er zu seinem Herrn zurück, er hatte etwas in den Klauen, das er in die rechte Hand des Mannes ablegte, um sich dann auf dessen behandschuhten linken Arm zu setzen.

Daniel sah, dass es ein kleiner Vogel war, verletzt, aber noch am Leben. Die Augen blinzelten erschrocken, er schlug mit dem einen Flügel, konnte sich aber nicht fortbewegen.

Der Mann warf ihn auf den Boden und gab dem Falken mit einer Geste zu verstehen, dass er die Beute fressen durfte.

Der Flügel des kleinen Vogels flatterte noch, als der Falke Stücke aus der Brust riss.

»Die Natur ist phantastisch, nicht wahr?«, sagte der Mann.

Daniel war unwohl.

»Phantastisch«, wiederholte er mit einem Schaudern.

Eine Kirchenglocke begann zu läuten. Das Geläute wurde von den Felswänden zurückgeworfen, es klang wie der Lärm aus einer Fabrik. Bald würde Hannelores Bierstube öffnen.

Daniel hob die Hand zum Abschied.

Der Mann reagierte nicht. Aber der Falke wandte ihm seine Onyxaugen zu und beobachtete ihn mit siebenfacher Schärfe. Blutige kleine Därme hingen ihm wie Würmer aus dem Schnabel.

17 Wie in den meisten alten Dörfern war das Straßennetz verwirrend, denn es gab keine rechten Winkel, Daniel musste eine Weile umherlaufen, bis er das braune Pfefferkuchenhaus fand. Auf seinem Spaziergang stellte er fest, dass das Dorf zwar klein war, es jedoch immerhin ein Café und ein paar Geschäfte gab, allerdings war von außen schwer zu erkennen, was es dort zu kaufen gab.

Bei seinem ersten Besuch war es dunkel gewesen, und er hatte den Eindruck bekommen, dass das Dorf sehr alt war. Jetzt bei Tageslicht sah er, dass die meisten Häuser im alten Stil neu gebaut worden waren.

Corinne arbeitete dieses Mal nicht als Sängerin, sondern als Bedienung. Sie hatte wieder ihr Dirndl an. Sie kam zu ihm und wartete auf seine Bestellung, dabei drehte sie ungeduldig ein Handtuch zwischen den Händen und wirkte ein wenig abwesend. Er konnte ihr Lächeln, als ihre Blicke sich trafen, nicht so recht deuten.

Er bat um die Speisekarte.

»Was soll der Scherz«, sagte sie und klatschte ihn leicht mit dem Handtuch. »Was möchtest du? Das Übliche?«

»Ja bitte«, sagte er und hoffte, er würde es mögen.

Er bekam Rösti mit Spiegeleiern, Silberzwiebeln und sauren Gurken, dazu einen Krug Bier. Als er gegessen hatte, bestellte er noch ein Bier und begann, in seinem Buch zu lesen.

Es war nicht sehr hell im Lokal, und als Corinne bemerkte, dass er zu lesen versuchte, kam sie an seinen Tisch und zündete ein Teelicht in einem kleinen Leuchter an. An dem schwarzen Metall baumelten kleine Blätter aus Glas, rot, gelb und orange. Als die Kerze brannte, funkelten sie wie Glut. Es war hübsch, aber als Beleuchtung taugte es nicht. Er hatte das aufgeschlagene Buch vor sich und betrachtete die glühenden Blätter, die leicht im Wärmestrom zitterten.

Corinne war meistens in der Küche, aber manchmal kam sie heraus, um die Gäste zu bedienen. Heimlich betrachtete er ihr dreieckiges Gesicht und die schmalen Augen. Als sie an seinem Tisch vorbeikam, streckte sie die Hand aus und strich ihm von hinten über den Kopf:

»Hast du die Haare geschnitten oder was? Ich habe dich kaum erkannt.«

Bevor er sich eine Antwort ausdenken konnte, war sie verschwunden. Ihre Berührung war so leicht und flüchtig gewesen, dass keiner von den anderen Gästen etwas bemerkte, aber noch lange danach spürte er kitzelnde Wellen von Wohlbehagen über Kopf und Nacken huschen.

Er fragte sich, was sie wohl für eine Beziehung zu seinem Bruder hatte, und überlegte, ob er die Situation ausnützen sollte. Eine späte Rache für das Mädchen in London. Max hatte ihn gebeten, an seine Stelle zu treten. Nun ja, dann würde er es ganz und gar tun.

Aber natürlich würde er niemals so etwas machen. Eine ahnungslose Frau als Spielstein in einem alten Geschwisterkonflikt einzusetzen. Das war das Schlimmste mit dem Mädchen in London gewesen, das hatte er Max nie verzeihen können.

Wieder streichelte ihm eine Hand über den Kopf und packte plötzlich sein Ohr. Corinne war am anderen Ende des Lokals. Daniel keuchte vor Schmerz, er wollte sich umdrehen, aber der feste Griff an seinem Ohr hinderte ihn daran. Jemand beugte sich über ihn, und eine helle Stimme sagte:

»Amateur!«

Die Stimme ging in Lachen über, und sein Ohr wurde losgelassen. Ein Mann mittleren Alters, durchtrainiert und schlank, mit einer lächerlichen Ponyfrisur und unglaub lich hellroten Haaren, stand neben ihm, einen Bierkrug in der linken Hand. Mit dem Zeige- und Mittelfinger der rechten Hand schnitt er wie mit einer Schere in die Luft und sagte:

»Wer war es?«

Daniel schaute ihn fragend an.

»Der mir die Butter vom Brot nehmen will?«

Er versetzte Daniels Kopf einen festen Stoß.

Der Mann lachte wieder und setzte sich an einen Tisch ein Stück weiter weg. Er trank sein Bier aus und verließ kurz darauf die Bierstube.

Als er gegangen war, kam Corinne und setzte sich zu Daniel.

»Du hättest dir wirklich beim Friseur die Haare schneiden lassen sollen«, sagte sie. »Er nimmt es vielleicht übel, wenn du es jemand anders machen lässt.«

Friseur? Aha, das war also der Friseur.

»Kann ich mir nicht die Haare schneiden lassen, von wem ich will?«, sagte Daniel.

Sie nickte schnell.

»Ja, aber er könnte es dir übelnehmen. Denk dran.« Sie schaute ihn ernst an und fügte hinzu: »Und er hat recht. Es ist dieses Mal wirklich nicht sehr gut geworden.«

Sie schaute seinen geschorenen Kopf an und lächelte entschuldigend.

»Ist dein Bruder wieder abgereist?«

»Ja, aber er kommt am Donnerstag wieder.«

»Ach ja? Warum denn das?«

»Er reist ein wenig in der Gegend herum. Dann kommt er noch mal her und verabschiedet sich, bevor er wieder nach Schweden fährt.«

Sie nickte, und er versuchte, ihr Lächeln zu deuten. Für eine Bedienung war es zu warm. Aber für eine Geliebte zu kühl.

»Es ist bestimmt nett für dich, dass dein Bruder dich hier besucht. Wart ihr euch sehr nah, bevor du hierherkamst?«

»Nicht so sehr.«

Einen Moment lang war es still. Daniel überlegte, ob Max ihr wohl erzählt hatte, dass er Patient der Klinik war.

Corinne spielte gedankenverloren mit einem breiten Armband aus verschiedenfarbigen Steinen. Dann lachte sie plötzlich auf und redete über alles Mögliche. Anstrengende Gäste, Rückenschmerzen. Dass niemand ihre Auftritte wertschätzte. Nicht enden wollende Beschwerden, aber lachend und scherzhaft vorgetragen, als ob sie Angst hätte, hier die Tragödin zu geben.

»Sag mir eins«, unterbrach Daniel sie. »Warum arbeitet eine so begabte Künstlerin wie du in so einem Laden? Ich habe dich neulich auftreten sehen. Du müsstest in Berlin auf der Bühne stehen.«

Er versuchte sein Glück. Vielleicht wusste Max das alles schon.

Sie lachte auf.

»Ich *habe* auf einer Bühne in Berlin gestanden. Und vielleicht würde ich da immer noch stehen, wenn nicht anderes dazwischengekommen wäre. Aber das Leben ist nun mal so, wie es ist, nicht wahr? Ich bin froh, dass ich hier auftreten kann. Das Publikum ist mir egal. Ich mach es für mich.«

In ihrem trotzigen Tonfall lag eine Spur Trauer.

»Aber ich möchte lieber nicht darüber reden«, sagte sie.

»Worüber willst du dann reden?«, fragte Daniel.

»Im Moment über gar nichts. Ich muss arbeiten.«

Sie stand schnell auf und ging zu einer Gruppe ungeduldiger Gäste an einem anderen Tisch.

Als Daniel kurze Zeit später in Max' Hütte kam, zögerte er bei dem Gedanken, im Bett seines Bruders zu schlafen. Aber die Bank, auf der er die letzten beiden Nächte verbracht hatte, war hart und unbequem. Er suchte im Schrank nach frischer Bettwäsche, fand keine und beschloss, in der von Max benutzten zu schlafen.

Es war ein merkwürdiges Gefühl, in dem engen Alkoven zu liegen, es war eine Nische in der Wand, in der nur das Bett Platz hatte und ein Bücherregal, das rundherum lief. Als er die kleine Bettlampe angeknipst und den Vorhang vorgezogen hatte, fühlte er sich wie in den geheimen Kojen der Kindheit, geborgen und aufgeregt.

Als er jedoch das Licht ausgemacht hatte, wurde es eher klaustrophobisch. Der schwere Vorhang ließ kein Licht herein, die Luft war abgestanden, dazu ein Geruch, der nichts anderes sein konnte als der Körpergeruch seines Bruders, er wurde plötzlich heftiger und aufdringlich. Das Bett war jedoch sehr bequem, seine Sinne vom Bier ein wenig betäubt. Binnen weniger Minuten war er eingeschlafen.

Wie im Traum erreichte ihn der Lichtstrahl einer Taschenlampe. Er blinzelte und sah, dass sich eine Gestalt über ihn beugte. Ein Frauengesicht, leuchtend weiß wie ein Mond, sanft lächelnd. Das Gefühl von Verwirrung und Angst verschwand, stattdessen kam eine große Ruhe über ihn. Es war ja nur seine Mutter, die ihn zudeckte.

Der Vorhang fiel zurück, es war wieder dunkel, er hörte freundliches Flüstern und Schritte, die sich entfernten, dann glitt er wieder in den Schlaf, aus dem er gar nicht richtig erwacht war.

18 Der Mittwoch war nicht so sonnig und warm wie die Tage zuvor. Daniel verbrachte den Vormittag in der Hütte und las. Um die Mittagszeit hatte er das Buch ausgelesen. Er machte sich eine Dose Bohnen in Tomatensoße warm, die er in einem Schrank über dem Herd gefunden hatte.

Beim Essen schaute er aus dem Fenster. Ein beruhigender Dunst lag über dem Tal und machte alles weich. Er hatte solche Sommertage schon immer gemocht, mild, aber ohne Sonne. Er betrachtete die Felswand mit den Abdrücken an der anderen Talseite, die aussahen wie menschliche Gestalten. Es war eigenartig, dass die Natur so etwas hervorbringen konnte. Als ob das Tal von schmalen Riesen bevölkert gewesen war, die geradewegs in den Fels gegangen waren und diese Abdrücke hinterlassen hatten. Oder wie in Hiroshima, wo Menschen wie Schatten in die Hauswände gebrannt waren.

Plötzlich erinnerte er sich an den nächtlichen Besuch. Das Licht der Taschenlampe an seinem Bett, das Frauengesicht, das er im Halbschlaf mit dem der Mutter verwechselt hatte. Es war natürlich die Nachtpatrouille, die kontrollierte, ob er da war. Daniel hatte vergessen, dass sie jeden Abend kamen, und hatte sich schlafen gelegt, ohne auf sie zu warten. Er wusste genau, dass er von innen abgeschlossen hatte, sie hatten also einen Schlüssel.

Nach dem Mittagessen ging er in die Bibliothek der Klinik und lieh sich noch einen Krimi aus. Das Ausleihen war kein Problem. Er brauchte nicht einmal seinen Namen zu sagen, er zeigte dem Bibliothekar das Buch, der träge sagte:

»Ja, Max, ist in Ordnung.«

»Wird das nicht registriert?«, fragte Daniel vorsichtig.

»Nicht nötig«, sagte der Bibliothekar mit einem freundlichen Blinzeln. »Ich vergesse kein Gesicht und kein Buch.«

Er ging zur Hütte zurück, grüßte diskret den Nachbarn, der halb schlafend an der Hüttenwand lehnte, das Gesicht nach oben gerichtet wie eine riesige Kröte. Dann verbrachte er den Nachmittag mit seinem neuen Buch und ein paar Spielen auf Max' Computer.

Er war erfreut, als er Max' Laptop in der Hütte gefunden hatte. Aber ins Internet schaffte er es nicht. Er landete stattdessen in einem internen Kliniknetz. Über verschiedene Links konnte er sich über mögliche Behandlungen, Freizeitangebote und andere Aktivitäten informieren. Auch die Geschäftsleute aus dem Dorf waren vertreten und machten Werbung für ihre Läden und Dienstleistungen. Hannelores Bierstube warb mit einem Bild von Corinne, sie trug eine Bluse mit Puffärmeln und ein Mieder und hielt zwei schaumbedeckte Bierkrüge in den Händen. Für manche Seiten brauchte man einen Code.

Die Website *Aus meiner Ecke des Tals* enthielt Betrachtungen des Dorfpriesters, Pater Dennis, der sich in vollem Ornat vor der Dorfkirche hatte fotografieren lassen. *Er weidet mich auf einer grünen Aue und führet mich zum frischen Wasser* war die Überschrift der Betrachtung der Woche. Daniel las weiter. *Plötzlich erkannte ich, dass diese Zeilen aus dem Psalm von Himmelstal handeln. Wo gibt es grünere Wiesen als hier? Wo gibt es frischer sprudelndes Wasser?*

Der Priester hatte recht, dachte Daniel. Er hatte noch nie so grünes Gras gesehen.

Mir gefällt der Gedanke, sich die Bewohner von Himmelstal als eine kleine ausgewählte Herde vorzustellen, die der Herr ausgerechnet in dieses Tal gebracht hat, damit sie endlich Ruhe finden, fuhr Pater Dennis fort.

Daniel klickte weiter. Filmangebote, Übungen fürs Krafttraining, das bunte Blumen- und Gemüseangebot der Gärtnerei und ein Kurs zur Impulskontrolle, der von einem der Klinikpsychologen geleitet wurde.

Er verließ das Netzwerk und suchte weiter auf dem Laptop, ob es etwas Interessantes gab. Er fand ein paar langweilige Sport- und Puzzlespiele, ein internes E-Mail-Programm, aber sonst nicht viel. Der Computer war eigenartig leer. Max schien alle persönlichen Dateien gelöscht zu haben.

Daniel konnte das E-Mail-Programm ohne ein Passwort öffnen. Es war nur eine Mitteilung im Eingangskorb. Bei *Absender* stand: *Corinne.* Und im Betreff: *Sollen wir uns treffen?*

Er zögerte einen Moment, dann schloss er das Mailprogramm. Er spielte weitere fünf Minuten gelangweilt das Fußballspiel, das er getestet hatte. Dann machte er wieder das Mailprogramm und die Nachricht auf. Sie war sehr kurz gefasst.

Was hältst du von einem Picknick? Ich bringe etwas zu essen mit. Entschuldige, dass ich gestern Abend so weinerlich war. Ich war so müde. Ich umarme dich. Corinne.

Das hatte er schon gestern Abend geahnt. Max und Corinne hatten etwas miteinander. Vermutlich war ihre Verbindung geheim. Es gehörte sich wohl nicht, dass ein Mädchen aus dem Dorf etwas mit einem Patienten aus der Klinik hatte.

Und er hatte ein weiteres Mal recht gehabt: Corinne hatte ihn zweifellos als Max akzeptiert.

Er hatte nichts gegen ein Picknick mit Corinne. Wenn Corinne denn ihn – und nicht Max – treffen wollte. Was nicht der Fall war. Und morgen würde Max zurückkommen. Daniel musste sich auf dem Klinikgelände aufhal-

ten, damit er ihn nicht verpasste und dann abreisen konnte.

Er sehnte sich danach, wieder er selbst zu sein und nicht
mehr einen anderen spielen zu müssen. Er konnte seinen
Aufenthalt in dieser Luxusklinik überhaupt nicht genie-
ßen. Obwohl alle eigenartigerweise seine falsche Identität
zu akzeptieren schienen, quälte ihn die Sorge, enttarnt zu
werden. Und es gab einige Patienten, die er überhaupt
nicht mochte. Was hatte der Typ im Speisesaal gesagt?
»Wir mögen keine Leute, die unter falscher Flagge segeln.«

Er freute sich wirklich darauf, diesen Ort verlassen zu
können. Wie würde es eigentlich rein praktisch zugehen?
Müsste er sich den gleichen Bart ankleben wie Max, um
wieder so auszusehen wie vorher? Um sich, gewissermaßen, als er selbst zu verkleiden. Eine eigenartige Vorstellung. Er hatte bisher nicht darüber nachgedacht. Aber
Max hatte bestimmt alles geplant.

19 »Guten Morgen. Und schon wieder ist Donnerstag«, sagte die blau gekleidete Hostess und stellte eine Trageta- sche aus Papier auf den Boden.

»Ist die für mich?«, fragte Daniel verschlafen.

Die Hostess lachte. Es war die kleine Dunkelhaarige, die ihm neulich mit der Taschenlampe ins Gesicht ge- leuchtet hatte.

»Es ist Donnerstag, Max. Waschtag. Hast du was für uns?«

Er schaute in die Tasche. Sie enthielt saubere Kleidung, ordentlich zusammengefaltet.

»Hast du etwas?«, wiederholte sie ungeduldig.

»Den Wäschesack«, sagte die andere Hostess, als Da- niel verständnislos schaute. Sie zeigte auf den Schrank, in dem der Wäschesack stand.

»Aha. Einen Moment.«

Er holte den Wäschesack mit schmutziger Wäsche he- raus und gab ihn der Hostess. Die kleine Dunkelhaarige wog ihn in der Hand. Ihre Porzellanstirn zog sich zu einer Falte zusammen.

»Die Bettwäsche? Ist die wirklich hier drin?«

»Ach ja, die Bettwäsche.«

Daniel eilte zur Schlafkoje, raffte die Bettwäsche zu- sammen und drückte sie in den Wäschesack.

»Du hast vergessen, dass heute Donnerstag ist, nicht?«, sagte die Hostess lächelnd.

Nein, das hatte er wirklich nicht vergessen. Aber natür- lich hatte er nicht zuallererst an die Wäsche gedacht.

Als sie gegangen waren, packte er die saubere Wäsche aus. Max' Kleider und ganz unten ein Satz gemangelte Bettwäsche.

Er bezog das Bett in dem engen Alkoven und bemerkte,

dass etwas auf den Boden gefallen war, als er das gebrauchte Laken herausgezogen hatte. Er hob es auf und sah, dass es das Foto war, das Max ihm am Abend vor seiner Abreise gezeigt hatte. Das Mädchen mit dem misshandelten Gesicht. Die Tochter eines Verräters. Das Opfer der Mafia. Max bewahrte das Bild offenbar unter der Matratze auf.

Daniel hob die Matratze an, um zu sehen, ob auch der Drohbrief da war. Aber da war sonst nichts.

Er legte das Foto wieder unter die Matratze und bezog das Bett fertig. Typisch, dass Max ausgerechnet am Donnerstag zurückkommen wollte, wenn die frische Wäsche verteilt wurde. Er würde sich in sauber gemangelte Laken legen können, während Daniel in seinen gebrauchten hatte schlafen müssen.

Daniel blieb den größten Teil des Tages in der Hütte. Gegen sieben ging er den Abhang hinunter, an dem modernen Glasgebäude vorbei zum alten Hauptgebäude.

Es war bewölkt, aber immer noch warm. Das Tal schien voller stillstehender, verbrauchter Luft zu sein, wie ein Zimmer, das nie gelüftet wurde. Einzelne Regentropfen fielen, er hörte das Aufprallen der Bälle vom Tennisplatz weiter weg.

Er ging die protzige Treppe hinauf zur Rezeption in der Lobby.

»Entschuldigung«, sagte er zu der Hostess, die vor einem Bildschirm saß.

Sie drehte sich um und lächelte freundlich.

»Hallo Max. Kann ich dir helfen?«

»Ich wollte fragen, ob mein Bruder schon zurückgekommen ist. Ich dachte, vielleicht habe ich ihn verpasst.«

Schrille Stimmen übertönten seine Frage, und er musste

sie wiederholen. Durch die geöffneten Türen des Aufenthaltsraums konnte er den mageren Mann vom Swimmingpool zusammen mit einer alten, sehr vitalen Frau sehen. Sie schienen ein Spiel zu spielen.

»Dein Bruder?«, sagte die Hostess. »Der dich neulich besucht hat?«

»Ja, genau.«

»Wollte er noch einmal herkommen? Ich dachte, er wäre nach Schweden zurückgefahren.«

»Nein, er wollte eine kleine Rundreise machen. Noch ein wenig mehr von der Schweiz sehen.«

»Ich verstehe. Himmelstal ist schön, aber etwas ... begrenzt.«

Sie lachte, unbeherrscht und etwas verlegen, als ob sie einen Witz gemacht hätte und nicht sicher war, wie er reagieren würde.

»Er besucht mich noch einmal hier, bevor er nach Schweden zurückreist«, fuhr Daniel fort. »Ich wollte nur hören, ob er schon angekommen ist.«

Die alte Frau im Aufenthaltsraum lachte laut auf und warf sich zurück in den Brokatsessel, während der Mann wütend mit einem Spielstein auf das Brett klopfte.

»Ich habe ihn nicht gesehen«, sagte die Hostess ernst.

»Okay, ich wollte nur nachfragen.«

Daniel ging zur Hütte zurück. Der Regen hatte es sich anders überlegt.

Er wartete eineinhalb Stunden, dann ging er wieder zur Rezeption.

»Tut mir leid, Max«, sagte die Hostess, noch ehe er etwas sagen konnte. »Dein Bruder ist noch nicht gekommen.«

Daniel ging nach draußen. Er hielt sich zwischen den Hauptgebäuden auf und spähte auf die Straße, auf der er selbst neulich mit dem Bus angekommen war. Es wurde dunkel. Er wartete bis 10 Uhr, dann ging er in die Hütte zurück. Donnerstag, spätestens Freitag, hatte Max gesagt. Dann wurde es also Freitag.

Als die Nachtpatrouille kam, hörte er die holländische Jazzmusik. Und als der Donnerstag in den Freitag überging, kroch Daniel und nicht Max zwischen die frischen, etwas steifen Laken.

Am nächsten Tag wartete er bis ein Uhr. Dann ging er wieder zur Rezeption.

Nun saß dort eine andere Hostess. Ein junges Mädchen mit roten Haaren und einer schwarzen Brille, deren Gestell viel zu groß für ihr Gesicht war. Es sah aus, als hätte sie die Brille von ihrem Vater geliehen.

»Dein Bruder? Soll der noch mal wiederkommen?«

Er musste alles noch einmal erzählen. Die Rundreise durch die Alpen und ein letzter Besuch in Himmelstal, bevor es wieder nach Hause ging.

»Davon habe ich nichts gehört.«

»Ich möchte ihn auf keinen Fall verpassen.«

»Ich werde im Hauptbuch nachschauen.«

Sie holte das große Buch heraus, in das auch Daniel sich eingetragen hatte.

»Hm. Daniel Brant. Ankunft 5. Juli 18:20, Abreise 7. Juli 5:50. Er hat sich nicht noch einmal eingeschrieben. Und sich nicht bei der Wache angemeldet. Tut mir leid. Wollte er heute kommen?«

»Ja, spätestens heute.«

Ehe sie das Buch zuschlug, konnte Daniel seine Unterschrift sehen und darunter, beim Abreisedatum, noch eine Unterschrift, auch die mit seinem Namen. Den hatte er nicht selbst geschrieben. Mit dem hatte Max seine Abreise bekräftigt. Er hätte nicht geglaubt, dass jemand seine Unterschrift so gut kopieren konnte.

Das Mädchen tippte etwas in den Computer und schüttelte bedauernd den Kopf.

»Es sind keine Besucher für dich angekündigt, weder heute noch an einem anderen Tag. Hast du ihn vielleicht falsch verstanden? Wollte er wirklich noch einmal wiederkommen?«

»Ja! Auf jeden Fall.«

»Hm«, sagte das Mädchen. »Vielleicht ist er … Ja, ich saß an dem Morgen, als er abreiste, an der Rezeption, und er kam mir ein wenig nervös vor. Er hatte es eilig, wegzukommen. Habt ihr euch gestritten?«

»Überhaupt nicht.«

»Hm«, sagte sie noch einmal und runzelte etwas altklug die Stirn. »Du weißt ja, es gibt Leute, die fühlen sich hier nicht wohl. Wollen so schnell wie möglich wieder weg. Ich habe das Gefühl, dein Bruder gehörte zu der Sorte.«

»Aber er hat gesagt, er würde noch einmal herkommen. Donnerstag, spätestens Freitag«, protestierte Daniel wütend.

»Er hat sich vielleicht nicht getraut, dir die Wahrheit zu sagen. Wollte dich nicht aufregen. Er hatte vielleicht ein schlechtes Gewissen, dass er nur so kurz geblieben ist.«

»Wenn er kommt, würden Sie ihm dann bitte sagen, dass ich in der Hütte bin?«

»Selbstverständlich.«

Daniel war noch keine zehn Minuten in der Hütte, als ein Handy klingelte. Ein zartes Signal, das zur Untermalung in einem Naturfilm passen würde, wenn Blumen ihre Blüten öffnen.

Max hatte also sein eigenes Handy zurückgelassen! Daniel versuchte, das Geräusch zu lokalisieren. Es schien von der Eingangstür zu kommen.

Er fand das Handy schließlich in einer der vielen Taschen der Anglerweste, die an einem Garderobehaken hing.

Als er es hervorgeholt hatte, hörte das Klingeln auf. Daniel blieb mit dem Telefon in der Hand stehen.

Max hatte seines mitgenommen, als er ging. Damit er teure Auslandsgespräche führen konnte, die dann auf Daniels Rechnung gingen.

Daniel wählte seine eigene Mobilnummer. Er wollte seinem Bruder ein paar Fragen stellen, er hätte ihn schon früher angerufen, wenn er gewusst hätte, dass es ein Handy in der Hütte gab.

Wie erwartet gab es keine Antwort. Nach einigen Signalen hörte man eine automatische Frauenstimme, die darüber informierte, dass die angerufene Nummer nicht existierte. Er wählte noch einmal seine Nummer, langsam und sorgfältig, mit dem gleichen Ergebnis. Max war also in einem Land, das mit diesem Provider nicht erreicht werden konnte.

Er schaute auf das Display, um zu sehen, welchen Provider Max verwendete. Er hatte beim Wählen nicht so genau aufgepasst. Nun sah er auf dem Display einen schneebedeckten Alpengipfel vor einem knallblauen Himmel. In der Ecke wurde die Uhrzeit, Ladezustand und Netzintensität angezeigt. Und da, wo sonst der Provider stand, leuchtete der Name »Himmelstal« mit glitzernden Buchstaben vor dem blauen Himmel, als würden sie, genau wie der Berggipfel, starkes Sonnenlicht widerspiegeln. Erstaunt betrachtete er das Display, das langsam dunkler wurde und verlosch.

Er hätte das Telefon vor Schreck fast fallen gelassen, als es in seiner Hand zu brummen und zu zittern begann wie ein großes Insekt. Das Display leuchtete, und die Buchstaben im Namen »Himmelstal« pulsierten im Takt mit den Vibrationen. Sekunden später kam das Klingeln.

Mit schweißnassem Finger drückte Daniel die Antworttaste und hielt das Telefon ans Ohr.

»Ja?«, bekam er heraus. »Bist du es? Wo bist du denn?«

»Hallo Max«, sagte eine Frauenstimme. »Hier spricht die Rezeption.«

»Oh. Ist er gekommen?«

»Nein. Aber ich habe eine Mitteilung von Doktor Obermann für dich. Sie will dich heute um 16:30 sehen.«

Gisela Obermann. Die Psychiaterin. Max hatte von ihr gesprochen, erinnerte sich Daniel.

»16:30«, sagte er zögernd. »Tut mir leid. Das passt gar nicht.«

Er hörte selbst, wie lächerlich das klang. Ein Psychiatriepatient mit vollem Terminkalender.

»Kannst du einen anderen Termin vorschlagen?«

»Ich möchte am liebsten gar nicht hingehen«, sagte er so höflich wie möglich. »Ich bin nicht motiviert. Doktor Obermann kennt meine Einstellung.«

Es wurde still.

Daniel hielt die Luft an. »Du brauchst nur nein zu sagen«, hatte Max gesagt. Wie sehr konnte man darauf vertrauen? Es war vielleicht gar nicht so leicht. Würden sie ihn möglicherweise mit Gewalt abholen und ihm ein Zäpfchen in den Hintern stecken, wenn er sich wehrte?

»Soll ich das Doktor Obermann so mitteilen?«, fragte das Mädchen.

»Ja bitte. Das wäre nett.«

»Du kannst ja Doktor Obermann anrufen, wenn du es dir anders überlegst. Sie findet bestimmt einen passenden Termin.«

»Natürlich. Wie lautet ihre Nummer?«, fragte Daniel höflich.

»Du hast ihre Nummer«, sagte die Rezeptionistin und legte auf.

Daniel öffnete das Telefonbuch des Handys. Da gab es jede Menge Namen. Meistens nur die Vornamen. Manchmal Vor- und Nachnamen. Oder Nachnamen und Titel, »Doktor Obermann« war auch dabei. Alle anderen Namen waren fremd für ihn. Außer einem: »Corinne«.

20 Um Viertel vor fünf am Sonntagnachmittag klopfte es an die Tür. Daniel zog den Vorhang der Schlafkoje zur Seite und setzte sich im Bett auf, aber bevor er aufstehen konnte, stand die kleine dunkelhaarige Hostess mit einem Kollegen auf der Schwelle.

»Seid ihr schon da?«, fragte Daniel.

Er war eingeschlafen und wusste nicht so recht, ob es die Morgen- oder Nachtpatrouille war. Beides kam ihm verkehrt vor.

»Zeit für den Test«, sagte die kleine Dunkelhaarige.

»Was für einen Test?«

»Nur eine normale Blutprobe«, sagte der Steward ruhig und lehnte sich an den Türpfosten. »Nur einen Pikser in den Arm. Und ein paar neue Bilder von deinem Gehirn. Ganz schmerzlos.«

Was war das denn? Max hatte gesagt, so etwas würde nicht vorkommen.

Durch die geöffnete Tür konnte er ein paar kräftig gebaute Männer in Uniform warten sehen.

»Hat das nicht noch ein wenig Zeit?«, fragte er. »Ich möchte es lieber ein anderes Mal machen lassen.«

»Du hast auch schon Doktor Dobermann abgewiesen«, sagte der Steward.

Er hing grinsend und mit verschränkten Armen am Türpfosten, die blaue Uniformmütze hatte er in den Nacken geschoben.

»Überhaupt nicht. Ich wollte nur einen anderen Termin«, sagte Daniel. »Ich werde Doktor Obermann später aufsuchen.«

»Nein, du hast gesagt, du seist nicht motiviert«, sagte der Steward nachdrücklich.

»Hab ich das gesagt?«

»Vielleicht müssen wir dich motivieren.«

Er grinste wieder. Daniel hatte fragen wollen, warum er sie Doktor Dobermann nannte.

»Wir haben nicht ewig Zeit«, sagte die Hostess. »Lass es uns einfach zügig hinter uns bringen. Morgen bist du wieder in der Hütte. Du und Marko.«

Sie machte eine Handbewegung zur Hütte nebenan. Daniel trat vor die Tür. Sein Nachbar stand vor seiner Hütte und schaute bockig auf seine Füße.

Die Wachleute waren zu viert. Sie starrten mit leerem Blick vor sich hin, untätig, gelangweilt, jedoch mit einer versteckten Energie, wie gezügelte Pferde, die auf das Kommando des Kutschers warten.

»Es ist doch nicht das erste Mal, Max. Es ist nichts Besonderes«, fuhr die Hostess fort. »Wir bringen euch jetzt auf eine Krankenstation. Wir wollen euch unter Kontrolle haben. Heute Abend MRT. Morgen früh Blutabnahme. Ihr müsst davor zwölf Stunden gefastet haben. Also kein Frühstück.«

»Aber danach bekommt ihr einen Superbrunch im Restaurant«, fügte der Steward zwinkernd hinzu. Seine blonden, welligen Haare glänzten wie geputztes Messing in der Sonne. »Rührei mit Bacon. Blaubeerpfannkuchen. Exotische Fruchtdrinks.«

»Darf man rauchen?«, fragte der Nachbar.

»Na klar. Allerdings nicht auf der Abteilung. Das Personal geht mit dir in den Park. Du brauchst es nur zu sagen.«

»Ich komme nicht mit«, sagte Daniel bestimmt.

Der Steward seufzte.

»Du willst es also auf die anstrengende Art? Dann kommen sie zum Einsatz.« Er wies mit einer ruhigen Handbewegung auf die Wachleute, die sich gleich ein wenig streckten und wacher schauten. »Lydia und ich müssen jetzt los. Macht ihr das, Jungs.«

Der Steward und die Hostess setzten sich in das kleine Elektroauto und rollten davon.

»*Ich* mache keinen Ärger«, sagte der Nachbar und hielt die Hände in die Höhe. »Ich komme freiwillig mit. Lasst mich nur noch meine Zigaretten holen.«

»Nimm auch die Zahnbürste mit«, sagte einer der Wachleute.

Der Nachbar schlurfte in seine Hütte, eine Wache beobachtete ihn von der Tür aus. Die anderen drei stellten sich um Daniel herum.

»Wie willst du es? Freiwillig oder nicht?«

»Ich möchte mit einem Arzt sprechen.«

»Na klar. Aber erst musst du in die Krankenabteilung. Hol jetzt deine Sachen.«

Daniel holte das kleine Necessaire mit Toilettensachen, das er in der Rezeption gekauft hatte. Plötzlich kam ihm ein Gedanke. Wenn sie eine Blutprobe von mir nehmen, werden sie dann merken, dass ich nicht Max bin? Oder sind wir auch da ganz gleich? Er konnte sich diffus erinnern, dass eineiige Zwillinge die gleiche Blutgruppe hatten. Oder sogar die gleiche DNA. Aber vielleicht unterschieden sie sich in etwas anderem?

Tatsache war, dass er eigentlich nichts dagegen hatte, wenn der Betrug entlarvt wurde. Er wollte Max nicht hintergehen, aber schließlich war er ziemlich verspätet. Auf diese Weise könnte der Tausch herauskommen, ohne dass er etwas verraten musste.

Bei MRT handelte es sich um eine Art Röntgen. Das konnte ihm kaum schaden.

»Okay«, sagte er. »Dann hätte ich es hinter mir.«

Von den Wachen eskortiert, wurden Daniel und sein Nachbar in eines der großen Gebäude mit Glasfassade gebracht. Sie nahmen den Lift und gingen dann durch einen Korridor. Eine Tür ging auf, und eine Krankenschwester kam ihnen entgegen mit einem Rollwagen aus Edelstahl, beladen mit Instrumenten und Wattetupfern. Bevor die Tür wieder zuschlug, sah Daniel noch ein blendendes Licht, wie von einer sehr starken Lampe. Es roch nach Desinfektionsalkohol und einer süßlichen Seife. Bisher war ihm die Klinik eher wie ein Luxushotel vorgekommen, aber nun bestand kein Zweifel mehr, dass er sich in einem Krankenhaus befand.

Sie kamen in eine Krankenabteilung, und Daniel und Marko wurden in je ein Einzelzimmer mit Toilette und Dusche eingewiesen.

»Füll das bitte aus«, sagte eine Schwester und reichte Daniel einen vierseitigen Fragebogen und einen Stift.

Bei den Fragen ging es um seine Einstellung zu anderen Menschen und um Verhaltensmuster in verschiedenen Situationen. Viele der vorgeschlagenen Antworten waren blöd oder geradezu absurd.

Während er darüber nachdachte, wie er darauf antworten sollte, sah er sich im Zimmer um und bemerkte eine Überwachungskamera an der Wand gegenüber vom Bett.

Er beantwortete die Fragen so gut es ging und gab den Fragebogen der Schwester, die in einem kleinen Büro im Flur saß. Die Wachleute waren noch da und lümmelten mit verschränkten Armen an der Wand.

»Dann machen wir mal ein paar hübsche Bilder von eurem Gehirn. Wer will anfangen? Du oder Marko?«, fragte die Schwester.

Marko war nicht zu sehen. Er war wahrscheinlich noch mit dem Fragebogen beschäftigt.

»Dann also du«, sagte die Schwester zu Daniel.

Die Frau an der Magnetkamera stellte sich als Schwester Louise vor.

»Bitte die Oberbekleidung, Schuhe und Gürtel ausziehen«, sagte sie. »Und alles aus Metall.«

Sie trug einen fliederfarbenen Kittel, hatte ein blasses Gesicht und sprach mit nasaler, müder Stimme, als hätte sie diese Sätze schon sehr oft gesagt. Aber ihre Hände schienen ein eigenes Leben zu haben und auch ein ganz anderes Tempo. Ihre schnellen, effektiven Handgriffe erinnerten Daniel an die Schulschwester, die ihn einmal geimpft und ihm eine Fußwarze weggeschnitten hatte – alles schon vorbei, bevor er Angst bekommen konnte.

»Leg dich auf die Pritsche und entspann dich.«

Daniel legte sich auf die Pritsche, die aus der kreisrunden Öffnung des Apparats herauskam wie die Zunge aus einem Mund.

»Du bist hoffentlich nicht klaustrophobisch«, sagte Schwester Louise, und mit den gleichen selbstverständlichen Handgriffen, mit denen sie ein Baby für eine Ausfahrt im Wagen angezogen hätte, spannte sie seinen Kopf und die Arme fest und setzte ihm Kopfhörer auf.

»Lieg jetzt absolut still.«

Langsam glitt die Pritsche in den engen Tunnel, aus dem Kopfhörer kam klassische Musik. Kurz darauf gab der Apparat einen schrecklichen Lärm von sich. Die Musik wurde leiser, und die Stimme von Schwester Louise sagte flüsternd und fast leidenschaftlich:

»Keine Angst. Das ist der Magnet. Entspann dich und lausche der Musik. Und beweg dich unter keinen Umständen. Diese Untersuchung kostet über tausend Dollar. Doktor Fischer wäre nicht erfreut, wenn wir sie wiederholen müssten.«

Die Musik wurde langsam lauter. Es war ein bekanntes klassisches Stück. Tschaikowskys »Schwanensee«? Daniel versuchte, an die Musikstunden in der Schule zu denken. An Konzerte, in denen er gewesen war. An eine

Opernvorstellung, die er mit Emma besucht hatte. Wo war das gewesen? In Brüssel? Was für eine Oper? Er wusste es nicht mehr.

»Angenehme Gedanken?«, fragte Schwester Louise im Kopfhörer. »Jetzt darfst du dich mit etwas anderem beschäftigen. Entspann dich und lass es auf dich wirken.«

Auf einem kleinen Monitor an der Decke des Tunnels erschien plötzlich das Bild einer Landschaft. Vielleicht Südengland? Die Landschaft verschwand, und stattdessen erschien ein weinendes Kind auf einer Straße. Die Bilder wechselten. Menschen, Tiere, Landschaften. Dann kamen Wörter in Großbuchstaben auf Englisch. Einzelne Wörter, abstrakt und konkret, sie wurden nacheinander gezeigt, ohne Zusammenhang.

Das Klopfen ging weiter, als ob eine ganze Bande Poltergeister unterwegs wäre, und die Musik spielte.

Als das Klopfen endlich aufhörte und er aus der Röhre glitt, reichte Schwester Louise ihm seine Kleider, Schuhe und Gürtel in einer Plastikschale.

»Sieh an. Du hast es auch dieses Mal überlebt«, sagte sie.

Den Abend verbrachte Daniel zusammen mit Marko vor einem Fernseher in einer Aufenthaltsecke der Krankenabteilung. Daniel versuchte es mit einer Konversation. Er sprach von der Untersuchung, die sie beide hinter sich hatten und von den Testfragen. Aber Marko war an einem Gespräch nicht interessiert.

»Halt die Klappe. Ich will den Film sehen«, brummte er.

Die Schwester kam zu ihnen.

»Deine Schlaftabletten, Marko«, sagte sie und reichte ihm einen rosafarbenen kleinen Medizinbecher. Er schien es nicht zu bemerken, also stellte sie den Becher auf den Sofatisch.

»Da drüben ist eine Thermoskanne mit Tee für euch. Milch und Zucker gibt es leider nicht. Gute Nacht.«

Sie sahen einen amerikanischen Actionfilm, Sylvester Stallone sprach deutsch, die Stimme schien viel mehr Wörter zu sagen als seine Lippen. Marko saß nach vorne gebeugt, sein Bauch hing wie ein schwerer Sack zwischen seinen Schenkeln, er starrte wie hypnotisiert auf den Bildschirm. Er atmete mühsam durch die Nase und roch nach altem Schweiß. Daniel hoffte, dass vielleicht ein anderer Patient aus einem der Zimmer zu ihnen herauskäme. Jemand, der ein wenig plaudern wollte. Er holte die Thermoskanne und zwei Becher.

»Möchtest du?«

Marko antwortete nicht. Ohne den Blick vom Bildschirm zu nehmen, angelte er eine Schachtel Zigaretten aus der Brusttasche. Er klopfte eine Zigarette heraus, steckte sie zwischen die Lippen und zündete sie an.

»Du darfst hier drinnen nicht rauchen«, erinnerte Daniel. »Du musst jemanden vom Personal bitten, mit dir nach draußen zu gehen.«

»Die sind gegangen«, zischte Marko zwischen den Zähnen hervor.

»Dann geh allein nach draußen.«

»Ist abgeschlossen.«

Daniel stand auf und ging zur Glastür der Abteilung. Sie war tatsächlich abgeschlossen. Er klopfte an die Tür zum Schwesternzimmer, wartete und drückte dann die Klinke herunter. Auch abgeschlossen.

»Du musst warten, bis die Nachtschicht kommt«, sagte Daniel.

Marko blies eine Rauchwolke in die Luft und aschte in Daniels Teebecher. Sylvester Stallone warf einen Mann durch eine Glasscheibe, die Splitter regneten in Zeitlupe herab.

»Ich geh schlafen«, sagte Daniel und stand auf.
Marko reagierte nicht.

Als Daniel in sein Krankenhausbett geschlüpft war, lag er noch lange wach, er roch den Duft des Weichspülers der Bettwäsche und hörte das Geräusch vom Fernseher. Er sehnte sich nach der gemütlichen Schlafkoje in Max' Hütte. Er versuchte, sich an sein Bett in Uppsala zu erinnern, verwechselte es jedoch mit anderen Betten, in denen er früher einmal gelegen hatte, er wusste nicht mehr, wie es aussah oder sich anfühlte.

Als er ein paar Stunden später aufwachte, wusste er nicht, wo er war. Er setzte sich auf und musste eine Weile nach der Bettlampe tasten. Sein Herz schlug wie wild, er verspürte eine starke, beinahe tierische Angst. Hatte er etwas geträumt? Ja, er hatte von Wolkenkratzern bei Nacht geträumt, von schnellen Autofahrten, Frauen mit Achtziger-Jahre-Frisuren. Reste des Fernsehfilms. Ein angenehmer, harmloser Traum. Das konnte nicht der Grund für seine Unruhe sein.

Er atmete ein paar Mal tief und schnell ein. Rauch. Kein Zigarettenrauch. Brandgeruch!

Er sprang aus dem Bett und öffnete die Tür zum Flur. Der Brandgeruch war stärker, aber er konnte nichts Besonderes erkennen. Unten am Boden leuchteten kleine grüne Nachtlampen. Die Fernsehecke war verlassen und dunkel, die Tür zum Schwesternzimmer verschlossen. Kein Nachtpersonal zu sehen.

Marko hat wohl in seinem Zimmer eine Zigarette angemacht und dann brennen gelassen. Vielleicht war er darüber eingeschlafen.

Daniel wusste nicht mehr, welche Tür zu Markos Zimmer ging. Das war egal, alle Patienten der Abteilung mussten geweckt werden. Warum wurde kein Feueralarm ausgelöst? Er öffnete eine Tür nach der anderen. Manche waren verschlossen, aber die Patientenzimmer konnte man öffnen. Es waren acht Einzelzimmer, die alle gleich aussahen. Sie waren leer, die Betten frisch bezogen. Als er im neunten das Licht anmachte, fand er Marko, er lag schnarchend und angezogen auf dem Rücken und schlief. Aus der Matratze quoll dunkler Rauch wie aus einem Vulkankrater.

Daniel lief zum Bett. Ein glühendes Loch, handtellergroß, hatte sich um die Aschesäule der Zigarette gebildet. Daniel griff nach einer Baumwolldecke und schlug auf die Glut ein.

Markos großer Körper schaukelte, das Schnarchen wurde heftiger, aber erstaunlicherweise wachte er nicht auf. Die Schlaftabletten müssen sehr stark gewesen sein.

»Wach auf, du Idiot!«, schrie Daniel und schlug mit der Decke auf die qualmende Matratze.

Marko ließ ein Fluchen hören. In diesem Moment loderte an einer anderen Stelle der Matratze eine Flamme hoch. Statt die Glut zu löschen, fachte Daniel sie mit dem Schlagen nur noch an.

»Steh auf!«, schrie Daniel. »Es brennt!«

Marko keuchte und drehte sich, um seinen riesigen Körper aus dem Bett zu hieven, aber er war so schlaftrunken und ungeschickt, dass er mitsamt der Matratze auf den Boden rutschte.

Das Feuer flammte jetzt explosionsartig auf, Daniel musste sich zurückziehen. Die Rauchentwicklung war enorm, als würde eine ganze Fabrik brennen.

Die Überwachungskamera an der Wand starrte sie mit ihrem halbrunden Auge an. Daniel stellte sich darunter und wedelte mit den Armen. Offenbar wurden diese Kameras von niemandem überwacht.

Er lief in den Flur und schrie um Hilfe. Er rief mehrere

Male, aber der Flur blieb menschenleer. Die Glastüren waren verschlossen, davor leuchtete der Liftknopf wie ein rotes Auge im Dunkeln.

War es möglich, dass er und Marko allein auf einer geschlossenen Abteilung waren?

Er lief den Flur entlang und suchte nach einem Feuerlöscher oder einem Alarmknopf. Es musste doch wenigstens einen Notausgang geben.

Direkt neben der Fernsehecke fand er das grüne Schild mit der gebeugt laufenden Person. Als er die schwere Metalltür geöffnet hatte, sah er in ein enges Treppenhaus mit Leuchtröhren, die Luft dort war kühl und sauber, ohne Rauch. Er atmete ein paar Mal tief ein und kämpfte mit der Versuchung, allein abzuhauen. Dann ließ er die Tür wieder zufallen und kehrte in Markos Zimmer zurück.

In den zwei, drei Minuten seiner Abwesenheit hatte sich das Szenario katastrophenhaft ausgeweitet. Der Rauch quoll aus dem Zimmer, als würde jemand von drinnen blasen. Er erfüllte den Raum wie eine schwarze Barriere, einen halben Meter hoch.

»Bist du noch da, Marko?«, schrie er.

Er hörte röchelndes Husten.

Daniel zog sein T-Shirt aus, ging in die Toilette und machte es nass. Dann zog er es über Kopf und Gesicht und kroch auf allen vieren durch den Rauch. Marko brüllte in einer Sprache, die Daniel nicht identifizieren konnte.

»Hierher. Du musst kriechen. Durch den Rauch«, rief Daniel. »Kannst du mich hören, Marko? Kriech hierher. Ich habe den Notausgang gefunden.«

Er hatte keine Ahnung, wo er war. Der Rauch und das T-Shirt hatten ihn blind gemacht. Er orientierte sich an Markos Schreien und Husten. Der Schweiß lief in Strömen. Er ahnte, dass er sich in der Nähe des Brandzentrums befand.

Plötzlich spürte er einen festen Griff um seinen Unterarm. Fingernägel bohrten sich in seine Haut wie Klauen, er spürte ein schweres, panisches Atmen an seinem Gesicht. Er widerstand dem Impuls, sich freizukämpfen und versuchte, Marko zu beruhigen, aber der nasse Stoff klebte an seinem Mund, und er fürchtete zu ersticken. Kriechend änderte er die Richtung und versuchte, Marko zur Tür zu ziehen. Mein Gott, warum bewegte der Kerl sich nicht schneller? Statt zu kriechen, lag Marko bewegungslos auf dem Boden und klammerte sich an Daniels Arm fest, dabei atmete er schnell und stoßweise. Hatte er einen Herzinfarkt?

Daniel packte seine Arme und versuchte, ihn über den Boden zu ziehen. Aber es gelang ihm nicht, den schweren Körper zu bewegen. Wie viel der Koloss wohl wog? Hundertfünfzig Kilo? Er ließ ihn los, ruhte sich einen Moment aus und versuchte es erneut. Er spürte, wie seine Unterarme an Markos schweißnassen Achselhöhlen abrutschten, und zog so fest er konnte. Zentimeter für Zentimeter schleppte er den reglosen Riesenkörper durch den Rauch. Er musste die Tür erreichen, bevor das Feuer sich ausbreitete und ihm den Weg abschnitt.

Er wusste plötzlich nicht mehr sicher, wo die Tür war. Er versuchte sich zu erinnern, wie das Zimmer ausgesehen hatte, bevor es voller Rauch war, wie weit er gekrochen war, bevor er Marko zu packen bekam. Es war ein kleines Zimmer. Er entschied, dass es nicht falsch sein konnte. Wenn Marko nur nicht so schwer und vom Schweiß so glatt und nass gewesen wäre!

Daniel kämpfte, blind, erschöpft und rauchvergiftet, es kam ihm vor, als täte er das seit Stunden oder Tagen, aber es waren wohl nicht viel mehr als zehn Minuten. Er wusste inzwischen nicht mehr, wo er war, warum er hier war und wen er da schleppte. Er war wie ein Tier ohne Gedanken.

Von irgendwoher kamen Männerstimmen und Schritte von festen Stiefeln. Daniel konnte gerade noch heiser um Hilfe rufen. Schaumlöscher und Wasserschläuche dröhnten, jemand sprach direkt neben seinem Ohr beruhigend auf ihn ein.

Wie er in den Park gelangt war, wusste er hinterher nicht mehr. Aber plötzlich saß er da auf einer Bank und atmete die kühle, saubere Alpenluft ein.

»Das war knapp«, sagte einer der Wachmänner.

»Wie geht es Marko?«, keuchte Daniel.

»Es geht ihm schlechter als dir. Sie haben ihn auf die Intensivstation gebracht. Aber er wird durchkommen.«

Er schaute sich im nächtlichen Park um. Alles war so merkwürdig ruhig.

»Muss das Gebäude nicht evakuiert werden? Es brennt doch«, rief er erstaunt aus.

»Das Feuer ist schon gelöscht. Es konnte sich nicht ausbreiten. Zwischen den Abteilungen sind brandsichere Wände.«

Daniel betrachtete das große Gebäude. Die meisten Fenster waren dunkel. Nichts deutete darauf hin, dass da gerade ein Brand gewütet hatte.

»Marko hat im Bett geraucht«, sagte er. »Seine Matratze brannte. Funktioniert der Alarm nicht? Der hätte doch losgehen müssen, als er seine Zigarette anzündete.«

»Er hat ihn vermutlich ausgeschaltet.«

»Kann man das?«

Der Wachmann zuckte mit den Schultern.

»Wo willst du jetzt hin? In eine andere Abteilung oder zurück in die Hütte? Sie nehmen morgen keine Blutproben, sagen sie. Du bist nicht in der Verfassung.«

»Ich will zurück in die Hütte. Am allerliebsten will ich zurück nach Schweden.«

Der Wachmann pfiff.

»Eins nach dem anderen. Ich bringe dich zur Hütte.«

Vor der Hüttentür drehte Daniel sich zu den Wachleuten um, weil er ihnen danken wollte.

Die Nacht war klar. Unter ihnen schlief das Tal in der Dunkelheit.

Aber der höchste Gipfel in der Ferne war zu seiner Überraschung hell erleuchtet wie bei Tag. Silbern glänzend schwebte er über der nächtlichen Berglandschaft wie eine Götterwohnung. Wie war das möglich?

Der Mond erleuchtete den Gipfel, sah er dann. Es war wie ein Wunder. Er begann zu weinen.

Einer der Wachleute legte ihm eine Hand auf die Schulter.

»Du bist müde. Geh schlafen.«

21 Er hatte nicht viel zu packen. Max hatte schon alles mitgenommen, was er besaß. Aber Kleider zum Wechseln brauchte er schon. Er suchte ein paar Kleidungsstücke von Max zusammen und steckte sie in einen kleinen Rucksack.

Es regnete, die Lobby ruhte im Dunkel, im offenen Kamin brannte ein Feuer. Die Hostess hinter dem Tresen schaute von ihren Ordnern auf und sagte:

»Ach, du bist es, Max. Tut mir leid, dein Bruder hat sich nicht gemeldet.«

Daniel holte tief Luft und schaute ihr ernst in die Augen. Jetzt würde er die Bombe hochgehen lassen.

»Ich heiße nicht Max. Ich bin sein Zwillingsbruder. Wir haben getauscht.«

Die Hostess runzelte die Stirn. Es war eine von den älteren, vielleicht fünfundvierzig, aber immer noch gut aussehend. Er wartete, bis die Information sich gesetzt hatte, und fuhr dann fort:

»Wir sind uns sehr ähnlich. Ich habe meinen Bart abrasiert, und er hat sich einen falschen angeklebt. Aus dem Theaterfundus. Es war seine Idee. Er muss Geld zum Bezahlen der Rechnung holen. Es sollte nur ein paar Tage dauern, dann wollte er zurückkommen. Es muss etwas passiert sein.«

»Aha«, sagte die Hostess und lächelte vorsichtig.

»Ich möchte jetzt abreisen«, fuhr Daniel fort. »Ich kann nicht mehr warten. Ich wollte es Ihnen nur sagen. Es ist ein Fehler passiert. Sie haben die falsche Person abreisen lassen.«

»So?«

Er nickte.

»Einen Moment«, sagte die Hostess.

Ihre Stimme war neutral, und das Gesicht drückte professionelle Freundlichkeit aus. Sie hob einen Telefonhörer ab, wählte eine Nummer und wartete.

Die Doppeltüren zum Aufenthaltsraum öffneten sich, Daniel konnte lautes Lachen hören.

Die Hostess wiederholte am Telefon leise und Wort für Wort, was Daniel gesagt hatte. Dann schwieg sie und hörte zu.

»Ich verstehe«, sagte sie dann. »Na klar. Vielen Dank.« Sie legte auf.

»Sie sollten vielleicht nach ihm fahnden lassen«, sagte Daniel.

»Ich glaube nicht, dass das nötig ist.«

»Vielleicht nicht. Er kommt vielleicht jeden Moment zurück. Aber ich fahre jetzt nach Hause. Ich kann nicht mehr warten. Sie können ihn von mir grüßen. Ich bin sicher, er versteht mich.«

Die Hostess lächelte und nickte.

»Ich möchte mich entschuldigen«, fuhr er fort. »Ich habe bei dem Ganzen nur mitgemacht, um meinem Bruder zu helfen.«

»Das war nett.«

»Ich hoffe wirklich, dass er freiwillig zurückkommt.«

»Ja«, sagte die Hostess. »Das hoffen wir auch.«

Er legte den Hüttenschlüssel auf den Tresen als würde er aus einem Hotel auschecken.

»Könnten Sie mir bitte behilflich sein und ein Taxi rufen?«

»Ein Taxi?«

»Ja. Das mich zum Bahnhof bringen kann. Ich möchte sofort abreisen.«

Sie betrachtete den Schlüssel auf dem Tresen, als wäre er ein ekliges und vielleicht sogar gefährliches Insekt.

»Ein Taxi?«, wiederholte sie leise, ohne den Schlüssel zu berühren.

»Ja bitte. Denn es fährt wohl kein Bus vom Dorf aus, oder?«

Plötzlich blitzte es in ihren Augen, und sie lachte befreit auf, als hätte er einen Witz erzählt, den sie erst jetzt verstand.

Sie schrieb etwas in einen Ordner.

Daniel wartete. Er konnte die Hitze vom offenen Feuer bis zum Tresen spüren. Ein älteres Paar und ein Junge kamen aus dem Aufenthaltsraum und gingen zum Lift.

Daniel räusperte sich, und die Hostess schaute auf.

»Ja?«

Sie schien erstaunt zu sein, dass er immer noch da stand.

»Haben Sie das Taxi vergessen?«, sagte Daniel.

Sie lächelte.

»Ach so. Das Taxi.«

Sie lächelte noch mehr. Ein eigenartiges, verkrampftes Lächeln. Wenn es nicht so absurd gewesen wäre, hätte man meinen können, sie hätte Angst.

Der Feuerschein flackerte über die Tierköpfe an der Wand und ließ sie lebendig aussehen. Der Fuchs starrte bösartig, und der Steinbock sah aus wie ein gestrenger alter Onkel, mit seinem Bart und seiner sorgenvollen Stirn.

»Was ist denn? Wollen Sie nicht anrufen?«

»Einen Moment. Einen Moment noch.« Ihr Lächeln flackerte jetzt, und sie schaute unruhig über Daniels Schulter.

Ein Steward mit graumelierten Schläfen kam mit raschen Schritten über die Teppiche und den glatt gebohnerten Boden, wie von einem geheimen Signal herbeigerufen. Er wechselte einen Blick mit der Hostess und schaute Daniel streng an.

»Aha, du bist das also. Du bist schon öfter hiergewesen, habe ich gehört. Bitte belästige das Personal nicht mit deinen Scherzen.«

»Er meint es nicht böse«, sagte die Hostess ausgleichend. »Er wollte nur einen Spaß machen.«

»Aber auf die Dauer wird es langweilig.«

»Alle machen ihre Scherze übers Abreisen. Dann darf er das auch.«

Der Steward zuckte mit den Schultern.

»Solange es auf der Scherzebene bleibt. Aber sag Bescheid, wenn du dich belästigt fühlst.«

Er nahm den Schlüssel vom Tresen, drückte ihn Daniel ärgerlich in die Hand, als ob es Abfall wäre, den Daniel liegengelassen hatte, und ging mit raschen Schritten davon.

Die Hostess lächelte Daniel an. Jetzt schien sie keine Angst mehr zu haben.

»Genau, ein Taxi sollte ich rufen«, sagte sie keck, stellte sich aufrecht hin und hob die Hand zum Gruß. »Aber selbstredend. Auf der Stelle.«

Sie lachte laut über ihren kleinen Sketch.

Dann nahm sie in aller Ruhe die Arbeit an ihren Papieren wieder auf.

22 Daniel war ziemlich erstaunt über die Reaktion des Personals. Zunächst war er erleichtert gewesen, dass die Hostess die Angelegenheit nicht so ernst nahm. Er hatte sich vorgestellt, dass er zur Klinikleitung gerufen, befragt und ordentlich zurechtgewiesen würde. Das wenig beeindruckte Benehmen der Hostess und ihre Weigerung, ihm mit einem Taxi zu helfen, war so erstaunlich, dass nur eines möglich war: Sie glaubte ihm nicht.

Daran war er selbst schuld. Eine Woche lang hatte er alles getan, um sie hinters Licht zu führen, und nun musste er einfach einsehen, dass ihm das nur zu gut gelungen war.

Jetzt hatte er wenigstens gesagt, wie es war, und es war jetzt nicht mehr sein Problem, ob man ihm glaubte oder nicht. Er wollte nicht eine Minute länger in dieser Klinik bleiben. Und er würde auch keine weiteren »Tests« über sich ergehen lassen. Himmelstal war vielleicht in gewisser Hinsicht eine Luxusklinik, aber um die Sicherheit der Patienten war es empörend schlecht bestellt. Es war vermutlich ein Versehen, dass er und Marko nachts ohne Personal auf einer geschlossenen Abteilung zurückgelassen wurden, und es war Pech, dass der Brand ausgerechnet dann ausbrach, aber trotzdem. So etwas durfte in einem Krankenhaus nicht passieren. Und einen Feuermelder durfte man nicht ausschalten können.

Das Personal hatte bisher noch keine Entschuldigung vorgebracht, und er hatte nicht vor, darauf zu warten. Wenn man ihm in der Klinik nicht helfen wollte, dann musste er jemanden im Dorf bitten.

Auf dem Weg durch den Park begegnete ihm ein Mann mit einem Tennisschläger in einer Schlägerhülle. Er lächelte Daniel freundlich zu und rief: »Kommst du mit auf ein Spiel?«

»Tut mir leid, nettes Angebot«, sagte Daniel. »Aber ich bin gerade auf dem Weg.«

»Das sind wir alle. Aber bis dahin amüsieren wir uns, so gut es geht, nicht wahr?«

Daniel nickte und ging weiter den Hang hinunter.

Unten im Dorf blieb er am Springbrunnen stehen und betrachtete unschlüssig die Gassen mit dem Kopfsteinpflaster, die strahlenförmig von dem kleinen Platz wegführten. Wohin sollte er gehen? Hannelores Bierstube war der einzige Ort, den er bisher besucht hatte, und die war um diese Tageszeit nicht geöffnet. Er sah ein kleines Geschäft und beschloss, hineinzugehen.

Das Sortiment des Geschäfts war ausgesprochen vielfältig. Da gab es Regale mit Lebensmitteln, Kosmetika und CDs, und an einem Gestell hingen Kleider auf Bügeln. Ein breitschultriger Mann stand gelangweilt in einer Ecke. Er zeigte keinerlei Interesse an Daniel, aber ganz offensichtlich war er der Verkäufer.

»Entschuldigung«, sagte Daniel. »Ich müsste unbedingt in die nächste Stadt. Ich habe verstanden, dass es hier keine öffentlichen Verkehrsmittel gibt. Meinen Sie, dass mich jemand mitnehmen könnte? Natürlich gegen Bezahlung.«

Der Verkäufer zupfte an einigen T-Shirts auf einem Regal und dreht sich dann langsam um. Er stand breitbeinig vor Daniel, die kräftigen Arme hatte er verschränkt, er kaute eine Weile auf seinem Kaugummi herum, und sagte dann:

»Möchtest du etwas kaufen?«

Er kam ihm bekannt vor, aber Daniel konnte nicht sagen, wo er ihn schon einmal gesehen hatte. Wahrscheinlich in der Bierstube.

»Einkaufen? Nein, aber ...«

»Das ist ein Laden. Wenn du nichts kaufen willst, gehst

du am besten wieder«, sagte der Verkäufer und zeigte auf die Tür.

Sein Hemdärmel glitt nach oben, auf dem Unterarm war eine Tätowierung zu sehen. Und nun wusste Daniel auch, wo er ihn schon einmal gesehen hatte. Er hatte im Sportstudio der Klinik mit den Hanteln trainiert. Ein Patient, der im Dorfladen bediente? Oder durfte die Dorfbevölkerung das Sportstudio nutzen?

Daniel verließ den Laden.

Es hatte zu regnen aufgehört, aber der Himmel war immer noch dunkel. Die Straßen waren leer. Er folgte der Hauptstraße aus dem Dorf hinaus. Er schlug die Kapuze hoch, er marschierte los und umfasste mit einem festen Griff die Trageriemen seines Rucksacks.

Nebelschleier zogen wie nasse Lappen durch das Tal. Von weit her hörte er Motorenlärm und sah, wie sich auf der größeren Straße ein Auto quer durch das Tal näherte. Das war natürlich die Straße, auf der er am ehesten eine Mitfahrgelegenheit bekommen würde. Aber der Wildbach schnitt ihm den Weg ab, und er hatte bisher noch keine Brücke gesehen. Die einzige Brücke lag im Osten, über die war er gefahren, als er ankam. Er müsste einige Kilometer zurückgehen, und dazu hatte er keine Lust. Es würde sicher noch eine Brücke kommen.

Es begann wieder zu regnen, fein, aber ausdauernd. Auf der rechten Seite säumten kleine Wäldchen mit Laubbäumen den Weg. Aus einem Waldweg kam ein Traktor mit Anhänger herausgefahren. Traktor wie Anhänger waren ziemlich klein, von der Größe, wie man sie in Parks und Wohngebieten verwendete. Der Anhänger war hoch mit grob gehauenem Brennholz beladen.

Daniel hielt das Gefährt an und sagte:

»Ich bin auf dem Weg in die nächste Stadt. Können Sie mich ein Stück mitnehmen?«

Der Mann im Traktor hatte einen schütteren Bart, graue, bis auf die Schultern hängende Haare und trug einen großen Cowboyhut. Daniel hatte ihn auf Deutsch angesprochen, bekam jedoch eine Antwort in amerikanischem Englisch:

»Du bist wahnsinnig.«

»Ich bin kein Patient, falls Sie das glauben sollten«, sagte Daniel ärgerlich.

Der Mann auf dem Traktor betrachtete ihn misstrauisch.

»Okay«, sagte er schließlich.

Nun verstand Daniel die Skepsis des Mannes. In dem kleinen Traktor war nur Platz für eine Person, es gab keinen Beifahrersitz.

Der Mann machte eine ungeduldige Handbewegung in Richtung Holzlast.

Daniel ging um das Fahrzeug herum, kletterte hinauf, stellte sich ganz hinten auf den Rand und hielt sich an einer Eisenstange fest. Das Gefährt ruckte und fuhr los. Nach einer Weile machte die Straße eine Biegung, und es ging aufwärts. Daniel erkannte die Gegend. Hier hatten er und Max geangelt. Hinter den Tannen konnte er den Wildbach hören, er war hier breit und schäumend. Die Straße wurde steiler und unebener, das Gefährt rüttelte, und er konnte sich nur mit größter Mühe festhalten.

Er hörte das Läuten der Kuhglocken, sie kamen an steilen Wiesen vorbei, auf denen die hellbraunen Kühe still im Regen standen und kauten. Sie waren jetzt ziemlich weit oben, in der Nähe der Geröllhalde. Um sie herum im Nebel standen Tannen, größer und schlanker und irgendwie eleganter als ihre schwedischen Verwandten.

Dann blieb der Traktor stehen.

Sie befanden sich bei einem Haus, das architektonisch

den Häusern im Dorf glich: Klappläden, Balkon mit geschnitztem Geländer. Dachverzierung wie aus Tortenspitze. Aber dieses Haus war pinkfarben angestrichen, mit Dekorationen in Neongrün, Knallgelb und Lila, außer den Fensterläden, die hatten ein welliges Zebramuster in Schwarz und Weiß. Auf dem Verandageländer war ein großes Schild mit handgemaltem Text angebracht: »Tom's Place«.

Der Mann mit dem Cowboyhut kletterte aus dem Traktor. Daniel sprang auf den Boden und schaute sich um. Seine Finger waren ganz steif, weil er sich an der Eisenstange hatte festhalten müssen.

Gegenüber vom Haus lag ein kleines Sägewerk, auf dem Hof war überall Brennholz aufgestapelt und verbreitete den aromatischen Duft von frischem Holz. Auf der Veranda standen groteske Holzskulpturen, die aus verdrehten Baumstümpfen geschnitten waren.

Der Mann ging die Treppe hinauf ins Haus. Wollte er die Schlüssel für ein anderes Fahrzeug holen? Jemanden anrufen? Daniel wartete einen Moment, aber als der Mann nicht zurückkam, folgte er ihm.

Er kam in einen Raum, der vielleicht einmal ein Wohnzimmer gewesen war, aber nach und nach in eine Werkstatt verwandelt worden war. Zwischen schmutzigen Polstermöbeln stand eine Werkbank, der abgetretene Perserteppich war mit Säge- und Hobelspänen bedeckt.

Auch hier gab es diese eigenartigen Holzskulpturen, und im hinteren Teil des Raums standen jede Menge Baumstümpfe, die vermutlich auch einmal Skulpturen werden sollten. Der Nebel und die Tannen machten das Zimmer dunkel wie am Abend. Es war kühl und roch nach abgestandenem Zigarettenrauch.

»Willst du mir was verkaufen?«, fragte der Mann mit dem Cowboyhut. Er saß in einem Sessel, aus dem zerrissenen Stoff schaute die Füllung heraus wie Moos aus einer Felsspalte.

Daniel schüttelte verwirrt den Kopf.

»Ich will nur eine Mitfahrgelegenheit.«

Der Mann schnaubte und nahm den Hut ab. Er trug ein Stirnband, das aus verschiedenfarbigen Fäden geflochten war und von dem kleine Troddeln herabhingen. Die schmutzige Wildlederjacke und die Cowboystiefel behielt er an. Er beugte sich vor, machte eine Stehlampe an und begann, mit einem Messer an der halbfertigen Baumstumpfskulptur zu schnitzen.

»Sie machen schöne Sachen«, sagte Daniel.

Er wartete einen Moment, und als er keine Antwort bekam, fuhr er fort:

»Kennen Sie jemanden, der mich zu einer Busstation oder einem Bahnhof fahren kann? Ich bezahle natürlich.«

Der Mann war offenbar zu sehr in seine Arbeit versunken, um antworten zu können. Daniel wartete schweigend ab. Als der Mann mit einer kniffligen Stelle fertig war, schaute er auf und machte eine Grimasse:

»Du bist wahnsinnig. Total wahnsinnig. Das habe ich schon immer gewusst«, sagte er plötzlich in einem Ton, der sowohl Verachtung als auch Mitleid ausdrückte.

Daniel schluckte.

»Sie verwechseln mich mit meinem Bruder. Das kann ich gut verstehen. Wir sind Zwillinge. Sie haben ihn vielleicht im Dorf getroffen? Max?«

Der Mann schnaubte und schnitzte weiter.

»Ich habe ihn in der Klinik besucht, und jetzt möchte ich wieder abreisen«, fuhr Daniel fort.

Der Mann war aus dem Sessel aufgestanden und kniete nun vor seinem Baumstumpf. Blinzelnd betrachtete er ihn aus verschiedenen Winkeln, schob ihn weg und zog ihn wieder näher heran. Dabei bewegten sich die ganze Zeit seine Lippen, aber er sprach so leise und undeutlich, dass Daniel ein paar Schritte näher kommen musste, um zu hören, was er sagte:

»Total wahnsinnig, total wahnsinnig, total wahnsinnig ...«

Daniel zog sich zurück. Er überlegte, was er sagen sollte, und betrachtete die eigenartigen Holzskulpturen. Sie beeindruckten ihn, berührten ihn aber gleichzeitig unangenehm. Der Künstler hatte aus den Formen des Holzes mit einer solchen Geschicklichkeit Gesichtszüge gezaubert, dass man meinte, sie seien schon immer da gewesen und eher enthüllt als geschaffen worden.

Manche Figuren hatten übertrieben grobe Züge, andere erinnerten an Embryos, zusammengerollt und mit geschlossenen Augen, platten Nasen und Händen, die wie Pfoten aussahen. An der Tür sah er die Figur eines Mannes, nicht größer als ein fünfjähriges Kind, er wirkte etwas schlaff und debil. Die Lider waren schwer, der Unterkiefer endete vorne in einer Schale und wurde offenbar als Aschenbecher benutzt.

Daniel räusperte sich.

»Heißen Sie Tom?«

Die Frage war überflüssig. Der Name stand überall. In jede Skulptur war er mit Großbuchstaben eingeritzt, und auf jedem Werkzeug, das über der Hobelbank hing, war er mit einem Brennstift eingebrannt. Auch für den Holzfuß der Stehlampe war der Brennstift verwendet worden. Der Name tauchte ständig auf, von unten bis hoch zur Lampe, wie Runen in einem Runenstab. Am auffallendsten waren jedoch die schockrosa gesprayten Großbuchstaben über der Rückenlehne des alten Sofas. TOM. Jeder Gegenstand in diesem Zimmer schien mit diesem Namen markiert zu sein. Als hätte der Mann Angst, dass ihm jemand seine Sachen stehlen würde. Oder als sei er selbst nicht sicher, wie er heißt, als müsste er sich ständig daran erinnern.

»Okay, Tom. Ich heiße Daniel.«

Er reichte dem Mann die Hand.

Tom schaute die Hand an, als sei sie ein Blatt oder eine Wolke oder sonst etwas, das man bemerkt, ohne darauf zu reagieren.

»Vollkommen, total wahnsinnig«, murmelte er und schnitzte weiter.

»Wirklich tolle Sachen.« Daniel ließ seine Hand fallen und nickte in den Raum hinein. »Sind Sie Künstler?«

»Ich arbeite mit Holz«, antwortete der Mann unwillig.

»Das sehe ich.«

Daniel kam zu der Einsicht, dass von diesem Typen keine Hilfe zu erwarten war. Es war ein Fehler gewesen, sich von ihm mitnehmen zu lassen. Er musste so schnell wie möglich von hier wegkommen. Er war ein ziemliches Stück vom Dorf entfernt, aber er konnte sich am Wildbach orientieren. Er musste ihm immer folgen, bis auf den Grund des Tals.

Er nahm seinen Rucksack, den er auf den Boden gestellt hatte, klopfte die Sägespäne ab und setzte ihn auf.

»Hat mich gefreut, Ihre Kunstwerke zu sehen, Tom. Ich muss jetzt wieder ins Tal hinunter und sehen, ob ich jemanden finde, der mich mitnehmen kann. Wissen Sie, wo der nächste Bahnhof ist?«

Tom schaute auf. Er betrachtete Daniel mit freundlichem Interesse und sagte:

»Es geht dir nicht so gut, was?«

»Tja. Es geht so, Tatsache ist . . .«

»Es würde dir viel besser gehen, wenn du aus Holz wärst. Aus dir hätte ich was Schönes machen können. Dein Kinn.«

»Mein Kinn?«, sagte Daniel verblüfft.

»Das ist falsch. Es neigt sich nach links. Oder nein. Es fängt zu früh an. Verdammt viel zu früh.«

Tom kniff die Augen zusammen und nahm mit dem Messer in Daniels Richtung Maß. Er machte in der Luft konzentrierte Bewegungen mit dem Messer, als schnitze er eine imaginäre Skulptur.

Daniel strich sich übers Kinn und hustete leicht.

»Wie gesagt, vielen Dank, Tom. Supertolle Sachen. Alles Gute.«

Er war schon aus dem Zimmer, als Tom plötzlich brüllte:

»Klaust du mein Holz?«

Daniel drehte sich erstaunt um.

»Wie bitte?«

»In meinem Lager an der Stromschnelle fehlt Holz. Hast du es genommen?«

In einem plötzlichen Flashback sah Daniel das Holzlager an der Stromschnelle, wo er mit Max geangelt hatte. Die gesprayten Buchstaben T O M. Er hatte es als Abkürzung verstanden. Max hatte gesagt, es sei okay, Holz zu nehmen. »Ich kenne den Bauern.«

Das war also der Bauer. Ein paranoider alter Hippie, der ein, zwei LSD-Trips zu viel genommen hatte und in einer Hütte in den Schweizer Alpen festsaß.

In dem Lager waren Hunderte von Hölzern gewesen. Daniel hatte vielleicht fünf, sechs Stück genommen. Hatte Tom jedes Stück Holz gezählt?

»Ich habe Ihr Holz nicht angerührt, Tom«, sagte er und versuchte so fest und glaubwürdig wie möglich zu klingen.

»Wer mein Holz anrührt, dem schneid ich den Hals ab«, erklärte Tom sachlich und fuhr mit dem Messer an seinem eigenen Hals vorbei. »Das ganze Holz im Tal gehört mir.

Ich alleine habe das Recht, den Wald zu bewirtschaften. Wenn du Holz brauchst, musst du es bei mir kaufen.«

»Selbstverständlich.« Daniel nickte nachdrücklich. »Selbstverständlich. Ich denke daran.«

Tom schien zufrieden zu sein. Er ging in eine Ecke zu einem altmodischen Plattenspieler und legte eine Vinylscheibe auf. Im nächsten Moment dröhnte es in den Lautsprechern, und Jimi Hendrix erfüllte den Raum mit seiner bleischweren E-Gitarre.

Tom nickte, drehte die Lautstärke noch etwas höher und widmete sich wieder dem Schnitzen. Dabei zog er die Schultern hoch, machte Kaubewegungen und ruckte taktfest mit dem Kopf vor und zurück wie ein Huhn. Er hatte sich offenbar in seine eigene Welt zurückgezogen, in der es Daniel nicht gab.

23 Er brauchte fast eine Stunde, um ins Dorf zurückzukommen.

Das Tal war voller Nebel, als hätte jemand versucht, die Spalte zwischen den beiden Bergen mit Dichtungsmittel zu füllen. Hin und wieder riss der Nebel auf, und ein Teil des Tals wurde sichtbar, klar und überraschend wie ein Traumbild.

Kurz sah er ganz oben am Geröllhaldenberg ein Auto. Er hatte nicht gewusst, dass da oben eine Autostraße war. Und dann hörte er das Motorengeräusch eines weiteren Autos, das offenbar jenseits des Flusses in die entgegengesetzte Richtung fuhr. Oder war es das gleiche Auto? Jemand hatte im Dorf etwas erledigt und fuhr auf einem anderen Weg zurück?

Egal wie, beide Straßen waren viel zu weit entfernt. Es wurde Abend, und er war hungrig. Er beschloss, noch eine weitere Nacht in Max' Hütte zu verbringen. Morgen würde er sich noch einmal darum kümmern, dass ihn jemand mitnahm. Er würde im Osten über die Brücke gehen, damit er von Anfang an auf der richtigen Seite des Flusses war und der Autostraße folgen konnte.

Wieder sah Daniel die milchigen Scheinwerfer eines Autos oben am Abhang des Geröllhaldenbergs. Es schien wirklich das gleiche Auto zu sein, erst fuhr es nach Osten und dann auf der anderen Seite des Flusses nach Westen und jetzt wieder nach Osten, bis der Nebel es verschluckte. Fast hätte er geglaubt, dass es in einer ellipsenförmigen Bahn rund um das Tal fuhr, aber das war natürlich Unsinn.

Er war müde, seine Kleider waren feucht, und als er endlich die Glasgebäude der Klinik am Hang aus den Nebelschleiern auftauchen sah, durchfuhr ihn ein Gefühl, das ihn selbst überraschte: ein Heimatgefühl. Geborgenheit. Zurück in der guten alten Psychoklinik, nachdem er sich mit unfreundlichen Dorfbewohnern und verrückten Einsiedlern hatte herumschlagen müssen. Die Abreise musste noch warten. Jetzt musste er sich ausruhen und etwas essen.

In der Hütte gab es keine Lebensmittel mehr, er hatte alles aufgegessen, bevor er sich aufgemacht hatte. Falls der Speisesaal noch aufhatte, konnte er dort essen. Er konnte in aller Ruhe dasitzen, er brauchte sich nicht mehr zu verstellen und so zu tun, als sei er Max.

Der Park ruhte im grauen Nebel, niemand war zu sehen, aber als er am Swimmingpool vorbeikam, bemerkte er im Wasser einen Patienten. Es war eine Frau. Sie schwamm hin und her, mit kräftigen Armbewegungen tauchte sie unter und wieder auf, um Luft zu holen. Ihre kurzen Haare lagen wie angeklebt um den Kopf, die Schultern glänzten vor Nässe.

Daniel betrachtete sie fasziniert, bis sie fertig war und ihren schlanken Körper über den Beckenrand zog. In ihrem glänzenden Badeanzug und mit den zurückgestrichenen Haaren glich sie einem Seelöwen.

»Ich dachte, ich bin allein hier«, sagte sie.

»Ich bin auf dem Weg in den Speisesaal. Hast du schon gegessen?«, fragte Daniel kühn.

»Du weißt doch, dass ich nie im Speisesaal esse.«

»Ich weiß gar nichts. Ich bin nicht Max, falls du das glauben solltest. Ich bin sein Zwillingsbruder. Max ist abgereist, und ich glaube ehrlich gesagt nicht, dass er zurückkommt. Er hat mich hierher gelockt und dann einfach sitzengelassen. Und es scheint schwieriger zu sein, hier wieder weg- als herzukommen.«

Als sie lachte, sah Daniel, wie unglaublich hübsch sie war. Das Gesicht, der Körper, die geschmeidigen, lässigen Bewegungen. Alles war perfekt. Wäre ihm das gleich aufgefallen, hätte er sich sicher nicht getraut, sie anzusprechen.

»Verdammt viel schwieriger, ja«, sagte sie und legte sich ein zitronengelbes Badetuch um die Schultern. »Ich mach mir eigentlich nicht viel aus Essen, außer wenn ich schwimmen war. Dann bin hungrig wie ein Wolf.«

Sie entblößte die Eckzähne zu einem Raubtiergrinsen.

»Und dann will ich viel essen. Und gut essen. Und einen guten Wein dazu. Und perfekten Service. Mit anderen Worten: Das Restaurant!«

Mit der einen Hand zeigte sie auf das Hauptgebäude, mit der anderen packte sie Daniel am Oberarm, als würden sie sich schon lange kennen. Obwohl es eine kameradschaftliche, fast ein wenig grobe Berührung war, fuhr sie wie eine erotische Schwingung durch seinen Körper.

»Ja. Aber ich glaube nicht, dass ich mir das leisten kann«, murmelte er.

»Aber ich. Ich bin reich wie ein Troll. Ich gehe mich umziehen, wir sehen uns in zwanzig Minuten in der Lobby.«

Fünfundvierzig – nicht zwanzig – Minuten später tauchte sie im Feuerschein des Kamins vor der Sitzgruppe in der Lobby auf, wo Daniel gewartet hatte. Sie trug ein kurzes, eng anliegendes Kleid aus einem glänzenden Stoff, das die Schultern frei ließ. Daniel kam sich in seinem Baumwollhemd sehr schlicht vor. An den Füßen hatte sie extrem hochhackige Schuhe mit Leopardenmuster, und sie schien, im Gegensatz zu den meisten Frauen, die Daniel kannte, nicht die geringsten Probleme zu haben, sich in diesen stelzenartigen Dingern zu bewegen, sie rannte fast durch die Lobby und zu dem Sessel, wo er saß. Als sie sich für einen raschen Wangenkuss zu ihm herunterbeugte, traf ihn eine Wolke ihres Parfüms.

»Komm, komm. Ich habe *Hunger*«, maulte sie und trat

ungeduldig auf ihren hohen Absätzen von einem Fuß auf den anderen, dabei versuchte sie, ihn aus dem Sessel hochzuziehen. Sie drehte sich zur Hostess an der Rezeption um und rief:

»Was gibt es denn heute?«

Die Hostess schüttelte lächelnd den Kopf.

»Also eine Überraschung. Es gibt ja immer zwei Gerichte zur Auswahl. Um eine Illusion von *Wahlfreiheit* zu vermitteln«, plapperte sie und steuerte mit Daniel auf den Lift zu.

Er ließ sich von ihr führen. Ihm war immer noch schwindlig von ihrem Parfüm.

»Wahlfreiheit!«, wiederholte die Frau, drückte auf den Liftknopf und lachte laut. »Ist das nicht komisch?«

Daniel wusste nicht, ob es der Nebel draußen vor dem Fenster war oder die Tatsache, dass er nun in Gesellschaft einer schönen fremden Frau hier war, aber die Stimmung im Restaurant kam ihm jetzt ganz anders vor als beim letzten Mal. Die Beleuchtung war gedämpfter, der Raum erschien ihm kleiner, er konnte sich nicht an die roten Samtvorhänge erinnern und ganz bestimmt nicht an die flüsternde Musik.

Die Frau steuerte direkt auf einen kleinen Tisch in der Ecke zu, setzte sich und studierte die Speisekarte, die bereits auf dem Tisch lag.

»Rehfilet oder Entenbrust? Was sagst du? Ich nehme die Entenbrust. Entenbrust! Klingt doch irgendwie komisch, nicht?«

Sie wiegte ihre eine Brust in der Hand. Sie war sehr groß und merkwürdig rund. Daniel fragte sich, ob sie wohl aus Silikon war.

»Ich bin nicht wirklich gut bei Kasse«, murmelte er.

»Halt jetzt den Mund. Ich habe doch gesagt, dass ich reich bin.«

Ihre Haare waren jetzt, wo sie trocken waren, viel heller, fast weißblond. In den Ohren trug sie zwei riesige Silberringe, aber ihr Dekolleté war ohne Schmuck.

»Wir brauchen Champagner!«, rief sie aus.

Als Daniel kurz darauf mit seinem hohen, leicht rosafarbenen Glas mit ihr anstieß, fragte er sich, was eigentlich passiert war. Heute Morgen hatte er sich mit einem Rucksack auf den Weg gemacht, er wollte hier weg. Jetzt saß er im Restaurant der Klinik und prostete einer schönen, vermögenden Patientin zu. Es ging alles irgendwie zu schnell, er kam nicht mehr mit. Und gleichzeitig war es so, als würde die Zeit stillstehen.

Das Essen wurde gebracht. Die Frau stampfte unter dem Tisch eifrig mit den Absätzen, wie ein Kind.

»Mein *Gott*, was bin ich hungrig. Es können Wochen vergehen, ohne dass ich ordentlich zu Abend esse. Ich denke eigentlich nicht daran. Aber in mir sammelt sich eine riesige Menge Hunger. Ich bin nur ein schwarzes Loch.«

Manisch, dachte er. Aber hübsch.

Sie aß schnell und gierig und spülte das Essen mit großen Schlucken Wein hinunter. Ein Tropfen lief ihr übers Kinn und tropfte auf das Tischtuch.

»Was habe ich nur für schlechte Tischmanieren«, stellte sie fest und fuhr sich mit dem Handrücken über den Mund.

»Es schmeckt richtig gut.«

»Wirklich? Ich merke so etwas nie.«

Sie aß noch schnell ein paar Bissen, dann legte sie plötzlich das Besteck ab.

»Mein *Gott*, was bin ich satt.«

»Schon?«

Sie schob mit einer heftigen Bewegung den Teller von sich, wischte sich mit der Leinenserviette den Mund ab und warf sie auf den Tisch.

»Ich habe gesehen, es gibt Schokoladentorte als Nachtisch«, bemerkte Daniel.

Sie schüttelte den Kopf.

»Ich werde in den nächsten Wochen nichts Essbares zu mir nehmen. Ich bin wie eine Pythonschlange. Ich verschlinge einen Ochsen, und dann hungere ich einen Monat. Soll ich dir eine Geschichte erzählen? Ich weiß nicht, ob sie wahr ist. Ein Mädchen hatte eine Pythonschlange. Sie fütterte sie mit Ratten und Meerschweinchen, und nachts schlief die Schlange in ihrem Bett. Sie rollte sich am Fußende zusammen wie ein Hund. Dann, auf einmal, weigerte sie sich zu fressen. Monatelang kein einziges Meerschweinchen. Das Mädchen machte sich natürlich Sorgen und ging mit der Schlange zum Tierarzt. ›Ist dir sonst etwas aufgefallen?‹, fragte der Tierarzt. ›Ja‹, sagte das Mädchen, ›normalerweise schläft sie zusammengerollt am Fußende, aber jetzt liegt sie ausgestreckt neben mir, wie ein Mensch.‹ Da erzählte der Tierarzt, dass die Pythonschlange sich auf eine große Beute vorbereitet, indem sie monatelang fastet und sich ausgestreckt neben die Beute legt, um Maß zu nehmen. Glaubst du, dass die Geschichte wahr ist? Ein Freund in London hat sie mir erzählt.«

»Ich glaube nicht, dass sie wahr ist«, sagte Daniel.

Sie zuckte mit den Schultern, holte ihren Taschenspiegel aus der Handtasche und kontrollierte ihr Gesicht.

»Ich habe sogar den Lippenstift gegessen. Verstehst du jetzt, wie hungrig ich war?«, sagte sie, holte einen Lippenstift hervor und malte sich die Lippen in einem glänzenden Kaugummirosa an. Sie grimassierte und zupfte mit den Fingerspitzen in den kurzen Haaren. Dann klappte sie den Taschenspiegel zu und sagte:

»Wollen wir einen romantischen Abend verbringen, du und ich?«

»Wie meinst du das?«

»Du weißt schon. Wein trinken, tanzen. Im Mondschein schwärmen.«

»Es regnet«, bemerkte Daniel mit einem Blick Richtung Fenster.

»Gut. Dann müssen wir in deiner Hütte Schutz suchen, die nassen Kleider ausziehen und uns vor dem Kaminfeuer trocknen.«

Er lachte.

»Ich weiß nicht einmal, wie du heißt.«

»Dummes Zeug. Alle wissen, wie ich heiße.«

»Ich nicht. Ich bin kein Patient. Ich habe meinen Bruder besucht ...«

Er schwieg. Zum wievielten Mal erzählte er das jetzt?

»Ja?«

Sie beugte sich interessiert über den Tisch, und er konnte direkt in ihren Ausschnitt schauen.

»Max und ich sind Zwillinge. Er hat mich gebeten, für ein paar Tage den Platz mit ihm zu tauschen, aber dann ist er nicht zurückgekommen. Er hat mich hier sitzenlassen.«

»Prima.« Sie sah, dass sie noch einen Schluck Wein im Glas hatte, und leerte es schnell. »Kommst du mit raus, eine rauchen?«

»Ich rauche nicht.«

»Ich habe nicht gefragt, ob du rauchst. Ich habe gefragt, ob du mitkommst, eine rauchen.«

Sie hatte schon eine Zigarette und ein Feuerzeug aus der Tasche geholt.

»Okay«, sagte er.

Sie nahmen den Lift und stellten sich auf die Treppe unter das vorspringende Dach. Der Regen rauschte unsichtbar in der Dunkelheit. Sie zündete die Zigarette an, sog gierig den Rauch ein und stieß ihn in kurzen, harten Wölkchen aus.

»Es ist eine schöne Klinik«, sagte Daniel zögernd.

»Das wirst du nicht mehr finden, wenn du so lange hier warst wie ich.«

»Wie lange bist du schon hier?«

Sie schien nachzudenken und blies ein paar Rauchringe aus, die in die Dunkelheit tanzten.

»Acht Jahre.«

»Acht Jahre! Am Stück?«

Sie nickte.

»Aber du hast doch manchmal Ausgang?«

»Machst du Witze?«

»Wie alt bist du denn?«

»Dreiunddreißig. Meine eigenen Eltern haben dafür gesorgt, dass ich hierher komme. Meine eigenen Eltern!«, fauchte sie bitter. »Obwohl sie wussten, dass ich hier nie wieder rauskomme. Oder vielleicht gerade deshalb.«

Daniel versuchte sich vorzustellen, wie es war, wenn man die besten Jahre des Lebens in einer Klinik verbrachte.

»Es ist vielleicht frech von mir zu fragen, und du brauchst auch nicht zu antworten, aber was ist denn deine Diagnose?«, fragte Daniel vorsichtig.

»Die gleiche wie deine, nehme ich an.«

»Wie meine?«

»Wie bei allen hier.«

»Ich bin nicht krank. Mein Bruder ist krank.«

»Idiot«, sagte sie und rauchte weiter, ohne ihn anzuschauen.

Er erzählte die ganze Geschichte mit der Bedrohung durch die Mafia, vom Rasieren und dem angeklebten Bart. Sie klang ziemlich unglaubwürdig. Er glaubte sie ja selbst kaum. Er rechnete damit, dass sie mit den Schultern zucken und weiter Rauch ausstoßen würde. Aber zu seiner Überraschung ließ sie die Zigarette fallen und schaute ihn an, ihre Augen wurden immer größer.

»Ist das wahr«, fragte sie. »Du erzählst mir hier nicht irgendwelchen Scheiß, um mich zu amüsieren?«

»Es ist wahr«, sagte er müde.

Sie betrachtete ihn mit neuem Interesse.

»Wow!«, rief sie aus. »Das gibt es doch nicht. Warum habe ich keinen Zwilling, der mit mir den Platz tauschen kann? Verdammt, wie ungerecht.«

»Du glaubst mir also?«

»Na klar.«

»Warum?«

Die Zigarette lag auf der Treppe und qualmte vor sich hin. Sie drückte sie mit dem Absatz aus.

»Weil deine Geschichte so schlecht ist. Nicht mal der dümmste Blödmann kommt auf so eine schlechte Story. Aber es ist noch etwas.« Sie machte eine Pause und schaute ihn listig an. »Ich spüre, dass du anders bist. Ich habe fast vergessen, wie Menschen wie du sind.«

»Menschen wie ich?«

»Du bist so lebendig. Und du hast eine wunderbare Aura. Weißt du das?«

»Nein, wieso?«

»Ich kann die Aura von Menschen sehen. Das ist eine Begabung. Manche haben eine starke Aura, andere eine schwache. Deine ist stark. Und sehr schön.«

»Hat sie eine Farbe?«

»Grün. Smaragdgrün. Ich habe so eine Aura nicht mehr gesehen, seit ich hier bin. Die Aura von Max war weiß und metallisch. Wie ein Gewitter.«

Daniel lachte.

»Sollen wir wieder rauf ins Restaurant gehen? Du scheinst zu frieren, mit deinen nackten Schultern.«

»Du kannst deinen Arm um mich legen, wenn du willst.«

»Ja«, sagte er, machte aber keine Anstalten. »Aber wir

gehen doch besser wieder rauf. Wir haben ja noch gar nicht gezahlt.«

»Und wenn schon? Sie wissen, wo sie uns finden, nicht wahr? Es regnet nicht mehr. Komm, wir machen einen Spaziergang. Wir wollten einen romantischen Abend miteinander verbringen, hast du das vergessen?«

Sie schob ihren nackten Arm unter seinen und zog ihn die Treppe hinunter in den Park. Nichts regte sich auf dem Klinikgelände, von den Bäumen tropfte es nach dem Regen. Ihr Arm war kalt, ihre Hüfte rieb sich beim Gehen an seiner. Ihre Nähe ließ ihn nicht unbeeindruckt. Aber, dachte Daniel, als sie in der feuchten Dunkelheit die kleinen Wege entlangspazierten, man verbringt nicht grundlos acht Jahre in einer Klinik. Als hätte sie seine Gedanken gelesen, sagte sie:

»Du findest, dass ich krank im Kopf bin, nicht?«

»Ehrlich gesagt, ich finde, dass die Leute im Tal erheblich verrückter sind als die hier in der Klinik.«

Er erzählte ihr von seinem missglückten Versuch, von Tom mit dem Holztransporter mitgenommen zu werden. Sie hörte mit großen Augen zu.

»Warst du bei ihm *zu Hause*? Wie sieht es da aus?«

»Da stehen jede Menge Holzskulpturen, die er offenbar selbst gemacht hat.«

»Widerliche Sachen, was? Hast du noch mehr widerliche Dinge gesehen?«

»Nein, aber er kam mir ein wenig merkwürdig vor. Kennst du ihn?«

»Tom?« Sie lachte heiser. »O ja. Ich bestelle Holz bei ihm. Er fährt es mir bis zur Hütte und stapelt es ordentlich an der Hauswand auf. Aber ich würde mich hüten, zu ihm nach Hause zu gehen. Mein Gott, du bist wirklich ein Lämmchen!«

Dann schaute sie ihn plötzlich besorgt an.

»Hast du ihm erzählt, dass du mit deinem Bruder getauscht hast?«

»Ja.«

»Wie hat er darauf reagiert?«

»Er sagte, ich sei wahnsinnig. Die ganze Zeit hat er das gesagt. Von wegen Projektionen.«

»Wem hast du es sonst noch erzählt?«

Daniel dachte nach.

»Dem Personal in der Klinik?«

»Ja. Ich habe mit den Hostessen in der Rezeption gesprochen.«

»Und die haben dir nicht geglaubt?«

»Nein.«

Sie warf den Kopf in den Nacken und lachte laut.

»Haben sie nichts gemerkt? Das ist wunderbar!«

Daniel verstand nicht, was daran so wunderbar war.

»Hast du mit einem der Ärzte gesprochen?«

»Nein, ich habe einen Termin bei Gisela Obermann gehabt, aber ich bin nicht hingegangen.«

»Gisela Obermann würde dich durchschauen. Sie ist Expertin. Sie sieht sofort, dass du nicht echt bist.«

»Meinst du, sie würde mir helfen, von hier wegzukommen?«

»Sie wird dich auf der Stelle in ein Auto zum Flugplatz setzen. Sie will dich loswerden, so schnell es nur geht und bevor du herumerzählen kannst, wie schlecht die Sicherheitsvorkehrungen sind. Mein Gott, wird sie wütend werden. Hast du es anderen Patienten erzählt?«

»Nein. Ich habe kaum mit den anderen Patienten gesprochen.«

»Gut. Mach es auch nicht.«

»Warum nicht?«

Sie drehte sich zu ihm um, fasste ihn fest um Kinn und

Wangen und betrachtete ihn mit einem merkwürdigen Lächeln.

»Weil sie dich dann auffressen werden, Liebling. Und das möchte ich nicht. Wenn dich jemand auffrisst, dann ich. Du gehörst *mir*, mein Lämmchen, sonst niemandem.«

Man hörte Schritte und Stimmen. Daniel blickte hoch. Menschen liefen schnell aus verschiedenen Richtungen durch den Park. Manche waren auf dem Weg zum Hauptgebäude, andere zu den Hütten. Er hatte keine Uhr, aber er wusste, dass es bald zwölf war. In den letzten Tagen hatte er kapiert, was es mit der gehetzten Stimmung auf sich hatte, die der Nachtpatrouille vorausging. Das Klinikgelände, das gerade noch menschenleer war, schien jetzt von Patienten zu wimmeln, die eilig zu ihren Zimmern und Hütten unterwegs waren. Was würde eigentlich passieren, wenn sie um die magische Uhrzeit nicht zu Hause waren?

»Es scheint Zeit zu sein.«

Sie hielt immer noch sein Gesicht, die langen Nägel drückten sich in seine Haut.

»Wenn die Hostessen dir gute Nacht gesagt haben, komme ich in deine Hütte. Dann bekommst du einen Gute-Nacht-Kuss von *mir*. Der schmeckt viel besser, das verspreche ich dir.«

»Ich weiß immer noch nicht, wie du heißt.«

Sie ließ ihn los und streckte ihm höflich die Hand hin. Sie war schmal, aber stark.

»Samantha«, sagte sie.

Sie ließ ihn stehen und lief quer über die Wiese. Ihre hohen Absätze bohrten sich in den aufgeweichten Boden, und ab und zu wankte sie. Dann verschwand sie hinter ein paar Büschen und war weg.

Daniel war kaum in der Hütte, da hörte er das surrende Elektroauto und kurz darauf das Klopfen. Die Patrouille begann ihre Runde heute offenbar bei ihm.

»Ich sehe, dass du immer noch bei uns bist, Max. Das freut mich.«

Es war die etwas ältere Hostess, die heute Vormittag an der Rezeption gesessen hatte. Die sich geweigert hatte, ein Taxi zu rufen.

Er nickte freundlich, dann waren sie weg. Er hörte, wie sie die Reihe der Hütten abklapperten, dann surrte das Elektroauto wieder davon.

Daniel schenkte sich einen Whisky ein und überlegte, ob Samantha ihm Avancen gemacht hatte. Anders konnte man es nicht deuten. Oder doch? Sollte er sich darauf einlassen oder sie zurückweisen?

Er schaute aus dem Hüttenfenster. Wo hatte sie ihre Hütte? Sie wohnte offenbar nicht im Hauptgebäude, denn sie war in eine andere Richtung gegangen. Ein Wind war aufgekommen, die Bäume im Park bogen sich und verdeckten die Laternen, so dass die Beleuchtung zu flackern schien.

Er duschte und setzte sich in den Sessel, nippte an seinem Whisky und lauschte nach dem Geräusch von hohen Absätzen. Nach einer Stunde gab er auf, erleichtert und enttäuscht zugleich. Er ging zu Bett, ließ die Tür jedoch unverschlossen.

Als er eingeschlafen war, träumte er, dass jemand neben ihm im Bett lag und tief ein- und ausatmete. In der schwachen, flackernden Beleuchtung der Außenlaternen sah er, wie eine dicke Schlange sich von seinem Kopfkissen erhob und ihn beobachtete, mit schwarzen Augen, die glänzten wie Öl.

Er wachte auf und wusste, dass er geträumt hatte.

Obwohl, nicht ganz. Es lag tatsächlich jemand neben

ihm im Bett. Ein schlankes Geschöpf in etwas Schwarzem, Glänzendem betrachtete ihn auf die Ellbogen gestützt, im nächsten Moment schlängelte sie sich auf ihn und saugte sich an seinem Mund fest.

Wäre da nicht der wohlbekannte Parfümduft gewesen – schwer, süß und stechend, wie Räucherstäbchen oder überreifes Obst –, er hätte vor Schreck geschrien.

»Na, meine Gute-Nacht-Küsse sind besser, nicht wahr, Liebling?«, flüsterte Samantha und zog ihm die Unterhose aus.

Während Daniel sich immer noch in einem Zustand des Halbschlafs befand, schien sein Penis hellwach zu sein. Sie setzte sich auf ihn und ritt ihn langsam und saugend, immer heftiger und dann wieder langsamer, bis etwas in ihm kaputt zu gehen schien.

Sie glitt herunter, drehte ihm den Rücken zu, rollte sich zusammen und maulte:

»Verdammt. Verdammt. Verdammt.«

»Was ist denn?«, fragte er erschrocken.

»Ich habe ein Lämmchen gefunden, und jetzt fährt es wieder weg. Du wirst zu Doktor Obermann gehen, und dann schickt sie dich weg. Verdammt noch mal.«

Sie weinte und schniefte eine Weile, er strich ihr unge-schickt über das schwarze Korsett.

Dann stand sie auf und zog den Mantel an.

»Vielleicht bekommt Doktor Obermann gar nicht so schnell einen Wagen«, sagte sie etwas munterer und stieg in die Schuhe. Sie hielt mitten in der Bewegung inne und sagte: »Man merkt, dass du aus einem nordischen Land kommst.«

»Wie das?«

»Wenn es dir kommt, flammt deine Aura auf wie ein Nordlicht. Das ist ganz toll. Schade, dass du es selbst nicht sehen kannst. Gute Nacht.«

24 Zunächst sah er nur Helligkeit. Ein starkes, blendendes Licht, Daniel blieb mitten in Doktor Obermanns Zimmer stehen und hielt sich die Hand über die Augen. Große Panoramafenster reichten bis zum Boden, durch sie kam das Sonnenlicht herein und spiegelte sich im lackierten Buchenparkett und den weißen Wänden. (Erstaunlich, denn er hatte keine Sonne bemerkt, als er durch den Park gegangen war. Vielleicht kam sie nicht bis zur Erde, sondern nur bis zu den oberen Stockwerken des Gebäudes.) Als seine Augen sich an die Helligkeit gewöhnt hatten, sah er, dass das Zimmer sehr groß war und mehr dem Direktionsbüro eines Großunternehmens glich als dem Sprechzimmer eines Arztes.

Gisela Obermann und die anderen Ärzte hatten ihre Räume im fünften Stock des modernen Gebäudes hinter dem Haupthaus. Die Eingangshalle war so hoch wie eine Kathedrale. Daniel hatte zwei verschlossene Türen passieren müssen, ein Wachmann hatte Doktor Obermann angerufen, ehe er den gläsernen Lift betreten durfte. Die Ärzte hier waren gut geschützt.

Gisela Obermann stand vom Schreibtisch auf.

»Willkommen. Ich freue mich, dass du deine Meinung geändert hast. Dein Einsatz ist wichtig für die Forschung.«

Er war sich nicht sicher, ob sie es ironisch oder ernst meinte.

»Und worin besteht mein Einsatz?«, fragte er und blieb mitten im Zimmer stehen.

»Hier zu sein. Zu den Terminen zu kommen, die man dir gibt, und so ehrlich wie möglich von dir zu erzählen. Das ist dein Einsatz«, erklärte Doktor Obermann ruhig und ging zu einer Sitzgruppe, strenge, viereckige Möbel, wie Würfel.

Sie setzte sich in einen der Sessel und bat Daniel, im anderen Platz zu nehmen. Erst jetzt, als er mit dem Rücken zum Licht saß, konnte er sie richtig anschauen. Sie war um die vierzig, groß und schlank, hübsche Beine, aber ein alltägliches Gesicht. Ihre Haare waren kräftig, dunkelblond, auf der Seite gescheitelt, so dass sie diagonal über Stirn und Wange fielen.

»Lass es mich noch einmal sagen: Ich weiß es zu schätzen, dass du hier bist, Max. Wie du weißt, kann es dir nur zum Vorteil gereichen, wenn du herkommst. Und nur zum Nachteil, wenn du es nicht tust. Und so schrecklich anstrengend ist es doch nicht. Ein Plauderstündchen.«

Sie lächelte, und Daniel machte einen Versuch, zurückzulächeln. Merkte sie denn nichts? Samantha hatte gesagt, Doktor Obermann würde den Unterschied sofort bemerken.

»Dann fangen wir an. Wie immer wird das Gespräch gefilmt.« Sie lehnte sich zurück und schlug die Beine übereinander.

Daniel schaute sich um. Er bemerkte zwei kleine Kameras, kugelrund wie Augäpfel, auf einem Gestell an der Wand. Die eine war auf ihn gerichtet, die andere auf die Ärztin.

»Alles okay? Du wirkst ein wenig unkonzentriert.«

»Alles okay.«

»Gut.«

Doktor Obermann blätterte in Unterlagen, die sie auf dem Schoß hatte. Ihre Fingernägel waren heruntergekaut, bemerkte Daniel erstaunt. Ihre Hände sahen dadurch kindlich und verletzlich aus, als gehörten sie jemand anderem. Sie runzelte die Stirn beim Lesen, dann schaute sie auf.

»Du bist in den letzten Tagen unruhig gewesen, habe ich gehört. Ist seit unserem letzten Gespräch etwas Besonderes geschehen?« Als die Antwort nicht gleich kam, fügte sie unterstützend hinzu: »Du hast Besuch von deinem Bruder gehabt, nicht wahr?«

Daniel holte tief Luft.

»Sie und ich, wir haben uns noch nie gesehen, Frau Doktor Obermann. Sie verwechseln mich mit meinem Bruder. Was auch die Absicht war. Wir haben Sie leider hinters Licht geführt.«

Sie sieht es, dachte Daniel. Jetzt sieht sie es.

»Wie meinst du das?«, fragte Doktor Obermann mit neutraler Stimme.

»Sie sehen doch, dass ich nicht Max bin, obwohl wir uns sehr ähnlich sehen. Ich heiße Daniel Brant und bin letzte Woche hergekommen, um meinen Bruder Max zu besuchen, meinen Zwillingsbruder. Er war in großen Schwierigkeiten und musste dieses Krankenhaus für ein paar Tage verlassen, um etwas zu erledigen. Da er keine Genehmigung hatte, habe ich zugestimmt, mit ihm zu tauschen. Ja, eigentlich bin ich nicht sicher, ob ich zugestimmt habe, aber Max hat es offenbar so aufgefasst. Wir sind eineiige Zwillinge, und deshalb glaubte er, wir würden das Klinikpersonal hinters Licht führen und tauschen können. Was uns offensichtlich gelungen ist.«

»Einen Moment«, rief Gisela Obermann und beugte sich interessiert vor. »Du bist nicht Max, sondern sein Zwillingsbruder, willst du mir das sagen?«

Daniel nickte und lächelte entschuldigend.

»Wenn Sie mich genau anschauen, dann sehen Sie es. Max wollte spätestens am letzten Freitag wieder zurück sein. Und jetzt ist Dienstag. Ich habe nichts von ihm gehört. Hat er sich vielleicht bei Ihnen gemeldet, Frau Doktor Obermann? Oder bei sonst jemandem in der Klinik?«

Statt zu antworten, machte Doktor Obermann eine Notiz in ihren Unterlagen und sagte:

»Könntest du mir ein bisschen genauer erzählen, wie der Tausch vonstatten ging?«

Daniel erzählte, und Doktor Obermann hörte aufmerksam zu.

»Einen Moment«, unterbrach sie ihn plötzlich. »Warum nennst du mich Frau Doktor Obermann? Du nennst mich doch sonst immer Gisela.«

»Aber ich kenne Sie doch gar nicht. Wenn es Ihnen lieber ist, kann ich Sie auch Gisela nennen. Und wenn Sie lieber deutsch sprechen wollen, was wohl Ihre Muttersprache ist, soll mir das auch recht sein. Ich spreche gut deutsch. Ich war Dolmetscher.«

Doktor Obermann seufzte und verdrehte leicht die Augen.

»Ja, du bist schon sehr viel gewesen. Aber wie du weißt, sprechen wir hier hauptsächlich englisch. Das ist für alle am einfachsten. Du kannst mich nennen, wie du willst, aber ich werde dich weiterhin Max nennen. Du möchtest heute offenbar eine Art Rollenspiel machen, ich weiß, dass du solche Scherze liebst, aber mir ist heute nicht danach zumute.«

»Mein Bruder liebt Scherze. Ich nicht«, sagte Daniel wütend und schlug mit der Handfläche auf die Armlehne des Sessels. »Ich möchte nur die Angelegenheit aufklären und dann von hier verschwinden. Ich heiße Daniel Brant, was ich nicht beweisen kann, weil Max meine Ausweispapiere mitgenommen hat. Sie müssen mir einfach glauben.«

»Aber ich glaube dir nicht.«

Sie legte den Kopf schief und lächelte ihn weich, beinahe zärtlich an.

»Und warum nicht?«, fragte er erstaunt.

»Weil du ein Mythomane bist. Es ist Teil deiner Persönlichkeit, andere zu belügen und zu manipulieren.«

»Es ist Teil der Persönlichkeit meines Bruders.«

Gisela Obermann stand auf und ging zum Schreibtisch hinüber. Sie tippte auf einer Tastatur und studierte schweigend den Bildschirm.

»Hm«, sagte sie dann. »Dein Bruder kam am Sonntag, den 5. Juli. Er ist am Dienstag, den 7. Juli wieder abgereist.«

»*Ich* bin am 5. Juli gekommen. *Max* ist am Dienstag, den 7. Juli abgereist. Er hat sich einen falschen Bart aus dem Theaterfundus angeklebt, und ich habe meinen Bart abrasiert. Ganz einfach, wie in einer Operette, nicht wahr? Ich hätte nie gedacht, dass es funktioniert. Aber weil wir eineiige Zwillinge sind...«

»Ihr seid überhaupt keine Zwillinge«, unterbrach ihn Gisela Obermann und drehte sich mit dem Bürostuhl, sodass sie sich wieder Daniel zuwandte. »Daniel ist zwei Jahre früher als Max geboren.«

»Das ist der größte Unsinn, den ich je gehört habe. Da haben Sie falsche Angaben.«

»Daniels Geburtsdatum ist der...« Sie drehte sich wieder zum Bildschirm. »Hier steht der 28. Oktober 1975.«

»Stimmt.«

»Und Max ist geboren am ... Hier ist es: 2. Februar 1977.«

»Nein, nein«, sagte Daniel. »Das ist falsch. Wir sind natürlich am gleichen Tag geboren.«

Gisela Obermann schaute ihn lange und nachdenklich an. Sie stand auf, kam zur Sitzgruppe und blickte schweigend aus dem Panoramafenster. Im starken Sonnenlicht sah sie plötzlich alt und müde aus.

»Was für ein Spiel möchtest du spielen, Max? Wir wissen hier alles über dich. Da draußen hast du die Leute hinters Licht führen können, aber es bei mir zu versuchen ist

doch ziemlich sinnlos, oder? Was willst du damit erreichen?«

»Ich will nur erreichen, dass Sie mir glauben, was ich sage, und mir helfen, hier wegzukommen«, sagte Daniel ungeduldig. »Sie haben falsche Angaben in Ihrem Computer.
Max hat offensichtlich gelogen, als er hier aufgenommen
wurde. So etwas kann er gut. Aber ich habe nicht vor, meine Zeit bei Ihnen zu verschwenden. Glauben Sie doch,
was Sie wollen, aber ich gehe jetzt hier weg. Sie haben
kein Recht, mich hier festzuhalten.«

Er stand auf und ging rasch zur Tür.

»Einen Moment noch«, sagte Doktor Obermann.

Er drehte sich um. Erst jetzt bemerkte er die phantastische Aussicht über das Tal und die schneebedeckten Gipfel in der Ferne. Doktor Obermann blieb im Sessel sitzen.
Bequem zurückgelehnt und mit der Andeutung eines Lä-
chelns fuhr sie fort:

»Was meinst du genau mit ›hier weg‹?«

»Natürlich weg aus der Klinik. Aus diesem verdammten
Tal«, antwortete er ärgerlich und ergriff die Türklinke.

Die Tür war verschlossen.

»Aus Himmelstal?«, sagte Doktor Obermann von ihrem Sessel aus.

Er drehte sich zu ihr um.

»Ja. Ich weiß, dass die Verkehrsverbindungen miserabel
sind und die Bewohner des Dorfs nicht sehr koopera-
tiv. Sie haben Instruktionen von Ihnen bekommen, nicht
wahr? Aber ich verschwinde jetzt, und im schlimmsten
Fall muss ich eben zu Fuß gehen.«

Sie lachte keuchend.

»Du bist sehr überzeugend. Wenn ich es nicht besser
wüsste, würde ich dir glauben.«

Daniel drückte erneut die Klinke herunter, obwohl er
wusste, dass es sinnlos war. Er würde hier nicht heraus-

kommen, wenn sie ihn nicht gehen ließ. An einem Kleiderständer neben der Tür hing ihr heller Sommermantel. Er
wartete mit der Hand auf der Türklinke und studierte ihren Mantel und den Kleiderständer. Gisela Obermann in
ihrem Sessel schwieg.

»Darf ich nicht gehen, wann ich will?«, rief er ärgerlich.
»Schließen Sie die Patienten ein?«

»Hier wird niemand eingeschlossen. Du kannst gehen,
wann du willst. Ich schließe nur andere aus. Damit wir
nicht gestört werden, wenn wir miteinander reden. Und
wir sind noch nicht fertig, Max. Ehrlich gesagt, du ver-
blüffst mich heute ein wenig.«

»Verblüffen?« Daniel drehte sich um. »Einer Ihrer Patienten ist abgehauen. Um ihn sollten Sie sich Sorgen machen. Nach ihm fahnden. Es könnte ihm etwas passiert
sein, haben Sie das bedacht? Sie verhalten sich verantwor-
tungslos, mehr kann ich dazu nicht sagen. Wären Sie jetzt
bitte so freundlich und würden mich gehen lassen?«

»Natürlich. Ich hoffe, wir können unser Gespräch ein
anderes Mal fortsetzen. Das hier führt zu nichts.«

Sie ging zum Schreibtisch hinüber.

Irgendetwas an diesem Kleiderständer war eigenartig.
Er war aus grobem Holz und passte so gar nicht zur mini-
malistischen Einrichtung. Als Daniel ihn genauer betrachtete, erkannte er in der geschnitzten Stange zwei sehr magere Figuren, die sich aneinanderpressten, Rücken an
Rücken. Die Figuren hielten ihre gebeugten Arme an den
Körper gedrückt, aber die Finger waren zu Haken ge-
spreizt, einer hielt Doktor Obermanns Mantel. Darüber
sah man zwei längliche Gesichter, sie waren aus der Stange herausgeschnitzt und schauten in entgegengesetzte
Richtungen: das eine Gesicht schlafend, Augen und Mund
geschlossen, das andere wach, den Mund wie zu einem
Schrei aufgesperrt.

Bevor er den eigenartigen Kleiderständer kommentieren konnte, klickte es im Schloss, und die Tür ging auf.

»Adieu, Max«, sagte Gisela Obermann von ihrem Schreibtisch aus. »Du bist jederzeit wieder willkommen.«

Im Lift drehte Daniel seinem Spiegelbild den Rücken zu und lehnte sich mit der Stirn an die kühlende Glaswand. Der Steinboden und die Pflanzen in der Eingangshalle kamen auf ihn zu gesaust. Warum hatte Max ein falsches Geburtsdatum angegeben? Hatte er die Klinik für immer verlassen?

Plötzlich erinnerte er sich an die Geschichte, die Max erzählt hatte, von dem Mann, der das Boot zur Hölle ruderte. Lass jemand anders die Ruder übernehmen.

Hannelores Bierstube war an diesem Abend gut besucht.

Corinnes Auftritt hatte schon begonnen. Dieses Mal trug sie keine Tracht, und auch die Kuhglocke fehlte. Sie war als Matrosenmädchen verkleidet. Sie trug weite Seemannshosen, eine Jacke mit blauen Biesen am Kragen und eine Matrosenmütze mit einer kleinen runden Troddel. Ihr Begleiter mit der Ziehharmonika hatte eine weiße Kapitänsuniform an und eine Schirmmütze auf dem Kopf. Sie sangen deutsche Seemannslieder, der Auftritt war genauso theatralisch, abgeschmackt und charmant wie die Nummer mit der Kuhglocke.

Daniel saß wieder am Tisch ganz hinten in der Ecke. Er war schon bei seinem zweiten Krug Bier, die Leute in dem dunklen Lokal waren laut, die kleinen gläsernen Blätter am Kerzenhalter glitzerten gelb und rot wie Herbstlaub. Er musste jemanden finden, der ihn von hier wegbrachte. So bald wie möglich und ohne dass die Klinik etwas davon erfuhr.

Corinnes Augen wanderten von rechts nach links, so wie diese Figuren auf Scherzpostkarten ihre Augen verdrehen. Mit wiegendem Gang, als befände sie sich auf einem Schiff im Sturm, ging sie zu Daniels Tisch. Sie schien nur für ihn zu singen. Im sparsamen Schein der Teelichter sah er ihr Make-up: hellblauer Lidschatten bis hinauf zu den Brauen, grell und glitzernd wie der Staub auf einem exotischen Schmetterling.

Wie hypnotisiert streckte er die Hand aus und berührte sie leicht am Arm. Sie zwinkerte ihm zu und kehrte dann an ihren Platz und zu ihrem Begleiter zurück.

Wie gut kannte sie Max? Würde sie ihm helfen, eine Mitfahrgelegenheit zu finden, wenn er ihr seine Situation erklärte?

Nach dem Ende des Auftritts blieb er noch sitzen und wartete, dass Corinne noch einmal käme. Aber sie war irgendwohin verschwunden und zeigte sich nicht mehr.

Als der Kuckuck in der Uhr halb zwölf rief, entstand Aufbruchstimmung. Daniel verließ die Bierstube und ging mit raschen Schritten durch den kühlen Regen zur Klinik hinauf. Er merkte, dass die meisten Gäste den gleichen Weg hatten.

Als er die Tür zur Hütte aufschloss, hörte er links von sich eine Stimme:

»Du bist gerne lange weg, was?«

Hinter dem roten Auge der Zigarettenglut ahnte er den Nachbarn wie einen großen Schatten, einen dunkleren Teil des Dunkels.

»Freut mich, dass du wieder da bist, Marko. Geht es dir gut?«, sagte Daniel.

Er bekam keine Antwort, deshalb fuhr er fort:

»Ich war nur unten im Dorf und habe ein Bier getrunken.«

Marko atmete schwer und schnaufte durch die Nase. Er klang wie ein alter Hund. Das vorspringende Dach schützte ihn vor dem Regen, der leise und unsichtbar fiel.

»Mach, was du willst«, schnaubte er. »Ich gehe nie irgendwohin, wenn es dunkel ist. Ich gehe kein Risiko ein.«

»Das ist vielleicht klug. Gute Nacht.«

Ob er wohl freiwillig irgendwohin geht, dachte Daniel. Er schien an seiner Hüttenwand festgewachsen zu sein.

Er fuhr den Computer hoch, machte das Mailprogramm mit Corinnes Nachricht von vor einer Woche auf und schrieb eine Antwort:

Deine Vorstellung heute Abend hat mir gut gefallen. Du warst wunderbar als Matrosenmädchen.

Gilt dein Angebot zum Picknicken noch? Wenn ja, komme ich gerne so bald wie möglich mit.

Entschuldige, dass ich erst jetzt antworte. Es ist alles ein bisschen kompliziert. Ich werde es später erklären.

Nach einem kurzen Zögern hinsichtlich der Unterschrift entschied er sich für:

»Max«

Kaum hatte er die Mail abgeschickt, trat eine Hostess ein.

»Alles klar, Max?«

»Ich habe schon Ihrer Kollegin erklärt, dass ich der Bruder von Max bin. Hat man Ihnen das nicht mitgeteilt?«, sagte Daniel ärgerlich.

»Nicht dass ich wüsste«, sagte die Hostess fröhlich. »Möchtest du etwas zum Schlafen haben?«

Sie öffnete ihre Schultertasche und schaute hinein.

»Nein danke.«

Aus dem Computer kam ein Signal, und als er auf den Bildschirm schaute, sah er, dass er schon eine Antwort von Corinne bekommen hatte.

Daniel machte die Mail auf:

Morgen um neun am Springbrunnen

stand da kurz und knapp.

25 Die Luft war kühl und rein, und sie hatte einen Geruch, den Daniel aus seiner Kindheit kannte, aber nicht gleich identifizieren konnte. Als die Erinnerung schließlich durchdrang, wusste er, warum der Geruch ihn so verwirrt hatte. Es roch nach Schnee, und das war Mitte Juli ganz falsch. Die Wiese war leuchtend grün mit rotem Klee und blauen Glockenblumen.

Aber als er zu dem Felsen mit den dunklen Figuren auf der anderen Seite des Tals schaute, bemerkte er, dass dessen Kamm aus Tannenwald nicht mehr grün, sondern weiß war. Und als sein Blick den Abhang hinaufwanderte, sah er, dass der Geröllhaldenberg nicht mehr so düster aussah wie bisher, jetzt glitzerte es auf den höchsten Spitzen, als hätte jemand Zucker verstreut.

Der Regen des gestrigen Abends war da oben als Schnee gefallen. Das war schön und überraschend.

Sie folgten dem Hang auf einem kleinen Pfad, den Corinne kannte. Sie hatte einen dicken grünen Pulli an und ein Haarklämmerchen über beiden Ohren. Er hatte sie am Springbrunnen kaum wiedererkannt. Sobald sie ihn bemerkt hatte, war sie mit einem kurzen Nicken und ohne ein Wort losgegangen. Er holte sie ein und folgte ihr aus dem Dorf heraus.

»Was ist das denn?«, fragte er.

Corinne schaute den Hang hinunter.

»Hier auf dem Land nennen wir es Kühe.«

»Nein, nicht die Kühe. Das da unten«, sagte Daniel und zeigte auf etwas, das aussah wie ein kleiner griechischer Tempel.

»Das ist der Aussätzigenfriedhof. Hast du den noch nie gesehen? Komm, wir gehen hin.«

Als sie näher kamen, sah Daniel schwarze, schief stehende Kreuze, die von einem schmiedeeisernen Zaun umgeben waren. Direkt oberhalb davon lag der kleine Steintempel, den er von weitem gesehen hatte. Er war kleiner als seine Alpenhütte und war mit Säulen und mächtigen Treppenstufen versehen. Die Rückseite schien im Hang zu verschwinden. Die Vorderseite war eine glatte Wand.

»Was für ein pompöses Grabmonument. Ein richtiges Mausoleum. Wer liegt da begraben?«

»Keine Ahnung. Irgendjemand Reiches und Vornehmes. Die konnten wohl auch Aussatz bekommen, nehme ich an«, sagte Corinne. »Der Friedhof gehörte zum Kloster. Die Dorfbewohner hatten einen eigenen Friedhof unten bei der Kirche. Sie wollten ihre Toten nicht zusammen mit den Aussätzigen begraben.«

Corinne zog ihren Pullover aus, legte ihn auf die feuchte Treppenstufe des Monuments und setzte sich drauf. Sie holte Brot, Käse und Apfelwein aus ihrem Rucksack. Daniel setzte sich neben sie auf seine Jacke.

»Ein guter Ort zum Picknicken«, sagte sie und schenkte ihm Apfelwein in einen Becher ein. »Als ich neu hier im Tal war, kam ich oft hierher und setzte mich auf die Treppe und dachte nach. Jetzt möchte ich nicht mehr allein herkommen. Aber mit dir bin ich gern hier.«

Sie lehnte sich an die Steinsäule, schloss die Augen und sog die frische Luft ein.

Daniel beobachtete sie. Es war offensichtlich, dass sie Max kannte, aber wie gut und wie eng? Vermutlich nicht sehr gut. Niemand kannte Max gut. Hatten sie miteinander geschlafen? Vermutlich. Wie würde sie reagieren, wenn er seine Hand auf ihren Schenkel legte?

Er musste an das Mädchen in London denken. Er hatte sie noch einmal gesehen, kurz bevor er abreiste, an der Käsetheke eines großen Supermarkts. Als sie ihn erkannte, wurde sie kreideweiß, ließ ihren Einkaufskorb stehen und verließ schnell den Laden.

Die Sonne wärmte, aber der Geruch nach Schnee lag immer noch in der Luft. Die Kühe trotteten am Hang entlang, im Hintergrund die hohen Berge, ein Bild wie auf einer Schweizer Schokoladentafel. Daniel schloss die Augen und lauschte den Glocken. Es war ein lustiges Geräusch. Ein kleines Kling hier, ein Klong dort.

»Es klingt irgendwie beruhigend«, sagte er.

»So auf die Entfernung, ja. Aber so eine Glocke macht aus der Nähe einen schrecklichen Lärm«, sagte Corinne.

»Deswegen läute ich nur sehr vorsichtig mit meiner Glocke, wenn ich auftrete. Ich muss immer an die armen Kühe denken, die diesen Lärm direkt am Ohr haben.«

»Eigentlich ist es ja Tierquälerei«, sagte er.

Corinne schnitt eine Scheibe Käse ab.

»Sie sind vermutlich alle stocktaub«, sagte sie.

»Oder sie haben einen höllischen Tinnitus.«

Sie streckte Daniel das Messer mit dem Käse hin.

»Probier mal. Er kommt von diesen Kühen. Aus der Molkerei von Himmelstal. Er ist teuer, aber was will man machen? Es ist die einzige Molkerei im Tal. Sie haben keine Konkurrenz.«

Er steckte den Käse in den Mund, aber noch bevor er den Geschmack loben konnte, sagte sie leise:

»Ich habe dieses Tal manchmal so satt.«

»Warum bist du dann hier?«

Sie warf ihm einen schnellen Blick zu.

»Ich frage *dich* auch nicht, warum *du* hier bist«, sagte sie.

»Du kannst mich gerne fragen, wenn du willst.«

»Will ich aber nicht.«

Eine Kuh war bis an den Friedhof gekommen, sie rieb ihre Hörner am Eisenzaun, die Glocke um ihren Hals klingelte heftig. Er musste lauter sprechen:

»Wenn du nicht in Himmelstal wärst, wo würdest du dann sein wollen?«

»Rein hypothetisch?«

»Ja.«

Sie schaute zum Himmel, holte tief Luft und sagte:

»In einer europäischen Großstadt. Wo ich an einem kleinen Theater arbeiten und meine eigenen Sachen machen kann. Meine eigenen Stücke inszenieren. Regie führen. Ich bin ausgebildete Schauspielerin.«

Er nickte.

»Das habe ich mir gedacht.«

Und hätte am liebsten hinzugefügt: Ich komme mit dir, Corinne. Ich kann dich versorgen, bis du dein Theater gefunden hast. Ich bin Dolmetscher, ich finde überall Arbeit.

Einen Moment lang hatte er diese Zukunftsvision vor Augen, scharf bis ins kleinste Detail, Corinne und er in einer altmodischen Wohnung an einem Park. Corinne in Jeans und T-Shirt mit einer Brille auf der Nase, im Schneidersitz auf dem Boden sitzend, mitten in einem Sonnenstreifen, der grün war von all dem Grün vor dem Fenster, in ihren sommersprossigen Händen hielt sie ein Manuskript.

»Du hast neulich mit Samantha zu Abend gegessen«, sagte Corinne.

Daniel zuckte zusammen. Samantha? Die Frau, die schon acht Jahre in der Klinik war. Daniel hatte sie seit jenem Abend nicht mehr gesehen, und es war ihm fast gelungen, sich einzureden, dass ihr Zusammentreffen ein Traum war, zumindest der zweite Teil.

»Woher weißt du das?«, fragte er erstaunt.

Corinne zuckte mit den Achseln und schnitt noch eine Scheibe Käse ab. Die Kuh hatte aufgehört, sich an dem Zaun zu reiben, sie beobachtete sie interessiert über den

Zaun und die Reihen von schief stehenden Kreuzen hinweg. Die Glocke war stumm.

»Ihr Dorfbewohner scheint einen guten Kontakt zur Klinik zu haben«, fuhr er fort. »Die meisten Gäste der Bierstube sind Patienten von dort, nicht wahr? Gestern Abend habe ich einige erkannt.«

»Wirklich?«, sagte sie mit müder Ironie.

»Betuchte Kundschaft, die nicht so viel Auswahl hat.«

»Da hast du völlig recht. Aber was willst du damit sagen?«

»Ich nehme an, dass die Geschäftsleute im Dorf von den Patienten der Klinik leben. Es ist eine große Klinik. Da wohnen sicher mehr Menschen als im eigentlichen Dorf? Und einige von euch Dorfbewohnern arbeiten wohl in der Klinik? Küchenarbeit und Putzen und so.«

»Ja, natürlich.«

»Die Klinikleitung wiederum ist nett zu euch, lässt euch das Sportstudio, den Swimmingpool und die Bibliothek benutzen. Und als Gegenleistung seid ihr nett und verratet, wenn jemand abzuhauen versucht. Und ihr nehmt nie jemanden mit, der von hier wegwill. Habe ich recht?«

Sie lachte und schüttelte den Kopf und wickelte den Käse in Wachspapier ein.

»Ich weiß wirklich nicht, was du da redest.«

»Du bist der erste freundliche Mensch, den ich hier treffe«, fuhr Daniel fort. »Alle anderen waren unfreundlich. Niemand hat mir helfen wollen.«

Sie saß da, den eingewickelten Käse in der Hand, und starrte ihn mit einem Ausdruck totaler Verwirrung an. Die Kuh interessierte sich nicht mehr für sie, sie graste wieder am Hang.

»Dir helfen? Wobei?«

»Du glaubst, du sprichst mit Max, nicht wahr? Du kennst ihn? Erinnerst du dich an den bärtigen, langhaarigen Typ, der letzte Woche neben Max in der Bierstube saß? Seinen Bruder?«

Sie nickte zögernd. Sie sah ängstlich aus.

»Ich werde dir erzählen, wie es ist.«

Und das tat er.

Sie fingerte an ihrem Armband herum und beobachtete ihn aus den Augenwinkeln.

»Zwillinge?«, sagte sie.

Er nickte.

»Du glaubst mir doch?«

»Ich weiß nicht. Das würde erklären, warum du so komisch redest. Und du bist tatsächlich ganz anders. In der Art, meine ich.«

»Du musst mir helfen, von hier wegzukommen, Corinne. Niemand glaubt mir. Wie weit ist es bis in die nächste Stadt?«

Sie lachte.

»Weit.«

»Hast du ein Auto?«

»Ich habe nicht mal einen Führerschein.«

»Aber du kennst doch jemanden, der ein Auto hat?«

Sie schaute ihn traurig an.

»Das geht nicht. Ich würde dir gerne helfen. Glaub mir. Aber nur die Ärzte können dich hier rauslassen. Die Ärzte entscheiden.«

»Entscheiden sie auch über dein Leben?«

Sie biss sich auf die Lippen und schwieg.

Er beugte sich näher heran und wiederholte die Frage.

»Entscheiden sie auch über dein Leben, Corinne?«

Sie senkte den Kopf und sagte leise:

»Auch über mein Leben. Über alle.«

Daniel wollte protestieren, aber ehe er etwas sagen konnte, wurde die klare Luft von einem fürchterlichen Ge-

brüll zerschnitten. Es kam von weiter oben, aus dem Tannenwäldchen, so wild, dass es kaum von einem Menschen
kommen konnte.

26 »Was war das?«, flüsterte Corinne.

Vielleicht eine Kuh, dachte Daniel. Aber die grasten ungerührt weiter. Dann war aufs neue ein Brüllen zu hören, dieses Mal schriller.

»Das ist ein Mensch«, entschied Daniel und stand auf. »Da ist etwas passiert.«

Er schaute zum Wald hinauf und spürte Corinnes Hand auf seinem Arm.

»Geh da nicht hin«, sagte sie mit Bestimmtheit. »Ich werde Hilfe rufen. Aber geh nicht hin.«

Sie wühlte fieberhaft in ihrem Rucksack und fand ihr Handy.

»Geh nicht hin«, wiederholte sie, wählte eine Nummer und drückte mit einer Hand das Telefon ans Ohr, während sie mit der anderen versuchte, Daniels Arm festzuhalten.

Ein Mann – Daniel hörte jetzt deutlich, dass es ein Mann war – brüllte unbeherrscht aus dem Wald.

Daniel machte sich von Corinnes Hand los und lief den Hang hinauf.

Es dauerte ein paar Sekunden, bis seine Augen sich vom Sonnenschein der Almwiese auf die Dunkelheit im Wald umgestellt hatten. Zunächst sah er einen Mann, der breitbeinig dastand, den Cowboyhut tief in die Stirn gedrückt. Daniel sah, dass es Tom war, der verrückte Holzschnitzer.

Es dauerte noch ein paar Sekunden, bis er einen zweiten Mann sah, der nackt an eine Tanne gefesselt war. Mit seinem mageren und stark behaarten Körper verschmolz er fast mit der Rinde des Baums, wenn nicht das Blut gewesen wäre, das dunkelrot und dick aus mehreren Wunden an Bauch und Beinen floss.

Die Szene erinnerte an ein Bild aus primitiver Vorzeit mit Götzenverehrung und Menschenopfern. Es war schrecklich und unwirklich.

»Und das ist das achte Stück Holz«, sagte Tom feierlich und führte das Messer langsam zum Bauch des gefesselten Mannes.

Er kitzelte ihn leicht mit der Spitze und betrachtete dabei interessiert das nach oben gerichtete brüllende Gesicht, dann zog er das Messer wieder zurück.

»Warum schreist du denn? Ich habe dich noch nicht berührt.«

Der Gefesselte schaute auf seinen Bauch, Tom setzte laut lachend einen Schnitt direkt unter dem Nabel. Der Körper versteifte sich zu einem neuerlichen Brüllen, es klang heiser und wie ein kaputtes Blasinstrument.

Daniel stand da wie betäubt. Keiner der Männer schien ihn bemerkt zu haben.

Die Kühe waren ganz nah. Daniel konnte sie nicht sehen, aber der harte, metallische Klang ihrer Glocken mischte sich mit den Schreien des Mannes. Es war wie in einem fürchterlichen Traum.

»Vierzehn Stück Holz hast du genommen?«, schrie Tom. »Vierzehn waren es, nicht wahr? Oder noch mehr?«

Er ist völlig verrückt, dachte Daniel. Wen hat Corinne angerufen? Gab es im Dorf eine Polizeistation? Wahrscheinlich nicht. Und diese trägen, unfreundlichen Dorfbewohner waren bestimmt auch keine Hilfe. Hat sie in der Klinik angerufen? Der Mann verblutete. Und Tom konnte jeden Moment einen weiteren Schnitt machen, der ihn sofort tötete.

Die Kuhglocke und die Schreie verschluckten das Geräusch von Daniels Schritten. Er schlich in einem großen Bogen um die Männer herum und blieb dann im Schutz einer dichten Tanne hinter Tom stehen. Er stieß an einen nadeligen Zweig, der sich jetzt hin und her bewegte. Tom drehte sich mit einem Sprung um und landete wie ein Frosch in der Hocke. Er betrachtete den schaukelnden Zweig. Daniel blieb unbeweglich stehen.

Durch einen Spalt zwischen den Zweigen sah er, wie Tom näher kam, die Hand ausstreckte und den Tannenzweig packte. Jetzt würde er entdeckt werden. Er spürte, dass er einer Ohnmacht nahe war.

Aber Tom schien sich mehr für den schaukelnden Zweig zu interessieren als für den, der ihn zum Schaukeln gebracht hatte.

»Tannenreisig«, sagte er nachdenklich und zog am Zweig. »Genau. Ich werde dir die Eingeweide herausschneiden und dich mit Tannenreisig ausstopfen.«

Einen Moment lang dachte Daniel, dass Tom mit ihm sprach, dass er ihn doch gesehen hatte. Gerade als er die Hand heben wollte, um sich vor dem Messer zu schützen, ließ Tom den Zweig los und wandte sich wieder an den Mann am Baumstamm.

»Ja, so werde ich es machen«, rief er entschlossen, als hätte er gerade eine Eingebung gehabt. »Das mach ich, verdammt. Tannenreisig. Das wird hübsch.«

Tom redete ununterbrochen, Daniel beobachtete ihn durch die Zweige. Er bemerkte, dass sein Griff um das Messer sich lockerte, je eifriger er redete, und mit der nächsten schwungvollen Geste fiel es ihm aus der Hand.

Daniel schätzte den Abstand zwischen Tom und dem Messer auf dem Boden ab. Tom besaß die geschmeidigen schnellen Bewegungen eines jungen Menschen, aber die grauen Haare und die Falten im Gesicht deuteten darauf hin, dass er über sechzig war, und er sah auch nicht sehr stark aus. Wie lange würde es dauern, bis er das Messer aufhob? Ein paar Sekunden vielleicht. Dann wäre es zu spät, den gefesselten Mann zu retten. Und auch zu spät, sich selbst zu retten.

Daniel trat zwischen den Zweigen hervor, und mit ein paar schnellen Schritten war er hinter Toms Rücken. Der bemerkte ihn zunächst nicht, er redete und gestikulierte weiter, bis Daniel ihm den linken Arm um den Hals legte und ihn zu Boden zog. Der Hut fiel herunter, die langen grauen Haare berührten Daniels Gesicht, überraschend weich und leicht, wie Wollgras.

Daniel setzte sich rittlings auf Toms schmalen Brustkorb und versuchte, dessen Arme mit den Knien festzuhalten. Tom wand sich unter ihm, spuckte und zischte. Es war, als hätte er ein Tier gefangen, dachte Daniel. Ein sehr wildes, gefährliches und listiges Tier.

Und im nächsten Moment hatte das Tier eine Klaue, rot vom Blut des Beutetiers. Tom hatte das Messer am Boden zu fassen bekommen.

Daniel sprang auf und trat, so fest er konnte, auf Toms Hand. Es knackte, als würde ein Zweig brechen. Das Messer flog zur Seite, und Daniel trat es zwischen die Tannen. Er warf sich wieder auf Tom und drückte den sehnigen Körper auf den Boden. Tom spuckte ihm ins Gesicht, der gefesselte Mann brüllte, und die Kuhglocken bimmelten.

»Okay, immer mit der Ruhe«, rief da eine gebieterische Stimme.

Daniel schaute sich um und drehte dabei Toms Arm nach oben. Aus allen Richtungen kamen uniformierte Männer mit gezogenen Pistolen zwischen den Bäumen hervor.

»Keiner bewegt sich. Bleibt, wo ihr seid.«

Der Gefesselte stieß ein hysterisches Lachen aus. Ob aus Erleichterung über die Rettung oder wegen der unabsichtlichen Ironie des Befehls, der gerade an ihn gerichtet worden war, war schwer zu sagen, aber er lachte auch noch, als er vom Baum losgebunden und auf einer Trage weggebracht wurde.

Tom saß auf dem Boden und starrte auf seine rechte Hand, die schlaff im Schoß lag. Er streichelte sie vorsichtig mit der linken Hand, wie ein verletztes Vögelchen.

»Du hast meiner Hand weh getan«, flüsterte er und schaute Daniel vorwurfsvoll an. »Etwas ist gebrochen. Meine Arbeitshand.«

Zwei der Uniformierten packten Tom und zogen ihn auf die Füße. Er jaulte wie ein Hund, als sie ihm Handschellen anlegten.

»Die Hand, die Hand«, jammerte er. »Meine Arbeitshand, passt auf. Sie ist verletzt.«

Daniel sagte nichts, als man ihm Handschellen anlegte. Er war so überrascht, dass er nichts sagen konnte. In der Welt, in der er sich gerade befand, konnte alles passieren, das hatte er inzwischen verstanden.

Die Männer führten ihn aus dem Wald heraus. Corinne stand ein Stück weiter weg auf der Wiese und sprach in ihr Handy. Sie war blass und konzentriert. Als Daniel zwischen zwei uniformierten Männern an ihr vorbeiging, rief sie ihm zu:

»Ich habe alles gesehen. Ich kann es bezeugen. Sei ganz ruhig.«

Die gerade noch so friedliche Wiese wimmelte jetzt von Männern in Uniform, oben an der Straße standen mehrere Fahrzeuge, Transporter und Personenwagen.

Der verletzte Mann wurde in einen Transporter gebracht, der schnell davonfuhr. Tom kam in einen anderen Transporter und Daniel in einen dritten. Er saß in einem Wagen ohne Fenster, an den Wänden waren Sitze angebracht. Obwohl seine Hände gefesselt waren, wurde er zu seinem Erstaunen auch noch mit einem Hüftgurt am Sitz festgebunden. Zwei Polizisten setzten sich ihm gegenüber. Denn es *waren* doch Polizisten? Wie sonst konnten sie solche Befugnisse haben?

Daniel starrte auf den geschlossenen Gurt und rief:

»Warum nehmt ihr *mich* fest? *Ich* habe doch nicht …«

Der eine Polizist machte eine abwehrende Geste.

»Das werden wir später sehen. Jetzt wollen wir erst mal nur Ruhe im Tal haben.«

Die hinteren Türen wurden von außen verschlossen, an der Decke ging eine Neonröhre an. Das Licht war erst schwach und gespenstisch, wurde jedoch heller, als der Wagen startete.

Daniel versuchte, die Panik in Schach zu halten. Vielleicht hatte diese Festnahme doch auch etwas Gutes. Endlich wurde er aus dem Tal herausgebracht. Er hatte es sich zwar nicht so vorgestellt, mit den Handschellen, aber nun würde er zu einer Polizeistation in der nächstgelegenen Stadt gefahren und die Angelegenheit würde untersucht werden. Corinne und der verletzte Mann würden für ihn aussagen, Tom war offenbar in der Gegend als Verrückter bekannt.

Es war unangenehm, in einem Fahrzeug ohne Fenster zu fahren. Daniel wurde übel. Er hatte das merkwürdige Gefühl, dass das Auto die ganze Zeit leicht nach links fuhr, aber das bildete er sich wohl ein.

Das Auto hielt an, die Türen wurden geöffnet. Sie befanden sich am Eingang eines großen Gebäudes. Es sah nicht aus wie eine Polizeistation. Daniel drehte sich um und sah den Park, der zum Tal hin abfiel, und weiter weg die senkrechte, gelbweiße Wand mit den schwarzen Abdrücken.

Dann wurde ihm plötzlich klar, dass er nicht nur die Uniform der Männer erkannte, sondern auch die Männer selbst. Zumindest zwei von ihnen. Es waren die Wachen, die ihn und Marko in die Krankenabteilung gebracht hatten.

Er war also immer noch im Tal. Er war in der Reha-Klinik von Himmelstal. An dem Gebäude, wo er Doktor

Obermann vor wie vielen Tagen besucht hatte? Gestern! Mein Gott, das war gestern. Irgendetwas passierte mit der Zeit in Himmelstal.

»Er ist jetzt da«, sagte der andere Mann in sein Handy.

Die Glastüren vor ihnen glitten auf.

27 Um den großen Konferenztisch saßen Männer und Frauen, die in ihren Unterlagen blätterten. Als Daniel, eskortiert von zwei Stewards, den Raum betrat, richteten sie alle den Blick auf ihn, interessiert, erwartungsvoll und vielleicht – Daniel war sich nicht ganz sicher – freundlich.

Gisela Obermann stand auf und kam ihm entgegen. Sie war etwas strenger gekleidet als bei ihrem letzten Treffen. Sie hatte auch etwas mit den Haaren gemacht, aber er konnte nicht sagen, was. Mit einem Blick forderte sie die beiden Stewards auf, den Raum zu verlassen, dann berührte sie leicht und einladend Daniels Arm. Sie bat ihn, sich neben sie auf den freien Stuhl zu setzen, und wandte sich an ihre Kollegen.

»Die meisten haben Max ja schon getroffen und kennen seinen Hintergrund. Der Grund, warum ich ihn gebeten habe, heute zu uns zu kommen, ist zum einen ein Vorfall, der sich vor ein paar Stunden ereignet hat, und zum anderen ein Prozess, der nun schon länger abläuft und der für uns von Interesse sein könnte. Ich freue mich, dass du kommen konntest«, fuhr sie zu Daniel gewandt fort, »und dass du uns bei unseren Forschungen helfen willst.«

Daniel warf ihr einen kühlen Blick zu. Er war nicht freiwillig hier. Er war in Handschellen in die Klinik gebracht worden und hatte die letzten Stunden in einem Wartezimmer zubringen müssen. Dort hatte er deutsche und amerikanische Illustrierte gelesen, ab und zu hatte eine Schwester zu ihm hereingeschaut, ihm Orangensaft und belegte Brote gebracht und ihn gebeten zu warten. Dann waren plötzlich zwei Männer in hellblauen Stewarduniformen aufgetaucht und hatten ihn höflich gebeten, in das Stockwerk der Ärzte mitzukommen.

»Könnten wir damit beginnen, dass du uns sagst, wie du heißt«, sagte Gisela Obermann.

»Was ist das denn für ein Unsinn«, unterbrach sie ein älterer Mann, den Daniel von den Inspektionsrunden auf dem Klinikgelände kannte. Doktor Fischer, Klinikchef und Oberarzt. Haare wie eine Drahtbürste.

»Bitte hören Sie erst mal zu. Es ist vielleicht wichtiger, als Sie glauben, Doktor Fischer.« Gisela wandte sich wieder an Daniel. »Wie heißt du«, fragte sie und bewegte dabei deutlich die Lippen, wie bei einem Hörgeschädigten.

»Daniel Brant«, antwortete Daniel laut und bestimmt.

»Zwillingsbruder von Max.«

»Genau.«

Gisela Obermann blickte triumphierend in die Runde am Tisch. Der Mann neben Doktor Fischer lächelte vorsichtig. Er war der Einzige im Raum, der einen weißen Kittel trug. Und der Einzige mit dunkler Haut. Indische Herkunft, riet Daniel. Jemand hob einen Stift und wollte schon zu einem Kommentar ansetzen, aber Gisela Obermann hatte sich bereits wieder an Daniel gewandt:

»Du bist in den letzten Tagen sehr unruhig gewesen. Du hast die Hostessen gebeten, dir ein Taxi zu rufen, weil du Himmelstal verlassen wolltest. Stimmt das?«

»Mein Besuch ist vorbei. Natürlich will ich Himmelstal verlassen«, sagte Daniel gereizt.

»Natürlich«, nickte Gisela Obermann. »Mir und den Hostessen hast du die Geschichte erzählt, wie du hierher geraten bist. Würdest du sie bitte auch meinen Kollegen erzählen?«

Daniel holte tief Luft und konzentrierte sich.

»Wir werden dir offen und objektiv zuhören«, fügte Gisela Obermann hinzu.

Er erzählte die Geschichte so kurz und sachlich wie möglich. Aber Gisela Obermann wollte Einzelheiten:

»Warum wollte Max von hier weg?«

Daniel berichtete von den Geschäften des Bruders mit der Mafia und den Drohungen gegen seine italienische Verlobte.

»Und wie hat diese ... Drohung Max erreicht?«, wollte ein Mann mit einem kurzen roten Bart wissen.

»Er bekam einen Brief.«

»Einen Brief? Hierher nach Himmelstal?«

»Ja, das hat er zumindest gesagt. Irgendwie hatten sie herausbekommen, wo er war.«

»Und wo ist dieser Brief jetzt?«, fragte der Rotbärtige.

Niemand schaute mehr in die Unterlagen oder auf die phantastische Aussicht vor dem Fenster. Alle Blicke waren auf Daniel gerichtet.

»Keine Ahnung. Ich nehme an, er hat ihn weggeworfen. Aber das Foto gibt es noch.«

»Das Foto?«, fragten zwei Ärzte gleichzeitig.

»Sie haben ein Foto mitgeschickt, von einem misshandelten Mädchen. Damit er kapierte, dass sie es ernst meinten. Es ist unten in der Hütte, wenn Sie es sehen wollen.«

Gisela Obermann nickte ernst.

»Max ist also aus Himmelstal abgereist und hat dich zurückgelassen?«

»Ja.«

»Das war nicht nett von ihm.«

»Nein, aber so ist er. Es kann ihm natürlich auch etwas zugestoßen sein.«

Mehrere Hände reckten sich in die Luft, aber Gisela Obermann ignorierte sie.

»Sie haben natürlich jede Menge Fragen, aber ich würde vorschlagen, dass wir zunächst über das sprechen, was sich heute Vormittag ereignet hat. Du hast mit einem Mädchen aus dem Dorf einen Ausflug gemacht, nicht wahr? Kannst du bitte erzählen, was dann passiert ist?«

Daniel berichtete die ganze alptraumartige Episode mit Tom und dem verletzten, gefesselten Mann am Baumstamm.

»Du hast dich also herangeschlichen und ihn entwaffnet«, fasste Gisela Obermann zusammen. »Warum?«

Daniel schaute sie verblüfft an.

»Natürlich um ihn zu stoppen. Er hat einen gefesselten Mann mit Messerstichen verletzt. Er hat ihn gefoltert. Ich habe noch nie etwas so Widerwärtiges gesehen.«

Eine ältere Frau bat ums Wort. Sie sah aus wie eine Großmutter, mit altmodischer Brille, Knoten im Nacken und einem Schal um die Schultern.

»Hast du gewusst, wie gefährlich Tom ist?«, fragte sie leise.

»Ich habe doch gesehen, was er mit dem Mann am Baumstamm gemacht hat. Er ist geisteskrank!«

»Hattest du keine Angst, selbst verletzt zu werden?«, fuhr die alte Dame fort.

»Ich hatte Todesangst.«

Die alte Dame nickte und machte sich Notizen.

»Kanntest du Tom?«, fragte jemand, Daniel sah nicht, wer es war.

»Ich habe ihn tatsächlich vor ein paar Tagen getroffen, als ich eine Mitfahrgelegenheit suchte. Ich habe da schon gemerkt, dass er spinnt. Aber ich wusste nicht, dass er gewalttätig ist.«

»Hattet ihr irgendwelche Geschäfte, du und Tom?«

Die Frage kam von dem Mann mit dem roten Bart. Er schaute von einem dicht beschriebenen Block hoch, eifrig und fast vergnügt.

»Geschäfte?«, sagte Daniel. »Was für Geschäfte denn?«

»Holz. Oder etwas anderes.«

»Nein.« Daniel musste lachen. »Mit ihm würde ich keine Geschäfte machen.«

»Hast du Geschäfte mit André Bonnard gemacht?«, fuhr der Rotbärtige fort.

»Mit wem?«

»Dem gefolterten Mann«, erklärte Gisela Obermann.

»Nein, ich habe keine Ahnung, wer er ist.«

Der Rotbärtige schlug ein neues Blatt in seinem Block auf und fing schnell wie ein Stenograf an zu schreiben.

Daniel schaute die Männer und Frauen am Konferenztisch an. Er hatte darauf gewartet, diese angesehenen Ärzte zu treffen, und hier waren sie nun alle auf einmal. Eine Ansammlung von Idioten.

»Ich habe diesem Bonnard oder wie er heißt, das Leben gerettet. Aber behandelt wurde ich wie ein entlaufener Irrenhauspatient, wurde in Handschellen von Männern in Uniform hierhergebracht. Und vor ein paar Tagen wurde ich in einer Krankenabteilung eingeschlossen und wäre fast verbrannt, weil Ihr Krankenhaus miserable Sicherheitsvorkehrungen hat. Ich überlege wirklich, ob ich Anzeige erstatten soll.«

»Einen Moment«, sagte Gisela Obermann. »Ich habe keinen Bericht über einen Brand bekommen.«

Sie schaute fragend in die Runde.

»Ein kleiner Vorfall bei einem Test«, erklärte Doktor Fischer. »Ein Matratzenbrand. Eine Zigarette. Wurde schnell vom Personal gelöscht.«

»Ein Vorfall? Wir hätten sterben können!«, sagte Daniel wütend. »Marko wurde vom Rauch bewusstlos. Ich habe versucht, ihn nach draußen zu schleppen. Das ganze Zimmer war voller Rauch.«

»Dein Patient übertreibt«, sagte Doktor Fischer zu Gisela Obermann.

»Dennoch hätte ich einen Bericht bekommen müssen.«

»Da gab es nichts zu berichten. Er versucht nur, den Helden zu spielen.«

»Aber für mich ist das interessant«, sagte Gisela Obermann, ihre Wangen waren gerötet. »Es ist sehr interessant.«

»Sind wir jetzt fertig?«, sagte Daniel. »Dann würde ich gerne gehen.«

»Selbstverständlich«, sagte Gisela Obermann. »Du hast heute etwas Schreckliches erlebt und musst dich ausruhen. Über Tom brauchst du dir in Zukunft keine Gedanken mehr zu machen, das kann ich dir garantieren.«

Daniel schnaubte.

»Um diesen Tom mache ich mir wirklich keine Gedanken. Mein Gott, kapieren Sie denn nicht, dass Sie den falschen Patienten hier haben. Sie haben einen kranken Kerl laufen lassen und einen gesunden aufgenommen. *Darüber* sollten *Sie* sich Gedanken machen.«

»Wir haben noch reichlich Zeit, um darüber zu diskutieren«, sagte Gisela Obermann.

»Sie vielleicht, ich nicht. Ich werden diesen Ort jetzt verlassen.«

»Bitte schön. Du kannst jetzt in deine Hütte zurückgehen, wenn du willst.«

»Ich meine natürlich, dass ich die Klinik verlassen werde.«

Er stand auf und schob den Stuhl an den Tisch.

Der Rotbärtige machte keine Notizen mehr, aber er behielt den Stift in der Hand, als warte er auf etwas. Ein leises Schnaufen war vom indischen Arzt zu hören, trotz seiner aufrechten Haltung war er offenbar eingeschlafen. Doktor Fischer räusperte sich geräuschvoll, der Inder schlug die Augen auf wie eine Schlafpuppe.

»Adieu«, sagte Daniel und verließ den Raum.

28 Die Nacht war still und schön.

Daniel befand sich am östlichen Ende des Tals. Er ging über die Brücke. Rechts floss der Wildbach träge wie ein alter Fluss. Auf der linken Seite stürzte er sich mit gewaltiger Kraft über steile Felsen und nahm seinen Lauf zwischen den Wänden einer tiefen, unzugänglichen Schlucht, das Ganze war dramatisch vom Mond beleuchtet wie auf einem nationalromantischen Gemälde.

Er folgte der Straße auf der anderen Seite des Flusses.

Auf der anderen Talseite konnte er das Dorf mit dem Kirchturm sehen und weiter oben am Hang die Klinik. Über ihm hing der Himmel wie eine dunkelblaue, halb durchsichtige Zeltplane, die zwischen den beiden Felswänden aufgespannt war. Es roch nach Erde, Gras und Wasser.

Er hatte verstanden, dass die Autostraße den länglichen Konturen des Tals in einer elliptischen Bahn folgte. Wie eine Schlaufe. Eine Schlinge.

Aber die Schlaufe war nicht ganz geschlossen. Sie hatte Kontakt zu einer anderen Straße, das musste so sein, wie sonst würde man ins Tal kommen?

Sein Plan war, die Straße auf der Nordseite des Flusses, wo das Dorf und die Klinik lagen, zu meiden. Er würde auf der südlichen Seite bleiben und der Straße folgen, die am senkrechten Felsen entlangführte, den er die Wand nannte. Auf dieser Straße war das Taxi bei seiner Ankunft gefahren. Dummerweise hatte er das letzte Stück geschlafen und wusste also nicht, wo sie ins Tal gekommen waren und sich in die Schlaufe eingefädelt hatten. Vermutlich kurz bevor oder kurz nachdem die Wachen mit den Metalldetektoren sie angehalten hatten. Da wo der Fels mit Tüpfelfarn bewachsen war. Oder gehörte der Tüpfelfarn zu seinem Traum? Früher oder später würde er an eine Kreuzung kommen, wo eine Straße aus dem Tal herausführte.

Er hatte sich dieses Mal besser vorbereitet und den Rucksack für eine längere Wanderung gepackt. Sein Plan war, im Schutz der Nacht so weit wie möglich zu gehen. Wenn ein Fahrzeug sich näherte, würde er sich verstecken, bis die Luft wieder rein war. Wenn er müde wurde, würde er sich unter eine Tanne legen und sich ausruhen, vielleicht ein paar Stunden schlafen. Dann würde er seine Wanderung fortsetzen. Er würde niemanden um Hilfe bitten oder nach dem Weg fragen. Von den Dorfbewohnern hatte man nichts zu erwarten, sie waren alle irgendwie gekauft, sogar die nette Corinne. Es war geradezu lächerlich, welchen Respekt sie vor den Ärzten hatte. Er musste an alte schwedische Hüttenorte denken, wo es auch so komplizierte, doppelte Loyalitäten gab.

Das Tal öffnete sich, er konnte Weiden und kleine Laubwälder zwischen der Straße und dem Felsen erkennen. Auf den Weiden waren keine Tiere zu sehen. Vielleicht suchten sie nachts Schutz zwischen den Bäumen. Wenn sie überhaupt da waren. Denn welche Tiere ließen sich von so einer lächerlichen Einzäunung abhalten – eine aufgespannte Nylonschnur, kaum einen Meter über der Erde?

An der Schnur hingen in regelmäßigen Abständen Schilder. Sie schaukelten leicht im Nachtwind. Als der Mond hinter den Wolken hervorkam, nahm er eines in die Hand und las »Zone 1«. Auf dem nächsten stand »Warnung«.

Daniel betrachtete die Wiese jenseits der Absperrung. Er sah nichts, was Grund für eine solche Warnung hätte sein können. Kein Schussfeld, keine Bauarbeiten, überhaupt keine Anzeichen für menschliche Eingriffe. Nur Gras und Bäume und eine Felswand.

Weit entfernt hörte er einen Automotor. Das Auto näherte sich von hinten, aus der Richtung der Klinik. Er tauchte schnell unter der Schnur durch und lief über die Weide auf den Wald zu. Er dachte an die Warnung, aber das sich nähernde Auto war eine handgreifliche und unmittelbare Gefahr, während die Warnung unverständlich und diffus war, vielleicht nicht mehr aktuell. Er blieb im Dunkel zwischen Haselsträuchern stehen und wartete darauf, dass das Auto vorbeifahren würde. Aber anstatt vorbeizufahren, bremste es und hielt an. Zwei Klinikwachen stiegen aus.

Im nächsten Moment kam aus der anderen Richtung ebenfalls ein Auto in raschem Tempo und blieb neben dem ersten stehen. Noch zwei Wachen stiegen aus, und nach einem kurzen Wortwechsel krochen alle vier unter der Nylonschnur durch und verteilten sich auf der Weide. Zwei gingen schnellen Schrittes aus verschiedenen Richtungen zum Felsen, die beiden anderen kamen auf den Wald zu, in dem Daniel stand.

Er zog sich tiefer in den Wald zurück, wohl wissend, dass er nicht mehr als fünfzig Meter gehen konnte. Dann kam der Fels. Er musste dann den Berg entlang nach Westen gehen, er konnte nur hoffen, dass der Wald ihm folgen würde, ihn beschützte und verbarg.

Jetzt sah er die jenseitige Grenze der Weide, die Schilder an der Nylonschnur wehten wie große weiße Nachtfalter in der Dunkelheit.

Die uniformierten Männer waren hinter ihm. Die Lichtkegel ihrer starken Taschenlampen exponierten Baumstämme, Schilder und Felswand in kurzen, unzusammenhängenden Bildern.

»Siehst du ihn?«, rief jemand.

»Nein, aber er muss hier sein.«

Schnell tauchte er unter der Nylonschnur durch.

TEIL 2

29 Die Mitglieder des Forscherteams von Himmelstal kamen nacheinander in den Konferenzraum. Sie blinzelten in die Morgensonne, die durch die Panoramafenster schien, und setzten sich an die Plätze, die im Lauf der Zeit ihre geworden waren, sie öffneten ihre Aktentaschen und legten Notizblöcke und Plastikmappen zurecht.

Gisela Obermann stand an der Schmalseite des Tischs und lächelte die hereinströmenden Kollegen etwas gestresst an. Als alle da waren, schloss sie die Tür.

»Ich hoffe, du hast einen richtig guten Grund für diese Zusammenkunft«, sagte Karl Fischer und öffnete ungeduldig eine Flasche Mineralwasser und schenkte sich ein Glas ein. »Max«, las er auf dem Papier, das Gisela auf alle Plätze gelegt hatte. »Schon wieder. Was hat er dieses Mal angestellt?«

»Ich bitte um Entschuldigung, dass ich euch so kurzfristig und so früh am Morgen hierher gebeten habe«, sagte Gisela Obermann. »Aber das ist ja der Vorteil, wenn alle an einem Ort sind. Wenn etwas passiert, können wir uns sofort treffen und darüber reden.«

»Was ist denn passiert?«, fragte Hedda Heine. Sie beugte sich vor und blinzelte über ihre Brille wie eine besorgte Eulenmutter.

»Hat er wieder eine Heldentat begangen?«, sagte Karl Fischer spöttisch.

»Ich werde euch gleich erzählen, was passiert ist. Aber zunächst möchte ich euch unsere gestrige Zusammenkunft ins Gedächtnis rufen. Ihr erinnert euch, dass wir gestern hier saßen und Max zugehört haben? Und ihr wisst auch noch, was er behauptet hat?«

»Dass er irgendwie anders heißt«, sagte Hedda Heine.

»Daniel Brant«, las Brian Jenkins eifrig in seinem Notizheft. »Zwillingsbruder von Max. Sie haben angeblich getauscht.«

»Ja, mein Gott«, sagte Fischer und trank einen großen Schluck Mineralwasser.

»Und ihr erinnert euch an den Grund für das gestrige Treffen?«, fuhr Gisela Obermann fort, sie tat so, als bemerke sie den verächtlichen Tonfall von Doktor Fischer nicht. »Er hat sein Leben riskiert, um das eines anderen Menschen zu retten. Würdet ihr, mit all eurer Erfahrung und nach allem, was ihr über Max wisst, sagen, dass dies ein charakteristisches Verhalten für ihn war?«

»Nein«, murmelten einige.

»Er wollte Aufmerksamkeit. Und die hat er ja wirklich bekommen«, sagte Karl Fischer. »Außerdem wissen wir noch nicht genau, was vorgefallen ist.«

»Es war genauso, wie er erzählt hat. Die Wachen haben es bestätigt. Und es war ein Verhalten, das *mich* auf jeden Fall sehr überrascht hat. Ich musste an das denken, was er mir zuvor erzählt hatte. Dass er der Zwillingsbruder von Max sei, ihm sehr ähnlich im Aussehen, aber ansonsten ein ganz anderer Mensch.«

»Ich verstehe ehrlich gesagt nicht, warum du so eine Geschichte daraus machst«, sagte Karl Fischer. »Die Lüge ist Teil der Persönlichkeitsstruktur dieser Menschen. Soweit ich weiß, lügt dieser Mann mehr, als dass er die Wahrheit sagt. Das ist wirklich nichts Neues.«

Gisela Obermann nickte.

»Das habe ich auch erst gedacht. Aber das hier wurde so konsequent, so weitsichtig und gründlich ausgeführt. Alle, die Max kennen, wissen, dass er nicht lange bei seinen Lügen bleibt. Von all den Unwahrheiten, die er mir an den Kopf geworfen hat, hat er nie eine wiederholt. Sie langweilen ihn. Er ist viel zu wankelmütig und ungeduldig, um an einer Lüge konsequent festhalten zu können. Aber dieses Mal hat er es getan. Vier Tage lang hat er mehreren Menschen immer wieder die gleiche Geschichte erzählt.«

»Seine Phantasie lässt nach«, brummte Fischer. »Auch die besten Geschichtenerzähler wiederholen sich bisweilen.«

»Die Frage, die wir uns stellen müssen«, sagte Hedda Heine, »ist, was er damit gewinnt. Diese Menschen tun nichts, was ihnen keinen Vorteil verschafft.«

»Das hat er doch deutlich erklärt. Er will entlassen werden«, wandte Fischer gereizt ein. »Das ist natürlich nicht möglich, aber die Hoffnung stirbt zuletzt. Und du bist viel zu erfahren, um dich manipulieren zu lassen, Gisela. Warum also verschwenden wir unsere Zeit damit?«

Gisela Obermann holte Luft, konzentrierte sich und sagte:

»Max liegt mit Brandverletzungen auf der rechten Körperseite auf der Intensivstation. Er hat heute Nacht die Zone 2 betreten.«

Einen Moment herrschte Schweigen um den Konferenztisch. Doktor Fischer zeichnete geometrische Figuren auf seinen Notizblock.

»Ist er sehr schwer verletzt?«, fragte Hedda Heine.

»Es war dunkel, und die Wachleute haben ihn nicht gleich gefunden. Er blieb etwas zu lange liegen. Aber er wird es schaffen.«

Brian Jenkins blätterte eifrig in einem Stapel Papiere.

»Hat nicht er . . . Doch.« Er tippte mit dem Zeigefinger auf eine Zeile, die er gefunden hatte. »August letzten Jahres. Straßenunterführung.«

Gisela schaute ihn strahlend an.

»Genau. Max hat vor etwa einem Jahr schon einmal die Zone 2 betreten. Wisst ihr, was das bedeutet?«

Die anderen schauten sie unsicher an.

»Das ist äußerst bemerkenswert. Wir sagen ja immer, dass niemand mehr als einmal die Zone 2 betritt«, bemerkte Doktor Pierce.

»Genau!«

Gisela hatte ganz rote Wangen. Die anderen schauten immer noch fragend drein.

»Irgendetwas stimmt nicht mit diesem Mann«, fuhr sie fort. »Ich habe das schon bei unserem Gespräch am Dienstag gespürt. Heute Nacht habe ich mir die Filme von unseren Gesprächen angeschaut.«

Sie machte eine Pause und warf Karl Fischer einen zweifelnden Blick zu, der flüsterte Doktor Kalpak etwas zu. Die anderen warteten. Hedda Heine nickte ihr aufmunternd zu, und sie fuhr fort:

»Ich habe unser letztes Gespräch mit den früheren verglichen. Und mein Gefühl wurde bestätigt. Irgendetwas war anders. Gesten, Körperhaltung, Wortwahl, Mimik, die Art, den Kopf zu drehen, aufzustehen und sich zu setzen. All das, was so charakteristisch ist für einen Menschen und das so selbstverständlich ist, dass weder die Person selbst noch andere darüber nachdenken. Das ist einfach nicht Max, dachte ich, das ist der Körper von Max. Aber innen drin ist jemand anderes.«

30 Gisela Obermanns Balkon schien wie ein wunderbares Fahrzeug durch die Luft zu schweben. Von unten kam ein Duft von Nadelbäumen, Gras und dem Schmelzwasser der Gletscher. Der Himmel war bewölkt, Wolkenschleier glitten in niedriger Höhe durch das Tal.

Gisela Obermann wickelte die Wolldecke fester um ihn, setzte sich auf den Liegestuhl neben ihn und fragte:

»Was weißt du eigentlich über Himmelstal, Daniel?«

»Es ist eine Luxusklinik in einer schönen, aber gefährlichen Landschaft. Das Personal scheint verrückter zu sein als die Patienten. Aber am verrücktesten sind die Einheimischen im Tal. Und die Verkehrsanbindung ist so gut wie nicht vorhanden. Jedes Mal, wenn ich versuche, von hier wegzukommen, werde ich von einem unsichtbaren Gummiband zurückgezogen. Das ist ungefähr alles, was ich weiß.«

Er bohrte das Kinn in die Decke, die die Ärztin um ihn gewickelt hatte. Sie roch schwach nach ihrem Parfüm.

Es war eigentlich nicht kalt, aber der Thermostat, der seine Körpertemperatur regelte, war offenbar ein wenig kaputt, aus den verletzten Bereichen an seinem Bein und Oberarm konnte plötzlich eine eisige Kälte aufsteigen und sich in Schaudern durch den ganzen Körper fortpflanzen. Im nächsten Moment verwandelte die Kälte sich in Hitze. Man hatte ihm gesagt, das sei gut, ein Zeichen, dass die Nerven unverletzt waren.

»Du weißt also nichts. Dieser Ort muss dir sehr eigenartig vorkommen.«

Daniel ließ ein bitteres Lachen hören.

»So könnte man es ausdrücken.«

»Ich habe verstanden, dass ich dich ganz einfach wie einen Neuankömmling hier in Himmelstal betrachten muss. Und ich muss dir erzählen, was ich normalerweise Neuankömmlingen erzähle.«

Gisela Obermann setzte sich im Liegestuhl zurecht.

»Ich werde ganz von vorne beginnen müssen. Er dauert eine Weile, alles zu erklären.«

Daniel zuckte unter der Decke mit den Schultern.

»Ich bin jetzt zwei Wochen hier. Ich kann noch eine Weile bleiben. Nehmen Sie sich Zeit.«

»Okay. Du weißt, was Psychopathen sind, nicht wahr?«

»Ja klar, wieso? Ein Psychopath ist ein Mensch ohne Gewissen. Ein böser Mensch.«

»›Böser Mensch‹ – diesen Begriff verwenden wir nicht. Aber gewiss, per Definition bedeutet böse zu sein wohl, unschuldigen Menschen bewusst Leid zuzufügen, ohne Schuld zu verspüren. Nach dieser Definition muss ein Mensch, den wir als böse bezeichnen wollen, allerdings in der Lage sein, zu wählen. Und wenn jemand eine Wahl trifft, muss er wissen, zwischen welchen Möglichkeiten er wählt, nicht wahr? Aber der Psychopath kennt den Unterschied zwischen Gut und Böse nicht.«

Daniel protestierte.

»Ich bin überzeugt davon, dass er es weiß.«

»Ja, auf der intellektuellen Ebene. Er weiß, dass Lügen, Diebstahl und Gewalt etwas Böses ist, auf die gleiche Art, wie ein Farbenblinder weiß, dass Tomaten, Blut und Sonnenuntergänge rot sind. Er weiß es, weil man es ihm gesagt hat. Aber so wie der Farbenblinde nie mit den eigenen Sinnen erfahren kann, was wir meinen, wenn wir ›rot‹ sagen, so wird der Psychopath nie erleben, was wir meinen, wenn wir ›böse‹ sagen. Begriffe wie das Böse, das Gute, Liebe und Gewissen sind für ihn Worte ohne Inhalt. Das ist ein Mangel, aber der Psychopath selbst leidet nicht darunter. Die Umgebung leidet. Die schlimmsten Gewaltverbrechen werden von Psychopathen begangen ...«

»Entschuldigen Sie«, sagte Daniel, »aber worauf wollen Sie hinaus? Welche Psychopathen meinen Sie?«

Gisela Obermann schaute ihn erstaunt an und schien beinahe zu lachen. Sie blickte ein paar Sekunden nach unten, konzentrierte sich und hob dann den Kopf und schaute ihn ernst an.

»Das wirst du bald verstehen, Daniel. Hab ein wenig Geduld. Die schlimmsten Gewaltverbrechen werden von Psychopathen begangen. Menschen, die sich solcher Verbrechen schuldig machen, bekommen natürlich sehr harte Strafen. Aber ...« Sie streckte einen Zeigefinger in die Luft und hob die Augenbrauen. »Wenn nun das Gehirn desjenigen, der diese Taten begeht, eine medizinische Anomalität aufweist, die es von unserem unterscheidet? Wenn dem Gehirn die Fähigkeit zur Empathie fehlt? Können wir dann von ihm verlangen, dass er empathisch ist, und ihn dafür bestrafen, wenn er es nicht ist? Ist das nicht genauso, als wollten wir von einem gelähmten Schlaganfallpatienten verlangen, dass er geht? Oder von einem geistig Behinderten, dass er ein kompliziertes logisches Problem löst? Sie *können* es ganz einfach nicht. Sie haben nicht das dazu erforderliche Gehirn.«

»Haben Sie wissenschaftliche Beweise dafür, oder sind das Ihre eigenen Überlegungen?«, fragte Daniel.

»Sowohl als auch. Es gibt jede Menge Forschungsergebnisse, die zeigen, dass die Gehirne von Psychopathen sich von denen anderer Menschen unterscheiden, aber nicht genug, um die Zusammenhänge genau zu verstehen. Vielleicht lösen wir das Rätsel nächstes Jahr oder erst in zehn Jahren. Oder überhaupt nicht. Klar ist, dass die Gehirne von Psychopathen deutliche Unterschiede aufweisen. Man hat veränderte Strukturen in den Frontallappen und der Amygdala gefunden, unnormale Hirnwellen bei emotionaler Stimulierung, ein überaktives Dopaminsystem und noch einiges mehr. Die Unterschiede sind physiologisch und messbar. Wenn diese Menschen sich nun auf Grund einer physischen Anomalität so verhalten, wie sie sich verhalten, haben wir dann das Recht, sie zu bestrafen, Daniel? Sie in schreckliche Gefängnisse einzusperren oder, wie in manchen Ländern, sie hinzurichten?«

»Ich bin gegen die Todesstrafe«, sagte Daniel und kratzte sich am Kinn.

Er hatte sich in den letzten Tagen nicht rasiert, der Bart wuchs wieder. Er musste ihn dauernd anfassen. Es war wie ein Stück Geborgenheit in all der Verwirrung. Ein Schmusetier, das er immer bei sich hatte.

»Aber die Gesellschaft muss sich natürlich vor den gefährlichen Verbrechern schützen«, fügte er hinzu. »Ob sie nun eine unglückliche Kindheit hatten oder merkwürdige Hirnwellen oder sonst etwas. Sie haben draußen in der Gesellschaft nichts verloren.«

Gisela Obermann war mit der Antwort zufrieden.

»Genau. Bisher sind alle Versuche zur Behandlung oder Anpassung fehlgeschlagen. Die Zahl der Rückfälle bei psychopathischen Kriminellen ist erschreckend hoch. Psychopathie ist immer noch unheilbar. Also: Strafe statt Behandlung.«

Sie steckte die Hand in die Tasche und holte eine Blechschachtel mit langen, schmalen Zigarillos hervor.

»Oder«, sagte sie und zündete einen an, »es gibt einen dritten Weg.«

»Wollen Sie eine moralphilosophische Diskussion mit mir führen?«, sagte Daniel. »Dazu müssen Sie sich einen anderen suchen. Mir wäre lieber, Sie würden mir erklären, was mir auf dieser Weide zugestoßen ist. Ich habe noch nie einen Elektrozaun gesehen, der solche Brandverletzungen verursacht. Was für Tiere weiden dort? Elefanten?«

Gisela hielt Daniel die Blechschachtel mit den Zigarillos hin. Er schüttelte den Kopf. Sie lehnte sich im Liegestuhl zurück, rauchte gedankenverloren ein paar Züge und ließ die Rauchwolken über das Balkongeländer davonsegeln.

»Einen dritten Weg«, wiederholte sie, als hätte sie Daniels Bemerkung nicht gehört.

War sie vielleicht ein wenig verrückt? Es war nichts Ungewöhnliches bei Psychiatern.

»Welchen dritten Weg?«, fragte Daniel.

Sie rauchte eine Weile schweigend, dann fuhr sie fort:

»Dazu ein wenig Geschichte. Vor vierzehn Jahren, in Turin, auf der großen Konferenz über psychosoziale Persönlichkeitsstörungen, gemeinhin die Psychopathenkonferenz genannt, trafen sich Neurologen, Psychiater, Politiker und Philosophen. Man tauschte Forschungsergebnisse aus, diskutierte, stritt. Tag und Nacht beschäftigte man sich mit der Frage: Wie können wir uns auf eine ethisch vertretbare Weise vor diesen lebensgefährlichen Menschen schützen? Nach langen Debatten entstand eine Vision, auf die man sich einigen konnte. Irgendeine Form der langen, vermutlich lebenslangen Isolation erschien notwendig, es sollte kein Gefängnis und keine rechtspsychiatrische Klinik sein. Man dachte an eine Umgebung, in der die Lebensbedingungen gut und Freiheit in ganz bestimmten Grenzen gegeben war. Ein Ort, an dem man ein erträgliches Leben führen kann. Das Gebiet sollte groß sein, weil es viele Menschen beherbergen und den Bewohnern für den Rest ihres Lebens als Aufenthaltsort dienen sollte. Man strebte ein möglichst normales Leben an. Die Bewohner sollten privat wohnen, irgendeiner Art von Berufstätigkeit oder einer anderen sinnvollen Beschäftigung nachgehen. Sie sollten geschäftlich tätig sein können, studieren, Sport treiben und die Möglichkeit bekommen, die unterschiedlichsten Fähigkeiten zu entwickeln. Kurz gesagt, eine kleine geschlossene Gesellschaft.«

»Das klingt richtig nett«, sagte Daniel.

»Kommt drauf an, wie man es betrachtet. Die Isolation von der übrigen Welt musste natürlich total sein. Aber man legte großen Wert auf den Unterschied zu Anlagen, die es in der Geschichte schon einmal gab, wie Aussätzigenkolonien. Hier sollte es nicht darum gehen, Menschen beiseitezuschaffen und sie zu vergessen. Im Gegenteil, dieser Ort sollte ein Zentrum werden für die Forschung und die einzigartige Möglichkeit bieten, unter kontrollierten Bedingungen Psychopathen in einer relativ natürlichen Umgebung zu studieren. Sie weder zu bestrafen noch zu behandeln. Sie studieren. Forschen, beobachten, messen. Um vielleicht irgendwann das Rätsel der Psychopathie zu lösen, die Ursachen zu finden und eine effektive Behandlung zu entwickeln. Das war das Ziel, wenn es auch noch in weiter Ferne lag.«

»Eine Psychopathenkolonie«, sagte Daniel mit einem Pfeifen.

Gisela Obermann streckte sich über das Balkongeländer und klopfte die Asche vom Zigarillo ab.

»Genau. So weit waren sich die Teilnehmer einig. Das Problem war der Ort. Viele fanden, eine Insel wäre ideal für so ein Experiment. Eine Arbeitsgruppe bekam den Auftrag, die Möglichkeiten zu untersuchen. Es stellte sich jedoch heraus, dass das Angebot an isolierten Inseln mit anständigen Lebensbedingungen ausgesprochen begrenzt war. Sie waren alle schon erobert und bewohnt. Die Inseln, die es noch gab, hatten entweder kein Grundwasser, keinen natürlichen Hafen, oder sie waren zu felsig, um bebaut zu werden. Offiziell wurde das Projekt dann aufgegeben.«

Sie unterbrach sich, drehte sich zu Daniel und sagte plötzlich misstrauisch:

»Ist das alles wirklich neu für dich?«

»Ja, aber ich weiß nicht so recht, warum Sie es mir erzählen. Was wurde aus dem Projekt?«

»Es wurde ein Bericht geschrieben. Der mit all den anderen Berichten in einem Archiv verschwand.« Sie streckte sich wieder über das Balkongeländer und ließ noch mehr Zigarillo-Asche durch die saubere Luft regnen. »Offiziell war das so. Aber einer der Konferenzteilnehmer, ein Neuropsychiater, war besessen von der Idee. Ein Bekannter hatte ihm erzählt, dass er sich einmal während einer Autoreise durch die Schweizer Alpen in ein entvölkertes enges Tal mit verfallenen Scheunen und einem verlassenen Klinikgebäude verirrt hatte. Der Psychiater, der übrigens mein jetziger Chef Karl Fischer war, fuhr in das Tal und fand, dass es perfekt geeignet war. Er suchte Investoren, und ein paar Jahre später wurde Himmelstal zu einem isolierten Gebiet zur Verwahrung von und zur Forschung an Psychopathen. Wir haben keinen offiziellen Status, aber in den meisten europäischen Ländern kennen die Behörden uns und schicken uns Patienten.«

»Ich bin also in einer Psychopathenklinik?« Daniel lachte heiser. »Das erklärt, warum die Dorfbewohner so abweisend sind. Aber es sind doch nicht alle Patienten der Klinik Psychopathen? Soweit ich verstanden habe, sind hier viele Patienten mit Stressproblemen, Burn-out, Depressionen und Ähnlichem.«

Sie schaute ihn an und lachte.

»O Daniel, ich ... ich werde darauf zurückkommen. Ich muss dir erst noch einiges erklären. Zum Beispiel das mit den Zonen, kennst du sie?«

»Ich konnte nicht umhin, ihre Bekanntschaft zu machen. Besonders mit der ungastlichen Zone 2«, sagte Daniel sarkastisch und zeigte auf die verletzten Teile seines Körpers. »Aber Sie dürfen es mir gerne genauer erklären.

Es wäre sehr interessant zu erfahren, warum Sie unschuldige Besucher elektrischer Folter und Brandverletzungen aussetzen.«

»Das war keine Absicht, und es tut mir sehr leid, dass dir das widerfahren ist. Du kanntest die Zonen offenbar nicht, sonst hättest du sie nicht betreten. Man hätte dich über die Gefahren informieren müssen. *Ich* hätte dich informieren müssen«, korrigierte sie sich. »Ich hätte aufmerksamer sein sollen, besser zuhören müssen, als wir miteinander sprachen. Es war unverantwortlich von mir, dich nicht zu warnen.«

»Mich wovor zu warnen?«

»Wie ich schon ausgeführt habe, muss das Gebiet total von der Umwelt abgegrenzt sein. Eine natürliche geografische Begrenzung gibt es schon durch die steilen Felsen, die das Tal umgeben. Aber das reicht natürlich nicht, weitere Hindernisse wurden benötigt. Mauern und Zäune passen nicht zum Profil des Projekts. Mit der Zone 2 haben wir eine unsichtbare, aber effektive Sperre geschaffen. Die Zone läuft in einem Band um das ganze Tal herum, der Boden ist mit stromführenden Leitungen vermint. Die Stromstärke ist nicht tödlich, aber stark genug, um eine Überquerung zu verhindern.«

»Auf jeden Fall stark genug für mich.«

»Du bist hingefallen und auf der stromführenden Leitung liegen geblieben. Die Wachen waren etwas zu spät vor Ort und konnten den Strom nicht rechtzeitig abstellen. Solche Brandverletzungen sind nicht beabsichtigt.«

»Und was ist die Absicht?«

»Du sollst abgeschreckt werden. Gehindert und konditioniert werden. Und bewusstlos werden, wenn du weitergehst. Die Elektrizität ist weiter draußen schwächer und ganz innen am stärksten.«

»Und die Zone 1?«

»Das ist eine Warnungszone. Damit man sich nicht aus Versehen in die Zone 2 verirrt. Sie verläuft wie eine Schlaufe zwischen den erlaubten Gebieten und der Zone 2. Die Zone 1 ist streng überwacht mit Kameras und Bewegungsmeldern. Wenn du trotz der Warnschilder die Zone betrittst, wird ein Alarm ausgelöst, und eines der Wachautos, die immer durch das Tal patrouillieren, fährt schnell hin und kümmert sich um dich. Hoffentlich bevor du in die Zone 2 kommst, aber wenn das Auto zum Zeitpunkt des Alarms zu weit entfernt ist, kann schon passieren, was dir passiert ist. Und dann gibt es natürlich noch eine Zone 3.«

»Natürlich«, sagte Daniel ironisch. »Und eine Zone 4 und eine Zone 5.«

»Nein, nein. Es gibt nur drei Zonen. Die drei Schalen, wie wir immer sagen. Himmelstal ist wie ein Ei mit drei Schalen.«

Gisela malte ein Oval in die Luft.

»Die Zone 3 ist wieder eine Warnungszone. Nach draußen, gegen die Außenwelt. Damit kein Bergsteiger oder verirrter Tourist die Zone 2 betritt. Die Zone 3 ist ein sehr großes Gebiet, das die anderen Zonen einschließt und fast nur aus unzugänglichen Bergen besteht. Dass jemand auf diesem Weg hereinkommt, ist sehr unwahrscheinlich, aber es stehen überall Schilder, dass es sich um militärisches Sperrgebiet handelt, der Zutritt verboten ist und Übertretungen Lebensgefahr bedeuten.«

»Militärisches Sperrgebiet? Warum lügen Sie?«

»Himmelstal ist . . . ja, nicht gerade ein Geheimprojekt, aber auch nicht richtig öffentlich. Wir hoffen, dass wir offener werden, wenn wir Forschungsergebnisse vorweisen können. Wenn wir jetzt an die Öffentlichkeit gingen, müssten wir all unsere Energie auf Erklärung und Verteidigung verwenden. Das können wir uns nicht leisten.

Die Behörden sämtlicher EU-Länder stehen hinter uns, es gibt hier nichts Finsteres. Aber noch ziehen wir die Geheimhaltung vor.«

Daniel betrachtete Gisela Obermann. Sie saß jetzt aufrecht im Liegestuhl, ihre Augen hatten einen fiebrigen Glanz. Sie sah irgendwie glücklich aus. Als wäre sie gerade erleuchtet worden. Von keinem der Patienten, die er bisher in der Klinik getroffen hatte, war so viel Wahnsinn ausgegangen wie von dieser Frau. Gab es überhaupt ein Körnchen Wahrheit in dem, was sie erzählte, oder waren das alles ihre Phantasien? War sie vielleicht in Wirklichkeit eine Patientin, die auf merkwürdige Weise Zugang zum Sprechzimmer eines Arztes hatte?

Er blickte über das Tal. Wolkenschleier schwebten wie Rauch vor den Riesenfiguren der Felswand im Süden. Bei seiner Flucht war er bis zu den hellgrünen Wiesen und den Laubwäldchen gekommen. Die Wachen hatten ihn in das Grün in Richtung Felsen gejagt, ihre Rufe und der Schein der Taschenlampen hatten die Nacht durchschnitten. All dies wusste er sicher. Und er wusste noch etwas: In diesem Grün war etwas Fürchterliches. Deswegen hatte er das Bewusstsein verloren, und deshalb hatte er diese Brandverletzungen erlitten.

»Das mit den Zonen«, sagte er und kroch noch weiter unter die Decke.

»Ja?«

»Man kann doch problemlos auf der Autostraße herkommen.«

»Ja, wenn man erwartet wird. Sonst nicht. Die Straßen führen durch die drei Zonen und sind scharf bewacht. Wenn ein unwillkommener Besucher beim Warnungsschild vor der äußeren Zone nicht umkehrt, ist schnell eine Patrouille zur Stelle und warnt ihn. Es kommt manchmal vor, dass Touristen sich verfahren.«

»Und was ist mit erwarteten Besuchern?«

»Alle, die einen Grund haben, nach Himmelstal zu kommen, also Personal, Warentransporte, Gastforscher und Angehörige, müssen sich vorher anmelden. Ihre Ankunft wird von den Straßenkameras rechtzeitig gemeldet, und dann werden sie kurz vor der Einfahrt in die Zone 2 kontrolliert.«

Daniel erinnerte sich an seine Ankunft im Tal. An den dunkelblauen Transporter, an die uniformierten Männer, die ihn mit einem Metalldetektor untersucht und seinen Koffer kontrolliert hatten.

»Wenn alles okay ist, wird der Strom und der Alarm ausgeschaltet, und das Auto kann durchfahren«, fuhr Gisela fort. »Dann wird beides wieder angeschaltet, und der Kreis ist wieder geschlossen.«

»Also ein elektrisches Tor, das geöffnet und geschlossen wird«, sagte Daniel leise.

Gisela Obermann nickte und drückte ihren Zigarillo am Balkongeländer aus.

»Genau. Unsichtbar, aber effektiv. So wie das ganze Zonensystem: unsichtbar, aber effektiv.«

Sie holte ihre Blechschachtel wieder aus der Tasche und legte die Kippe ordentlich zu den ungerauchten Zigarillos.

»Den Bewohnern vom Himmelstal bleibt ein hässlicher Zaun erspart. Aber sie wissen, dass es die Grenze gibt, und sie respektieren sie. Ziemlich viele haben aus Versehen oder Abenteuerlust die Zone 1 betreten und sind dort aufgehalten worden. Manche sind durch die Maschen gerutscht und haben die unter Strom stehende Zone 2 betreten. Aber nicht ein einziger von denen, die die Zone 2 betreten haben, hat es wiederholt! Das ist das Bemerkenswerte. Und ich spreche von extrem risikofreudigen, impulsgesteuerten Menschen, wie es die meisten Psychopathen sind. Personen, die ein unangenehmes Erlebnis schnell vergessen und völlig unfähig sind, aus Erfahrungen zu lernen. *Nicht ein Einziger hat mehr als einmal die Zone 2 betreten.*«

Gisela Obermann machte eine Pause und wartete auf Daniels Reaktion. Er schaute sie fragend an. Sie beugte sich vor und fuhr fort:

»Ein Stromschlag geht direkt in das Gedächtnis des Körpers.«

Sie nagelte Daniel mit dem Blick fest, um sicher zu sein, dass er ihr zuhörte. Sie war so nah, dass er ihren hektischen Atem spürte.

»Es ist die effektivste Konditionierung, die es gibt, das wissen alle Wissenschaftler, die mit Versuchstieren arbeiten. Du kannst der größte Selbstbetrüger der Welt sein, deine Vergangenheit so ummodeln, dass sie dir gefällt, und so jeden Fehler immer wieder machen. Aber einen Stromschlag kannst du nicht ausradieren. Der ist bis an dein Lebensende in dein Gedächtnis eingraviert. Und es hat sich gezeigt, dass wir genau das brauchen, um Psychopathen Grenzen zu setzen: eine deutliche Zurechtweisung, die den Körper direkt anspricht und sich nicht um das manipulative Bewusstsein schert. Eine Erfahrung, die auch ein Psychopath nicht vergessen oder verdrängen kann. Eine primitive Erfahrung, die viel tiefer reicht.«

»Gebranntes Kind scheut das Feuer«, murmelte Daniel. »Ein alter, zuverlässiger pädagogischer Trick. Obwohl ich zugeben muss, dass ich auf diese Lehre gut hätte verzichten können. Aber in allem Schlechten steckt ja auch etwas Gutes: Seit ich diesen Stromschlag hatte, haben Sie mich ganz anders behandelt. Sie erklären mir alles Mögliche, Sie nennen mich bei meinem richtigen Namen. Es hat fast den Anschein, als hätten Sie endlich verstanden, wer ich bin.«

Sie legte ihre Hand auf Daniels Decke, da, wo sie seine Hand vermutete.

»Es tut mir leid, dass ich es erst jetzt verstehe«, sagte sie mit einem aufrichtigen Bedauern in der Stimme. »Ich habe es vermutet, aber ich war mir nicht sicher.«

»Und was hat Sie nun überzeugt?«

Sie lachte.

»Das habe ich doch gesagt. Niemand betritt mehr als einmal die Zone 2. Max war in Zone 2. Und dann machst du es. Das zeigt, dass ihr zwei unterschiedliche Persönlichkeiten habt.«

Ihre Worte verwirrten ihn.

»War Max in der Zone 2?«

»Entschuldige, aber das kannst du ja nicht wissen. Das war letzten Sommer. Er versuchte, durch die Straßenunterführung an der Stromschnelle zu fliehen, das ist eine Röhre unter der Straße. Er passte den Moment ab, als der Zufluss minimal war, sägte das Gitter durch und kroch hinein. Er nahm wohl an, dass die Zonen nur über der Erde aktiv sind. Aber weiter drinnen in der Röhre gibt es noch ein Gitter, es gibt sogar noch mehr, aber er kam nur bis zum ersten, das stand unter Strom. Die Patrouille war ganz in der Nähe, sie haben ihn sofort herausgezogen.«

Gisela Obermann machte eine Pause und betrachtete Daniel mit plötzlicher Sorge.

»Wie ist dir zumute, wenn ich dir das alles erzähle?«

»Ich bin erstaunt.« Daniel schluckte, damit der Kloß, der sich in seinem Hals gebildet hatte, verschwand. »Ist das letzten Sommer passiert? Ich wusste nicht, dass Max schon so lange hier war. Ich dachte ...«

»Was dachtest du?«

»Egal. Das Wichtigste ist, dass Sie endlich verstanden haben, dass ich nicht Max bin. Manchmal dachte ich wirklich, ich werde verrückt.«

Zu seiner Überraschung lachte er, trocken und krächzend, und gleichzeitig spürte er, wie eine Träne über seine eine Wange rollte. Schnell nahm er die Hand unter der Decke hervor und wischte sie ab.

Gisela lächelte ihn teilnahmsvoll an.

»Du bist sympathischer als Max«, sagte sie.

»Aber Max ist Ihr Patient. Es muss doch ein Problem für Sie sein, dass es ihm gelungen ist, zu fliehen.«

»Über dieses Problem brauchst du dir keine Gedanken zu machen. Überlass das ruhig uns. Wie fühlst du dich? Bist du müde? Brandverletzungen sind sehr belastend für den Körper, auch wenn sie nur äußerlich sind. Und was ich dir erzählt habe, muss dich erschüttert haben. Möchtest du zurück in dein Zimmer?«

Daniel schüttelte heftig den Kopf. Er hatte nicht die geringste Lust, in das kleine Zimmer auf der Krankenstation der Klinik zurückzukehren, wo er die letzten Tage verbracht hatte. Er wünschte, das wäre alles nur ein Traum. Aber die Luft war so frisch, mit jedem Atemzug schien er einen Schluck frisches, kühles Wasser zu trinken. Im Traum konnte man Luft wohl nicht so wahrnehmen. Die verbrannte Haut auf seinem Bein und der Schulter brannte und juckte. Er war wacher als je zuvor.

Gisela Obermann warf einen Blick auf ihre Armbanduhr.

»Höchste Zeit fürs Mittagessen. Soll ich uns etwas bestellen?«

31 Mit Hilfe von zwei Krücken verließ Daniel den Balkon und hüpfte auf seinem gesunden Bein durch die Schiebetür in Gisela Obermanns geräumiges Arbeitszimmer. Auf dem Konferenztisch war das Mittagessen serviert worden: zwei Teller mit Lammfilet und einem Püree aus Wurzelgemüse, dazu eine Flasche Rotwein. Daneben stand ein silbriger Servierwagen. Daniel verstand, dass das Essen vom Restaurant geliefert worden war und nicht aus dem Speisesaal für die Patienten kam.

Gisela zog ihm einem Stuhl heran und half ihm, sich zu setzen.

»Ist das üblich, dass die Ärzte ihre Patienten zum Mittagessen in ihr Arbeitszimmer einladen?«, fragte er und schnitt ein Stück rosafarbenes, nach Thymian duftendes Fleisch ab. Das Messer glitt widerstandslos hindurch, wie durch ein Stück warme Butter.

»Das ist nicht üblich.«

»Haben Max und Sie hier zusammen gegessen?«

Gisela Obermann lachte und stellte das Weinglas ab, das sie gerade erhoben hatte.

»Max? Nein. Er wollte nicht hierherkommen. Er hasste es, mit mir zu sprechen. Du bist ganz anders, Daniel. Am Abend nachdem du hier warst, habe ich noch lange hier gesessen und Videoaufzeichnungen von meinen Gesprächen mit Max angeschaut. Ich habe sie mit den Aufzeichnungen von unserem Gespräch verglichen. Und ich habe sofort gesehen, dass an dir alles anders war. Der gleiche Körper. Aber doch anders.«

»Haben Sie noch nie etwas von Zwillingen gehört?«

»Aber nach unseren Angaben hat Max keinen Zwillingsbruder. Dann kamen die Geschichten mit dem Brand und mit Tom. Du hast dein Leben riskiert, um andere zu retten. Das hätte Max nie getan. Das hat meine Überzeugung bestärkt. Meine Kollegen glaubten mir nicht. Sie meinten, du würdest mich manipulieren. Aber jetzt, wo du die Zone 2 betreten hast, können sie die Fakten nicht mehr negieren. Das ist der Beweis.«

Sie lächelte triumphierend.

»Der Beweis wofür?«, fragte Daniel.

»Dass deine neue Persönlichkeit echt ist. Sie umfasst deine ganze Person. Hätte es noch einen Rest von Max in dir gegeben, hättest du dich nicht überwinden können, die Zone 2 zu betreten. Aber du hast ihn total getilgt. Ich weiß nicht, wie es geschehen ist. Wahrscheinlich hat es etwas mit deinem ersten Stromschlag zu tun ...«

»Meinem *ersten*?«

»Letzten Sommer.«

»Aber das war doch Max«, protestierte er.

Gisela nickte schnell.

»Genau. Das war zu deiner Zeit als Max. Du warst auch damals bewusstlos und hast für kurze Zeit das Gedächtnis verloren. Du hast dich schnell wieder erholt, aber irgendetwas war mit dir geschehen. Du warst stiller, zurückgezogener. Als dann dein Bruder zu Besuch kam, hast du seine Persönlichkeit angenommen. Hast seine Körpersprache und seine freundliche Art übernommen. Und als er wieder abgereist war, hast du geglaubt, du seist er. Du *wurdest* Daniel. Ein netter, empathischer, selbstloser Mann. Vielleicht nur vorübergehend, aber es ist doch wunderbar.«

Sie lächelte mit blitzenden Augen.

»Es ist das erste Mal, dass wir bei einem unserer Bewohner eine Veränderung feststellen können. Dazu noch eine positive Veränderung. Das lässt uns für unsere Forschungen hoffen.«

Daniel war schwindelig. Er legte das Besteck ab.

»Glauben Sie das wirklich?«, rief er aus. »Dass ich unter den Symptomen einer multiplen Persönlichkeit leide?«

»Leiden würde ich nicht sagen. In deiner Situation ist es nur positiv. Auch wenn Max wieder zurückkehrt, hast du Daniel in dir, und auf ihn werden wir uns konzentrieren, und wir werden versuchen, ihn zu bestärken. Es könnte der Hinweis sein, auf den wir gewartet haben.«

»Sie glauben mir also nicht, was ich erzählt habe? Sie glauben mir nicht, dass Max abgehauen ist und ich sein Zwillingsbruder bin?«

Daniel war so erregt, dass er versuchte, aufzustehen, aber die Schmerzen im Bein ließen ihn wieder auf den Stuhl sinken.

Gisela Obermann drückte vorsichtig die Leinenserviette an den Mund.

»Ich glaube, dass diese Geschichte für dich wahr ist, Daniel«, sagte sie diplomatisch. »Du erinnerst dich nicht an dein Leben als Max. Gedächtnisverlust ist bei dissoziativen Identitätsstörungen eher die Regel als die Ausnahme.«

Daniel hätte vor Verzweiflung am liebsten geweint.

»Aber Sie lassen mich von hier wegfahren, nicht wahr?«

»Wegfahren?«

Gisela Obermann betrachtete ihn schockiert.

»Nein, mein Lieber. Wirklich nicht. Du bist unser Goldhahn. Unser erster Fortschritt. Wir werden Tag und Nacht über dich wachen und dich verwöhnen wie einen Prinzen. Möchtest du eine Tasse Kaffee?«

Sie streckte sich und griff nach der Thermoskanne und zwei Tassen auf dem Wagen.

Daniel schüttelte den Kopf. Sie schenkte sich ein und sagte:

»Morgen werde ich eine Besprechung mit meinen Kollegen haben, und meine Theorie über deinen Fall präsentieren. Und dieses Mal werden sie mir glauben.«

Sie lächelte in die Kaffeetasse. Ihre Wangen waren gerötet, die Stimme stieg hinauf ins Falsett.

»Ich hoffe, ich muss bei dieser Zusammenkunft nicht anwesend sein.«

»Anwesend sein? Daniel, du wirst die *Hauptperson* sein.« Sie reichte ihm einen Teller mit kleinen Schokoladentörtchen. Er bemerkte es nicht.

»Und wann kann ich abreisen?«

»Wenn wir das Rätsel gelöst haben«, sagte Gisela und steckte schnell ein Törtchen in den Mund, bevor sie den Teller wieder auf den Wagen stellte. »Du könntest unser erster abgeschlossener Fall werden. Der erste geheilte Psychopath. Wenn wir dich nicht mehr für unsere Forschungen brauchen, dann ...« Sie zuckte mit den Schultern. »Ja, es könnte gut sein, dass du der Erste bist, der aus dieser Klinik entlassen wird.«

Sie machte eine Pause, schaute nachdenklich vor sich hin, als würde sie selbst nicht glauben, was sie da gesagt hatte. Dann erhellte sich ihr Gesicht.

»Entlassen? Ja, warum nicht? *Warum nicht?*«

»Wann?«

»Oh.« Ihr Lächeln verschwand. »Natürlich nicht in den nächsten Jahren. Seriöse Forschung braucht Zeit, wie du weißt. Aber wir werden dich hier sehr gut behandeln, da kannst du sicher sein.«

Sie streckte die Hand über den Tisch aus und strich ihm leicht über die Wange. Daniel drehte den Kopf weg.

Sie *ist* verrückt, dachte er. Ich brauche mich nicht um ihr Gerede zu kümmern. Er hatte es schon gemerkt, als er sie das erste Mal sah. Ihr Blick hatte etwas Dunkles, Zerstörtes.

Dann fiel ihm etwas anderes ein.

»Sie sprechen die ganze Zeit von Psychopathen. Wollen Sie damit sagen, dass Max ein Psychopath ist?«

»Sonst wäre er wohl nicht nach Himmelstal gekommen, oder?«

»Aber es gibt doch keine Hinweise für so eine Diagnose? Er ist ausgebrannt. Manisch-depressiv. Manchmal ein bisschen verrückt. Aber das macht einen Menschen doch nicht zum Psychopathen?«

Gisela Obermann lachte laut.

»Manisch-depressiv und ein bisschen verrückt? Vielleicht. Aber das ist nicht der Grund, warum du hier sitzt, mein lieber Max-Daniel. Einen Moment, ich zeige dir etwas.«

Gisela Obermann stand auf und ging zu einem Schrank hinter dem Schreibtisch. Sie zog eine Schublade auf und kam mit einem Stoß Fotos zurück, den sie vor Daniel auf den Tisch legte.

»Sagen dir diese Bilder etwas?«

Er schaute auf das oberste Foto. Ein halbnackter Mann, der in einer Blutlache auf einem Badezimmerboden lag. Und das nächste: eine Nahaufnahme vom Gesicht des Getöteten, es war halb zu Brei geschlagen. Ein Auge starrte leer und weit aufgerissen aus dem geronnenen Blut. Entsetzt und angeekelt schaute Daniel zu Gisela hoch, die ihn konzentriert beobachtete.

Das nächste Foto zeigte eine Frau mit nacktem Oberkörper. Sie war nicht tot, aber übel zugerichtet. Sie saß halb abgewandt auf einem Stuhl und zeigte Rücken und Oberarm, die mit Wunden und Blutergüssen übersät waren. Eine fremde Hand streckte sich ins Bild und hielt ihre langen, dunklen Haare hoch, damit man die Verletzungen sah. Es gab auch ein Ganzkörperbild von vorne und eine Nahaufnahme ihres blau geschlagenen Gesichts. Es handelte sich um Polizeibilder.

Daniel hob das Bild hoch und betrachtete es genau.

Gisela beugte sich über ihn.

»Erkennst du jemanden?«, flüsterte sie.

»Nein. Wer ist das?«

»Zwei Personen, die von Max so zugerichtet wurden.«

»Wer ist die Frau?«

»Eine Italienerin, mit der Max ein Verhältnis hatte. Sie verließ ihn wegen eines anderen Mannes. Diesem da.«

Als Gisela Obermann Daniel das Bild mit dem zerschlagenen Männergesicht vors Gesicht hielt, mußte er wegschauen.

Sie verteilte die Fotos auf dem Schreibtisch.

»Was fühlst du?«, fragte sie.

»Nehmen Sie sie weg. Das ist widerlich«, sagte Daniel.

»Du hast nach der Frau gefragt, aber nicht nach dem Mann. Interessiert sie dich mehr?«

Er schüttelte heftig den Kopf.

»Und es war nicht das erste Mal, dass er so etwas getan hat, nicht wahr?«, fuhr sie fort.

Mit zitternden Händen schob Daniel die Bilder zusammen und legte sie mit der Rückseite nach oben auf den Tisch.

»Max hat das nicht getan«, sagte er bestimmt. »Er war nie gewalttätig.«

»Nicht? Wie gut kennst du ihn eigentlich?«, fragte Gisela Obermann und legte die Fotos wieder in den Schrank.

Er schwieg eine Weile, schüttelte dann entschlossen den Kopf und sagte noch einmal:

»Das kann Max nicht getan haben.«

Sie betrachtete ihn interessiert und wartete darauf, dass er noch etwas sagen würde, aber er wollte die Fotos nicht weiter kommentieren.

»Dies ist also eine Klinik für Psychopathen?«, sagte er stattdessen, und versuchte, so ruhig wie möglich zu sprechen.

»Ja.«

»Umgeben von einem unsichtbaren Zaun.«

Sie nickte.

»Aber die Zonen umschließen ja das ganze Tal, nicht nur die Klinik. Wie funktioniert das denn mit den Leuten im Dorf?«

Sie schaute ihn verständnislos an.

»Oder wollen Sie damit sagen, dass die Leute im Dorf...« Daniel schluckte. »Dass *sie auch* Patienten sind?«

»Keine Patienten. Wir sagen Bewohner. Alle in Himmelstal sind Bewohner. Manche wohnen im Klinikgebäude oder wie du in Hütten auf dem Klinikgelände. Andere wohnen im Dorf oder in eigenen Häusern im Tal. Je nachdem, was man selbst will und was die Klinikleitung für geboten hält.«

Daniel dachte einen Moment darüber nach, dann sagte er:

»Die ältere Frau in der Bierstube. Hannelore. Sie ist also auch eine ... Bewohnerin?«

Gisela nickte.

»Was hat sie getan? Warum ist sie hier gelandet, meine ich?«

Gisela dachte einen Moment nach, dann sagte sie:

»Normalerweise erzählen wir nichts über die anderen Bewohner. Aber du bist ein Sonderfall. Und was Hannelore und ihren Mann betrifft, so weiß das ganze Tal Bescheid. Ja, auch viele außerhalb des Tals. Sie waren vor ungefähr zehn Jahren in allen Zeitungen Europas. Hannelore und Horst Fullhaus, hast du noch nie von ihnen gehört?«

Daniel schüttelte den Kopf.

»Sie hatten acht Pflegekinder und haben sechs davon ermordet. Ihr eigener Sohn war auch beteiligt, aber der wurde nicht verurteilt, weil er noch minderjährig war.«

»Sie hat sechs Kinder ermordet?«, keuchte Daniel. »Wie? Nein ich will es lieber nicht wissen.«

Er versuchte zu schlucken, was Gisela Obermann gerade gesagt hatte. Konnte das wirklich stimmen? Jetzt fiel ihm ein, dass er tatsächlich vor langer Zeit etwas von diesem österreichischen Paar gehört hatte. Jemand hatte ein Kind in einer Hundehütte angekettet, war es nicht so? Und dann etwas mit einem Wäschetrockner.

»Und Corinne?«, fuhr er fort. »Das Mädchen in Hannelores Bierstube? Ist sie auch Bewohnerin?«

»Ja, auch sie. Alle sind hier Bewohner, mit Ausnahme von Klinikpersonal und Forscherteam. Es ist kein normales Krankenhaus. Es ist eine Gesellschaft, in der jeder seine Aufgabe hat. Corinne bedient und unterhält die Leute in der Bierstube. Ein begabtes Mädchen. Magst du sie?«

»Was hat sie getan?«

Gisela zögerte.

»Ich glaube nicht, dass Max das wusste. Und deshalb kann ich es dir nicht sagen.«

Ihm war plötzlich richtig übel, einen Moment lang glaubte er, er müsse sich übergeben, aber es war nur sein erhöhter Puls.

Sie legte einen Arm um seine Schultern.

»Das ist ein bisschen viel für dich, nicht wahr? Du musst dich ausruhen. Ich werde jemanden rufen, der dich in dein Zimmer bringt.«

Gisela ging zum Telefon und wählte. Dann half sie ihm aus dem Stuhl und gab ihm seine Krücken.

»Du wolltest etwas über die Frau sagen«, sagte sie, während er auf seinen Krücken zur Tür hüpfte.

»Welche Frau?«

Er drehte sich um, und sein Blick fiel auf den Kleiderständer, den Gisela von Tom bekommen – oder gekauft –

hatte. Die aufgesperrten Augen in dem geschnitzten Gesicht mit dem stumm schreienden Mund starrten ihn an.

»Die Frau auf den Fotos, die ich dir gezeigt habe. Du hast sie erkannt, nicht wahr?«

»Nein«, sagte er bestimmt. »Ich habe sie noch nie gesehen.«

Er log. Er hatte die Frau erkannt, es war die Frau auf dem Foto, das Max unter der Matratze aufbewahrte. Die gleiche Frau, die gleichen Verletzungen. Vermutlich war das Foto bei der gleichen Gelegenheit aufgenommen worden.

32 »Na, was sagen Sie jetzt?«

Das Bild auf der Leinwand verlosch. Einen Moment lang lag der Konferenzraum im Dunkeln. Gisela Obermann drückte auf einen Knopf, und die Vorhänge glitten raschelnd zur Seite. Blinzelnd blickten die Teilnehmer in das hereinströmende Licht, als würde ein anderer Film dort draußen vor dem riesigen Panoramafenster jetzt beginnen.

»Das erste Video wurde am 3. Mai in meinem Zimmer aufgenommen. Das zweite ist vom 14. Juli«, sagte Gisela mit dem Rücken zum Naturszenario. Der Himmel über den Bergen war blau, es war dieses durchsichtige, frische Blau, das sie immer durstig machte.

»Erstaunlich«, sagte Hedda Heine. »Ich verstehe, was du meinst. Es ist der gleiche Mann. Er hat sogar beide Male den gleichen Pullover an. Und doch: Jemand ganz anderes!«

»Die Körpersprache ist völlig anders«, murmelte Doktor Pierce und blätterte in seinen Unterlagen.

Philip Pierce hatte den größten Teil seiner Karriere in der Welt der Forschung verbracht und besaß kaum klinische Erfahrung. Immer zurückhaltend, grüblerisch und übertrieben vorsichtig.

Gisela verstand nicht so recht, warum er hier so gut zurechtkam. Niemand stellte seine Forschungen in Frage, obwohl sie absurd kostspielig und die Ergebnisse mehr als mager waren. Die einzige Erklärung war, dass er keine natürlichen Feinde hatte. Nicht attraktiv genug, dass jemand hätte zubeißen wollen. Diese Kategorie Wissenschaftler konnte in Himmelstal uralt werden.

»Ihr habt es gehört, der Mann auf dem zweiten Film behauptet, dass er Daniel, der Zwillingsbruder von Max, ist«, sagte Gisela Obermann. »Wichtig zu wissen ist, dass er tatsächlich einen Bruder hat, wenn auch keinen Zwilling, und dass dieser Bruder ihn vor drei Wochen besucht hat.«

Eine Frau mittleren Alters in maskuliner Kleidung und Frisur reckte einen Finger hoch.

»Doktor Linz, bitte sehr.«

»Seit wann behauptet er, Daniel zu sein?«

»Der Bruder von Max war vor drei Wochen hier. Er behauptet, sie hätten da getauscht.«

»Haben Sie den Bruder kennengelernt, Doktor Obermann?«

»Nein, wir sehen Besucher ja nur selten. Einige vom Servicepersonal haben ihn natürlich gesehen. Sie wissen nur noch, dass er einen kräftigen dunklen Bart hatte, längere Haare und eine Brille. Er sah etwas unkonventionell aus. Beim Auschecken hatte er eine Mütze auf. Es ist natürlich schwierig, die individuellen Züge einer Person mit viel Haar und Bart zu erkennen, besonders aus der Ferne. Aber niemand hat eine auffallende Ähnlichkeit bemerkt.«

»Und Max hat ja auch keinen Zwillingsbruder«, bemerkte Karl Fischer und nickte in Richtung der nun weißen Projektionsleinwand. »Die Geschichte können wir schon mal zu den Akten legen. Er lügt einfach. Spielt Theater. Sehr geschickt, das gebe ich zu. Aber unsere Bewohner haben ein Leben lang das Lügen und Manipulieren trainiert. Lügen ist ein Teil von ihnen.«

»Sie sprechen von Lüge«, sagte Gisela Obermann. »Aber ich habe das Gefühl, dass dies etwas anderes ist. Ich bin geneigt zu glauben, dass der Patient sich tatsächlich als eine andere Person sieht.«

»Dissoziative Identitätsstörung? Multiple Persönlichkeiten? Meinen Sie so etwas?«, fragte Hedda Heine und blinzelte Gisela Obermann zu.

Gisela nickte eifrig.

»In diesem Fall handelt es sich also nicht um einen Wechsel zwischen verschiedenen Persönlichkeiten«, sagte sie rasch, als sie Karl Fischers verächtliches Lachen sah. »Ich dachte eher an Fälle, wo eine Person sich in einer unlösbaren Situation befindet und nirgendwo einen Ausweg sieht. Sie hält es einfach nicht mehr aus, die Person zu sein, die sie ist. Die Person lässt Schulden, Familienkonflikte und ihren schlechten Ruf einfach hinter sich und taucht an einem anderen Ort als eine ganz andere Person auf, ohne jegliche Erinnerungen an das vorherige Leben. Wir wissen ja alle, wie unwohl Max sich in Himmelstal gefühlt hat. Er hat das Stadium des Akzeptierens nie erreicht und keinerlei Tätigkeit angefangen wie die meisten anderen Bewohner. Sie wissen von seinen ständigen Versuchen, uns zu bestechen und zu charmieren, nur um herauszukommen. Sein verzweifelter Fluchtversuch durch die Straßenunterführung. Ein Teil von ihm, sein vernünftiger Teil, sieht schließlich ein, dass es keinen Weg hinaus gibt. Er hat seine Freiheit verloren, weil er ist, wer er ist. Aber ein anderer Teil von ihm sucht immer noch nach Auswegen. Und eines Tages flieht er einfach vor sich selbst. Und wird zu einer Person, die niemals nach Himmelstal eingewiesen würde. Die freundlich, bescheiden und rechtschaffen ist. Das Modell für diese Person hat er ein paar Tage lang vor Augen gehabt, er kennt sie seit seiner Kindheit: sein eigener Bruder. Als der Bruder abreist, erschafft er sich neu und nimmt ihn in Besitz.«

Die Gesichter um den Tisch zeigten die Reaktionen, mit denen sie gerechnet hatte: Skepsis, Verwirrung, Interesse, Verachtung. Nur Doktor Kalpak schien unbeeindruckt, seine mandelförmigen Augenlider waren gesenkt. Sie richtete ihren Blick auf den Kollegen, der sie noch am wohlwollendsten ansah, einen jungen Gastforscher, den sie nicht kannte, und fügte hinzu:

»Das ist ein unbewusster Prozess, es geschieht nicht bewusst. Aber es macht die Sache leichter, wenn er seinen zwei Jahre älteren Bruder zu seinem Zwilling macht.«

»Eine faszinierende Theorie, Doktor Obermann«, sagte Karl Fischer, dessen raue Stimme jetzt klang, als hätte er Kreide gefressen. »Und was macht Sie glauben, dass dieser Prozess unbewusst abläuft?«

»Weil es eine so durchgreifende Veränderung ist. Sie umfasst die ganze Person, Sie haben es doch selbst gesehen.«

»Hm«, sagte Fischer nachdenklich.

Er wartete, bis alle wieder still waren, und sprach dann langsam und leise und sehr artikuliert, wie eine Lehrerin vor einer ersten Klasse:

»Alles, was Sie da anführen, sind Mittel, die ein Schauspieler anwendet. Max ist ein verblüffend guter Schauspieler. Er hat Talent und lebenslanges Training. Sie haben ihn doch letzten Winter im Theater gesehen? Ich muss sagen, ich war beeindruckt. Da haben wir eine ganz andere Person gesehen, nicht wahr? Die Bewegungen, die Stimme, alles war anders. Er macht jetzt genau das Gleiche. Und ist sich seines Tuns voll bewusst. Studieren Sie ihn, wenn er sich unbeobachtet glaubt. Dann kehrt er vermutlich wieder in sein altes Verhaltensmuster zurück.«

»Dieses Stück«, flocht Doktor Pierce vorsichtig ein. »Wenn ich mich recht erinnere, handelte es von einer Person, die zwei Charaktere in sich trägt, einen bösen und einen guten, und der es gelingt, alle zu täuschen. Max hat vielleicht da die Idee für seinen Betrug entwickelt.«

»Er düpiert Sie, Gisela«, sagte Karl Fischer kurz.

Gisela Obermann tat so, als bemerke sie nicht, dass Doktor Fischer die formelle Anrede mit Nachname und Titel, die im Konferenzraum üblich war, aufgegeben hatte.

»Doktor Fischer«, sagte sie mit ausgesuchter Höflichkeit. »Wir können alle düpiert werden. Wenn wir erst mal glauben, dass wir zu schlau sind, um düpiert zu werden, begeben wir uns in Gefahr. Wir müssen immer wachsam bleiben, und ich bin Ihnen dankbar, dass Sie mich daran erinnern. Dass Max ein außerordentliches schauspielerisches Talent besitzt, müssen wir im Sinn behalten. Mehr als seine physische Erscheinung hat mich aber das selbstlose Verhalten, das er in letzter Zeit gezeigt hat, überzeugt.«

»Was meinen Sie damit?«, fragte Hedda Heine und schaute sie freundlich über den Brillenrand an.

»Dass ich ihm glaube und er mich nicht düpiert hat. Er hat *sich selbst* düpiert. Vielen unserer Patienten ist es ja ziemlich erfolgreich gelungen, sich selbst davon zu überzeugen, dass sie völlig normale, nette Menschen sind. Max ist nur noch einen Schritt weiter gegangen. Seine Sehnsucht, hier rauszukommen ist so stark, dass er sich dank seines schauspielerischen Talents eine neue Persönlichkeit entwickelt hat.«

»Dissoziative Identitätsstörungen sind bei unseren Bewohnern ausgesprochen selten«, sagte Doktor Pierce. »Ich glaube nicht, dass wir jemals einen diagnostizierten Fall gehabt haben. Und nichts in der Geschichte von Max weist in diese Richtung. Er war immer stabil in seiner Identität.«

Hedda Heine nickte zustimmend und sagte:

»Multiple Persönlichkeiten sind überhaupt sehr ungewöhnlich. Ich habe in meiner Praxis nicht einen einzigen Fall erlebt. Nur darüber gelesen.«

Sie hatte einen Schal mit großen Rosen um die Schultern gelegt und mit einer Brosche befestigt. Als sie von multiplen Persönlichkeiten sprach, hatte Gisela den Eindruck, als verwandle sie sich in eine Matrjoschka, aus der man, wenn man sie in der Mitte öffnete, noch weitere

Frauen mit Schal herausholen konnte, immer kleinere, bis man schließlich auf die kleine massive Winz-Hedda stieß.

»Die Sache ist ja sehr umstritten«, sagte Doktor Linz. »Es heißt, dass diese fremden Persönlichkeiten nicht spontan entstehen, sondern unter Hypnose vom Therapeuten hervorgerufen werden. Es ist ein unerwünschtes Ergebnis der Behandlung.«

Gisela strahlte.

»Genau das war auch mein Gedanke! Dass es ein Ergebnis der Behandlung ist. Ein *erwünschtes* Ergebnis der Behandlung.«

Die anderen schauten sie verständnislos an.

»Ich denke an das Pinocchio-Projekt«, sagte Gisela leise. »Doktor Pierce, was meinen Sie?«

Karl Fischer stöhnte und rutschte auf seinem Stuhl hin und her, als hätte er physische Schmerzen. Pierce warf ihm einen besorgten Blick zu und wandte sich dann an Gisela.

»Tut mir leid, Doktor Obermann. Die Methode, von der Sie sprechen, funktioniert so nicht. Das Verhalten wird nur vorübergehend beeinflusst. Wenn überhaupt. Es finden keine tiefer gehenden Veränderungen in der Persönlichkeit statt. Ich wünschte wirklich … Aber nein. Ich habe noch nichts dergleichen nachweisen können.«

»Bisher nicht. Aber wir stehen vielleicht vor etwas Neuem. Wir haben vielleicht eine Spur«, sagte Gisela optimistisch.

Doktor Pierce lächelte mitleidig.

Gisela Obermann schaute in die Runde, um zu sehen, ob sie bei den anderen Unterstützung und Interesse fand. Aber jetzt schienen sie alle ein wenig gelangweilt zu sein, sogar der junge Gastforscher. Brian Jenkins knipste ungeduldig mit dem Kugelschreiber und betrachtete die Alpenlandschaft vor dem Fenster.

Gisela seufzte resigniert.

»Es war so ein Gedanke. Dass eine Veränderung stattgefunden hat. Und alle Veränderungen lassen hoffen.«

»Es finden keine Veränderungen statt, Gisela«, sagte Doktor Fischer. Er klang sehr müde. »Und es gibt leider auch keinen Grund zur Hoffnung.«

»Aber worin besteht dann der Sinn unserer Forschungen?«, stieß Gisela Obermann wütend hervor. »Wenn wir nicht an die Veränderung glauben? Ist das nicht unsere eigentliche Aufgabe? Augen und Ohren offen zu halten für die kleinste Veränderung und so das Samenkorn für eine Lösung zu finden? Sonst könnten wir ja alle nach Hause fahren und stattdessen Lagerwächter anstellen.«

»Tja, das sollten wir vielleicht wirklich tun«, sagte Doktor Fischer und schaute auf die Uhr. »Nach neun Jahren an diesem Ort neige ich dieser Ansicht immer mehr zu.«

»Doktor Fischer«, sagte Gisela. »Sie sollten sich schämen.«

Sie wandte sich an die anderen.

»Wir machen jetzt eine Pause. Wir treffen uns in einer halben Stunde. Dann wird auch Daniel wieder hier sein.«

Sie stand auf und schaute aus dem Panoramafenster. Zwei große Vögel schwebten nahe an der Felswand. Sie kreisten vor den schwarzen Zeichen hin und her, als versuchten sie, sie zu lesen. Vermutlich Raubvögel.

33 Daniel war schon da, als die Ärzte sich wieder auf ihre Plätze setzten. Zwei Pfleger hatten ihn in seinem Krankenzimmer abgeholt und neben Gisela an die Schmalseite des Tischs gesetzt. Er kam sich vor wie ein Gefangener, der aus seiner Zelle zum Gerichtsprozess gebracht wird. Er sah die Männer und Frauen um den Tisch wie im Nebel. Die Packung mit den Kontaktlinsen war noch in der Hütte, niemand hatte sie ihm geholt, obwohl er mehrmals darum gebeten hatte.

Gisela begrüßte ihn und fing an, Fragen zu stellen wie eine Anwältin.

»Max und du, ihr seid Zwillingsbrüder, habe ich das richtig verstanden?«

»Das habe ich bereits hundert Mal gesagt.«

Alle um den Konferenztisch betrachteten ihn mit größter Aufmerksamkeit, bis auf Doktor Fischer, der schaute demonstrativ an die Decke.

»Kannst du uns bitte erzählen, wer du bist?«

Während Daniel sprach, unterdrückte Doktor Fischer ein Gähnen, wandte sich an Gisela Obermann und sagte:

»Gisela, meine Liebe, warum stehlen Sie uns die Zeit mit diesem Quatsch?«

»Wir müssen ihm zuhören. Ich finde, es ist völlig klar, dass es sich hier um eine neue Persönlichkeit handelt. Er hat keinerlei Erinnerungen an sein Leben als Max«, sagte Gisela.

Hedda Heine bat ums Wort.

»Wenn Doktor Obermann recht hat, dann stehen wir vor einem moralischen Problem. Müssen wir nicht an seine Sicherheit denken? Dann wäre er ja das, was einige unserer Bewohner als ›Lämmchen‹ bezeichnen. Sollte er nicht einen gewissen Schutz bekommen?«

»Absolut nicht«, zischte Doktor Fischer und schlug mit der Handfläche auf den Tisch. »Er ist aus dem gleichen Grund hier wie alle anderen, und er bekommt nicht mehr Schutz als alle anderen. Er ist eine überaus listige, intrigante Person, die sich über psychische Anomalitäten schlau gemacht hat und nun versucht, uns untereinander auszuspielen.«

»Doktor Fischer!«, rief Gisela aus. »Achten Sie auf Ihre Worte. Und bedenken Sie, dass der Bewohner anwesend ist.«

»Dann bringen Sie ihn doch weg. Ich glaube nicht, dass seine Anwesenheit noch nötig ist. Er sagt immer nur das Gleiche. Ehrlich gesagt, ich bin ihn leid.«

Gisela stand abrupt auf und nickte Daniel zu.

»Ich bringe dich in dein Zimmer.«

»Das war das«, sagte Karl Fischer, als Gisela Obermann und Daniel gegangen waren. »Sie müssen Nachsicht haben mit Doktor Obermann. Sie hat große Ambitionen und arbeitet hart. Ich fürchte, es ist in letzter Zeit ein bisschen viel für sie gewesen. Hat noch jemand etwas hinzuzufügen, oder können wir die Versammlung auflösen?«

»Eine ganz andere Sache«, sagte Brian Jenkins und wedelte mit einem Blatt Papier. »Das ist die Liste der eingeladenen Forscher zu den Besuchertagen. Da steht ein Name, Greg Jones. Wer ist das denn? Ich habe noch nie etwas von ihm gehört.«

Karl Fischer strich sich mit den Fingern durch die kurzen grauen Haare, dachte einen Moment nach, räusperte sich und sagte:

»Wie Sie wissen, haben wir einen sehr großzügigen anonymen Geldgeber, der Himmelstal mit großen Summen bedacht hat. Das ist dieser Greg Jones. Er möchte nicht, dass ich darüber rede, behaltet es also bitte für euch. Sein

Vermögen stammt aus einer Kosmetikfirma, die sein Vater gegründet hat. Seine Schwester wurde im Alter von elf Jahren von einem Wahnsinnigen gekidnappt. Die Familie war bereit, eine enorme Summe Lösegeld zu bezahlen, aber bei der Übergabe kam es zu einem Zwischenfall, und der Kidnapper bekam das Geld nicht rechtzeitig. Das Mädchen wurde mit durchgeschnittener Kehle in einem Müllcontainer gefunden. Greg Jones möchte, dass wir das Rätsel der Psychopathie lösen. Dank seiner Unterstützung wird uns das vielleicht eines Tages gelingen. Das Wenigste, was wir tun können, ist, ihn nach Himmelstal einzuladen und ihn herumzuführen. Da er kein Aufhebens um seine Person will, zieht er es vor, im Rahmen eines Gruppenbesuchs zu kommen. Ich habe ihm allergrößte Diskretion zugesichert. Er wird genau wie alle anderen Gäste behandelt.«

Brian Jenkins pfiff anerkennend.

»Ein Dollarmilliardär von der bescheidenen Sorte. Ungewöhnlich. Und Greg Jones ist auch nicht sein richtiger Name, oder? Okay. Solange er seine Dollars in Himmelstal investiert, kann er sich nennen, wie er will.«

Gisela Obermann legte ihren Arm mütterlich um Daniels Rücken und führte ihn zum Aufzug und weiter durch die langen Korridore.

»Ich habe Probleme, die anderen von meiner Theorie zu überzeugen«, sagte sie. »Die meisten glauben, dass du mich manipulierst. Und Doktor Fischer drückt sich manchmal etwas harsch aus. Ich hoffe, du nimmst es ihm nicht übel. Gehe ich dir zu schnell?«

Daniel hatte keine Krücken mehr, aber er hinkte noch leicht. Seine Kontaktlinsen fehlten ihm. Er verstand plötzlich, wie es war, alt zu sein. Nicht gut laufen können, nicht gut sehen können. Gisela ging etwas langsamer.

»Wenn ich bedenke, was ich hier schon alles habe ertragen müssen, spielen ein paar harsche Worte keine Rolle«, sagte Daniel. »Was bedeutet übrigens ›Lämmchen‹?«

»Lämmchen ist Himmelstal-Slang. So nennen die Bewohner uns andere. Menschen mit Empathie und Gewissen. Wir sind Lämmchen. Für sie sind wir dümmer und stehen in der Rangliste unter ihnen, aber gleichzeitig finden sie uns irgendwie attraktiv, glaube ich. Rein, unschuldig. Wir haben etwas Schönes für sie. Wir Ärzte gehören wohl nicht zu den Lämmchen. Auch nicht das Servicepersonal. Wir sind wachsam, wir wissen zu viel. Richtige Lämmchen, die fehlen hier bei uns.«

Daniel musste an Samantha denken, und da fiel ihm etwas ein.

»Es gibt Männer und Frauen hier.«

»Vor allem Männer«, sagte Gisela. »Achtzig Prozent sind Männer. Was nicht unbedingt bedeutet, dass Psychopathie bei Männern häufiger vorkommt, aber bei ihnen äußert sie sich öfter in kriminellen Handlungen, und das macht sie zum Gegenstand rechtspsychiatrischer Untersuchungen. Unsere Bewohner kommen hauptsächlich aus der Rechtspsychiatrie.«

»Aber es gibt ja auch Frauen«, wiederholte Daniel. »Bewohner beiderlei Geschlechts verbringen ihr ganzes Leben in Himmelstal und haben freien Umgang miteinander. Und doch habe ich noch keine Kinder gesehen. Im Dorf nicht und auch sonst nirgendwo im Tal. Kein einziges Kind!«

»Wir möchten, dass das Leben in Himmelstal sich so natürlich wie möglich gestaltet. Sexuelle Beziehungen sind nicht verboten. Aber Kinder können wir hier natürlich nicht zulassen. Alle, Frauen wie Männer, sind sterilisiert. Es wird gleich nach der Ankunft gemacht.«

Sie sagte es ruhig und ganz selbstverständlich, als spräche sie von einer Grippeimpfung.

»Max ist also ...«

Gisela nickte.

»Alle. Und da du und Max einen Körper teilen, gilt es auch für dich.«

Sie spricht von Max. Nicht von mir, redete Daniel sich ein. Das betrifft mich nicht.

»Erst dachten wir, die Frauen würden ausgenützt. Aber die Frauen hier in Himmelstal können sich wehren. Wir haben nichts dagegen, wenn sich Paare bilden. Manche waren schon ein Paar, bevor sie herkamen. Wie Hannelore und ihr Mann in der Bierstube. Und dann gibt es viele kurzfristige Verbindungen. Und es gibt auch schwule Paare. Und höchstwahrscheinlich auch Prostitution.«

Sie waren nun in der Abteilung, in der Daniels Zimmer lag. Gisela drückte einen Code, und die Türen öffneten sich.

»Wir mischen uns hier nicht ein, das ist Teil des Privatlebens. Alle werden auf Geschlechtskrankheiten untersucht. Auch das wird gleich nach der Ankunft des Bewohners gemacht. Test und dann Behandlung. Dann braucht man sich keine Sorgen mehr zu machen. Keine Schwangerschaften. Keine Geschlechtskrankheiten. Ein Paradies der freien Sexualität, wenn man so will.«

Sie blieben vor der Tür zu Daniels Zimmer stehen.

»Hier wären wir also«, sagte Gisela und öffnete ihm.

Daniel blieb stehen.

»Einen Moment noch. Ich weiß, dass eineiige Zwilling die gleiche DNA haben, aber wenn Max sterilisiert ist, müsste man doch sehen können, dass ich es nicht bin. Das kann man doch untersuchen, nicht wahr?«

Gisela lachte.

»Vermutlich. Das ist nicht so ganz meine Baustelle.

Aber ich glaube nicht, dass ich Doktor Fischers Erlaubnis für eine so überflüssige Untersuchung bekommen würde. Alle wissen, wer du bist. Nur du selbst weißt es nicht.«

Sie machte eine Handbewegung ins Zimmer.

»Leg dich hin und ruh dich aus. Ich hoffe, du kannst bald wieder in deine Hütte zurückkehren.«

Sie reichte ihm eine Broschüre mit dem Foto eines Alpengipfels auf dem Umschlag.

»Ein bisschen Information über Himmelstal. Das bekommen alle unsere neuen Bewohner, und ich denke, ich muss dich als solchen betrachten. Und Doktor Heine hat recht: du brauchst Schutz, Daniel. Ich will sehen, was ich tun kann. Ein guter Ratschlag: Erzähl den anderen Bewohnern nicht, dass du Daniel bist. Für sie bist du Max, verstehst du? Die soziale Struktur in Himmelstal ist strikt hierarchisch, und Max genoss einen gewissen Respekt.« Sie blinzelte ihm konspiratorisch zu und flüsterte: »Tu so, als wärst du er.«

34 Daniel lag auf seinem Bett im Krankenzimmer und las zum zehnten Mal die Broschüre über Himmelstal, die Gisela Obermann ihm gegeben hatte. Endlich hatte er auch seine Kontaktlinsen aus der Hütte bekommen.

Es klopfte an der Tür. Ohne auf eine Antwort zu warten, trat Karl Fischer ein und setzte sich auf Daniels Bettkante.

»Wie geht es unserem Patienten? Es heilt gut, höre ich. Das freut mich, Daniel. Denn du bist doch immer noch Daniel? Oder ist inzwischen eine neue interessante Persönlichkeit aufgetaucht, die ich noch nicht kenne?«, sagte er voller Hohn und gab Daniel einen leichten Klaps auf das Bein mit den Brandverletzungen.

»Wo ist Doktor Obermann?«, fragte Daniel.

Fischer schwieg und schaute sich in dem kleinen Zimmer um, als kenne er es nicht. Seine hellblauen Augen bewegten sich wie schnelle Fische in einem Netz von Falten, sie schienen um Jahrzehnte jünger zu sein als er selbst. Dann bemerkte er die Broschüre, die aufgeschlagen auf Daniels Brust lag. Er nahm sie, klopfte sich damit auf die Handfläche und sagte:

»Doktor Obermann ist die Verantwortung für dich entzogen worden. Dieser einstimmige Beschluss wurde auf der letzten Besprechung getroffen.«

»Warum?«, fragte Daniel erstaunt. »Ich bin gut mit Doktor Obermann zurechtgekommen.«

Karl Fischer lachte und schlug ihm die Broschüre gegen die Brust. Er war Daniel zutiefst unsympathisch.

»Das will ich gerne glauben. Du hast sie ganz schön um den Finger gewickelt, was? Aber an diesen Quatsch mit einer neuen Persönlichkeit glaubt außer ihr niemand, das soll dir klar sein.«

Daniel setzte sich etwas zu schnell im Bett auf. Die verbrannte Seite tat weh, er musste einen Moment die Augen schließen und Luft holen.

»Ich habe nie von einer neuen Persönlichkeit gesprochen«, zischte er. »Ich habe nur gesagt, dass ich nicht Max bin, sondern sein Zwillingsbruder.«

Doktor Fischer presste die Handflächen zusammen wie ein Heiliger, drückte seine schmalen Lippen an die Fingerspitzen und schaute Daniel spöttisch an.

»Es gibt aber keinen Zwillingsbruder, mein Freund.«

»Nicht? Und wer war dann zu Besuch hier und hat sich in das große Buch an der Rezeption eingeschrieben?«

Karl Fischer zwinkerte geheimnisvoll mit dem Auge.

»Das war dein zwei Jahre älterer Bruder, nicht wahr?«

Daniel stöhnte verzweifelt.

»Max hat ein falsches Geburtsjahr angegeben. Aber das Personal muss doch die Ähnlichkeit zwischen uns bemerkt haben. Jemand muss gesehen haben, dass wir Zwillinge sind!«

Karl Fischer zuckte mit den Schultern und betrachtete gelangweilt seine Fingernägel.

»Mich brauchst du nicht zu fragen. Ich habe deinen Bruder nie gesehen. Ihr sollt beide dunkelhaarig sein, habe ich gehört. Aber du bist mein Patient, dein Bruder interessiert mich nicht. Er ist wieder abgereist, und ich werde in Zukunft äußerst restriktiv sein, wenn es um Besuch für dich geht. Das scheint dich auf komische Gedanken zu bringen. Du bist aus gutem Grund in Himmelstal, und du wirst den Rest deines Lebens hier bleiben. Je eher du das akzeptierst, desto besser wird es dir gehen.«

Daniel keuchte und ergriff einen Bettpfosten, als wollte Doktor Fischer ihn gleich in einen Abgrund stoßen.

»Ich möchte ein richtiges Telefon haben«, sagte er. »Ich möchte nach Schweden telefonieren.«

Er wusste nicht so recht, wen er anrufen sollte, er hatte kaum Freunde. Jemand, der bestätigen konnte, dass er Daniel und nicht Max war. Jemand aus dem Gymnasium, an dem er arbeitete? Da war natürlich niemand, mitten im Sommer. Das Einwohnermeldeamt?

Doktor Fischer tippte mit dem Finger auf die Broschüre.

»Die Bewohner haben keinen Zugang zu externen Telefonleitungen«, sagte er trocken.

»Ich möchte gern mit Doktor Obermann sprechen.«

Daniel hätte sich gewünscht, dass er aufhörte zu zittern. Er wollte nicht vor Doktor Fischer zusammenbrechen. Vor Doktor Obermann vielleicht, aber nicht vor Doktor Fischer.

Fischer lächelte geduldig.

»Von jetzt an habe ich die Verantwortung für dich. Du wirst also Doktor Obermann nicht mehr treffen. Du bleibst noch eine Woche auf der Krankenstation. Wenn die Verletzungen weiterhin so gut heilen und du keine neuen Dummheiten machst, kannst du in die Hütte zurück. Aber ich möchte keinen Quatsch mehr über Zwillinge hören«, fügte er in scharfem Ton hinzu. »Kein Wort mehr.«

Er beugte sich über Daniels verbrannte Seite und flüsterte ihm ins Ohr. Sein Atem roch nach Ozon, wie die Luft nach einem Gewitter:

»Wenn du noch einmal in die Zone 2 gehst, wirst du eine Treppe tiefer verlegt. Verstanden?«

Daniel verstand es nicht. Aber er schien gut daran zu tun, wenn er jetzt nickte.

TEIL 3

35 Ein Lämmchen unter Wölfen, dachte Daniel, als er vor dem Gebäude mit der Krankenabteilung stand und auf den Park vor sich sah.

Es war um den Monatswechsel Juli/August, das Gras auf den Hängen war immer noch unwahrscheinlich grün, aber irgendetwas in der Luft sagte ihm, dass es Herbst wurde.

Er hatte sich danach gesehnt, das kleine Krankenzimmer zu verlassen, aber als er jetzt nach abgeschlossener Behandlung kuriert hier stand, sehnte er sich zurück. Der kurze Weg zu den Hütten oben am Hang kam ihm plötzlich wie eine lange gefährliche Wanderung vor.

Er drehte sich zum Krankengebäude um und sah, wie sich der Himmel und die dahinrasenden Wolken in der Glasfassade spiegelten.

Er holte tief Luft, griff fest nach den Tragriemen seines Rucksacks und ging schnell und ohne sich umzuschauen durch den Park und den Hang hinauf. Wie immer begegneten ihm Menschen, auf dem Weg zum Swimmingpool, zum Tennisplatz oder zum Speisesaal. Aber jetzt fand er nicht mehr, dass sie aussahen wie Touristen in einem Luxushotel. Er wusste, dass jeder, der ihm begegnete und keine hellblaue Uniform trug, ein Raubtier in Menschengestalt war. Ein unterernährtes Raubtier, das danach gierte, ein echtes Lämmchen zwischen die Zähne zu bekommen.

Er hatte sich vorgenommen, ganz ruhig zu gehen, aber die letzten zwanzig Meter zur Hütte musste er dann doch laufen. Sein Nachbar Marko war nicht zu sehen, dafür war er dankbar.

Mit zitternden Händen schloss er auf. Er ging direkt zur Schlafkoje und zog den Vorhang beiseite. Niemand da. Auch nicht im Badezimmer. Die Hütte sah genauso aus, wie er sie verlassen hatte. Er schloss die Tür von innen ab, sank auf einen Sessel und keuchte wie nach einem Gewaltmarsch. Er war in Sicherheit. Vorübergehend.

In den folgenden Tagen lebte Daniel wie ein Gefangener in seiner Hütte. Er ernährte sich von den vorrätigen Konserven, weiße Bohnen in Tomatensoße, und trank Wasser. Die Tür ließ er verschlossen, die Patrouillen öffneten mit ihrem eigenen Schlüssel, wenn sie morgens und abends zur Kontrolle kamen. Die lächelnden Hostessen, die laut Informationsbroschüre »in erster Linie als Servicepersonal« anzusehen waren, die jedoch »aus Sicherheitsgründen« mit Elektropistolen ausgerüstet waren und immer zu zweit ihren Dienst versahen.

Die Gardinen ließ er geschlossen. Wenn er vorsichtig durch einen Spalt hinausschaute, konnte er abends Marko wie festgeklebt an der Hauswand sitzen sehen. Aus welchem Grund war er wohl in Himmelstal?

Tagsüber war der Nachbar meistens im Haus, aber so gegen sieben Uhr abends hörte man die schlurfenden Schritte auf der Treppe und das Plumpsen, wenn er auf seinen Platz sank. Dann saß er den ganzen Abend da. Wenn Daniel nachts aufstand, um zur Toilette zu gehen, sah er ihn da sitzen und ins Dunkle starren wie ein großes, regungsloses Nachttier.

Was sah Marko in all den Stunden? Denn auch nachts, wenn die meisten schliefen, war das Klinikgelände nicht ganz menschenleer. Um zwölf Uhr nachts und um sieben Uhr morgens musste man in seiner Unterkunft sein, damit die Patrouille einen zählen konnte. »Was du dazwischen machst, ist deine Sache«, hatte Max gesagt.

Und eigenartigerweise schien das zu stimmen. Gegen halb zwölf wurde es immer unruhig auf dem Gelände, Menschen eilten durch den Park und die Hänge hinauf zu ihren Zimmern und Hütten. Wenn alle zu Hause waren, trat Ruhe ein, nur das Surren des Elektroautos war zu hören und dann das Klopfen der Hostessen und ihre fröhlichen Rufe an den Nachbarhütten.

Eine halbe Stunde später schien das Gelände wieder zum Leben zu erwachen. Ein etwas gedämpfteres Leben als am Tag. Hüttentüren glitten langsam auf, Stimmen flüsterten, und Schatten eilten über die Wiesen. Hin und wieder hörte man diskretes Klopfen an den Hüttentüren, und einmal, zu seinem Entsetzen, klopfte es auch an seiner Tür! »Pssst!«, zischte jemand und drückte langsam und vorsichtig die Türklinke herunter. Daniel lag starr hinter dem Vorhang und traute sich kaum zu atmen. Dann war ein verärgertes Schnauben zu hören, und es wurde wieder still.

Daniel hatte dieses Nachtleben bisher nicht bemerkt, weil er so tief schlief. Aber jetzt lag er oft bis zum Morgengrauen wach, grübelnd und voller Angst, und wenn es ihm doch gelang, einzuschlafen, war sein Schlaf zerbrechlich wie Glas, beim leisesten Rascheln war er hellwach.

Eines Nachts stand er auf und hob die Matratze hoch, um nach dem Bild zu suchen, das Max ihm am Abend vor seiner Abreise gezeigt hatte.

Aber jetzt war es nicht mehr da. Er nahm die Matratze ganz heraus. Das Bild war weg. Das Servicepersonal hatte es wohl gefunden und mitgenommen.

Als er aus der Krankenstation zurückgekommen war, hatte er vier Mails vorgefunden. Eine von Pater Dennis und drei von Corinne. Aber er wollte sie nicht lesen. Das

Handy von Max klingelte mehrmals, aber er ließ es klingeln.

Nachdem er fünf Tage eingeschlossen in seiner Hütte verbracht hatte, klingelte an einem regnerischen Vormittag das Handy so ausdauernd, dass er es hervorholte und auf das Display schaute. Wenn es ein Arzt oder jemand vom Service wäre, würde er drangehen.

Er verpasste das Gespräch, sah jedoch, dass Corinne angerufen hatte und er elf nicht angenommene Anrufe von ihr hatte. Gerade als er das Handy ausmachen wollte, rief sie wieder an. Er drückte auf den Antwortknopf und sagte:

»Ich will nicht mit dir reden.«

»Leg nicht auf«, sagte Corinne. »Du brauchst keine Angst vor mir zu haben. Hast du gehört? Vor mir brauchst du keine Angst zu haben.«

Sie sprach ruhig und streng wie zu einem Kind. Er sah sie vor sich. Die blanken braunen Augen, die scharfen Linien der Wangenknochen. In den letzten Wochen war so viel passiert, dass er das Gesicht fast vergessen hatte, die Stimme ließ es jedoch wieder deutlich werden. Ihm wurde warm ums Herz. Dann sagte er:

»Ich lege jetzt auf.«

»Nein, warte. Du musst mir zuhören. Es ist wichtig. Ich habe mit Gisela Obermann gesprochen. Ich weiß, was dir zugestoßen ist. Es ist gut, dass du misstrauisch bist. Es ist gut, dass du dich einschließt. Das ist ganz richtig. Aber wenn du dich total isolierst, wirst du verrückt. Irgendwann musst du dir auch etwas zu essen besorgen.«

Er schwieg. Sie hatte recht. Er hatte aus seiner Hütte eine Festung gemacht, und nun waren seine Essensvorräte so gut wie aufgebraucht.

»Du solltest die anderen meiden«, fuhr sie fort. »Aber

du darfst dich nicht verstecken. Du darfst keine Angst zeigen. Sie können deine Angst durch die Hüttenwände riechen. Bist du noch da?«

»Ja«, sagte er leise.

»Wir müssen uns treffen.«

»Ich will niemanden treffen.«

»Schon recht. Aber du brauchst jetzt Hilfe. Hör mir zu, Daniel: Du bist neu. Du bist ein Lämmchen. Du bist von Feinden umgeben. Du brauchst einen Mentor.«

Er schluckte und sagte:

»Du bist eine Bewohnerin von Himmelstal. Wie soll ich dir vertrauen können?«

»Du hast keine Wahl, Daniel. Ohne einen Mentor gehst du unter. Und glaub mir, ich bin der beste Mentor, den du kriegen kannst. Es gibt schlechtere. Viel, viel schlechtere.«

»Ich möchte die Hütte lieber nicht verlassen.«

»Das brauchst du auch nicht. Mach einfach die Türe auf. Ich stehe davor.«

Er ging zum Fenster und schaute durch den Vorhangspalt.

Da stand sie, in einer orangefarbenen Regenjacke, das Handy drückte sie in der hochgeschlagenen Kapuze ans Ohr. Im strömenden Regen sah sie jämmerlich und klein aus. Sie schaute ihn direkt an, durch die Fensterscheibe sah er, wie ihre Lippen sich bewegten, die Stimme im Handy sagte halb bittend, halb fordernd:

»Mach jetzt auf.«

Er machte auf. Sie zog die Regenjacke aus und hängte sie über einen Stuhl. Dann setzte sie sich ungeniert in einen der Sessel und schüttelte die Haare wie ein Hund. Daniel setzte sich ihr gegenüber.

»Du hast also mit Gisela Obermann gesprochen«, sagte er. »Ist sie deine Psychiaterin?«

»Ja.«

»Gehört es hier zum guten Ton, dass die Ärzte mit Patienten über ihre anderen Patienten sprechen?«

»Scher dich nicht um Bagatellen. Das kannst du dir nicht leisten. Deine Situation ist ernst.«

»Hat Doktor Obermann dir auch erzählt, dass ich an einer multiplen Persönlichkeitsstörung leide?«

Corinne nickte.

»Glaubst du es auch?«

»Nein. Aber diese Theorie war vielleicht von Vorteil für dich. Das hat sie dir gegenüber wohlwollend gestimmt. Sie dachte, sie hätte etwas Wichtiges entdeckt. Alle Wissenschaftler in Himmelstal träumen davon, etwas Wichtiges zu entdecken. Jetzt ist Gisela dein Fall entzogen worden, und Karl Fischer hat ihn übernommen. Das ist nicht gut. Jetzt musst du das Beste aus der Situation machen.«

Sie schüttelte sich, als würde sie frieren. »Eine Tasse Tee würde mir guttun.«

»Tut mir leid. Ich habe keinen Tee. Es gibt Bohnen in Tomatensoße und Wasser.«

Sie stand auf. Dann zog sie einen Stuhl zur Küchenzeile, kletterte hinauf und holte aus dem obersten Fach des Küchenschranks eine Packung Teebeutel, die Daniel bisher nicht entdeckt hatte.

»Max mochte keinen Tee. Ich habe ihn gekauft, damit er mir Tee anbieten konnte, wenn ich herkam«, sagte sie und füllte Wasser in den Kocher. »Möchtest du auch?«

»Ja gern. Du bist also öfter in dieser Hütte gewesen?«

»Ein paar Mal. Wir trafen uns meistens bei mir.«

Sie holte zwei Teebecher und hängte einen Teebeutel in jeden. Daniel wartete, ob sie noch etwas mehr über ihre Beziehung zu Max sagen würde, aber das tat sie nicht.

»Ich komme mir vor wie ein Gast im eigenen Haus«, sagte er, als sie den Teebecher vor ihm auf den Tisch stellte.

»Genau das bist du wohl in Himmelstal.« Sie lächelte ihn schief an. »Ein Gast?«

»Der nicht nach Hause gehen kann«, sagte er bitter.

Sie nippte vorsichtig am heißen Tee, lehnte sich zurück und sagte:

»Gisela hat dir erklärt, was das hier für ein Ort ist. Verstehst du jetzt, warum ich so abweisend war, als du mich gefragt hast, ob ich dir helfen kann, von hier wegzukommen? Ich kann dich nicht aus Himmelstal herausbringen. Ich komme ja selbst nicht raus.«

»Wenn Max zurückkommt . . .«

Sie machte eine abwehrende Handbewegung.

»Der kommt nicht zurück. Ich kenne ihn. Du warst seine Chance, und die hat er ergriffen. Hier entscheiden nur die Ärzte, sie müssen wir überzeugen. Sie haben ihre schwachen Punkte wie alle anderen. Sie sind eitel und karrieregeil, konkurrieren miteinander, und sie sind lächerlich fasziniert von Psychopathen. Sie sehen uns als exotische Tiere, und Himmelstal ist ihre Serengeti. Jeder Psychopathenforscher träumt davon, ein Stipendium zu bekommen und hier forschen zu dürfen. Ganz nah bei den Bestien.«

»Ich bin kein Psychopath«, sagte Daniel ärgerlich.

Er stand auf und lief in der Hütte umher. Es fiel ihm in letzter Zeit schwer, längere Zeit stillzusitzen.

»Ich auch nicht«, sagte Corinne.

Er blieb stehen und schaute sie an.

»Und warum bist du dann hier?«

»Das ist eine lange Geschichte, die erzähle ich dir ein anderes Mal. Nur so viel: Jemand hat sich geirrt. Aber jetzt geht es um dich, Daniel.«

»Du bist irrtümlich hier, und ich bin irrtümlich hier«, rief Daniel. »Wie viele sind denn noch irrtümlich hier?«

»Nicht sehr viele. Es gibt bestimmt oft schlampig gestellte Diagnosen. Aber auch wenn vielleicht nicht alle echte Psychopathen sind, solltest du dennoch davon ausgehen. Das ist sicherer.«

»Ich will hier raus!«, schrie Daniel und schlug mit der Faust gegen einen Balken. Es tat weh, aber er schlug weiter gegen den Balken, die Tränen liefen ihm übers Gesicht. Seine plötzliche Wut überraschte ihn selbst.

Corinne wirkte völlig unberührt von seinem Ausbruch. Sie trank ihren Tee, und als er sich beruhigt und wieder gesetzt hatte, sagte sie:

»Natürlich willst du hier raus. Aber das kann dauern. Bis dahin musst du überleben. Ich verspreche dir, dass ich dir helfe, aber meine einzige Hilfe sind gute Ratschläge. Rümpf nicht die Nase. Ein guter Ratschlag kann viel für dich bedeuten. Leben oder Tod.«

»Ich habe nichts gesagt.«

»Nein, aber ich habe dein Gesicht gesehen.«

»Ich höre«, sagte er demütig.

»Okay.« Sie stellte ihren Teebecher mit einem Klacken auf den Tisch, richtete sich auf und tippte auf ihren linken Daumen. »Erstens: Bleib für dich. Lass dich auf keinerlei Geschäfte, Deals, Freundschaften oder Liebeleien ein. Aber versteck dich auch nicht. Geh jeden Tag zum Mittagessen in den Speisesaal. Setz dich allein an einen Tisch, aber *geh hin*. Kauf im Laden im Dorf ein. Trink ein Bier in der Bierstube. Geh aufrecht. Weich den Blicken nicht aus. Antworte höflich, aber knapp, wenn du angesprochen wirst. Fang selbst keine Gespräche an. Zeig nie, dass du Angst hast oder schwach bist, aber halt dich fern, wenn es Ärger gibt. Es war mutig von dir, Tom zu überwältigen und Bonnards Leben zu retten, aber ehrlich gesagt, ich finde nicht, dass er es wert war.«

»Ist nicht das Leben eines jeden Menschen wert, gerettet zu werden?«

Sie schaute genervt an die Decke.

»Mein Gott, Daniel. André Bonnard hat kleine Mädchen vergewaltigt und ermordet, die Jüngste war drei. Man kann über den Wert des Lebens solcher Menschen diskutieren, und ich stelle mich dieser Diskussion gerne, aber ein anderes Mal. Du musst vorsichtig sein. In einen Streit zu geraten ist gefährlich. Und Zeuge eines Streits zu werden, kann genauso gefährlich sein. Nichts sehen, nichts hören. Du musst ein großer Egoist werden. Ist das klar?«

Er nickte schweigend.

»Dann«, sagte Corinne und tippte auf ihren linken Zeigefinger, »musst du dich um deinen Körper kümmern. Iss ordentlich, und treibe Sport. Viel Sport. Man weiß nie, wofür man einen starken, beweglichen Körper noch brauchen kann. Du kannst in eine Situation geraten, wo dein Leben von deiner körperlichen Verfassung abhängt. Aber es ist nicht notwendig, dass du den anderen zeigst, wie gut trainiert du bist. Geh also nicht ins Sportstudio. Ich trainiere nie dort, das verstehst du vielleicht. Frauen sind Mangelware in Himmelstal. Und man zeigt sich nicht gerne im Hemdchen und kurzen Hosen und dreht den Körper nach allen Seiten, wenn man von einer Bande Vergewaltiger und Sadisten beobachtet wird. Die Klinikleitung hat Verständnis für meine Einstellung und hat mir erlaubt, in meiner Wohnung im Dorf einen Trainingsraum einzurichten. Sehr spartanisch, nur ein paar Gewichte, aber für mich reicht es. Du kannst gerne zu mir kommen und trainieren, wenn du willst.«

»Danke.«

Seine Wut hatte sich gelegt, und er hörte ihr jetzt gespannt zu.

»So viel zum Körper. Und jetzt die Seele.« Sie tippte auf den Mittelfinger. »Die braucht auch Nahrung. Du liest viel, soviel ich weiß.«

»Woher weißt du das?«

Sie lächelte.

»Du kannst ja nicht mal in der Bierstube bei einem Bier sitzen, ohne zu lesen. Ich glaube, ich habe noch nie einen Gast mit einem Buch gesehen. Und du hast auch jetzt ein Buch auf dem Tisch liegen.« Sie nickte in Richtung Tisch. »Du hast gelesen, als ich anrief, nicht wahr? Es ist aus der Bibliothek, die hast du also schon gefunden. Gut. Mach weiter so. Ich habe einen anderen Ort.«

»Welchen?«

»Die Kirche.«

»Bist du gläubig?«

Sie machte eine Handbewegung.

»Nenn es, wie du willst. Jeden Abend um sechs ist Messe, und wenn ich nicht auftrete, gehe ich hin. Wir sind eine kleine Schar von Getreuen, die weit voneinander entfernt in den Bänken sitzen, dem Priester zuhören, Lieder singen und Kerzen anzünden.«

»Der Priester?«, sagte Daniel. »Ist das dieser Pater Dennis, der seine Betrachtungen über das Intranet von Himmelstal verbreitet?«

Corinne nickte.

»Er ist vielleicht kein theologisches Genie, aber wir haben keine Wahl. Ich gehe auch nicht seinetwegen hin. In der Kirche ist es richtig schön. Wenn du willst, nehme ich dich einmal mit.«

»Nein danke. Das ist nichts für mich.«

»Du kannst es dir ja überlegen. Und noch einmal, sei vorsichtig. Aber das bist du ja schon. Schließ zu. Mach nicht auf, wenn du keinen Besuch erwartest. Geh nicht nachts nach draußen. Halte dich nicht allein an einsamen Orten auf. Und erzähle niemandem, wer du bist. Wir müssen die Ärzte von deiner richtigen Identität überzeugen. Aber für die Bewohner von Himmelstal bist du Max.«

Sie stand auf und zog ihre Regenjacke an. Sie war mindestens drei Nummern zu groß.

»Hattest du Besuch von Samantha?«, fragte sie, als sie ihre Stiefel anzog.

»Hier? In der Hütte? Nein«, sagte Daniel.

Sie schaute ihn an und seufzte.

»Und du musst lernen, besser zu lügen, wenn du hier zurechtkommen willst. Du wirst rot wie eine Ampel.«

»Das ist lange her. Ich dachte, es war ein Traum«, murmelte er verlegen.

»Ich missgönne dir nichts, aber sei vorsichtig.«

Sie machte das Drehschloss auf, klappte die Kapuze hoch und drehte sie sich noch einmal zu ihm um.

»Bis bald«, sagte sie und trat hinaus in den Regen.

36 Der nächste Tag war sonnig, und die schneebedeckten Gipfel glitzerten im Westen. Daniel hatte beschlossen, Corinnes Rat zu folgen, und im Speisesaal zu Mittag zu essen. Aufrecht und mit nach vorne gerichtetem Blick ging er den Hang hinunter und durch den Park, der nach dem Regen frisch duftete.

Vor dem Krankengebäude war wie immer um diese Zeit viel los. Die Menschen eilten durch den Park, allein oder in Gruppen. Zwei Hostessen waren unterwegs ins Dorf, die eine sprach aufgeregt in ihr Handy. Von den Ärzten sah er niemand. Er hatte, seit er entlassen worden war, nichts von ihnen gehört. Nicht von Doktor Fischer, nicht von Doktor Obermann noch sonst jemand.

Er schaute an dem großen Gebäude hoch und versuchte herauszufinden, wo sein Zimmer gewesen war. Der Konferenzraum lag in einem der oberen Stockwerke. Gisela Obermanns Zimmer war ganz oben. Die Krankenstation, in die er und Marko für die Blutabnahme eingesperrt worden waren, musste in einem der unteren Stockwerke liegen. Die Abteilung, in der seine Brandverletzungen behandelt worden waren, war wohl irgendwo in der Mitte.

Aber die Glasfassade glänzte so stark, dass er von seinem Standort aus weder Stockwerke noch Fenster erkennen konnte. Er sah nur ein Spiegelbild des Tals: Himmel, Tannen und die Felswand gegenüber.

Im Speisesaal suchte er sich einen Platz auf der Terrasse. Er hatte den Tisch sorgfältig ausgewählt, noch bevor er den Raum betrat und sich mit seinem Tablett in die Schlange stellte. Draußen saßen nur wenige Gäste, und er setzte sich in gebührendem Abstand zu ihnen.

Er hatte gerade zu essen begonnen, als sich jemand am Nebentisch niederließ. Daniel erkannte den Friseur des

Dorfes. Sein Hemd war weit aufgeknöpft, die Haare zu einem wilden, rotbraunen Schopf geföhnt, der die gefurchte Stirn nur teilweise bedeckte. Der Friseur probierte vorsichtig die Lasagne und seufzte vor Genuss.

»So muss eine Lasagne schmecken. Viel Käse. Es gibt keinen Grund, ins Restaurant zu gehen, um gut zu essen. Hier schmeckt es genauso gut, findest du nicht?«, sagte er zu Daniel.

»Ja. Unbedingt.«

Daniel beschloss, allem zuzustimmen oder zumindest nicht zu widersprechen.

Der Friseur trank einen Schluck Rotwein und schnalzte wie ein Eichhörnchen mit der Zunge. Daniel nahm eine Wolke von Rasierwasser wahr, als der Mann sich zu seinem Tisch herüberbeugte und ihm konspirativ über den Rand des Weinglases zuzwinkerte:

»Uns geht es doch nicht schlecht hier, was? Da draußen ...« Er wedelte unbestimmt mit dem Arm und schnaubte verächtlich. »Nur Probleme! Ich will nicht zurück.«

Sein Stuhl scharrte über die Steinplatten, als er ihn näher an Daniel heranzog, der schnell die Serviette an den Mund drückte und etwas geschmolzenen Käse auffing.

»Die Leute glauben, man kommt in die Hölle, wenn man jemanden tötet. Wenn die wüssten, dass man nach Himmelstal kommt. Wenn die Leute uns sehen könnten, würde jeder Depp Psychopath werden.«

»Vielleicht.«

»Als ich meinen ersten Mord beging, kam ich ins Gefängnis. Ein schrecklicher Ort. Schreckliche Menschen, schreckliches Essen. Wir mussten in einer Wäscherei arbeiten, mit Blut und Kot beschmierte Bettwäsche aus einem Krankenhaus waschen. Widerlich! Als ich meinen zweiten Mord beging, sagten sie, ich sei krank, und ich kam in ein Krankenhaus. Also ein Irrenhaus. Auch kein netter Ort, aber besser als das Gefängnis. Wir mussten Tischtücher nähen und stundenlang Mozart hören. Nach meinem dritten Mord sagten sie, ich sei ein Psychopath, und ich kam nach Himmelstal. Jetzt habe ich eine nette kleine Zweizimmerwohnung unten im Dorf. Aussicht über den Fluss und die Wiesen. Einen eigenen Frisiersalon. Ich arbeite nur vormittags. Am Nachmittag liege ich am Pool oder spiele ein bisschen Tennis. Im Winter schnalle ich die Skier an und sause die Hügel hinunter. Ich kann mich nicht beklagen, wirklich nicht.«

»Nein, das verstehe ich.«

»Wo man wohl nach dem nächsten Mord hinkommt? Bahamas?«

Er lachte schrill.

»Danke für die nette Gesellschaft«, sagte Daniel so höflich, wie er konnte, und stand mit einem steifen Lächeln auf.

»Setz dich doch hin«, sagte der Friseur und packte ihn am Arm. »Du hast ja noch gar nicht aufgegessen. Von so einem Essen lässt man nichts übrig.«

Er drückte Daniel wieder auf den Stuhl, zog seinen Stuhl noch näher heran und sagte mit leiser Stimme:

»Ich weiß, was du von mir denkst.«

»Ich denke überhaupt nichts.«

»Doch, doch. Du glaubst, ich bin ein Spion, nicht wahr? Ein Infiltrant.«

»Wirklich nicht. Was denn für ein Spion?«

»Es gibt Spione im Tal, das weißt du doch? Sie schmeicheln sich bei gewissen Leuten ein. Kriegen Sachen heraus.«

»Davon weiß ich nichts. Für wen spionieren sie denn?«

»Für die Ärzte natürlich. Sie machen einen auf tough.

Prahlen damit, wie viele Morde sie begangen haben. Aber man kann gut tough sein, wenn man jederzeit Verstärkung rufen kann, nicht? Du erinnerst dich an diesen Block, der verschwunden ist. Geldeintreiber und Massenmörder und was nicht alles soll er gewesen sein. Hatte mit Kowalski und Sørensen Umgang. Aber sobald es ein bisschen brenzlig wurde, tauchte wie zufällig ein Patrouillenauto auf. Immer zur rechten Zeit für Block. Glaubst du, das war Zufall? Ich nicht.«

»Was meinst du mit ›kein Zufall‹?«

»Er hat sie *gerufen*. Natürlich nicht mit dem Handy. Irgendwie anders.«

Der Friseur trank schnell seinen Wein aus und schaute misstrauisch über die Schulter. Dann beugte er sich wieder zu Daniel vor und flüsterte:

»Er hatte ein *Gerät*.«

»Was für ein Gerät denn?«

»Es sah aus wie ein MP3-Player. Jedes Mal wenn die Wachen kamen, hatte er vorher damit rumgemacht. Und die Wachen waren sofort da. Als hätten sie in der Nähe gewartet.«

»Und jetzt ist er verschwunden?«, sagte Daniel vorsichtig.

Der Friseur nickte.

»Genau. Und ist es nicht merkwürdig, dass die Wachen so lange und so gründlich nach ihm gesucht haben? Es passiert ja immer wieder, dass Leute verschwinden, aber meistens machen sie da keine große Sache draus. Mit etwas Schwund muss man schließlich rechnen. Aber als Block verschwand, bekamen die Ärzte das große Zittern und durchsuchten jede einzelne Unterkunft. Nein, Block war keiner von uns. Er war einer von *ihnen*.«

»Da hast du vielleicht recht.«

Daniel machte einen neuerlichen Versuch, mit seinem

Tablett aufzustehen, aber der Friseur legte einen Arm um seine Schultern und flüsterte.

»Ich habe es die ganze Zeit gespürt. Irgendetwas hat mit ihm nicht gestimmt. Wir haben mal miteinander geredet. Übers Töten und so. Er tat so, als wüsste er, wovon ich rede, aber er hatte keine Ahnung, das merkte man. Keine Ahnung. Massenmörder?«, er schnaubte direkt in Daniels Ohr – ein kleiner harter Stoß aufs Trommelfell –, zog ihn noch näher zu sich und zischte: »Der hat nicht mal einen Hamster getötet. So was spürt man doch, oder?«

Er lehnte sich zurück und betrachtete Daniel mit neu erwachtem Interesse.

»Wenn du diese Frisur behalten willst, ist bald wieder Zeit für einen Haarschnitt. Ich gehe davon aus, dass du dich dieses Mal einem Fachmann anvertraust. Und was ist denn das? Rasierst du dich nicht mehr?«

Der Friseur strich ihm leicht über die Wange. Daniel musste sich beherrschen, um die Hand nicht wegzuschlagen.

»Das gefällt mir«, murmelte er.

»Willst du dir einen Bart wachsen lassen? Auch ein Bart braucht Pflege. Genau wie eine etwas längere Frisur.«

Er lächelte und fuhr Daniel in einer freundschaftlichen Geste durch die Haare, hielt dann plötzlich inne und ließ die Hand auf seinem Kopf liegen.

»Was ist das?«, sagte er, stand auf und beugte sich über Daniels Kopf. »Soweit ich mich erinnere, warst du im Uhrzeigersinn.«

»Was?«, fragte Daniel verwirrt.

»Dein Wirbel war im Uhrzeigersinn. Und jetzt gegen den Uhrzeigersinn. Hm«, sagte er und setzte sich wieder hin. »Ich täusche mich wohl. Das kommt davon, wenn man seinem Friseur untreu wird.«

Er lachte laut.

Ein paar Leute setzten sich an den Tisch nebenan. Der Friseur drehte sich zu ihnen um.

»Wie ich sehe, habt ihr die Lasagne genommen. Ganz recht. Es gibt keinen Grund, ins Restaurant zu gehen, wenn man im Speisesaal so gutes Essen bekommt, nicht wahr?«

Daniel nahm die Gelegenheit wahr und stand auf. Er machte sich auf den Weg zur Geschirrrückgabe, am liebsten wäre er gerannt.

37 Daniel hatte die Vorhänge zugezogen und wartete auf die Nachtpatrouille. Er war müde und las ein Buch, um sich wach zu halten. Eigentlich brauchte er nicht aufzubleiben und zu warten. Sie hatten ja einen eigenen Schlüssel, und wenn er früh zu Bett ging, schlossen sie selbst auf und kontrollierten schnell und diskret, ob er hinter dem Bettvorhang war. Aber er fand es immer unangenehm, wenn der Vorhang weggezogen wurde und der Strahl der Taschenlampe über die Wände der Schlafkoje glitt. Er zog es vor, selbst die Tür zu öffnen, und die Nachtpatrouille angezogen zu empfangen.

Er musste sehr müde gewesen sein, denn er hatte das Surren des Elektroautos nicht gehört, das feste und rhythmische Klopfen überraschte ihn. Eine Mädchenstimme rief schrill und fröhlich, wie in alten Schlagern aus den sechziger Jahren:

»Hallo, hallo, jemand zu Hause?«

Er wusste, dass es die kleine dunkelhaarige Hostess war. Sie klopfte immer so und rief immer das Gleiche. Mit einem müden Lächeln ging er zur Tür und öffnete.

Draußen stand Samantha, sie trug Kniebundhosen und eine Bluse, die unter der Brust geknotet war. Er zog die Tür zu, eine Sekunde nachdem er sie geöffnet hatte, aber das war eine Sekunde zu spät. Sie hatte schon den Fuß dazwischen und glitt herein wie eine Katze.

»Reingelegt«, lachte sie, setzte sich in einen Sessel, schlug die Beine über die Armlehne und holte eine Zigarette aus der Handtasche.

»Du musst wieder gehen«, sagte er. »Die Nachtpatrouille kann jeden Moment kommen.«

Sie schüttelte heftig den Kopf und versuchte ihr Feuerzeug zum Brennen zu bekommen.

»Sie fangen heute unten im Dorf an. Sie kommen frühestens in zwanzig Minuten. Einen Quickie schaffen wir«, sagte sie und ließ die Zigarette an der Unterlippe schaukeln. Noch einmal probierte sie, sie anzuzünden, aber das Feuerzeug hatte den Geist aufgegeben. »Scheiße. Hast du Streichhölzer?«

»Bitte geh jetzt«, sagte er.

Sie hatte am Kamin Streichhölzer gefunden, zündete ihre Zigarette an und kam langsam mit wiegenden Hüften und einem trägen Lächeln auf ihn zu. Sie hatte etwas Unangenehmes, Übertriebenes, Unkontrolliertes. Als sie näher kam, sah er an ihren Augen, dass sie etwas genommen hatte.

»Hi, Lämmchen«, sagte sie zärtlich und strich ihm über die Wange. »Ich habe dich lange nicht gesehen. Du hast es diesem Tom gezeigt, habe ich gehört. Das war mutig.«

»Ich musste etwas tun«, murmelte Daniel und trat einen Schritt zurück.

»Du hast ihm die Hand kaputt getreten, Liebling. Die Leute im Tal reden darüber. Ich glaube, du brauchst keine Angst vor irgendwelchen Racheaktionen zu haben. Tom ist nicht sehr beliebt. Alle wissen, dass er ein Idiot ist. Er hat bloß Brei hier drinnen.«

Sie tippte sich an den Kopf und verzog das Gesicht.

»Aber Tom hat sich wohl kaum gefreut. Du wirst Probleme kriegen, wenn das Holz geliefert wird. Vielleicht musst du im Winter frieren, die Gefahr besteht.«

Winter? Der Gedanke, dass er noch so lange in Himmelstal sein würde, machte ihn schaudern. Sie lachte und streichelte ihm beruhigend den Arm.

»Immer mit der Ruhe, Lämmchen. Bis dahin hat jemand anderes die Holzlieferungen übernommen. Tom wird so bald nicht zurückkommen.«

»Wo ist er jetzt?«

»In den Katakomben, nehme ich an.«

»Die Katakomben, was ist das?«

»Weiß ich auch nicht genau. Ein schrecklicher Ort. Unter der Erde. Ungefähr wie die Hölle. Aber die Hölle gibt es ja nicht. Die Katakomben vielleicht auch nicht. Das Problem mit solchen Orten ist, alle reden darüber, aber niemand kommt von dort zurück und erzählt, wie es war.«

Er erinnerte sich, dass Karl Fischer etwas von einem »Keller« gesagt hatte. War das damit gemeint?

Er schaute durch den Vorhang, ob die Nachtpatrouille kam. Samantha klopfte hinter ihm auf den Tisch: Knackediknackknack. Knack, knack. Er drehte sich abrupt um, und sie lachte.

»Die brauchen noch eine Weile. Wir schaffen es.«

Sie stellte sich dicht vor ihn, legte die gewölbte Hand über seinen Schritt und drückte zu, dabei blies sie langsam den Rauch ihrer Zigarette aus den Mundwinkeln. Ihre Pupillen sahen aus, als seien sie mit einer schwarzen, zähen Flüssigkeit überzogen. Angeekelt stieß er sie weg. Es war ein leichter Schubs, aber sie wankte, als würde sie auf einem Seil balancieren.

»Was ist denn? Wartest du vielleicht auf eine andere? Ein Matrosenmädchen? Oder ein Hirtenmädchen? Fährst du auf so was ab?«

Eigenartig. Die Frauen waren in der Minderheit im Tal, und die einzigen attraktiven Exemplare, die er bisher getroffen hatte, schienen sich um ihn zu schlagen. Er brauchte noch nicht mal seine Hütte zu verlassen, sie erzwangen sich den Zugang. Und sie wussten erstaunlich gut über einander Bescheid.

»Weißt du eigentlich, wer sie ist? Weißt du, was sie gemacht hat?«

»Wer?«

»Das Matrosenmädchen. Das Hirtenmädchen. Klinge-lingeling.« Sie ahmte das Läuten einer Kuhglocke nach. »Hat sie dir erzählt, was sie gemacht hat, bevor sie hierher-kam? Weißt du das, Lämmchen?«

»Nenn mich nicht so. Ich heiße Max.«

Sie schüttelte langsam den Kopf und piekste ihn mit einem langen roten Nagel ins Kinn.

»Du hast mir doch schon alles erzählt, hast du das schon vergessen? Du bist sein Double. Hab keine Angst, Lämmchen. Es ist ein wunderbares Geheimnis, und bei mir ist es gut aufgehoben.«

Sie lächelte, und ihr Blick zerfloss zu einer dunklen Pfütze.

»Ich möchte, dass du jetzt gehst, Samantha.«

»Willst du nicht wissen, was sie gemacht hat, das kleine Hirtenmädchen?«

Endlich klopfte es an die Tür, der gleiche Wirbel wie eben, das gleiche fröhliche Rufen. Das Schloss wurde ge-öffnet, und die kleine dunkelhaarige Hostess stand auf der Schwelle.

»Wie geht es dir, Max? Hattest du einen guten Tag? Samantha, beeil dich. Wir sind in ein paar Minuten bei dir.«

Samantha warf den Kopf in den Nacken und stieß mit großer Präzision ein paar Rauchringe aus, dann schob sie die Hostess beiseite und verschwand in der Nacht.

Noch lange nachdem sie und die Nachtpatrouille ver-schwunden waren, hing der Rauch unter den Deckenbal-ken, zäh und drückend, wie der Dampf aus einem Moor. Daniel hätte so gerne das Fenster zum Lüften geöffnet, aber er traute sich nicht.

Er machte sich Vorwürfe, dass er sich so leicht hatte übertölpeln lassen und Samantha die Tür aufgemacht hat-te. Und er hätte schneller reagieren müssen, als er sah,

dass sie es war. Sie wegschubsen und die Tür zuschla-
gen. Er musste schneller, geschmeidiger und stärker werden.

Er holte das Handy und rief Corinne an.

38 Es war früh am Vormittag, der kleine Marktplatz lag noch im Schatten des Berges. Das Glöckchen an der Tür der Bäckerei klingelte, wenn die Leute mit dem frisch gebackenen Brot herauskamen, auf einem Balkon stand ein Mann im Unterhemd und goss die Blumen in den Kästen. Es schien sich um ein ganz normales Dorf zu handeln, mit gepflegten Häusern und strebsamen Bewohnern, die ihren Geschäften nachgingen.

Corinne saß auf dem Rand des Springbrunnens, die Kapuze ihrer Jacke hatte sie hochgeschlagen. Als sich ihre Blicke trafen, machte sie eine kleine Bewegung mit dem Kopf und ging los. Daniel folgte ihr durch die schmalen Gassen zu einem Haus, wo sie eine außen liegende Treppe hinaufstiegen. Unter dem Giebel traten sie durch eine Tür und standen in einem engen, dunklen Flur und dann vor einer weiteren Tür, die mit einem Code geöffnet werden musste.

»Deine Tür ist sicherer als meine«, stellte Daniel fest.

»Weil ich eine Frau bin.«

Sie ließ ihn in einen großen dunklen Raum unter dem Dach eintreten, Wände und Decken waren aus ungehobeltem Holz, es gab nur wenige, winzige Fenster.

»Ja, so wohne ich also«, sagte Corinne und machte kleine Lampen und Lichterketten an.

Es war wirklich eine besondere Wohnung. An einigen Wänden hingen phantasievolle Masken, Marionetten und Theaterplakate. Der Bettüberwurf war aus einem indianischen Stoff, in der Mitte des Raums standen, wie auf einer Insel, Sitzmöbel aus rotem Plüsch. Ein Drittel der Dachwohnung bestand aus einem Fitnessraum mit Geräten und einem großen Wandspiegel.

Daniel blieb stehen und betrachtete die Masken an den Wänden.

»Mein altes Leben«, erklärte Corinne. »Und mein jetziges.«

Sie machte eine Handbewegung zu den Sportgeräten.

»Okay«, fuhr sie fort, ehe Daniel weitere Fragen stellen konnte. »Du hast also eingesehen, dass du trainieren musst. Wir fangen mit dem Aufwärmen an.«

Sie zog ihre Jacke aus. Darunter trug sie ein rotes Top. Sie holte ein Springseil hervor und begann zu hüpfen.

»Du kannst das Fahrrad nehmen.«

Daniel ging in einem Bogen um das schwingende Seil und setzte sich auf das Trainingsrad. Er musste tüchtig treten, bis er die Trägheit überwunden hatte und das Rad in Gang gekommen war. Vor ein paar Jahren hatte er noch regelmäßig trainiert, ging joggen und ins Sportstudio, aber mit der Depression hatte er alles aufgegeben und nie wieder damit angefangen.

»Was hast du so gemacht in den letzten Tagen?«, fragte Corinne.

»Ich habe ein paar Briefe geschrieben«, prustete er. »Kann man von hier aus Briefe verschicken?«

»Klar. Du gibst ein offenes Kuvert an der Rezeption ab. Bevor der Brief weggeschickt wird, liest ihn die Klinikleitung und prüft, ob er den Vorschriften entspricht.«

»Was für Vorschriften?«

»Der Brief darf natürlich keine Drohungen oder Beleidigungen enthalten. Man darf auch nicht allzu viel über Himmelstal berichten. Offiziell handelt es sich um eine ›psychiatrische Spezialklinik‹, ohne genauere Präzisierung, und dieses Bild müssen wir aufrechterhalten.«

Corinne ließ das Seil jetzt schneller kreisen, dann wurde sie wieder langsamer.

»Du darfst auch nicht schreiben an wen du willst. Der

Adressat wird überprüft und muss genehmigt werden. An wen hast du denn geschrieben?«

»Ans Einwohnermeldeamt und die Passbehörde in Schweden«, keuchte Daniel. »An die schwedische Botschaft in Bern. Ich möchte meine Identität bestätigt bekommen. Die genauen Adressen habe ich nicht, aber ich hoffe, dass mir jemand dabei helfen kann.«

Corinne unterbrach ihr Seilspringen und lachte laut.

»Diese Briefe werden Himmelstal niemals verlassen.«

»Und wie ist es mit ankommender Post?«, fragte Daniel. »Gibt es da auch Zensur?«

»Ja. Alles wird gelesen. Der Absender wird überprüft.«

»Eigenartig«, sagte Daniel.

Er hatte aufgehört zu treten und saß ruhig auf dem Trainingsrad.

»Wieso?«

»Max bekam einen Brief, ehe ich hierherkam. Der Inhalt war ausgesprochen bedrohlich.«

Dann erzählte er, was in dem Brief von der Mafia gestanden hatte.

»Hast du ihn gesehen?«, fragte Corinne.

»Nein, aber ich habe das Foto gesehen, das sie mitgeschickt haben. Eine misshandelte Frau.«

»Dieser Brief ist nicht auf dem offiziellen Weg hereingekommen, so viel ist sicher.«

»Wie ist er dann hereingekommen?«

»Ich weiß nicht. Aber es kommt viel nach Himmelstal herein, was nicht hereinkommen sollte«, sagte Corinne.

Sie hängte das Seil an die Wand.

»Drogen?«, fragte Daniel.

»Hat dir jemand etwas angeboten?«

»Ein Typ im Speisesaal hat Andeutungen in die Richtung gemacht. Und ich habe Leute gesehen, die offenbar was genommen hatten.«

»Samantha?«

Die Damen kontrollierten sich gegenseitig, dachte Daniel. Wer hatte Samantha bei ihm gesehen? Nur die Hostessen. Die es wiederum Gisela Obermann berichtet hatten? Die Corinne während der Therapiestunden davon unterrichtet hatte?

»Ich dachte, es wäre die Nachtpatrouille und schloss auf«, sagte er entschuldigend. »Sie war zugedröhnt. Ich habe sie gleich wieder rausgeworfen.«

Corinne schien zufrieden.

»Es gibt Drogen im Tal«, gab sie zu und umwickelte ihre Hand mit einer schwarzen Baumwollbinde. »Keine großen Mengen, aber genug, um eine Nachfrage aufrechtzuerhalten, und auch genug, um die Preise hoch zu halten. Ich nehme an, die verfügbare Menge ist genau berechnet, damit die Gruppe von Abhängigen den zwei, drei Dealern ein luxuriöses Leben garantiert.«

»Wer sind die Dealer? Der Typ in der Lederweste?«

»Er ist nur ein kleiner Dealer. Aber im Westen des Tals liegen auf der rechten Seite ein paar wirklich schöne Häuser. Die Leute, die da wohnen, haben keine größeren Jobs. Die müssen andere Einkünfte haben.«

»Wer wohnt denn dort?«

»Kowalski wohnt in der Villa ganz oben am Hang. Sørensen wohnt ein Stück weiter unten.«

Kowalski und Sørensen waren die Männer, die am Swimmingpool Karten spielten.

»Aber wie bekommen sie das Zeug hier herein?«

»Gute Frage. Alle, die ins Tal kommen, werden genauestens untersucht. Eigentlich dürfte es gar nicht möglich sein.«

»Weiß die Klinikleitung, dass es hier Drogen gibt?«
»Natürlich.«

»Warum greifen sie nicht ein?«

Corinne schaute ihn erstaunt an.

»Um was zu tun? Die Polizei rufen? Die Schuldigen verurteilen lassen? Sie bestrafen? Sie sind bereits verurteilt und bestraft. Sie befinden sich jetzt jenseits von Gerichten und Gefängnissen. Es gibt keine Instanz mehr. Himmelstal ist die Endstation. Es bleibt nur noch, sachlich und wissenschaftlich zu untersuchen, was passiert.«

»Man studiert also den Drogenhandel, aber man unterbindet ihn nicht?«, rief Daniel erregt aus.

Corinne wickelte das letzte Stück der Baumwollbinde um ihre Hand und steckte sie fest.

»Selbstverständlich will man die Drogen nicht haben. Aber nun sind sie da, und da muss man sie in die Forschungen integrieren. Wer wird Dealer, wer wird Zwischenhändler, wer kauft. Wer wird reich bei dem Geschäft und wer arm. Was für Zahlungsmittel gibt es: Geld, Waren, Dienste, Prostitution. Es gibt hier einen Soziologen, Brian Jenkins, der mit dem roten Bart, du weißt schon, der interessiert sich für solche Dinge.«

»Welche Methoden verwendet er für seine Forschungen? Steht er daneben und macht sich Notizen, wenn sie ihre Geschäfte machen?«, fragte Daniel und begann wieder, in die Pedale zu treten.

»Er bestellt alle Bewohner in sein Arbeitszimmer. Er redet mit dem Personal. Sammelt Informationen. Hier und dort. Manche Bewohner sind sehr mitteilsam, wenn sie glauben, dass ihnen das Vorteile bringt.«

»Petzer?«

»Ich glaube, man nennt sie Informanten.«

»Was bringt es einem, wenn man Informationen liefert?«

Corinne zog Boxhandschuhe an.

»Man bekommt ein goldenes Sternchen im Buch. Es ist von Vorteil, beim Forscherteam beliebt zu sein.«

»Aber von Kowalski und Sørensen bekommt man wohl kaum ein Goldsternchen?«

»Man kann es eben nicht allen recht machen. Lass uns weitermachen, bevor uns kalt wird.«

Corinne begann, mit leichten Schlägen einen Sandsack zu bearbeiten. Daniel schaute fasziniert zu. Sie wechselte von einem Fuß auf den anderen und erhöhte die Geschwindigkeit. Der Ball prallte rhythmisch gegen die Holzplatte, das Armband mit den bunten Steinen schlug an den Rand des Handschuhs.

»Was ist denn mit dir? Hast du noch nie eine Frau boxen sehen?«

»Aber keine trug dabei ein Armband.«

Sie boxte weiter. Daniel kämpfte immer noch auf dem Trainingsrad.

»Willst du auch mal?«, fragte sie nach einer Weile.

Er stieg vom Rad, und nun umwickelte sie auch seine Hände und zog ihm die Handschuhe an, die noch feucht von ihrem Schweiß waren. Daniel kam sich vor wie ein Kind, dem seine Mutter die Fäustlinge anzieht, bevor es hinaus in den Schnee zum Spielen geht.

Sie zeigte ihm die Schläge: Jab, Rechte, linker Haken und Uppercut.

»Wer hat dir beigebracht zu boxen?«, fragte er.

»Ich habe ein wenig trainiert, bevor ich herkam. Aber eigentlich habe ich es mir selbst beigebracht. Hier gibt es einige, von denen ich etwas lernen könnte. Aber ich will von niemandem abhängig werden. Dass ich hier trainiere, ist mein kleines Geheimnis. Das ist besser so.«

Daniel schlug auf den Ball, duckte sich, als er auf ihn zukam, und schlug noch einmal.

»Halt«, sagte Corinne. »Schlag mir den Ball nicht kaputt. Es war schwierig genug, ihn zu bekommen, und die Klinikleitung wird mir keinen neuen besorgen. Leichter. So, ja. Und der Körper muss dem Schlag folgen. Gut.«

Er kämpfte, fand einen Rhythmus, aber es war viel anstrengender, als er dachte, und er gab nach kurzer Zeit auf.

»Du hast Talent«, sagte Corinne. »Bitte die Klinikleitung um ein Paar Boxhandschuhe. Dann können wir zusammen trainieren.«

Daniel lachte. Er war außer Atem. Sein T-Shirt war durchgeschwitzt.

»Stört es deine Nachbarn nicht, wenn du trainierst? Das muss doch laut sein«, sagte er und zog die Handschuhe aus.

»Ich bin allein im Haus. Das Erdgeschoss benutzt der Ladenbesitzer als Lager. Und der erste Stock ist leer. Es ist angenehm, für sich zu sein. Aber: Wenn mir etwas zustößt, hört mich niemand, wenn ich schreie«, sagte sie lächelnd. »Willst du an die Hanteln oder soll ich?«

Daniel machte eine abwehrende Handbewegung.

»Ich glaube, mir reicht es für heute.«

»Die Dusche ist da drüben neben der Eingangstür«, sagte Corinne und legte sich auf die Bank unter die Hanteln.

Als er mit Corinnes Badehandtuch um die Hüften aus der Dusche kam, hatte sie einen Krug Rhabarbersaft mit Eiswürfeln hingestellt und einen Frotteebademantel angezogen. Während sie duschte, setzte er sich auf das Plüschsofa und schenkte sich Saft ein. Er sah sich in dem großen Zimmer um. Auf einem Stuhl lagen ihre verschwitzten Trainingskleider. Schnell fasste er in die rechte Tasche der Jogginghose und holte ihr Handy heraus. Er schaute zur Badezimmertür, dann öffnete er den Mitteilungseingang. Der war ganz leer. Ebenso der Mitteilungsausgang. Offenbar löschte sie immer alles sofort. Aber bei den gespeicherten Mitteilungen hatte er einen Treffer: eine einzige

SMS von einem Absender, der als »M« gespeichert war. Er machte auf und las: *Bin glücklich, wann immer ich dich sehe. Pass auf dich auf.* Die Nachricht war am 21. Mai gesendet worden. Er sah sich nach einem Stift um, damit er die Nummer aufschreiben konnte, aber das Rauschen im Bad hatte aufgehört, und er steckte das Handy in die Tasche zurück.

Corinne kam heraus. Sie hielt mit der einen Hand den Bademantel zusammen und drückte mit der anderen das Wasser aus den Haaren.

»Bin ich der Einzige in Himmelstal, der dir beim Training zugesehen hat?«, fragte Daniel.

»Ja«, sagte sie, setzte sich in den Sessel und fügte hinzu: »Außer Max natürlich.«

Sie schenkte sich ein Glas Rhabarbersaft ein und trank gierig.

»Habt ihr zusammen trainiert?«

Corinne lachte.

»Kennst du deinen Bruder so schlecht? Er hasst es, zu schwitzen. Alles, was anstrengender war als das Fliegenfischen, kam für ihn nicht in Frage.«

Daniel zögerte einen Moment.

»Es geht mich eigentlich nichts an. Aber was hattet ihr für eine Beziehung?«

»Max und ich? Ich weiß nicht. Es wäre falsch zu sagen, dass wir Freunde waren. Man findet in Himmelstal keine Freunde. Aber wir trafen uns. Wir konnten miteinander reden. Es begann in der Theatergruppe, wo ich Regie geführt habe. Wir haben *Der gute Mensch von Sezuan* gespielt. Es handelte sich um eine gekürzte Version, eine Bearbeitung, an der ich beteiligt war, ehe ich herkam. Max spielte den Flieger. Er war begabt. Er hat sofort verstanden, was ich wollte. Er wäre ein guter Schauspieler geworden, wenn er es gewollt hätte. Die Aufführung war ein großer Erfolg, und danach kam er, wenn ich arbeitete, öfter in Hannelores Bierstube und plauderte mit mir. Manchmal kam er danach mit zu mir nach Hause.«

Sie sah seinen Blick und sagte:

»Wir hatte keine sexuelle Beziehung. Wir waren beide nicht interessiert. Wir saßen hier und redeten, das war alles.«

»Wieso hast du ihn mitgenommen? Du hast doch selbst gesagt, dass du niemandem die Tür öffnest. Hast du ihm wirklich vertraut?«

Corinne dachte nach.

»Ich habe mich natürlich einer physischen Gefahr ausgesetzt. Aber es gibt eine andere Gefahr in Himmelstal. Die Gefahr, verrückt zu werden. Als Max ins Tal kam, wurde für mich diese Gefahr immer größer. Verrückt zu werden vor Misstrauen, Einsamkeit und Anonymität. Ich war es so leid, abends immer allein hier zu sitzen und die Reste meines alten Lebens anzustarren.«

Sie warf einen Blick auf die Theaterplakate und Masken an der Wand.

»Ich habe mich danach gesehnt, jemandem von mir zu erzählen, meine Gedanken mit einem anderen Menschen zu teilen. Nichts Tiefes oder Grundlegendes. Ich wollte nur, dass jemand ein bisschen etwas über mich weiß. Als wir *Der gute Mensch* probten und ich mich mit Max über das Stück unterhielt, erlebte ich genau das. Und ich wollte nicht, dass es aufhört. Ich habe mich also weiter mit ihm getroffen, und ich habe ihn hierher eingeladen, wo wir frei reden konnten, ohne dass die anderen Gäste der Bierstube uns zuhörten. Es war unterhaltsam und nett. Er brachte mich zum Lachen.«

Daniel spürte einen Stich Eifersucht.

»Wusstest du, dass er Frauen misshandelt hat?«

Corinne nickte.

»Gisela hatte mich gewarnt. Aber es war mir egal, sollte er mich doch töten. Lieber das, als so isoliert zu sein.«

»Gisela Obermann und du, ihr scheint euch ziemlich gut zu kennen?«

Corinne schwieg einen Moment.

»Ich mag sie ganz gern«, sagte sie. »Und ich glaube, sie mag mich auch. Aber sie ist Ärztin. Man kann mit einem Arzt nicht offen reden. Es bleibt ein durch und durch ungleiches Verhältnis. Sie hat totale Macht über mich. Ein falsches Wort von mir, und sie kann mich in die Katakomben schicken.«

Da war wieder dieses Wort.

»Die Katakomben?«

»Habe ich das gesagt? Ach, das ist so ein Himmelstal-Ausdruck. Es bedeutet härtere Methoden.«

»Wie zum Beispiel?«

»Gestrichene Vergünstigungen. Starke Medikamente. Geschlossene Abteilung. Ungefähr so.«

»Es gibt hier also eine geschlossene Abteilung?«

»Ja. Wenn ein Bewohner allzu gewalttätig und gefährlich wird, muss man die anderen vor ihm schützen. Ihn einsperren und zudröhnen. Sonst würden die Bewohner sich gegenseitig umbringen, und es gäbe bald kein Studienmaterial mehr.«

Sie stand auf, holte den Krug mit Saft aus dem Kühlschrank und schenkte nach.

»Warum heißt es Katakomben?«, fragte Daniel.

»Vor langer Zeit gab es hier ja ein Kloster. Aus dieser Zeit gibt es nur noch den Aussätzigenfriedhof. Die Nonnen wurden nicht dort begraben und auch nicht im Dorf. Sie hatten unter dem Kloster angeblich eine unterirdische Grabkammer. Das heißt unter der jetzigen Klinik. Man erzählt sich scherzhaft, dass dort, in den Katakomben, unbequeme Bewohner untergebracht werden. Das ist Himmelstal-Humor. Ich hätte diesen Ausdruck nicht verwenden sollen.«

»Läufst du Gefahr, in den Katakomben zu landen, Corinne?«

»Nein, ich wollte damit nur sagen, dass die Ärzte totale Macht über uns haben. Man sagt das halt so. Nimm es nicht so ernst. Aber Gisela ist meine Therapeutin und Ärztin, nicht meine Freundin. Freundschaft kannst du hier nicht erwarten. Aber manchmal ein wenig menschliche Nähe. Das habe ich gesucht.«

»Suchst du das auch bei mir? Ein bisschen menschliche Nähe?«

Sie lächelte amüsiert.

»Ich habe das Gefühl, dass ich vielleicht, zum ersten Mal hier in Himmelstal, auf ... ein bisschen mehr hoffen kann. Ich traue dir nicht ganz, Daniel. Und du vertraust mir nicht ganz. Das sollst du auch nicht. Noch nicht. Aber wir können uns besser kennenlernen. Und wenn wir uns kennen, können wir einander vielleicht vertrauen. Und Freunde werden. Würdest du mein Freund werden wollen?«

Sie sagte es mit einem Beben in der Stimme, als bäte sie um etwas Unerhörtes und fürchtete, eine abschlägige Antwort zu bekommen.

»Ich wähle meine Freunde mit Bedacht. Aber von denen, die ich bisher in Himmelstal getroffen haben, hast du die besten Chancen«, sagte Daniel.

Corinnes Gesicht hellte sich auf.

»Genau so muss man denken. Jetzt habe ich noch ein bisschen zu tun. Sehen wir uns in der Bierstube? Oder in der Kirche?«

»Lieber in der Bierstube. Danke, dass ich bei dir trainieren durfte.«

»Du kannst jederzeit wiederkommen.«

Sie brachte ihn zur Tür und umarmte ihn vorsichtig. Er

spürte ihre nassen Haare und roch den Duft ihrer Seife. Er nahm ihr Armband zwischen die Fingerspitzen, ganz leicht und sachte, aber die Berührung ließ sie zusammenzucken, und sie zog ihren Arm weg.

»Nimmst du dieses Armband nie ab?«, fragte er.

»Nein.«

»Es bedeutet dir sehr viel, nicht wahr?«

»Es erinnert mich daran, wer ich bin«, sagte sie. »Bis bald.«

Auf dem Rückweg überlegte Daniel, ob er die Abkürzung durch das Tannenwäldchen nehmen oder über die Autostraße, die zur Klinik führte, gehen sollte. Die Tannen weckten unangenehme Erinnerungen. Er entschied sich dennoch für den Weg durch den Wald. Er hatte den Eindruck, dass die meisten Bewohner diesen Weg benutzten, er war sehr ausgetreten, und überall lagen Zigarettenkippen und Müll. Daniel wollte nicht als feige dastehen. Er wäre am liebsten gelaufen, aber er zwang sich, ruhig und gemessenen Schrittes zu gehen. Er versuchte sogar zu pfeifen.

Plötzlich sah er jemanden zwischen den Bäumen sitzen. Er beruhigte sich, als er sah, dass es eine Frau war.

Die Szene hatte nichts Bedrohliches. Die Frau saß auf einem moosbewachsenen Stein und rauchte. Sie starrte abwesend vor sich hin und schien Daniel nicht bemerkt zu haben. Die hochhackigen Schuhe lagen vor ihr auf dem Boden.

»Frau Doktor Obermann«, sagte Daniel erstaunt.

Sie hob müde den Blick und schaute dann in eine andere Richtung. Der Geruch von ihrem Zigarillo mischte sich mit dem Geruch von Harz und Tannennadeln.

»Ich würde gerne mit Ihnen reden«, fuhr er fort und ging zu ihr.

»Du bist nicht mehr mein Patient«, sagte Gisela Obermann kurz.

»Ich weiß. Ich bin Doktor Fischers Patient. Aber ich wäre lieber wieder bei Ihnen.«

Sie gab ein kurzes, seltsames Lachen von sich. Ohne ihn anzuschauen, sagte sie:

»Du glaubst also, du könntest dir das aussuchen?«

Ein Sonnenstrahl drang durch die Tannen und erhellte ihr Gesicht. Daniel war erstaunt, als er sah, wie müde und abgekämpft sie aussah. Der enge Rock war die Schenkel hinaufgeglitten und entblößte eine Laufmasche in ihren Strümpfen, groß wie ein Spinnennetz.

»Nein«, sagte er, »aber es fällt mir leichter, mit Ihnen zu sprechen, als mit Doktor Fischer.«

»Geh«, sagte sie kalt. »Hast du gehört? Du bist nicht mein Patient, und man hat mir verboten, mit dir zu reden. Ich darf keinerlei Kontakt zu dir haben.«

»Aber Sie müssen mir helfen. Ich möchte, dass Sie die schwedischen Behörden kontaktieren und meine Identität feststellen lassen. Sie müssen mit Ihren Kollegen sprechen.«

Daniel sprach schnell und eifrig. Er hockte sich neben sie ins Moos.

Gisela Obermann warf den zur Hälfte gerauchten Zigarillo weg und stand plötzlich auf. Sie machte auf Strümpfen ein paar Schritte zurück, das Handy hielt sie vor sich wie ein Kreuz gegen einen Vampir.

»Wenn du nicht sofort verschwindest, rufe ich die Wachen«, zischte sie. »Ich drücke auf den Überfallknopf, verstehst du?«

Daniel schaute sie erschrocken an und ging dann schnell auf den Waldweg zurück.

39 »Es gibt Tage, da finde ich das Leben in Himmelstal trotz allem ziemlich okay«, sagte Corinne. »Dann denke ich, irgendwie werde ich das Leben schon schaffen.«

Sie saßen dicht nebeneinander auf Corinnes Jacke im Gras. Jenseits der Stromschnelle kreisten die Schwalben um ihre Nester in der Felswand, weit im Westen schienen die schneebedeckten Gipfel in der klaren Luft auf Wolkenkissen zu schweben, wie eine Welt für sich, mit eigenen Naturgesetzen.

»Ich habe diese wunderbare Landschaft, ich habe mein Singen und meine Auftritte. Und jetzt habe ich auch noch dich, Daniel. Dass du hierhergekommen bist, das ist das Beste, was mir passieren konnte.«

Sie nahm seine Hand und drückte sie. Er erwiderte den Druck, dachte jedoch, dass es wahrlich nicht das Beste war, was *ihm* passieren konnte.

»Ich habe immer gedacht, dass ich in Himmelstal ein erträgliches Leben führen könnte, wenn es nur jemanden gäbe, dem ich vertrauen kann. Einen einzigen Menschen, bei dem ich mich sicher fühle.«

»Ich werde nicht hierbleiben, das weißt du«, sagte er bestimmt.

Sie schaute an ihm vorbei und hinauf zu den schneebedeckten Gipfeln und lächelte still, als hätte sie ihn gar nicht gehört.

»Aber«, fuhr sie nach einer Pause fort, »es gibt immer noch etwas, was mir wirklich fehlt. Am Anfang habe ich nicht darüber nachgedacht, aber jetzt fehlt es mir immer mehr. Weißt du, was das ist?«

Daniel konnte sich alles Mögliche vorstellen. Er schüttelte den Kopf.

»Kinder.« Sie stieß das Wort mit einem kleinen, geflüsterten Seufzer aus. »Seit Jahren höre ich nur die Stimmen von Erwachsenen, meistens Männer. Nie die Rufe von spielenden Kindern, Säuglingsgeschrei, Babyjuchzen. Lachen! Oh, ich würde alles dafür geben, wenn ich Kinderlachen hören könnte. Du weißt schon, dieses glucksende, sich überschlagende Lachen. Die totale, unbefleckte Freude. Ohne den geringsten Zweifel, dass das Leben durch und durch gut ist.«

Ihre Stimme brach, sie verbarg das Gesicht in den Händen, und ihre Schultern schüttelten sich im lautlosen Weinen. Es war herzerweichend.

Er nahm sie in die Arme und hielt sie fest. Als sie an seiner Brust weinte, wurde ihm klar, dass es ihr nicht nur um Kinder an sich ging.

»Hast du da draußen eigene Kinder?«, fragte er vorsichtig.

»Nein.« Er spürte, wie ihre Lippen sich am Hemdenstoff über seiner Brustwarze bewegten. »Aber ich mag Kinder.«

Und dann weinte sie wieder. Über die Kinder, die sie nie gehabt hatte und nie bekommen würde.

Die Kirchenglocke begann zu läuten. Drüben im Westen sah man die Silhouette eines Raubvogels am Himmel. Er kreiste immer höher und verschwand schließlich über dem Kamm des Berges. Auf der Straße näherte sich ein kleiner Bus. Er bremste und blieb stehen, aber niemand stieg aus.

»Was ist das für ein Auto?«, fragte Daniel.

Corinne schaute auf. Sie rieb sich die Tränen aus den Augen, um besser sehen zu können.

»Das da«, schnaubte sie. »Das ist ein Safari-Auto. Mit Psychopathen-Touristen. Wahrscheinlich sind gerade fünfzehn Ferngläser auf uns gerichtet.«

»Der Teufel soll euch holen«, sagte sie in Richtung des

Autos und streckte den Mittelfinger in die Luft. Das Auto setzte sich wieder in Bewegung und fuhr weiter durchs Tal.

»Gastforscher aus der ganzen Welt kommen her und studieren uns. Meistens sitzen sie geschützt in den Konferenzräumen oder den Gästeunterkünften. Aber manchmal begeben sie sich in diesem Bus auf einen Abenteuerausflug. Er hat schusssichere Scheiben. Und sie haben die strenge Anweisung, sie auf keinen Fall herunterzukurbeln.«

Corinne schaute auf ihre Uhr und wischte noch ein paar Tränen weg.

»Die Messe beginnt in einer halben Stunde«, stellte sie fest.

Dann ging ein Licht in ihren Augen an. Nicht in voller Stärke, mehr wie das entfernte Glitzern einer nächtlichen Stadt. Sie legte eine Hand auf seine Schulter und sagte:

»Komm mit mir in die Kirche, Daniel. Ich würde mich so freuen. Du brauchst nur dazusitzen. Tu es für mich.«

Das Licht, das in die kleine Kirche strömte, wurde von den Glasmalereien gedämpft und gefärbt. Im ersten Moment sahen sie alt aus, aber die Malereien stammten offenbar aus der zweiten Hälfte des 20. Jahrhunderts. Der Stil war grob naturalistisch, die Farben grell.

Die Motive ließen ihn an das denken, was er in der Bierstube über Pater Dennis gehört hatte: dass er pädophil sei und sich in Jesu Namen gewaltsam an seinen Sonntagsschülern vergriffen hatte und sich in einem Fall sogar eines Mordes schuldig gemacht hatte.

Auf einem der Bilder saß ein wunderschöner Jesus mit zwei kleinen Kindern, sie trugen lockere Togas, die jeden Moment hätten herabfallen können. Ein goldgelocktes Mädchen lehnte sich sehnsüchtig an Jesu Hüfte, und ein kleiner Knabe versuchte, von seinem Schoß zu klettern, als würde er plötzliches Unheil ahnen. Seine Kleidung war hochgerutscht und entblößte seinen kleinen rundlichen Penis. Es war, als hätte Pater Dennis dieses Motiv höchstpersönlich bestellt.

Das andere Bild zeigte ein Lamm, das mit seinem gebeugten Vorderbein sehr geschickt ein großes Holzkreuz festhielt. Um seine Hufe breitete sich ein roter Fleck aus, vielleicht eine Blutlache. Auch dieses Bild löste bei Daniel unangenehme Assoziationen aus. Das Lamm starrte idiotisch ins Leere, und er konnte Samanthas heiseres Flüstern hören: »Lämmchen.«

Das dritte Fenster stellte ein Gruppe dicker Cherubim dar, die umeinander kreisten wie ein Schwarm geflügelte Marzipanschweinchen. Jede Menge pfirsichfarbene Haut, geschürzte Kussmünder und kleine Popos. Pater Dennis' Vorstellung vom Himmelreich?

Sie setzten sich in die hinterste Bank. Aus den Lautsprechern kam Orgelmusik vom Band. Es waren nur noch ein paar andere Besucher da. Alle saßen für sich und mit großem Abstand voneinander.

Kurz darauf erschien Pater Dennis in seinem Priestergewand. Er sah eigenartig aus. Auf der Stirn hatte er eine tiefe Delle, und auf einer Wange war die Haut ganz straff und hellrosa. Die Spuren von einem Überfall. Kinderschänder wurden überall geächtet und verfolgt, Himmelstal war da keine Ausnahme.

In der Vorstellungswelt von Pater Dennis war die Verfolgung jedoch zu einer Art Auserwähltsein erhöht worden. Ein Martyrium, das dem eines Heiligen in nichts nachstand. Er scheute sich nicht einmal, Vergleiche mit dem Leiden Jesu anzustellen und fand, dass er besser verstand, was der Erlöser durchgemacht hatte, wenn seine Umwelt ihn verachtete. Er nahm jede Beschimpfung, jeden Hassbrief oder Faustschlag entgegen wie einen Gunstbeweis, ein Zeichen für die Solidarität mit den Geächteten und Gequälten.

Aus verständlichen Gründen führte der Priester ein zurückgezogenes Leben. Er wohnte in einem Zimmer im Krankengebäude, von wo aus er mit der Umwelt über seine Homepage auf der Intranet-Seite des Tals kommunizierte und häufig Rundmails verschickte. Er wurde täglich in einem der kleinen Elektroautos in die Kirche gebracht. Man war der Auffassung, das religiöse Tun des Paters war wichtig für das Tal, und deshalb gewährte ihm die Klinikleitung diesen Sicherheitsservice. Das machte ihn noch verhasster bei den anderen Bewohnern, die nicht mit dem gleichen Schutz rechnen konnten.

Eine schmale, lange, mit feinkörnigem Sand gefüllte Kiste lief an der Balustrade der Altarschranke entlang, wie ein Blumenkasten. Heruntergebrannte Kerzenstümpfe steckten im Sand. Pater Dennis steckte eine neue Reihe Kerzen hinein und zündete sie eine nach der anderen an. Er murmelte jedes Mal ein kurzes Gebet und bekreuzigte sich.

»Das ist für die Toten«, flüsterte Corinne mit gesenktem Kopf.

Sie knieten mit gefalteten Händen in der Bank. Daniel schielte zu ihr hinüber.

»Was für Tote?«

»Bewohner, die hier in Himmelstal gestorben sind.«

Der Priester machte einen Schritt zurück und betrachtete andächtig die brennenden Kerzen, dabei grollte eine Bachfuge aus den Lautsprechern. Daniel zählte die Kerzen.

»Vierundzwanzig. Wie viele sind eines natürlichen Todes gestorben?«, fragte Daniel.

»Das kommt darauf an, was du unter natürlich verstehst. In Himmelstal ist es natürlich, durch Mord, Selbstmord oder eine Überdosis zu sterben«, murmelte Corinne und schaute auf ihre gefalteten Hände. Es sah aus, als würde sie beten. »Es sind vermutlich viel mehr als vierundzwanzig. Einige wurden nie gefunden. Sie verschwinden einfach.«

Die Orgelmusik verstummte. Pater Dennis war auf die Kanzel gestiegen.

In seinen Mail-Betrachtungen gab es zwei Lieblingsthemen, auf die er immer wieder zu sprechen kam. Das eine war *das Lamm*: das reine Opferlamm, weiß und unschuldig. Der Herr kümmerte sich um seine Herde. Der gute Hirte.

Das andere war *die Wunde*: Jesu herrliche blutende Wunden. Die Wunden der Märtyrer. Pater Dennis' eigene schmerzende Wunden, die er wie Schmuckstücke trug.

Manchmal brachte er die beiden Themen auch zusammen: *Die Wunden des Lammes.*

Daniel war gespannt, welches der beiden Themen er für die heutige Predigt gewählt hatte.

Pater Dennis räusperte sich und begann:

»Lasst uns für einen Moment so tun, als seien wir Engel.«

»Da musst du dich ziemlich anstrengen«, sagte Corinne leise vor sich hin.

»Wunderbare, reine Engel mit schneeweißen Flügeln, die da oben im Himmel schweben. Wir schweben über den Alpen und sehen sie unter uns. Das müsste schön sein, nicht wahr? Und dann schweben wir über Himmelstal, und was glaubt ihr, wie es da aussieht? Ich will es euch erzählen. Es ist eine bergige Landschaft, keine besonders hohen Gipfel, sanfte Wellen. Und dann plötzlich eine Kerbe! Eine Schnittwunde mittendurch. Schmal. Tief. Schmerzhaft tief. Das ist Himmelstal. *Eine Wunde.* Vom eisigen

Messer des Gletschers geschnitten. Meine Freunde: *Wir leben auf dem Grund einer Wunde!* Ich und ihr, wir sind die kleinen Würmer in der Wunde. Wir infizieren alles, halten sie offen, sorgen dafür, dass der Eiter fließt. Das ist unser Los. Auf dem Grund einer Wunde zu leben.«

Die Stimme des Priesters war heftig, fast atemlos.

Daniel war übel.

»Entschuldige bitte, aber ich halte das nicht mehr aus«, flüsterte er Corinne zu. »Und ich möchte gerne noch in die Bibliothek, bevor sie zumacht.«

Er drückte zum Abschied ihre Hand und schlich hinaus.

Als er zur Klinik zurückging, kam er an einem der Transporter der Wachen vorbei. Die Wachen gingen langsam auf beiden Seiten des Flusses entlang und stocherten mit langen Stecken im wirbelnden Wasser.

Während er ihnen zuschaute, spürte er, wie die Erde unter seinen Füßen ein klein wenig bebte. Eine schwache, kaum wahrnehmbare Bewegung, die die Glockenblumen auf ihren Stängeln schwingen ließ, obwohl es ein windstiller Sommerabend war. Als ob das Tal schauderte.

40 Die Bibliothek war still und verlassen. Außer dem Bibliothekar war kein Mensch zu sehen. Daniel ging zum Tresen.

»Ich würde gerne etwas über Falken lesen«, sagte er.

Der kleine, glatzköpfige Mann schob seine Brille zurecht und ging mit ihm zu einem Regal.

»Hier. *Die Welt der Raubvögel*«, sagte der Bibliothekar und reichte ihm einen großen Band mit einem Königsadler auf dem Umschlag. »Sonst noch etwas?«

»Nein danke. Genau das habe ich gesucht. Danke für die Hilfe«, sagte Daniel und wandte sich zum Gehen.

»Nichts über den Zweiten Weltkrieg? Wir haben hier etwas sehr Interessantes.«

Daniel drehte sich noch einmal um. Der Zweite Weltkrieg war eine Leidenschaft des Bibliothekars. In seiner Wohnung im Dorf hatte er Karten, auf denen markierte er die Stellungen der Deutschen und der Alliierten mit Nadeln, er informierte sich genau über die Neuerscheinungen auf diesem Gebiet und sorgte dafür, dass die Bibliothek von Himmelstal es in dieser Hinsicht mit einer Universitätsbibliothek aufnehmen konnte.

Daniel wusste, dass der glatzköpfige kleine Mann eine weitere Leidenschaft hatte: unschuldige Menschen mit einer Nylonschnur zu erdrosseln. Er war angeblich sehr geschickt in dieser Kunst, und an das Mordwerkzeug kam man problemlos im Angelladen des Dorfs heran.

»Der Zweite Weltkrieg ist immer interessant«, antwortete Daniel deshalb einlenkend. »Was empfiehlst du mir?«

»Oh, da gibt es viel. Komm mit«, gluckste der Bibliothekar. Er hob die Schultern und kniff schelmisch die Augen zusammen, so dass die Brille auf der Nase hüpfte.

Daniel folgte ihm zögernd zwischen die Regalreihen

und schaute über die Schultern Richtung Eingang. Wie lange würden sie wohl allein sein?

Der Bibliothekar redete über sein Lieblingsthema, plötzlich jedoch übertönte ihn ein hupendes Signal, gefolgt von einem dumpfen Grollen, das die Regale wackeln ließ. Das gleiche Beben, das Daniel vor einer Weile unten im Tal verspürt hatte, nur erheblich stärker.

»Was war das?«, fragte er.

»Sie sprengen«, sagte der Bibliothekar ruhig und glitt mit den Fingern suchend an den Regalen entlang. »Für den Neubau.«

»Soll hier etwas Neues gebaut werden?«

Der Bibliothekar nickte.

»Ein Wohnkomplex. Ganz oben am Hang. Sechs Stockwerke. Ein- und Zweizimmerwohnungen. Balkon und Aussicht übers Tal. Ich überlege, ob ich mich bewerben soll. Mir gefällt es nicht im Dorf. Wohnst du im Dorf?«

»Nein«, sagte Daniel, der ihm nicht verraten wollte, wo er wohnte, und deshalb schnell fortfuhr: »Wann soll der Neubau fertig sein?«

»Nächsten Sommer. Aber vielleicht ist er ja nur für Neuankömmlinge. Nächstes Jahr sollen zweihundert Neue aufgenommen werden.«

Der Bibliothekar kletterte auf einen Schemel, blinzelte durch seine Brille und holte oben aus dem Regal ein Buch heraus.

»Zweihundert?«

»Ja klar. Himmelstal expandiert. Hast du die Geschichte über den englischen Geheimdienst gelesen?«

Mit dem Buch in der Hand stieg er vom Schemel herunter. Daniel wollte es ihm abnehmen und gehen, aber der Bibliothekar erzählte ihm so ausführlich und begeistert den ganzen Inhalt, als wolle er Daniel das Buch verkaufen und nicht nur ausleihen. Sein kahler Schädel war schweißglänzend vor Eifer. Daniel bereute, diese Leidenschaft geweckt zu haben, und fürchtete, dass sie, wenn sie stark genug war, auch die zweite Passion des Bibliothekars wecken könnte.

Er beruhigte sich erst, als Pablo, ein ehemaliger Geldeintreiber aus der Madrider Unterwelt, in die Bibliothek geschlendert kam und mit einigen Motorradzeitschriften Platz nahm. Pablo war für seine Brutalität bekannt, aber er wäre immerhin ein Zeuge, und der Bibliothekar hatte mindestens so viel Angst vor ihm wie Daniel. Das Auftauchen des Spaniers wirkte wie ein Eimer kaltes Wasser auf die erregten Sinne des kleinen Mannes, die Stimme wurde zu einem Flüstern, der Blick wurde unsicher und flackernd.

Daniel atmete durch. Die Welt der Raubvögel, dachte er. Der Spatz freut sich, wenn der Adler den Habicht vertreibt.

»Vielen Dank. Jetzt geh ich heim und lese«, sagte Daniel schnell. »Übrigens. Du scheinst ja gut informiert zu sein. Ich habe unten am Fluss Wachen gesehen. Sie schienen nach etwas zu suchen.«

»Ja«, sagte der Bibliothekar und nickte ernst.

»Ist ein ... Bewohner verschwunden?«

»O nein.« Der Bibliothekar lächelte. »Die Wachen gehen doch nicht los und suchen nach uns Bewohnern.«

Er warf einen Blick in die Richtung des Spaniers und senkte die Stimme zu einem Flüstern:

»Es ist eine der Hostessen.«

»Die kleine Dunkelhaarige?«

Daniel hatte sie lange nicht gesehen und sich gefragt, wo sie wohl abgeblieben war. Der Bibliothekar nickte fast unmerklich. Darüber wollte er nicht reden.

»Noch mal vielen Dank für die Hilfe«, sagte Daniel. »Ich bringe die Bücher zurück, sobald ich sie gelesen habe.«

»Du kannst sie behalten, so lange du willst«, sagte der Bibliothekar mit einer großzügigen Geste. »Ich klopfe bei dir an, wenn jemand danach fragt. Du wohnst in einer der Hütten, nicht wahr?«

Daniel murmelte etwas Undeutliches.

»Ich muss doch wissen, wo meine besten Freunde sich aufhalten«, sagte der Bibliothekar lächelnd.

»Die da«, sagte er und zeigte auf die Bücher unter Daniels Arm.

In dieser Nacht träumte Daniel von Pater Dennis' schnee-weißen Engeln, die hoch über Himmelstal schwebten. Er war mitten unter ihnen und genauso schwerelos und frei wie sie. Das Tal lag unter ihm, grün und frisch, mit dem sich schlängelnden Wildbach und dem kleinen Dorf. Die Glocken der Kirche läuteten, die Töne stiegen hinauf und klangen da oben in der Luft heller und klarer.

Dann merkte er plötzlich, dass die Engel nicht mehr weiß, sondern dunkel waren. Sie hatten sich in große Raubvögel verwandelt und kreisten in großen Runden und spähten hinunter zum Talboden. Statt Wasser floss nun gelber, zähflüssiger Eiter im Flussbett, die Raubvö-gel spähten nicht nach Mäusen oder kleinen Vögeln, son-dern nach riesigen weißen Würmern, die sich im Gras wanden.

Ja klar, so war es natürlich, dachte Daniel im Traum. Er war eigenartig ruhig, als ob das Unangenehme, das er da sah, ihn nicht beängstigte, sondern ihn nur in seinem Ver-dacht bestärkte.

Und das helle Läuten kam ja auch nicht von den Kir-chenglocken – wie hatte er das nur glauben können? –, sondern es kam von den Glöckchen, die den Vögeln mit Lederbändchen um die Füße gebunden waren.

Im gleichen Moment wurde ihm noch etwas klar, und

diese Erkenntnis war so stark, dass sie ihn aus dem Schlaf riss.

Er machte die Lampe in seiner kleinen Schlafkoje an, nahm das Handy vom Wandregal und schrieb eine Mitteilung an Corinne.

41 »Ich glaube, ich weiß, wie es funktioniert«, sagte Daniel leise und beugte sich über den Tisch.

Sie saßen im Restaurant im zweiten Stockwerk des Hauptgebäudes. Sie hatten gerade ihr Abendessen beendet, Rehfilet mit Waldpilzen.

Die Kellnerin kam mit einem Tablett zu ihrem Tisch. Sie schenkte Kaffee ein und stellte einen Teller mit Schokoladentörtchen hin – genau die gleichen Schokoladentörtchen, die Gisela Obermann ihm angeboten hatte, als er in ihrem Zimmer war.

Als die Kellnerin sich umdrehte, kam ihm eine andere Erinnerung. Wie Max ihr auf den breiten Hintern gehauen hatte. Damals, vor etwa einem Monat – war es nicht länger her? –, als Daniel noch glaubte, dass Himmelstal eine Luxusklinik und die Kellnerin mit dem breiten Hintern eine ehrbare Frau aus einem Alpendorf war. Jetzt wusste er, dass sie aus Holland stammte, und sie hatte ihren Mann in den Schutzkeller der Villa gelockt, die Tür verrammelt und den Mann dort verhungern lassen, während sie oben in der Wohnung vor dem Fernseher saß.

»Und wie? Wer bringt die Drogen herein?«, fragte Corinne, als die Kellnerin in der Küche verschwunden war.

»Jemand, der ins Tal kommen und es verlassen kann, ohne sich um elektrische Zonen, Wachen oder Drogenhunde scheren zu müssen.«

»Und wer könnte das sein?«

»Die Falken.«

Sie schaute ihn misstrauisch an und drückte die Serviette an die Lippen.

»An einem meiner ersten Tage hier traf ich einen Mann mit einem zahmen Falken«, fuhr Daniel mit leiser Stimme fort.

»Adrian Keller«, sagte Corinne und goss Milch in ihren Kaffee.

»Kennst du ihn?«

Sie nickte.

»Er wohnt in einem abseits gelegenen Haus ganz hinten im Tal. Er war Geldeintreiber für die kolumbianische Drogenmafia. Völlig rücksichtslos. Angeblich hat er mehrere Jahre bei einem Indianerstamm im Dschungel verbracht. Er lebt ganz für sich, setzt niemals einen Fuß ins Dorf oder auf das Klinikgelände. Sich seinem Haus zu nähern ist lebensgefährlich. Er hat überall Fallen aufgestellt. Nur das Lieferauto des Ladens und die Patrouillen fahren hin. Sie trauen sich kaum, auszusteigen. Ja, er hat Falken. Er jagt mit ihnen. Die Klinikleitung gestattet es, weil es ihm so viel bedeutet. Er ist wie besessen von der Jagd. Manchmal muss man so arbeiten, sagt Gisela. Das Böse in ein ungefährliches Hobby kanalisieren.«

»Es ist vielleicht ein ziemlich einträgliches Hobby? Ich habe neulich gelesen, dass die Alliierten Falken verwendeten, um die Brieftauben der Deutschen zu vernichten. Das funktionierte nicht besonders gut, weil die Falken keine Unterschiede machten zwischen deutschen und alliierten Brieftauben, sie töteten sie alle. Aber mir kam die Idee, dass die Falken vielleicht selbst als Brieftauben eingesetzt werden können. Sie sind dressiert, sie kehren immer zu ihrem Besitzer zurück. Wenn also beispielsweise Keller draußen einen Kontakt hat und ein Falke über die Berge zu diesem Kontakt fliegt und dieser ein kleines Päckchen am Fuß des Falken befestigt, ehe er wieder zurückfliegt?«

Daniel klang aufgeregt, aber Corinne schüttelte den Kopf.

»Die Klinikleitung hat sich darüber auch schon Gedanken gemacht. Man hat sich bei Ornithologen und Falknern erkundigt. Alle sagen das Gleiche: Es ist nicht möglich. Falken sind als Überbringer von Nachrichten oder Gegenständen nicht einsetzbar. Sie funktionieren nicht wie Brieftauben. Sie sind allen anderen Vögeln überlegen, was das Sehen und die Fluggeschwindigkeit angeht. Aber es fehlt ihnen der phantastische Orientierungssinn der Tauben.«

»Aha«, sagte Daniel enttäuscht. »Es war nur so ein Gedanke. Hast du eine bessere Theorie?«

Corinne öffnete den Mund, hielt dann jedoch inne.

»Wir bekommen vornehmen Besuch«, sagte sie und deutete Richtung Restauranteingang.

Vier Personen waren gerade gekommen und von der Kellnerin zu einem reservierten Fenstertisch gebracht worden. Daniel erkannte Doktor Fischer, Doktor Pierce und den indischen Arzt. Den vierten Mann, der eine Baseballkappe trug, kannte Daniel nicht.

»Wahrscheinlich ein Gastforscher«, sagte Corinne. »Es ist mal wieder eine Gruppe hier.«

»Die, die uns heute aus dem Safari-Auto beobachtet haben?«

Corinne nickte.

»Aber der da scheint noch nicht zufrieden zu sein. Er will sehen, wie die Tiere gefüttert werden«, sagte sie bitter. »Das ist immer sehr beliebt. Schade, dass wir schon fertig sind. Wären sie zehn Minuten früher gekommen, hätten sie zuschauen können, wie wir ein Reh verschlingen.«

Daniel warf einen Blick auf den Mann mit der Baseballkappe, der eifrig die Speisekarte studierte.

»Er ist mehr an seinem eigenen Essen interessiert«, sagte er und fuhr mit leiser Stimme fort. »Was wolltest du sagen? Wie die Drogen hereinkommen?«

»Wir sind in einem Krankenhaus, nicht wahr? In einem Krankenhaus gibt es Medikamente. In einer Psychiatrie gibt es Medikamente, die die Psyche beeinflussen. Ich glaube, dass dort irgendwo die Antwort ist.«

»Aus dem Krankenhaus? Meinst du, dass das Personal mit Drogen dealt? Oder dass ein Bewohner sie stiehlt?«

Sie zuckte mit den Schultern.

»Es kann das Personal sein oder die Bewohner. Sie könnten zusammenarbeiten.«

»Aber ich habe gehört, dass man hier Kokain kaufen kann. Das ist wohl kaum ein Medikament«, wandte Daniel ein.

»Hier kommen ständig Transporte mit legalen Drogen an. Vielleicht merkt man es nicht, wenn ein paar illegale dazwischen sind.«

»Dann muss jemand vom Personal involviert sein. Hast du jemanden im Verdacht?«

»Nein. Es kommt drauf an, was für ein Motiv man hat. Geld ist natürlich naheliegend. Aber man könnte sich auch andere Gründe denken, warum jemand Drogen im Tal haben will.«

»Wie zum Beispiel?«

»Akademischer Ehrgeiz. Brian Jenkins, der rothaarige Soziologe, könnte einpacken und nach Hause fahren, wenn das Tal drogenfrei wäre. Seine Studie über den Einfluss von Narkotika auf die soziale Struktur wäre wertlos, und seine Forschungsmittel würden eingezogen.«

»Er könnte sein Thema abwandeln zu ›Himmelstal mit und ohne Drogen‹«, schlug Daniel vor. »Gibt es noch andere Motive?«

»Liebe«, sagte Corinne. »Psychopathen können sehr charmant sein. Man könnte sich eine Liebesbeziehung zwischen einem Bewohner und einer Hostess vorstellen. Oder zwischen einem Bewohner und einer Krankenschwester.«

Die Gesellschaft am Fenstertisch hatte ihre Getränke

bekommen. Sie prosteten sich zu, und der Mann mit der Baseballkappe, der offenbar Amerikaner war, erzählte eine Geschichte, die die anderen zum Lachen brachte.

»Die Hostessen arbeiten immer zu zweit«, gab Daniel zu bedenken. »Damit so etwas nicht passiert. Die Schwestern sind auch nie allein mit einem Patienten.«

»Ja, in der Theorie. Aber nicht in der Praxis, das weißt du selbst. Du warst doch bestimmt mal allein mit einer Schwester, als du wegen deiner Brandverletzungen behandelt wurdest? Und wer weiß, was du und Gisela in ihrem Sprechzimmer gemacht habt?«

Daniel lächelte.

»Du hast recht. Das ist eine Möglichkeit.«

Aber er dachte immer noch an die Falken, die über die Berge herein- und hinausflogen, völlig frei und unkontrolliert.

Sobald sie im Freien waren, spürte Daniel, dass etwas passiert war oder gleich passieren würde.

Im Park herrschte diese besondere, aufgeladene Stimmung, die er während seines Aufenthalts in Himmelstal schon öfter erlebt hatte. Die Leute standen in kleinen Gruppen in der Dunkelheit und sprachen leise und aufgeregt miteinander. Ein Elektroauto bremste drüben beim Fußweg, Pater Dennis streckte seinen Kopf heraus, wie ein scheues, aber neugieriges Tier, das aus seiner Höhle schaut.

Dann hörte man Motorenlärm von der Straße. Scheinwerfer blendeten die versammelten Menschen, und ein Transporter fuhr in raschem Tempo auf das Klinikgelände zu und hielt vor dem Krankengebäude an. Personal in weißen Kitteln kam heraus und lief zum Auto.

»Geht weg. Hier gibt es nichts zu sehen«, riefen die Wachen und drängten die Bewohner, die sich um das Auto versammelt hatten, weg.

Eine Trage wurde herausgeholt und schnell zum Haupteingang gebracht. Daniel sah einen jungen bewusstlosen Mann mit einer großen Wunde auf der Stirn. Das Tuch, das seinen Körper bedeckte, hatte große dunkle Blutflecke.

»Vergewaltigt. Wurde im Wald gefunden«, flüsterte jemand.

»Er war ein verdammter Idiot«, schnaubt ein anderer.

»Lebt er noch?«

»Sieht so aus.«

Pater Dennis näherte sich in vollem Ornat. Er blieb in gehörigem Abstand von den anderen stehen, bekreuzigte sich und murmelte ein Gebet. Das fußlange Messgewand wehte ihm um die Beine, als er rasch zum Elektroauto zurückging und in Richtung Dorf verschwand.

Die Trage war ins Krankenhaus gebracht worden, und der Transporter fuhr weg. Die Menschenansammlung löste sich auf. Die Vorstellung war vorüber.

»Mein Gott, das war doch noch ein Junge. Ein Teenager«, sagte Daniel aufgeregt.

Corinne zuckte die Schultern.

»Alltag in Himmelstal. Das Schlimmste ist, dass man sich daran gewöhnt. Am Anfang fand ich es schrecklich. Jetzt bin ich nur noch froh, dass nicht ich es bin. Und man macht sich Gedanken, was danach passiert. Ob jemand sich rächen wird. Manchmal löst so ein Geschehen eine ganze Kette von Gewalttaten aus. Aber das war eine normale sexuelle Gewalttat. Da passiert nichts mehr.«

Daniel ballte die Faust.

»Ich will hier weg«, sagte er heiser. »Das ist schlimmer als ein Irrenhaus. Schlimmer als ein Gefängnis. Ich werde morgen mit Karl Fischer reden.«

»Du kannst es ja versuchen. Danke für die Einladung. Ich habe lange nicht im Restaurant gegessen. Es macht keinen Spaß, alleine hinzugehen, und bisher hatte ich niemanden.«

»Ich bringe dich nach Hause«, sagte Daniel.

»Nicht nötig.«

»Doch. Du darfst auf keinen Fall allein ins Dorf gehen.«

»Wenn du mich begleitest, dann musst du allein nach Hause gehen. Es ist besser, wenn ich jetzt gehe, wo viele Leute unterwegs sind. Ich bin nicht allein. Gute Nacht und danke.«

Sie umarmte ihn rasch und lief los, um eine Gruppe einzuholen, die den Hang hinunterging. Als sie ein paar Meter hinter ihnen war, blieb sie stehen und folgte ihnen dann mit Abstand. Sie ist erstaunlich mutig, dachte Daniel und schaute ihr nach.

»Habt ihr im Restaurant gegessen? Das war schlau.«

Daniel drehte sich um und bemerkte Samantha, die vor einem Gebüsch stand und rauchte. Sie stand wahrscheinlich schon lange hier, aber es waren so viele Menschen da gewesen, dass er sie nicht bemerkt hatte. Jetzt war nur noch sie da. Sie war ungeschminkt und trug weite Jeans und eine Polyesterjacke mit Streifen. Mit ihren kurzen Haaren sah sie aus wie ein Straßenjunge, der an einer Ecke stand und auf seine Freunde wartete.

»Was hast du gesagt?«

»Ich habe gesagt, dass es schlau war, im Restaurant zu essen. Du meidest die Bierstube, nicht wahr? Ich würde niemals ein Bier trinken, das sie serviert.«

»Wer?«

Samantha nahm einen tiefen Zug von ihrer Zigarette und blinzelte ihn schelmisch durch den Rauch hindurch an. Sie legte den Kopf schräg, winkelte den Ellbogen an und schwang die Hand hin und her.

»Dingelingeling«, sagte sie langsam.

Corinne trat immer noch als Hirtenmädchen auf, aber

es war eine Weile her, dass Daniel sie in dieser Rolle gesehen hatte. Er dachte an ihren geduckten, muskulösen Körper und die blitzschnellen Reaktionen, wenn sie den Punchingball bearbeitete. Ihre geheime, starke Seite, weit entfernt von Samanthas verächtlicher Parodie.

Er drehte sich um und wollte zu seiner Hütte gehen, entschied sich dann aber anders. Aus einer plötzlichen Neugier heraus fragte er:

»Warum würdest du kein Bier trinken, das sie serviert?«

»Wenn man bedenkt, was sie gemacht hat.«

»Was hat sie denn gemacht?«

»Weißt du das nicht?«

Samantha schaute in die Dunkelheit und schien nachzudenken.

»Ich sollte es dir vielleicht nicht erzählen. Ich zerstöre möglicherweise dein idyllisches Bild vom Hirtenmädchen.«

Daniel merkte, dass sie eigentlich nichts lieber wollte, als es ihm zu erzählen. Er wartete.

»Okay«, sagte sie schließlich. »Sie hat Säuglinge vergiftet.«

»Du lügst.«

»Sie war Kinderkrankenschwester. Sie hat was ins Fläschchen getan.«

»Sie war keine Kinderkrankenschwester. Sie war Schauspielerin.«

»Ja, zuerst. Sie wurde schwanger, hatte eine Fehlgeburt und konnte danach nicht mehr schwanger werden. Dann war sie besessen von Säuglingen. Fand Arbeit in einer Kinderklinik. Machte Überstunden. Strickte Decken und Kleider für die Babys. War immer im Kinderzimmer, machte nie Pausen. Als die Kinder starben wie die Fliegen, wurde ermittelt. Neun Babys hat sie geschafft, ehe sie festgenommen wurde.«

Daniel schluckte. Er musste an das denken, was Corinne gesagt hatte. Dass ihr am allermeisten Kinder fehlten.

»Aber was soll's«, sagte Samantha und zuckte mit den Schultern. »Was schreibt Pater Dennis immer in seinen Mitteilungen? *Wir sollen uns nicht zu Richtern aufschwingen.* Genau. Du wirst doch nicht richten wollen? Ich auch nicht. Aber ich würde kein Bier trinken, das sie serviert. Das ist kein Urteil. Das ist nur Selbsterhaltungstrieb.«

Sie nahm einen letzten Zug von ihrer Zigarette, schnipste die Kippe zwischen die Büsche und glitt über die Wiese davon.

42 Der Wind war überraschend lau. Vom Krankengebäude her war ein leises, undefinierbares Metallklappern
zu hören, und ganz entfernt erkannte er das Motorengeräusch des Patrouillenwagens auf seiner ewig kreisenden Fahrt durch das Tal. Ansonsten war es still.

Marko zeigte keine Gemütsregung, als Daniel nach der
Nachtpatrouille die Hütte verließ. Er lehnte an seiner Hüt-
tenwand und hob die Hand zu einem stummen, schlaffen
Gruß. Daniel grüßte zurück und ging dann rasch auf dem
Pfad den Hang hinunter.

Er ging durch das kleine Tannenwäldchen ins Dorf und
dachte, dass das, was er nun tat, extrem gefährlich, völlig
unnötig und ihm überhaupt nicht ähnlich war. Er könnte
bis morgen warten. Er brauchte nicht sofort mit Corinne
zu reden.

Aber seine Sehnsucht nach Gewissheit – unmittelbarer
Gewissheit – war stärker als die Angst. Nur einmal in seinem bisherigen Leben hatte er sich so sehr nach der Wahrheit gesehnt: Als er Emma, seine damalige Frau, verdächtigte, ihm untreu zu sein, war er nicht zur Arbeit gegangen
und hatte stattdessen einen hektischen Nachmittag damit
zugebracht, erst all ihre Schreibtischschubladen und Taschen zu durchsuchen, um ihr dann bis zu dem Ort zu folgen, wo sie sich mit dem Liebhaber traf. Er erinnerte sich,
wie irrational und schamlos sein Handeln war, an die fieb-
rige Erregung und vor allem an die *Eile*.

Er lief durch die schmalen, spärlich beleuchteten Gassen und die Treppe hinauf zu Corinnes Dachwohnung.

»Ich bin's, Daniel«, rief er, um sie nicht mit seinem
Klopfen zu erschrecken.

Sie öffnete. In ihrem Gesicht waren feuchte Spuren zu
sehen, als hätte sie geweint. Dann erkannte er, dass es

Schweiß war, die Falte auf ihrer Stirn zeigte, dass sie sich über die Unterbrechung ärgerte. Sie trug Shorts und ein Top, aus den Lautsprechern kam Salsamusik, die Boxhandschuhe hatte sie unter den Arm geklemmt.

»Was ist los? Ist etwas passiert?«, fragte sie.

»Nein. Ich will nur reden.«

»Jetzt?«

»Jetzt.«

Sie ließ ihn herein.

»Kannst du zehn Minuten warten?«

Er nickte und setzte sich aufs Plüschsofa. Corinne trank Wasser aus dem Hahn, zog die Boxhandschuhe wieder an und setzte ihr Training fort. An der Wand hing auf einem Bügel das Hirtenmädchenkleid, sauber und frisch gebügelt.

Daniel schaute ihr zu, wie sie den Sandsack attackierte. Sie schnaufte aggressiv, als hätte sie einen echten Gegner. Er konnte nicht genau erkennen, ob ihr Schweiß oder Tränen über die Wangen liefen oder vielleicht beides. Sie stand im Lichtkegel eines Spotlights, das an der Decke befestigt war. Der Raum war ansonsten dunkel, nur die Lichterketten mit ihren kleinen roten, grünen und blauen Lämpchen leuchteten.

Daniel kam sich vor, als wäre er als Letzter in einem Festsaal übrig geblieben, das eigentliche Fest war vorbei, und gleich würde etwas anderes beginnen. Das Nachfest für ein paar Auserwählte.

Sein Herz schlug noch immer von seinem schnellen Gang und der merkwürdigen, berauschenden Unruhe. Wieder musste er an Emma denken und an die letzte verzweifelte Zeit ihrer Ehe. Er hatte die Wahrheit aus ihr herausgepresst wie aus einer Zahnpastatube, und wie sehr er sich auch bemüht hatte, es gab immer noch einen kleinen Rest, an den er nicht herankam. Er hatte sie gejagt, auf frischer Tat ertappt, sie konfrontiert. Die erregte, schmerzhafte Gewissheit. Und die Frustration, nie alles zu erfahren.

Auf der Spüle stand eine halbvolle Flasche Wein. Er zog den Korken heraus, schenkte sich, ohne zu fragen, ein Glas ein, setzte sich wieder aufs Sofa und trank. Sein Herz beruhigte sich. Der Wein, die Salsamusik und die Schläge auf den Sandsack legten sich wie eine dämpfende Schicht über seine erregten Gedanken. Er verfolgte Corinnes Kampf gegen das schwarze, plumpe Monster, das jeden Schlag mit einem ungerührten Schaukeln entgegennahm. Sie war so dünn und doch so stark und ausdauernd und schrecklich wütend.

Erschöpft stolperte sie rückwärts, sank auf die Knie und zog die Handschuhe aus.

»Worüber wolltest du reden?«, keuchte sie.

»Später. Wenn du geduscht hast.«

Während er das Wasser rauschen hörte, überlegte er, wie er die Frage formulieren sollte. Seine Gedanken, die gerade noch messerscharf und klar gewesen waren, wie von einem plötzlichen Blitz erhellt, versanken jetzt in einem dunklen Zweifel, und als sie kurz darauf mit ihrem offenen Mädchengesicht und ihren tropfenden Haaren im Bademantel auf ihn zukam, hatte er fast vergessen, warum er gekommen war.

»Na?«, sagte sie. »Ist dir noch etwas zum Drogenhandel eingefallen?«

»Nein.«

»Was war denn so wichtig, dass es nicht bis morgen warten konnte?«

Sie stand mit gekreuzten Armen da, leicht breitbeinig, und beobachtete ihn durch ihren Pony hindurch. Ein kleines Mädchen in einem zu großen Bademantel.

Plötzlich hatte er es nicht mehr eilig. Das mit den Säuglingen war nicht wichtig. Merkwürdig. Aber so war es. Vielleicht war es wahr, vielleicht auch nicht. Das spielte keine Rolle. Falls es so gewesen war, dann musste es sich um einen vorübergehenden Wahnsinn gehandelt haben. Er wollte es nicht wissen. Es gab Wichtigeres als die Wahrheit. Dass sie, zum Beispiel, die einzige Person in Himmelstal war, die ihm Freundlichkeit und Wärme schenkte. Die einzige, mit der er reden konnte.

Plötzlich verwandelte sich ihre besorgte Miene in ein Lächeln. Als hätte man an einem Schalter gedreht, gingen in ihrer Iris Tausende, mikroskopisch kleine, silbrige Lämpchen an und blinkten ihm zu. Wie geht das?, dachte er erstaunt. Woher kommt das Licht?

»Nun sag schon«, sagte sie. »Was war so eilig?«

»Das«, sagte er, stand auf und legte sachte seine Hände um ihr Gesicht. Er strich die nassen Haare zurück und küsste sie.

Mit einem Ruck trat sie zurück und legte die Hand auf den Mund, als wolle sie ihn schützen.

»Das geht nicht. Wir können nicht«, sagte sie.

»Warum nicht?«

Sie kreuzte wieder die Arme, steckte die Hände in die Ärmel, als wäre ihr kalt, und schaute dann schweigend zur Seite.

»Vertraust du mir nicht, Corinne? Ich vertraue dir. Hast du gehört. *Ich vertraue dir*. Du bist die Einzige, der ich vertraue. Und ich bin der Einzige, dem *du* vertrauen kannst.«

Sie schaute an die Wand, schüttelte den Kopf und biss die Zähne zusammen wie ein störrisches Kind.

Daniel schluckte und fuhr fort:

»Ich weiß nicht, was du durchgemacht hast, was du getan hast oder wer du warst. Aber jetzt sind wir hier, du und ich. Was geschehen ist, gehört der Vergangenheit an, es ist mir gleichgültig. Ich liebe dich so, wie du bist.«

»O Himmel«, schniefte sie. »Mist.« Sie fuhr sich ärgerlich mit der Hand über die Augen und sagte: »Ich liebe dich auch. Seit unserem Picknick auf dem Aussätzigenfriedhof.«

»Dann ist das vielleicht die einzige Liebe, die es in diesem Tal gibt«, sagte er ernsthaft. »Hast du darüber nachgedacht?«

Sie schien darüber nachzudenken, was er gesagt hatte.

»Du hast vermutlich recht.«

Er kam mit seinem Gesicht so nah an ihres, dass ihre Nasen sich berührten, und küsste sie noch einmal. Dieses Mal entzog sie sich nicht. Sie schmeckten einander, erst neugierig und vorsichtig, wie bei einem Nahrungsmittel, das sie noch nie gegessen hatten, und dann mit immer größerem Eifer. Er trat einen Schritt zurück und löste den Gürtel ihres Bademantels, dabei schaute er ihr ins Gesicht, bereit, aufzuhören, wenn sie ihm ein Zeichen gab. Aber sie schaute ihn nur an, lächelnd und vertrauensvoll, er öffnete den Bademantel und streichelte langsam mit zwei Fingern über ihre mädchenhaften kleinen Brüste. Sie schloss die Augen und hielt still, ihre Brustwarzen waren steif. Dann öffnete sie die Augen. Sie glitzerten gefährlich und stechend.

»Das ist nicht möglich«, flüsterte sie. »Das sollte nicht geschehen.«

43 In den folgenden Wochen liebten sie sich, wann immer es ging. In Corinnes Wohnung nach dem Training. In Daniels Hütte. Einmal im Freien unter einer Tanne und mehrmals in einer verlassenen Scheune. Das Wissen, dass sie von Feinden umgeben waren, reizte sie, und die gefühlskalte Atmosphäre stand in scharfem Kontrast zu ihren erregten Gefühlen, wie Eiswürfel auf heißer Haut. Daniel hatte sich seit seiner Jugend nicht mehr so viril gefühlt.

Und es war wohltuend, wenn man nach der ständigen Anspannung und dem Misstrauen in die Arme eines anderen Menschen sinken und sich gehenlassen konnte. Eine Flucht aus dem Tal in die Lust und das Vergessen.

Er erzählte Corinne von seiner Kindheit mit der Mutter und den Großeltern in Uppsala, von den wilden Geburtstagen mit Max, von ihrer schwierigen Zwillingsbeziehung. Und Corinne erzählte von ihrer Kindheit in Zürich, von ihrer Bewunderung für den abenteuerlichen Vater, ein Alpinist, der bei einer Klettertour ums Leben kam, als sie dreizehn war, von der kleinen Theatertruppe, der sie angehört hatte, und von einer unglücklichen Liebesbeziehung zu einem verheirateten Regisseur. Sie erwähnte keine Säuglinge, und er fragte sie auch nicht danach.

Sie verbrachten so viel Zeit wie möglich miteinander. Jeden Abend, wenn die Nachtpatrouille durch war, schlich er hinunter zu Corinnes Wohnung im Dorf. Die Liebe machte ihn kühn, er traute sich jetzt, nach Einbruch der Dunkelheit draußen zu sein. Die flüsternden Stimmen waren nicht mehr anonym. Durch Corinne wusste er nun, wer die Schatten waren und was sie trieb. Sie waren an Daniel nicht weiter interessiert und ließen ihn in Ruhe. Die, vor denen man sich wirklich in Acht nehmen musste, wohnten weit weg vom Klinikgelände außerhalb des Dorfs. Je weiter entfernt vom Dorf, desto verrückter und gefährlicher, sagte man.

Aber natürlich musste er weiter wachsam bleiben. Als Daniel seine ausgeliehenen Bücher zurückbrachte, hatte der Bibliothekar mit dem Finger auf den Umschlag von *Die Welt der Raubvögel* getippt und mit einem vielsagenden Zwinkern gesagt:

»Ich nehme an, du hast gelesen, dass die Paarungszeit die gefährlichste Zeit für die Beutetiere ist. Das Reaktionsvermögen der Wühlmäuse zum Beispiel ist in der Brunst um ein Drittel geringer.«

»Ja, das ist offenbar so«, hatte Daniel wie selbstverständlich geantwortet.

Aber insgeheim war er dankbar für die Warnung. Es gab also einige im Tal, die von der Beziehung zwischen Corinne und ihm wussten.

Jeden Morgen und jeden Abend mussten er und Corinne sich trennen, damit sie zur Patrouille in ihren jeweiligen Unterkünften waren. Daniel fand das unpraktisch. Aber bei den Kontrollen musste man in der Unterkunft sein, in der man registriert war. Das war eine der Hauptregeln in Himmelstal.

Er hatte Corinne vorgeschlagen, dass er zu ihr ziehen und sich neu registrieren lassen könnte, denn das war möglich. Corinne hatte ihm erzählt, dass Samantha die offizielle Geliebte von Kowalski war und sich in seiner Villa hatte registrieren lassen.

Aber Corinne wollte nicht, dass ihr Verhältnis auf diese Weise legalisiert und von der Klinikleitung akzeptiert wurde. Im Gegenteil, ihr war sehr darum zu tun, dass kein Arzt oder Psychologe etwas davon erfuhr. Daniel musste versprechen, es geheim zu halten, von einer Umregistrierung wollte sie nichts wissen. Daniel musste also immer rechtzeitig Corinnes Wohnung verlassen, um zu den unbequemen Uhrzeiten um 7 Uhr und um 24 Uhr in seiner Hütte zu sein.

Eines Morgens wurde er ungewöhnlich früh wach. Die Theatermasken starrten mit ihren leeren Augen in die Dämmerung. Er stand auf, zog sich an und gab der schlafenden Corinne einen vorsichtigen Abschiedskuss und verließ ihre Wohnung.

Über dem Dorf lag eine eigenartige Stille. Wenn die Nachtpatrouille durch war, konnte es hier richtig lebhaft werden, aber kurz vor der Morgendämmerung schienen alle zur Ruhe gekommen zu sein.

Er hatte viel Zeit, bis die Morgenpatrouille kam, und er entschied sich deshalb für den längeren Weg über die Straße, der war sicherer. Da bemerkte er mögliche Feinde schon von weitem.

Das nächtliche Dunkel lag noch über dem Talboden, aber im Osten war der Himmel tief kobaltblau. Daniel fror in der Sommerjacke und beschleunigte seine Schritte.

Ein Geräusch löste sich aus der Stille. Erst dachte er, es sei ein Vogellaut. Ein quietschender, knirschender Laut, der durch die kalte Luft hallte. Daniel blieb stehen und lauschte. Ein Stück vor ihm machte die Straße eine Biegung und führte um ein Gebüsch herum. Von dort kam das Geräusch.

Das Quietschen wurde lauter, es war wie ein Gesang. Plötzlich wusste er, wo er das Geräusch schon einmal gehört hatte. Es war Adrian Kellers Fahrradanhänger.

Daniel hatte keine Lust, diesem Mann allein im Morgengrauen zu begegnen. Er verließ schnell die Straße und lief über eine mit Raureif überzogene Wiese zu einer alten Scheune, deren Dach eingefallen war. Er blieb reglos im Schutz der Scheunenwand stehen und schaute zur Straßenbiegung. Er hatte schwache Fußspuren im Raureif hinterlassen, er hoffte, dass Keller sie in der Dämmerung nicht bemerkte.

Der quietschende Gesang durchschnitt die Stille, und dann tauchte der Mann hinter der Biegung auf. Daniel hielt den Atem an. Auf dem Anhänger stand die gleiche Holzkiste wie beim letzten Mal. Adrian Keller folgte der Straße noch fünfzig Meter nach Westen, dann blieb er stehen. Er kletterte vom Rad, zündete eine Zigarette an und setzte sich auf den Rand des Anhängers.

Die schneebedeckten Gipfel im Osten glühten rosa, gleichzeitig leuchtete ein großer Stern am dunklen Teil des Himmels. Weit entfernt war das Motorengeräusch des im Kreis fahrenden Patrouillenautos zu hören.

Keller rauchte ohne Eile seine Zigarette, dann öffnete er die Kiste. Flügel flatterten, er machte einige Schritte rückwärts. Daniel schaute hinter der Scheunenwand hervor. Adrian Keller stand auf dem frostigen Gras und hatte den Falken auf dem Arm. Hinter ihm stieg der Nebel wie Rauch aus dem Fluss.

Eine kleine dunkle Wolke zog rasch von Westen her, und als sie näher kam, sah Daniel, dass die Wolke eine Schar Tauben war. Schnell befreite der Mann den Falken von seiner Haube und ließ ihn los. Im gleichen Moment löste sich die Taubenschar auf, und die Jagd hoch oben in der glasigen Luft begann. Daniel schützte mit der Hand die Augen vor der aufgehenden Sonne und versuchte, dem kreisenden Flug des Falken zu folgen.

Ein weiterer Falke schoss vom Talboden in die Höhe, sie jagten jetzt zu zweit. Einer kehrte bald zu seinem Herrn zurück, der nahm ihm schnell die Taube aus den Klauen und ließ ihn sofort wieder aufsteigen, ohne ihm die Beute zu überlassen.

Adrian Keller beugte sich über die Taube und schien sie

von etwas zu befreien, das er in seine Tasche steckte, die Taube stopfte er in einen Sack. Der andere Falke war bereits im Anflug, der Mann nahm auch dessen Beute und machte sich an ihr zu schaffen, während der Falke wieder davonflog. Die Tauben waren nicht mehr zu sehen, aber der Falke verschwand hinter dem Bergkamm, und als er zurückkam, hatte er eine weitere Taube in den Klauen.

Zum Schluss kamen die Falken ohne Beute zurück, und Keller leerte den Sack aus und ließ die Falken in die Tauben hacken, während er sich eine neue Zigarette anzündete.

Dann setzte er den Falken wieder ihre Hauben auf, steckte sie in die Kiste und radelte den gleichen Weg zurück, den er gekommen war.

Daniel wartete noch eine ganze Weile, bis das Quietschen ganz aufgehört hatte. Er kam hinter der Scheune hervor und ging zu dem Platz, wo der Mann gestanden hatte. Die halb gefressenen Tauben lagen in Haufen von blutigen Federn auf dem Boden.

Daniel ging in die Hocke und untersuchte die zerfetzten Vogelkörper. Ein Fuß mit gespreizten Klauen lag ein Stück abseits. Um den Fuß war etwas Schwarzes gewickelt, es sah aus wie Isolierband.

Mit einem Stöckchen stocherte Daniel in der blutigen Masse. Alle Tauben hatten Reste von Klebstoff oder fest gewickeltem Klebeband um den Fuß.

Plötzlich wusste Daniel, wie es vor sich ging: Diese Tauben wurden von jemandem draußen präpariert und bei Sonnenaufgang ins Tal geschickt, dann ließ Adrian Keller seine Falken frei. Die Falken erbeuteten die Tauben, und Adrian Keller nahm die an den Tauben befestigte Fracht an sich. Die Tauben, die nicht erwischt wurden, flogen in ihren Taubenschlag zurück, wie Tauben das eben so machen, und die teure Fracht ging zurück an den Absender.

Nichts ging verloren. Man musste nur nachzählen, wie viele Tauben fehlten, und die Rechnung schicken.

Daniel ging weiter Richtung Klinik. Am Hauptgebäude kam er an den Patrouillen vorbei, sie waren auf dem Weg zu den Elektroautos. Sie trugen Mäntel aus blauer Wolle über ihren normalen Uniformen und redeten und lachten.

Er schloss seine Hüttentür auf und setzte sich, um auf die Patrouille zu warten. Dabei überlegte er, was er mit seiner Entdeckung anfangen sollte. Sollte er es Doktor Fischer mitteilen? Sonst jemandem vom Personal? Gereichte es ihm zum Vorteil? Er würde sich mit Corinne besprechen.

Aber jetzt war er plötzlich sehr müde. Sobald die Patrouille durch war, würde er sich ein paar Stunden schlafen legen und erst dann zu ihr hinuntergehen.

Die Patrouille schien heute unten im Dorf zu beginnen und sich nach oben zu arbeiten. Er gähnte und hoffte, dass er nicht im Sessel einschlief, bevor sie da waren. Er wollte immer wach sein, wenn die Patrouille kam, aber es kam doch vor, dass sie ihn im Schlaf überraschten. Einmal hätte er reflexhaft beinahe eine Hostess geschlagen. Sie hatte seine erhobene Hand überraschend schnell mit einem Karateschlag pariert und dabei gelacht.

Er musste noch zwanzig Minuten warten, bis er das wohlbekannte Surren hörte, das Klopfen und das Geräusch, wenn die Klinke heruntergedrückt wurde.

»Guten Morgen, Max. Gut geschlafen? Schon das Bett gemacht, sehe ich«, sagte die Hostess mit einem Zwinkern. Man sah das unberührte Bett hinter den offenen Vorhängen.

Sie wusste natürlich, dass er die Nacht woanders verbracht hatte, schien es aber eher lustig zu finden. Daniel antwortete nicht.

44 Daniel war sich nicht sicher, ob er richtig gehört hatte.

»Ist er *hier*?«

»Ja«, sagte die Hostess. »Er hat gestern in der Rezeption nach dir gefragt. Habt ihr euch nicht getroffen?«

Sein Herz schlug wild, aber sein Gesicht war ausdruckslos. Er war inzwischen richtig gut darin, seine Mimik unter Kontrolle zu halten.

»Wir haben uns wohl verpasst«, sagte er. »Ich war den ganzen Tag unterwegs, mein Handy war ausgeschaltet. Wann ist er gekommen?«

»Irgendwann am Vormittag. Jemand anderes hatte Dienst. Erkundige dich an der Rezeption.«

Die Hostess ging hinaus zu ihrer Kollegin. Daniel folgte ihr zur Tür, schaute hinaus und fragte:

»Und wo ist er jetzt?«

»Er hat wohl in einem der Gästezimmer übernachtet, nehme ich an. Ihr werdet einander schon finden.«

Als die Morgenpatrouille verschwunden war, ging er hinüber zu Marko und klopfte an seine Tür.

»Ich bin's. Dein Nachbar«, rief er.

Von drinnen kam ein undeutlicher Laut.

»Hast du gesehen, ob mich gestern jemand gesucht hat?«, fragte Daniel durch die geschlossene Tür.

Der undeutliche Laut klang wie »nein«.

»Hat niemand an meine Tür geklopft?«

»Nein«, kam es jetzt deutlicher und ärgerlicher.

Nein, klar. Marko war ein Nachttier, das den ganzen Vormittag schlief.

Daniel ging in die Hütte und machte sein Handy an. Einige verpasste Anrufe und drei Nachrichten von einer Nummer, die er nicht kannte. Mit schweißnassen Fingern drückte er den Code für das Abhören der Nachrichten und wartete atemlos.

»Hallo, Bruderherz.«

Das war die Stimme von Max. Er hörte es sofort.

»Wo bist du denn? Ich sitze jetzt seit zwei Stunden vor deiner Hütte, bald dauert es mir zu lang. Also, es tut mir sehr leid, dass ich so lange weg war. Aber ich hatte große Probleme. Ich bin froh, dass ich es überlebt habe. Ich erzähle dir alles später. Werde nie wieder Geschäfte mit der Mafia machen. Hoffentlich war es nicht allzu schrecklich für dich. Du hast inzwischen wohl herausbekommen, was das für ein Ort ist. Ich habe es ein bisschen schön gemalt, aber sonst hättest du nicht mitgemacht. Und es sollte ja auch nicht so lange dauern. Also, ich warte noch eine Weile, dann haue ich ab.«

Es klickte, und die Nachricht war zu Ende. Daniel hatte sich kaum erholt, da kam die nächste Nachricht, laut Zeitangabe eineinhalb Stunden später. Wieder die bekannte, gepresste Stimme:

»Weißt du, was ich nicht leiden kann? Leute, die ihr Handy immer ausgeschaltet haben. Das ist so verdammt arrogant. Jetzt bin ich bei einem Typ, der heißt Adrian Keller. Kennst du ihn? Er ist der Einzige, mit dem ich mich treffe. Naturtyp. Falken und so. Ein wenig zurückgezogen. Er kann das Pack unten im Dorf nicht ausstehen, genau wie ich. Also, da bin ich jetzt. Kannst du herkommen, Daniel? Geradewegs durchs Tal. Wo wir geradelt sind. Nur noch weiter. Du kannst mich anrufen, wenn du in der Nähe bist, dann komme ich dir entgegen. Der Typ hat lauter Fallen und Sachen rund ums Haus, man muss vorsichtig sein. Bleib auf der Straße.«

Die dritte Nachricht war Viertel nach zwölf Uhr nachts abgeschickt worden, der Ton war ärgerlich:

»Wo zum Teufel bist du? Ich mach mir langsam Sor-

gen um dich. Komm her, damit wir alles besprechen können.«

Daniel rief die Nummer von der Mailbox an. Keine Antwort.

Er hatte nicht die geringste Lust, Adrian Kellers abge-
legenes Haus zu besuchen. Aber wenn Max dort war?
Sein Bruder war launisch. Er konnte schnell seine Meinung ändern und wieder verschwinden. Wenn er wirklich
bereit war, noch einen Zwillingstausch zu machen, musste er sich beeilen.

45 Daniel trat in die Pedale, dass der Schweiß nur so lief, und legte sich über den Lenker des Mountainbikes aus der Klinik. In schnellem Tempo fuhr er am Aussätzigenfriedhof mit den schiefen Kreuzen vorbei, am Waldweg, der zu Toms Hütte führte, und an einer Brücke, die den Fluss da überquerte, wo er den Berg herabrauschte.

Er war jetzt im westlichen wilden Teil des Tals, wo die Einsiedler wohnten und wohin man sich auf eigene Gefahr begab. Die Hostessen patrouillierten hier nie mit ihren kleinen Elektroautos. Hier waren bewaffnete Wachen in Patrouillenautos unterwegs.

Daniel wusste ungefähr, wo Adrian Kellers Haus lag. Bei einem waghalsigen Ausflug hatte Corinne ihm den schmalen Weg gezeigt, der zu seinem Haus führte, und ihn gewarnt, da hinzugehen. Sie hatte ihm auch die beiden großen Häuser gezeigt, die oben auf dem Abhang thronten. Das obere, größere gehörte Kowalski. Das darunter gehörte Sørensen. Zu den beiden Häusern gehörten Garagen. Kowalski und Sørensen hatten nämlich beide ein Auto. Einen PKW. Sonst hatte kein Bewohner von Himmelstal ein eigenes Auto. Fahrräder und Mopeds waren die üblichen Fahrzeuge. Die meisten besaßen überhaupt kein Fahrzeug, sondern liehen sich ein Fahrrad, wenn sie es brauchten. Autos waren dem Personal vorbehalten.

Daniel blieb da stehen, wo der Weg zu Kellers Haus abbog, und rief die Nummer an, die er bekommen hatte. Keine Antwort. Ob sie wohl schliefen? Es war kurz nach neun.

Max war heute Nacht offenbar lange wach gewesen, denn er hatte ihn mitten in der Nacht angerufen, und Keller war in der Morgendämmerung mit den Falken unterwegs gewesen. Sie waren vielleicht müde.

Falls Max Kellers Hütte verlassen haben sollte, um zur Klinik zurückzugehen, hätte Daniel ihn gesehen. Wenn er nicht den kleinen Pfad genommen hatte, der ganz oben am Abhang entlangführte. Aber warum hätte er das tun sollen? Schließlich hatte er Daniel gebeten, zu Kellers Hütte zu kommen. Er hätte wohl angerufen, wenn sich etwas geändert hätte. Allerdings konnte man bei Max nie sicher sein.

Er steckte das Handy in die Tasche und fuhr mit dem Fahrrad den steilen, kurvigen Weg zu Adrian Kellers Haus hinauf.

Der Tag, der so klar und frostglitzernd begonnen hatte, war nun grau geworden. Vorhänge von Nebelregen zogen durch das Tal und machten seine Kleider feucht.

Er stieg vom Rad und blieb in dreißig Metern Abstand stehen. Vor dem Haus stand Kowalskis schwarzer Mercedes. Adrian Kellers Ruf als Einsiedler schien etwas übertrieben zu sein.

In einem großen Gehege saßen die Falken in toten Bäumen und schrien schrill und wehmütig in den Nebel hinaus. Vielleicht hatten ihre Schreie auf ihn aufmerksam gemacht, denn während er noch dastand und überlegte, ob er näher herangehen oder umkehren sollte, wurde plötzlich die Tür geöffnet, und Adrian Keller schaute heraus.

Daniel schob das Rad vor sich her. Er achtete darauf, in der Mitte des Wegs zu bleiben.

»Ist mein Bruder hier? Er hat angerufen und gesagt, er sei hier bei dir«, rief er.

Keller antwortete nicht, machte jedoch eine Handbewegung, dass er hereinkommen solle.

Daniel zögerte. Dann ging er zum Haus, lehnte das Rad ans Treppengeländer und ging die Treppe hoch zu Adrian Keller.

Es dauerte eine Weile, bis seine Augen sich an die Dunkelheit im Haus gewöhnt hatten, die Fensterläden waren geschlossen. Anders als die meisten Häuser im Dorf war dieses Haus kein auf alt getrimmter Neubau. Es schien wirklich alt zu sein und hatte vermutlich schon vor der Zeit des Himmelstal-Projektes hier gestanden.

An einem Tisch unter einer tief hängenden Lampe saßen Kowalski und Sørensen. Vor ihnen Plastiktüten mit einem weißen Pulver und eine Waage. Sørensen schaute auf.

»So so, hast du es so eilig, dass du herkommen musst.«

»Ich habe eine Mitteilung von meinem Bruder bekommen. Er sagte, er sei hier«, sagte Daniel mit zittriger Stimme.

Sørensen schaute zuerst Kowalski und dann Keller an.

»Was meint er?«

Keller zuckte mit den Schultern.

Als Daniel nach rechts schaute, entdeckte er einen großen, quer aufgehängten Wandspiegel, der das ganze Zimmer wie ein Gemälde wiedergab. Er konnte sie alle im goldgerahmten Spiegel sehen: Kowalski und Sørensen im engen Lichtkreis der Lampe, Keller wie eine undeutliche Figur im Dunkeln und sich selbst, wie er ganz wild aus dem Zentrum des Bildes herausstarrte, rot im Gesicht und verschwitzt vom Radfahren. Die Szene erinnerte ihn an ein holländisches Gemälde aus dem 17. Jahrhundert, mit dem die Menschen in einem schicksalhaften Moment eingefangen worden waren und jedes Detail mit Bedeutung aufgeladen war.

Kowalski schob seine Brille, die er auf der Stirn gehabt hatte, zurecht, legte ein gefaltetes Stück Papier auf die Waage und schüttete Pulver aus einer der Tüten darauf. Er schaute konzentriert durch die Brille, überprüfte die Anzeige auf der Waage und schüttete vorsichtig noch etwas dazu. Der Stein in seinem Ring reflektierte rot funkelnd das Licht der Lampe.

»Ich weiß nicht, wovon du redest, aber du musst auf jeden Fall warten«, sagte er ruhig. »Wir sind noch nicht fertig.«

Er öffnete eine kleine selbstschließende Plastiktüte, schüttete sorgsam das abgewogene Pulver hinein und verschloss die Tüte. Daniel verstand, dass dies die morgendliche Tauben- und Falkenlieferung war, die jetzt zum Verkauf portioniert wurde. Er hätte das nicht sehen dürfen. Aber nun war es zu spät.

»Wie viel willst du denn?«, fragte Sørensen.

»Ich will überhaupt nichts. Wenn mein Bruder nicht hier ist, dann gehe ich wieder.«

Falsche Antwort.

Kowalski hob die Augenbrauen, beugte sich über den Tisch und sagte mit aufrichtiger Neugier:

»Was willst du eigentlich?«

Nach Max zu fragen war ein Fehler. Daniel musste die Taktik ändern.

»Was kostet es?«, sagte er und holte den Geldbeutel heraus.

»Was denn?«, fragte Kowalski in freundlichem Ton.

»Das da«, sagte Daniel und zeigte auf den Tisch.

»Ich verstehe nicht, was du meinst. Hier gibt es nichts.«

Kowalski hatte die Tüte auf den Tisch gelegt und die Brille wieder auf die Stirn geschoben. Sørensen grinste und massierte seine Schulter.

»Oder siehst du etwas?«

Wieder falsch. Daniel schüttelte den Kopf und steckte den Geldbeutel ein.

»Kokain? Hast du das gemeint?«

Daniel drehte den Kopf, um die weißen Tüten nicht mehr sehen zu müssen, und schaute wieder in das Spiegelbild des Zimmers. Die Männer mit ihrer Waage, er selbst in der Mitte und Keller in seiner Ecke.

Aber es gab eine Veränderung zum vorigen Bild: Keller hatte jetzt ein großes Jagdmesser in der Hand. Es hing schlaff nach unten, es sah nicht bedrohlich aus. Vielleicht hatte er das Messer schon die ganze Zeit in der Hand gehabt, und Daniel hatte es nur nicht bemerkt.

Kowalski schob die Brille wieder auf die Nase, legte das gefaltete Papier auf die Waage und schüttete sehr konzentriert einen Strahl Pulver aus der Tüte. Die Falken lärmten draußen in ihrer Voliere. Kurze, heisere Schreie voller Angst und Verwirrung.

»Es könnte ja sein, dass dir irgendwann jemand so etwas verkaufen will«, sagte Kowalski nachdenklich und öffnete eine neue Tüte. »Aber ich habe keine Ahnung, was es kostet.«

»Nein«, murmelte Daniel.

»Und es kommt ganz bestimmt nicht von hier.«

Kowalski schaute ihn über den Rand der Brille an, streng und ernst wie ein alter Lehrer.

»Nein, nein«, wiederholte Daniel.

Dann glaubte er, von irgendwo ein Lachen zu hören. Oder war es Weinen? Das mussten die Falken sein. Aber das Geräusch kam nicht aus der Voliere. Es schien eher aus dem Haus zu kommen, irgendwie rechts von ihm, nahe, aber doch gedämpft. Wenn es nicht so unwahrscheinlich gewesen wäre, hätte er geglaubt, es käme aus dem Spiegel.

Sein Blick irrte im Zimmer umher. An einer Stelle der Wand bemerkte er kleine Flecke, als ob eine dunkle Flüssigkeit an die Tapete gespritzt und festgetrocknet wäre.

»Ich muss gehen«, flüsterte er. »Entschuldigung.«

Er ging zur Tür. Die Männer am Tisch beobachteten

ihn schweigend. Langsam und vorsichtig ging er an Adrian Keller vorbei, der ganz still dastand und immer noch das Messer in der Hand hielt. Daniel sah das kurze, breite Blatt. Die Situation war unwirklich, er fühlte sich, als würde er schweben.

Und dann erstarrte er plötzlich. Von draußen hörte man einen Schrei, wie er noch nie einen gehört hatte. Angsterfüllt, herzzerreißend und sehr hoch, als käme er von einem kleinen Geschöpf.

»Ein Kind!«, keuchte er. Er drehte sich zu den drei Männern im Zimmer um. »Da hat ein Kind geschrien!«

Die Männer schauten zurück, ohne eine Miene zu verziehen. Es konnte nicht sein, dass sie nichts gehört hatten. Adrian Kellers Augen leuchteten wie kleine graublaue Lampen über den hohen Wangenknochen.

Daniel stürzte zur Tür und lief hinaus. Das Schreien war in ein gepresstes Jammern übergegangen. Wo war das Kind?

In einem Gebüsch schaukelte ein Zweig und ließ gelbe Blätter herabregnen.

Wie verhext starrte Daniel auf den zappelnden kleinen Körper, der im Blattwerk baumelte. Ein Hase. Er hatte sich in einer von Adrian Kellers Schlingen verfangen und war von ihr erdrosselt worden.

Keller kam aus dem Haus, das Messer in der Hand, und ganz ruhig, als wäre das von Anfang an sein Plan gewesen, hob er es hoch und schnitt den Hasen vom Zweig.

Er ging zum Gehege der Falken und machte die Tür auf. Die Falken blieben auf ihren entrindeten Bäumen sitzen. Sie duckten sich und ruckten mit dem Kopf.

Keller warf den Hasen in einer Drehbewegung auf den Hof. Die Falken flogen sofort heraus, stürzten sich auf die Beute und zerrten und rissen daran. Ein paar Falken schauten ihnen vom Dach der Voliere aus zu. Vielleicht waren sie noch satt von den Tauben, die sie zum Frühstück bekommen hatten.

Keller schaute zu, wie die Falken fraßen.

»Also nur ein Hase«, sagte Daniel zu sich und hob das Fahrrad auf.

Er zitterte immer noch, seine Beine waren weich wie Gummi. Keller schien ihn nicht zu beachten.

Als er wieder auf der Straße war, holte er das Handy aus der Tasche und versuchte noch einmal, Max anzurufen.

Keine Antwort. Aber er meinte, irgendwo in der Nähe eine schwache Melodie zu hören. Aus dem Haus. Oder vom Grundstück. Als er auflegte, verstummte auch die Melodie. Er rief noch einmal an, drückte das Handy an den Körper, um das Klingeln zu dämpfen, und lauschte nach dem anderen Signal, das wieder zu hören war, kaum dass er angerufen hatte. Obwohl es so schwach war, konnte er die Melodie erkennen: Schubert. Forellenquintett.

Das Handy von Max war also ganz in der Nähe. Aber aus irgendeinem Grund antwortete er nicht.

Daniel schickte eine SMS: *Hab dich bei Keller nicht gesehen. Radle zur Hütte.*

Das klare Signal für den Empfang der Nachricht war noch deutlicher zu hören als die Schubertmelodie. Jetzt hörte er es ganz deutlich: Das Signal kam nicht aus dem Haus, sondern aus dem Wald.

Statt zum Haus zurückzukehren, legte er das Rad in den Graben und ging die Straße zurück in den Wald.

»Max?«, rief er leise.

Er bewegte sich langsam und vorsichtig zwischen den Bäumen, den Blick auf die Füße gerichtet. Es war gefährlich, hier zu gehen, überall auf dem Boden waren Fallen und Schlingen.

Er nahm die Falken als dunkle Schatten über dem Wald wahr. Einer tauchte hinab ins Laubwerk, verschwand zwischen raschelnden Blättern, stieg dann wieder in den Himmel, als hätte er ein Bad im Grünen genommen.

Er blieb stehen, schaute sich um und rief noch einmal.

Er hörte nur das schwache Rauschen des Windes und die kurzen, merkwürdigen Schreie der Falken über den Baumkronen. Sie waren jetzt direkt über ihm. Er schaute hinauf ins Laub, wo die Falken ihre Sturzflüge machten.

Und jetzt sah er, was ihr Interesse geweckt hatte. Hoch oben, hinter einem Vorhang von Blättern verborgen, baumelte ein Männerkörper in Jeans und kariertem Hemd.

Der da oben hing, hatte den gleichen Fehler gemacht wie der Hase.

Mit klopfendem Herzen ging Daniel näher. Schritt für Schritt untersuchte er den Boden, ehe er den Fuß aufsetzte. Als er am Baum war, hob er den Blick, um das Gesicht des erdrosselten Mannes zu sehen. Aber da, wo das Gesicht sein sollte, war nur ein Klumpen dunkles Fleisch. Daniel konnte nicht einmal ahnen, wie die Person ausgesehen hatte, als sie noch lebte.

Er holte das Handy heraus und drückte mit zitternden Fingern die Nummer, von der aus Max ihn angerufen hatte. Er zögerte, warf einen Blick hinauf zu dem baumelnden Körper, wo ein Falke gerade eine Krähe angriff. Mit einem Schaudern drückte er den Anrufknopf und wartete.

Im nächsten Moment klangen Schuberts spritzige Töne durch den Wald.

Aber sie kamen nicht, wie Daniel befürchtet hatte, vom Toten im Baum.

Er drehte sich um.

Dort, mitten im Wald, auf einem Teppich aus verwelkten Blättern, stand Karl Fischer und betrachtete mit gerunzelten Augenbrauen das Display seines Mobiltelefons. Er war wie für eine Wanderung gekleidet, kurze Jacke, grüner Hut und kräftige Schuhe.

»Na so was, das bist du ja höchstpersönlich«, sagte er und schaute auf. »Was für ein Zufall. Da brauchen wir das ja nicht mehr.«

Er brachte das Telefon zum Schweigen und steckte es in die Innentasche der Jacke.

Daniel betrachtete ihn verblüfft. Er hatte kein Auto kommen gehört. Wie war Karl Fischer hierhergekommen? Der Kleidung nach zu schließen, war er zu Fuß gekommen. Er hatte sogar einen Wanderstock in der Hand, sah Daniel jetzt.

»Habe ich *Ihre* Nummer angerufen?«, fragte er zutiefst verwirrt.

»Ja, sicher, was willst du von mir? Es ist eine Weile her, dass wir uns gesprochen haben, aber ich war sehr beschäftigt mit einer Gruppe von Gastforschern. Nun, jetzt treffen wir uns jedenfalls.« Doktor Fischer kam mit raschen Schritten und schwingendem Wanderstab näher. »Was treibt dich in diesen Teil des Tals? Hast du vielleicht Adrian besucht? Ich wollte selbst bei ihm hereinschauen. Nun, was hast du auf dem Herzen, mein Freund?«

»Da hängt etwas . . . ich meine jemand hängt da oben«, sagte Daniel mit undeutlicher Stimme und zeigte in die Baumkrone.

»Wirklich?«

Karl Fischer hielt die Hand über die Augen und spähte in den Baum.

»Nein so was aber auch! Ist das nicht Mattias Block?«, rief er aus, in einem Ton, als hätte er einen alten Studienfreund auf der Straße getroffen. »Endlich haben wir ihn gefunden!«

Als Daniel zusammen mit Doktor Fischer wieder zu Kellers Haus kam, standen Kowalski und Sørensen neben dem Auto, im Begriff, wegzufahren. Keller war im Gehege und war mit den Falken beschäftigt. Daniel verspürte einen leichten Schwindel. Der Anblick des Toten hatte ihn schockiert, aber gleichzeitig war er erleichtert, dass es nicht sein Bruder war.

»Guten Morgen, meine Herren«, sagte Karl Fischer. »Unser Freund hier hat mich darauf aufmerksam gemacht, dass einer unserer Bewohner sich ganz in der Nähe befindet. Er scheint das Pech gehabt zu haben, in eine deiner Fallen getreten zu sein, Adrian. Es muss eine Weile her sein. Hast du nichts gemerkt?«

Adrian Keller beschäftigte sich weiter mit den Falken und gab keine Antwort.

»Wir müssen den Armen natürlich herunterholen. Ich werde ein paar Wachen herschicken. Ja. Das war es dann wohl.«

Er wandte sich an Kowalski und Sørensen.

»Hätten die Herren vielleicht die Freundlichkeit, mich und Max ins Dorf zurückzufahren?«

Der schwarze Mercedes rollte langsam die kurvige Straße ins Tal hinunter. Sørensen saß am Steuer, Karl Fischer neben ihm. Daniel und Kowalski saßen auf der Rückbank. Kowalski verströmte den durchdringenden Duft eines Rasierwassers, würzig und blumig, fast feminin. Daniel schielte zu ihm hinüber. Kowalski schaute mit unbewegtem Gesicht geradeaus, die Hände über einer flachen Mappe gefaltet, die, wie Daniel vermutete, die Tütchen mit dem Kokain enthielt.

»Ist das nicht merkwürdig«, rief Karl Fischer begeistert. Er hatte sich nicht angeschnallt und drehte sich zur Rückbank um. »Wir sind so festgelegt in unserem Sehen. Wo hat man nicht gesucht! Überall im Tal. Aber nach *oben* zu schauen, auf den Gedanken kommt man nicht, oder?«

46 Das Mädchen in der Rezeption lächelte Daniel an.

»Womit kann ich dienen?«

Es war die Hostess mit der schwarzen Brille, die Dienst an der Rezeption hatte, als Max verschwand.

»Die Morgenpatrouille hat mich wissen lassen, dass gestern mein Bruder zurückgekommen ist. Er hat hier in der Rezeption nach mir gefragt. Hast du ihn begrüßt?«

»Nein, Sofie hatte gestern Dienst. Aber es gibt irgendwo eine Nachricht.«

Daniel wartete gespannt, während sie hinter dem Tresen nach etwas suchte.

»Hier. Genau.«

Sie hatte einen Zettel gefunden, der an eine Pinnwand gesteckt war. Sie schob die Brille zurecht und las laut:

»*Max Brants Bruder zu Besuch. Erreicht Max nicht. Max bitten, mit der Rezeption Kontakt aufzunehmen.* Die Mitteilung ist nicht unterzeichnet. Aber Sofie muss sie geschrieben haben. Sie hat ab zwei Uhr Dienst. Komm dann wieder.«

Gerade als Daniel das Hauptgebäude verließ, kam ein Patrouillenauto aufs Klinikgelände zugefahren. Es blieb vor dem Krankengebäude stehen, und noch ehe die Wachen die Türen öffnen konnten, war eine kleine Gruppe Bewohner herbeigeströmt. Kurz zuvor war der Park noch fast leer gewesen, und jetzt waren ungefähr fünfzehn Personen da und starrten auf die Türen des Transporters und die Bahre, die herausgeholt wurde.

Er hatte es schon öfter gesehen. Wenn ein Verletzter oder Toter gebracht wurde, waren die ersten Zuschauer bereits da, und es wurden schnell mehr, angelockt wie die Fliegen von einem Duft. Und immer wusste einer, was passiert war und wer der Verletzte oder Tote war, auch wenn der Körper, wie in diesem Fall, ganz bedeckt und nicht zu sehen war. Daniel hörte, wie ein paar Leute »Mattias Block« flüsterten. Er beobachtete die versammelten Bewohner und fragte sich, was sie wohl fühlten. Aber er sah nur unbewegte Gesichter. Das Flüstern schien nicht mehr als eine Feststellung zu sein.

Daniel ging in den Speisesaal und aß zu Mittag. Fünf Minuten vor zwei war er wieder an der Rezeption.

Sofie, ein dünnes Geschöpf mit Rehaugen, stand hinter dem Tresen und sortierte etwas. Die Hostessenuniform war ihr etwas zu groß und sah mehr wie eine Schuluniform aus.

»Du hast gestern meinen Bruder begrüßt, nicht wahr?«, sagte er.

Sie schaute auf und schüttelte energisch den Kopf.

»Während meiner Schicht waren keine Besucher hier.«

»Du hast also nicht diesen Zettel geschrieben?«, sagte Daniel und zeigte auf die Pinnwand hinter ihr.

Sie nahm den Zettel ab und las ihn.

»Nein«, sagte sie ernst. »Der war nicht hier, als ich Dienst hatte. Jemand muss ihn später angebracht haben.«

»Und wer hatte nach dir Dienst?«

»Mathilde.«

»Mathilde? Aber mit ihr habe ich doch gerade gesprochen. Sie hat den Zettel auch nicht geschrieben. Sie meinte, du seist es gewesen«, sagte Daniel konsterniert.

»Gestern haben nur wir beide in der Rezeption gearbeitet. Merkwürdig. Warte, ich schaue im großen Buch nach.«

Sie schlug das grüne Buch auf, in das Daniel sich eingeschrieben hatte, als er ankam. Es kam ihm vor, als sei es eine Ewigkeit her.

»Wir haben in den letzten beiden Wochen überhaupt keine Besucher gehabt.«

Sie schlug das Buch zu, zuckte mit den Schultern und fügte in lockerem Ton hinzu:

»Jemand erlaubt sich einen Scherz mit dir.«

Sie wollte gerade den Zettel zusammenknüllen, als Daniel die Hand ausstreckte.

»Kann ich ihn haben?«

Er hatte die Stimme von Max gehört, davon war er überzeugt. Die Reichweite des lokalen Mobilnetzes war auf das Tal beschränkt. Man konnte von außen nicht hier anrufen. Max muss sich irgendwo in der Nähe befunden haben. Und aus irgendeinem seltsamen Grund schien er das Handy von Karl Fischer benützt zu haben.

Daniel erinnerte sich an den einzigen Mittsommer, den die Brüder zusammen gefeiert hatten. Der Vater und Anna hatten in jenem Sommer eine alte Lotsenwohnung in Bohuslän gemietet und die Mutter und Daniel dorthin eingeladen. Die ganze Familie spielte im verwunschenen Garten Verstecken. Als Max an der Reihe war, sich zu verstecken, fanden sie ihn nicht. Vergeblich suchten sie ihn an allen denkbaren Orten – in den Beerenbüschen, dem Plumpsklo, dem Holzschuppen und dem Erdkeller –, dann weiteten sie die Suche aus, unter dem Bootssteg, im Bootsschuppen und zwischen den Felsspalten. Als man auf dem Nachbargrundstück einen alten Brunnen mit einem vermoderten Holzdeckel fand, steigerte sich die Unruhe. Jemand lief nach Hause, um eine Leiter und eine Taschenlampe zu holen, und traf dort auf Max, der in seinem Zimmer unter dem Dach saß und die letzten Reste der Torte verspeiste. Er hatte einfach keine Lust mehr gehabt und war ins Haus gegangen. Vom Fenster aus hatte er beobachtet, wie die anderen nach ihm suchten, und sich über ihre Unruhe gefreut.

Saß er jetzt auch irgendwo und lachte?

Niemand öffnete, als er an Corinnes Tür klopfte, und sie antwortete auch nicht am Handy. In der Bierstube konnte sie nicht sein, die war noch nicht geöffnet. Daniel wurde unruhig.

Kurz darauf fand er sie in der Kirche. Die Messe war erst viel später, sie war ganz allein in dem großen Raum. Daniel blieb am Eingang stehen und betrachtete sie, ohne dass sie es merkte.

Corinne stand an der länglichen Kerzenkiste am Altar. Ein Lichtstrahl, der durch die Cherubim der Glasmalerei auf ihr Gesicht fiel, färbte es rosa. Sie steckte eine Kerze in den Sand, zündete sie an und bekreuzigte sich.

Sie blieb eine Weile stehen und betrachtete die Kerze, dann ging sie zu einem kleinen Bild, das die Madonna mit dem Kind zeigte. Sie steckte eine weitere Kerze in den Ständer vor dem Bild und zündete auch sie an.

Daniel machte ein paar vorsichtige Schritte in die Kirche. Blitzschnell drehte sie sich um, die Hand im Kreuzzeichen festgefroren. Der Kerzenschein flackerte.

»Mein Gott, hast du mich erschreckt«, keuchte sie und ließ die Hand fallen. »Warum schleichst du dich so an?«

»Entschuldige. Ich wollte dich nicht stören«, sagte er und blieb im Mittelgang stehen. »Ich habe dich gesucht. Soll ich wieder gehen? Du möchtest vielleicht allein sein?«

»Nein, nein. Ich wollte nur für ein Weilchen hierherkommen, bevor ich arbeiten muss. Komm.«

Sie streckte ihm die Arme entgegen, und er lief auf sie zu und küsste sie. Ihre Wangen waren feucht und rot, als hätte sie geweint.

»Und wo warst du? Ich habe mir Sorgen gemacht«, sagte sie. Sie hielt sein Gesicht zwischen ihren Händen und schaute ihn ernst an. »Hast du gehört, dass sie Mattias Block gefunden haben?«

»Ich habe ihn gefunden.«

»Du?«, rief sie erstaunt aus.

Er erzählte ihr, was am Morgen Aufregendes passiert war.

»Kann ich den Zettel mal sehen?«, fragte Corinne.

Er holte ihn aus der Tasche, glättete ihn und gab ihn ihr.

»Erkennst du die Handschrift?«

Er hielt ihn ins Kerzenlicht vor dem Madonnenbild.

»Das ist keine echte Handschrift«, sagte sie nachdenklich. »Das wurde übertrieben ordentlich mit Druckbuchstaben geschrieben. Wie auf einer Geburtstagskarte. Jemand, der sich verstellt.«

Sie warf einen Blick auf ihre Armbanduhr.

»Ich muss nach Hause, mich fertig machen«, sagte sie und steckte den Zettel in die Tasche. »Karl Fischer kommt heute Abend mit den Gastforschern in die Bierstube. Es ist ihr letzter Tag in Himmelstal.«

47 Die Stimmung schien bestens zu sein, und Daniel setzte sich an seinen Lieblingstisch in der Ecke.

Corinne sang das beliebte Lied von den Kühen und läutete ihre Glocke, ihr Begleiter, der Mann mit dem Tirolerhut, sang dann mit ihr zusammen ein zweistimmiges Lied, das Daniel noch nie gehört hatte.

Die Gastforscher saßen an zwei zusammengeschobenen Tischen nahe der Bühne und waren aufgedreht und ein wenig betrunken. Sie sangen den einfachen Refrain »falleri fallera« mit und stampften im Takt, dass der Boden bebte. Sie hatten eine intensive Woche hinter sich. Von morgens bis abends waren sie mit dem Bösen und dem Leiden konfrontiert worden, in stark konzentrierter, wissenschaftlicher Form. Aber jetzt, in Karl Fischers sachkundiger Gesellschaft und mit ein paar diskret im Lokal verteilten Wachen fühlten sie sich entspannt und sicher.

Die Musik verstummte, und die Künstler traten ab. Die Gastforscher riefen nach einer Zugabe, aber Corinne winkte ihnen abwehrend zu. Der Tirolermann verschwand in der Küche, und Corinne setzte sich an Daniels Tisch. Sie hatte Schweißperlen auf der Stirn und nahm dankbar einen Krug Bier entgegen, den der Mann von Hannelore ihr hinstellte.

»Ich könnte kotzen«, sagte sie leise mit einem Nicken in Richtung der Forscher und fuhr fort:

»Ich habe mir diesen Zettel genau angeschaut und mit anderen handgeschriebenen Papieren verglichen.«

»Was für Papiere?«, fragte Daniel.

»Alle möglichen. Notizen vom Personal hier in der Klinik. Ich habe nichts gefunden, was dieser Schrift ähnlich wäre. Ich glaube nicht, dass die betreffende Person das mit ihrer eigenen Handschrift geschrieben hat. Aber ich habe etwas anderes Interessantes gefunden.«

Sie steckte die Hand in die Schürzentasche und schob ihm diskret ein gefaltetes DIN-A4-Blatt hin. Daniel faltete es auf dem Schoß auf und betrachtete es. Es war ein handgeschriebener Text.

»Das Hirtenmädchen«, las er. »Wenn die Sonne aufgeht ...«

»Die andere Seite«, sagte Corinne.

Er drehte das Papier um.

»Was ist das?«

»Das Krankenblatt von Max«, sagte sie leise. »Eine Kopie der ersten Seite.«

In der schlechten Beleuchtung konnte er es kaum lesen, aber es sah tatsächlich aus wie der Auszug aus einem Patientenbericht.

»Woher hast du das?«, fragte er erstaunt.

»Das kann ich dir jetzt nicht erklären. Das ist ein Ausdruck, der gemacht wurde, als Max hier aufgenommen wurde. Persönliche Angaben und Lebensgeschichte. Etwas ist interessant. Schau mal ganz oben, wo das Geburtsdatum steht. Und weiter unten in der Spalte *familiäre Situation*. Max und sein Bruder Daniel haben das gleiche Geburtsdatum. Der gleiche Tag, der gleiche Monat, das gleiche Jahr. Also Zwillinge.«

Daniel sah von dem Papier hoch.

»Diese Angaben sind richtig. Aber warum behaupten Gisela Obermann und Karl Fischer, dass Max keinen Zwilling hat? Können die nicht lesen, was in so einem Krankenblatt steht?«

»Das habe ich auch gedacht«, sagte Corinne. Sie lehnte sich über den Tisch und flüsterte: »Ich habe mich also eingeloggt und geschaut, wie das Krankenblatt jetzt aussieht.«

Daniel starrte sie an. Schweißperlen glitzerten auf ihrer Stirn, aber der beschlagene Bierkrug stand noch unberührt neben ihr.

»Wieso hast du Zugang zum Krankenblatt eines anderen Bewohners?«

Corinne machte ihm ein Zeichen, leiser zu sprechen. Sie schaute über ihre Schulter nach hinten. Einer der Gastforscher war aufgestanden und war im Begriff, eine improvisierte Rede auf Karl Fischer zu halten.

»Das kann ich dir jetzt nicht erklären«, flüsterte sie. »Ich habe also nachgeschaut, wie das Krankenblatt jetzt aussieht. Und es mit dem Ausdruck verglichen, der gemacht wurde, als Max hier ankam. Das Krankenblatt ist inzwischen viel umfangreicher, aber die persönlichen Angaben sind die gleichen. Bis auf einen Punkt. Das Geburtsdatum. Das ist vom 28. Oktober 1975 auf den 2. Februar 1977 verändert worden. Max ist zwei Jahre jünger geworden.«

»Warum sollte jemand das ändern?«

»Das genau frage ich mich auch.«

»Wer hat denn Zugang zu den Krankenblättern der Bewohner?«

»Nur das Personal. Die Ärzte, die Psychologen und die anderen Forscher. Und einige Schwestern.«

»Und du«, fügte Daniel spitz hinzu.

Sie ignorierte seinen Kommentar. Sie beugte sich wieder vor, nahm unter dem Tisch seine Hand und flüsterte:

»Du musst weg von hier, Daniel. Himmelstal ist ein gefährlicher Ort, und ich glaube, hier passieren Dinge, die nicht passieren dürften. Das Personal ist nicht viel besser als die Bewohner.«

»Aber jetzt müssen sie mich doch rauslassen. Wie auch immer du an diesen alten Ausdruck aus dem Krankenblatt gekommen bist, so zeigt er doch, dass ich die ganze Zeit die Wahrheit gesagt habe. Max und ich sind Zwillinge, und das macht meine Geschichte glaubwürdig.«

Corinne schaute zu den Gastforschern hinüber, die gerade eine neue Runde Bier bekamen. Dann wandte sie sich Daniel zu und fuhr, immer noch seine Hand haltend, mit leiser Stimme fort:

»Wir haben einen noch stärkeren Beweis. Ich habe heute in der Kirche zwei Kerzen angezündet. Die eine war für Mattias Block, meinen Freund, der im Tal den Tod fand. Die andere war eine Kerze für das Leben. Zum ersten Mal ist in Himmelstal Leben geschaffen worden.«

»Wie meinst du das?«, fragte Daniel erstaunt.

»Ich bin schwanger«, flüsterte sie.

Um ihn drehte sich alles.

»Das kannst du nicht sein. Du bist doch ...«

Er brachte das Wort »sterilisiert« nicht heraus. Es klang so hart und endgültig.

Corinne schüttelte langsam den Kopf. Sie drückte fest seine Hand unter dem Tisch.

»Ich bin genauso fruchtbar wie du. Wir bekommen ein Kind, Daniel.«

In dem Moment hörte man langgezogene Akkordeontöne. Der Mann mit dem Tirolerhut stand wieder auf der Bühne. Corinne holte einen Lippenstift aus der Tasche, malte die Lippen nach und zog die Schnüre an ihrem Dirndl-Mieder zurecht. Die Gastforscher klatschten begeistert, sie ging auf die Bühne, ihre Arme pendelten leicht, als sie zu singen begann:

»Im grünen Wald, dort, wo die Drossel singt.«

Die Gastforscher jubelten. Der Mann mit der Baseballkappe hob seinen riesigen Bierkrug, Karl Fischer schlug an der Tischkante den Takt.

Daniel bezahlte und verließ die Bierstube. Die bleiverglasten Fenster standen weit offen, der Gesang und die Akkordeonmusik folgten ihm durch die Gasse.

Er musste daran denken, was Samantha über Corinnes Vorleben erzählt hatte. War sie wirklich schwanger oder war es Wunschdenken, Wahnsinn?

Wenn es wahr war, dann war sie keine richtige Bewohnerin. Aber wer war sie dann?

4. TEIL

48 Von außen sah man nur eine dichte, hohe Tannenhecke. Wenn man zwischen den Zweigen durchsah, konnte man direkt dahinter einen stabilen Zaun aus Stahl erkennen. Es gab zwei Tore in der Tannenhecke: ein großes, breit genug, um ein Auto durchzulassen, und auf der anderen, der Klinik zugewandten Seite ein kleineres Tor. Durch dieses hatte Daniel eines Morgens einige Ärzte kommen und zusammen zum Krankengebäude gehen sehen. Da hatte er verstanden, dass sich im Bereich innerhalb der Tannenhecke die Wohnungen der Ärzte befanden.

Er drückte auf die Klingel neben dem Tor. Eine junge männliche Stimme antwortete über einen Lautsprecher. Daniel beugte sich zur Sprechanlage und sagte:

»Ich heiße Daniel Brant und möchte Doktor Obermann sprechen. Es ist wichtig.«

»Tut mir leid«, sagte die Stimme. »Besucher können hier nicht eingelassen werden. Sie müssen sie in ihrem Dienstzimmer aufsuchen.«

»Das habe ich bereits getan. Aber sie ist offenbar in ihrer Privatwohnung. Bitte teilen Sie ihr mit, dass ich hier bin und dass es wichtig ist.« Daniel gab seiner Rede so viel Gewicht und Autorität wie nur möglich.

»Einen Augenblick.«

Aus dem Lautsprecher kam nichts mehr. In der Ferne hörte man den Lärm der Bagger, die am Hang für den Neubau ausschachteten. Nach ein paar Minuten kam ein Piepston, und das Tor öffnete sich automatisch und unendlich langsam.

Da drinnen begegnete ihm eine andere Welt.

Etwa zehn kleine einstöckige Häuser, umgeben von Rasen mit einem Springbrunnen in der Mitte. Es gab Beete, in denen vereinzelt noch späte Rosen blühten, Laubbäume mit gelben Blättern und einen gemauerten Grill.

Es war ein friedlicher, abgelegener Ort. Daniel musste an die von Mauern umgebenen Palastgärten des Orients denken, die wie heimliche Schätze vor den Blicken der Welt geschützt mitten in den wimmelnden Städten ruhten.

»Sie kommt gleich«, sagte der junge Wachmann und schaute aus seinem kleinen Häuschen am Tor.

Daniel wartete. Der Brunnen plätscherte, und die Tannenhecke dämpfte den Lärm der Baumaschinen zu einem leisen Brummen.

Dann öffnete sich die Tür von einem der Häuser, und Gisela Obermann kam ihm auf dem Plattenweg entgegen. Sie war ganz ungeschminkt, trug Jogginghosen und ein T-Shirt, die Haare wirkten ungewaschen.

»Willkommen, Doktor Brant«, sagte sie und reichte ihm die Hand.

»Alles okay?«, fragte der Wachmann.

»Ja, ja«, sagte Gisela Obermann.

Sie lächelte Daniel zu.

»Ich habe Ihren Bericht mit großem Interesse gelesen, Herr Doktor. Kommen Sie, wir gehen hinein zu mir.«

Der Wachmann verschwand in seinem Häuschen, und Gisela nahm Daniel mit zu ihrem Haus.

Das Lächeln erlosch, sobald sie die Tür geschlossen hatte.

»Du musst völlig wahnsinnig geworden sein, wie kannst du nur hierherkommen«, fauchte sie und ging ihm voran in ein Wohnzimmer, hübsch möbliert, aber erstaunlich unaufgeräumt und nach Rauch stinkend. Überall lagen Bücher, Papierstapel, leere Flaschen, ungespültes Geschirr herum. Die Rollos waren heruntergelassen, nur eine kleine Leselampe neben einem Sessel erhellte das Dunkel.

Sie räumte einen Sessel leer, damit Daniel sich setzen konnte. Als sie näher kam, bemerkte er, dass sie nach Alkohol roch.

»Der Wachmann ist neu und kennt noch nicht alle. Ich habe so getan, als seist du ein Gastforscher, der noch länger geblieben ist. Wenn einer der anderen Wachleute da gewesen wäre, hätte ich dich nicht hereinlassen können. Was willst du hier? Du bist nicht mehr mein Fall, und man hat mir verboten, mit dir Kontakt zu haben.«

»Ich weiß. Aber ich muss mit Ihnen reden. Ich habe in Ihrem Arbeitszimmer nach Ihnen gefragt, aber man hat gesagt, Sie seien krank.«

Sie stieß einen Laut aus, eine Mischung aus Lachen und verächtlichem Schnauben.

»Karl Fischer hat mich krankgeschrieben. Er hält mich für psychisch instabil. Seiner Meinung nach bin ich überarbeitet. Muss mich ausruhen. Ich sollte von hier wegfahren, aber ich weiß nicht wohin. Meine Wohnung in Berlin gibt es nicht mehr. Es gibt nichts mehr von meinem alten Leben. Ich habe nur noch Himmelstal.«

Sie streckte sich nach einem Weinglas, das zwischen den Papierstapeln auf dem Tisch stand, trank den letzten Schluck und holte eine halbvolle Weinflasche aus dem Bücherregal. Mit unsicheren, schnellen Bewegungen füllte sie ihr Glas und fuhr fort:

»Außer dem Wachmann ist niemand hier. Alle anderen sind um diese Zeit im Krankengebäude. Aber einige gehen früh nach Hause. Du kannst also nicht lange bleiben.«

Sie drückte ungeschickt den Korken in die Flasche, zögerte dann jedoch.

»Möchtest du vielleicht auch ein Glas? Ich kann eine

neue Flasche aufmachen. Dieser Moselwein ist wunderbar.«

»Nein danke. Ich bin hergekommen, weil ich eine Antwort auf eine Frage haben möchte: Wer ist Corinne? Sie ist keine normale Bewohnerin, nicht wahr?«

Im hinteren Teil des Raums bewegte sich etwas, und Daniel drehte sich um. Eine große weiße Perserkatze lag dort am Fenster auf einem Stuhl voller Kleider. Sie verschmolz geradezu mit den hellen Textilien, so dass er sie nicht bemerkt hatte. Die Katze streckte sich, sprang auf den Boden und schlich lautlos durch das Zimmer. Gisela Obermann bückte sich, hob die Katze hoch und setzte sie auf ihren Schoß. Daniel konnte sich nicht erinnern, diese Katze schon einmal gesehen zu haben. Vermutlich kam sie nie aus dem privaten Bereich der Ärzte heraus.

Gisela Obermann strich der Katze über das Fell und sagte:

»Corinne ist deine Grille.«

Daniel war nicht sicher, ob er richtig gehört hatte.

»Was haben Sie gesagt?«

»Deine Grille. Eigentlich sollte ich nicht mit dir darüber sprechen. Aber ich bin von deinem Fall abgezogen worden. Ich habe keine Verpflichtungen mehr. Keine Rechte und keine Verpflichtungen.«

Sie lachte heiser.

»Meine Grille?«, wiederholte Daniel erstaunt. »Was bedeutet das?«

»Kennst du Carlo Goldonis Geschichte von Pinocchio? Die Holzpuppe, die Leben eingehaucht bekommt und ein Mensch wird? Sie bewegt sich und redet wie ein normaler Junge. Ihr fehlt nur eines: ein Gewissen.«

»Ich habe den Film von Walt Disney gesehen«, sagte Daniel.

Ihr Blick sagte ihm, dass das nicht zählte.

»Statt eines Gewissens hat Pinocchio eine Grille auf der Schulter sitzen, die ihm zuflüstert, was richtig und was falsch ist. Am Ende, nach vielen harten Erfahrungen und dem ständigen Einflüstern der Grille bekommt Pinocchio ein eigenes Gewissen und wird ein richtiger Mensch. Fachsprachlich könnte man sagen, die Einflüsterungen der Grille werden ihm implementiert. Verstehst du?«

»Ehrlich gesagt: nein.«

Sie beugte sich zu ihm und flüsterte mit übertriebenen Lippenbewegungen:

»*Corinne ist dein stellvertretendes Gewissen.*«

Daniel lachte.

»Sie hat mir noch nie irgendwelche moralischen Anweisungen gegeben.«

»Natürlich nicht. Das wäre auch nicht sehr effektiv gewesen. Es geschieht viel subtiler. Du gehörst zu einer Gruppe von Versuchspersonen, die alle eine eigene Grille haben. Man hat dir einen Chip ins Gehirn operiert. Mit Hilfe eines kleinen Apparats kann deine Grille dein Verhalten beeinflussen.«

»Konditionierung?«

Daniel versuchte, ganz ruhig zu klingen, obwohl er schauderte. Ein Chip in seinem Kopf? Das konnte nicht sein. Wann sollte das gemacht worden sein? Gisela Obermann redete Unsinn. Schließlich war sie krankgeschrieben wegen Burn-out. Außerdem war sie betrunken.

»Wenn du so willst. Aber es handelt sich nicht um Stromstöße oder ähnliche Grobheiten. Es ist ein extrem feinkalibriges Instrument, das elektromagnetische Strahlung auf niedriger Frequenz aussendet. Schau nicht so beunruhigt. Es ist weniger gefährlich als ein Mobiltelefon, behauptet Doktor Pierce. Wenn die Versuchsperson sich manipulativ oder empathielos verhält, kann die Grille mit einem Druck dafür sorgen, dass die Person ein Unbehagen empfindet. Keine Schmerzen, aber ein unangenehmes Gefühl und ein klein wenig Angst. Wenn die Person hilfsbereit, selbstlos und mitfühlend ist, kann die Grille ihr mit ihrem Apparat ein vages Gefühl des Wohlbefindens vermitteln.«

»Und wie weiß man, dass die Hilfsbereitschaft der Versuchsperson nicht gespielt ist? Sie lügt vielleicht und tut nur so«, bemerkte Daniel skeptisch.

»Die Grillen durchschauen so etwas. Sie sind gut trainiert für ihre Aufgabe.«

»Sie manipulieren also die Versuchspersonen?«

Er glaubte ihr kein Wort.

»Ja. Man könnte sagen, sie wenden ihre Waffen gegen sie. Das ist eigentlich nichts Besonderes. Das machen wir Menschen doch täglich miteinander. Auch wenn die meisten Eltern es nicht zugeben würden, sie bedienen sich der Manipulation, um ihre Kinder zu erziehen. Ein bekümmertes Stirnrunzeln, wenn das Kind etwas falsch macht. Ein Lächeln, wenn es sich richtig verhält. Das passiert ganz unbewusst. Man kann es zwischen Chefs und Untergebenen, Lehrern und Schülern, zwischen Eheleuten und zwischen Spielkameraden beobachten. Ganz kleine Signale in Form von Mimik, Körpersprache und Stimme. Und es funktioniert, weißt du auch, warum?«

»Nein.«

»Das Gehirn hat spezielle Nervenzellen, so genannte Spiegelneuronen, deren hauptsächliche Funktion es ist, die Gefühle unserer Mitmenschen zu spiegeln. Diese Spiegelung macht uns empathisch und sozial reif. In der Psychotherapie haben wir dieses Spiegelphänomen bewusst genutzt, und zwar lange bevor es biologisch erforscht war.«

»Aber jemanden mit Hilfe eines einoperierten Chips zu manipulieren ist doch etwas ganz anderes als Kindererziehung und Psychotherapie«, wandte Daniel ein. »Das ist ein Übergriff.«

Gisela Obermann nickte nachdenklich, drehte die Katze auf den Rücken und kraulte ihr den Bauch.

»Das ist etwas anderes, das stimmt.« Sie lallte ein wenig. »Ich habe beschrieben, wie normale Menschen mit einem normalen Neuronensystem funktionieren. Viele unserer Bewohner in Himmelstal haben völlig unterentwickelte Spiegelneuronen. Über die Ursachen wissen wir noch nicht viel. Aber es gibt eine deutliche Abweichung. Weißt du noch, was ich gesagt habe, als ich dir zum ersten Mal von Himmelstal erzählt habe? Von einem Psychopathen Empathie zu fordern ist wie von einen Lahmen zu verlangen, dass er aufsteht und geht. Er hat einfach nicht, was man dazu braucht. Seine Spiegelneuronen sind so unterentwickelt wie die Beinmuskeln eines Lahmen.«

»Ich erinnere mich, dass Sie das gesagt haben. Haben Sie etwas dagegen, wenn ich ein Fenster aufmache? Hier drinnen ist es ein bisschen stickig.«

Er schob einige Papierstapel auf dem Fensterbrett beiseite und stieß das Fenster auf. Zwischen den Häusern war niemand zu sehen, nur der Wachmann, der an seinem Häuschen lehnte und rauchte. Ein paar Spatzen pickten am Grill ein paar Krümel auf.

Daniel atmete tief die herbstliche Luft ein, kehrte zu seinem Sessel zurück und sagte vorsichtig.

»Sie haben einen Chip erwähnt.«

Gisela Obermann nickte.

»Da Psychopathen sich nicht vom Stirnrunzeln ihrer Eltern beeinflussen lassen und auch für Therapie nicht zugänglich sind, müssen wir etwas handfester werden«, erklärte sie und streckte sich nach ihrem Glas. Die Katze rutschte auf ihrem Schoß zur Seite, als sie sich vorbeugte, aber sie schien jetzt fest zu schlafen und hing weich über ihrem Schenkel. Sie schob sie wieder zurecht.

»Direkt an der Quelle«, fuhr sie fort und klopfte an ihren Kopf. »Wir setzen also einen Chip ein, der die winzig kleinen Impulse der Grille aufnimmt und das eigene Belohnungs- und Bestrafungssystem des Gehirns in Gang setzt. Unsere Hoffnung ist, dass die Spiegelneuronen dadurch stimuliert werden und wir sie so zum Leben erwecken können. Aber so weit sind wir noch nicht. Bisher ist es nur eine Art ... wie soll ich sagen, subtile Dressur.«

Sie machte eine Pause und leerte ihr Glas.

»Davon dürft ihr Bewohner natürlich nichts wissen. Doktor Fischer würde mich auf der Stelle aus dem Tal werfen, wenn er wüsste, dass ich dir vom Pinocchio-Projekt erzählt habe. Aber ich fürchte, er macht es sowieso.«

»Corinne wurde also von Ihnen angestellt? Ihre Aufgabe ist es, andere Bewohner zu manipulieren?«

»Ihre Aufgabe ist es, *dich* zu manipulieren«, sagte Gisela Obermann und richtete unsicher einen Zeigefinger auf ihn. »Nur dich. Es gibt andere Grillen, die andere Bewohner manipulieren.«

»Wer sind die anderen Grillen?«

Sie schüttelte den Kopf und wedelte abwehrend mit der Hand.

»Ich habe schon viel zu viel gesagt. Bist du sicher, dass ich nicht noch eine Flasche Wein aufmachen soll? Er schmeckt so *frisch*. Ohne den Wein hätte ich Himmelstal nicht überlebt.«

Daniel schüttelte den Kopf.

»Ich verstehe immer noch nicht genau, was genau eine Grille ist. Soweit ich weiß, ist Corinne seit einigen Jahren hier im Tal.«

»Du weißt ganz genau, seit wann sie hier ist«, sagte Gisela ärgerlich und drehte sich auf dem Sessel hin und her, dass der weiche Körper der Katze Wellenbewegungen auf ihrem Schoß machte. Sie schien nahezu bewusstlos zu sein.

»Versuch es nicht mit der Nummer, dass du nicht Max bist. Deine multiplen Persönlichkeiten waren nur eine Finte, oder? Und ich Idiot bin darauf hereingefallen.«

»Es war Ihre Idee, Doktor Obermann. Ich habe kein Wort von multiplen Persönlichkeiten gesagt«, bemerkte Daniel ruhig. »Corinne ist also eine Art Psychologin oder Ärztin? Hat sie deshalb Zugang zu meinem Krankenblatt?«

Gisela Obermann lachte auf.

»Corinne ist Schauspielerin, weißt du das nicht? Die Grillen haben ganz unterschiedliche Berufe. Sie werden sehr sorgfältig ausgewählt und getestet, und sie bekommen eine gründliche Ausbildung. Man braucht bestimmte Fähigkeiten, um eine gute Grille zu werden. Einfühlungsvermögen, Hellhörigkeit, soziale Kompetenz. Aber man muss auch viel aushalten. Corinne ist hierhergekommen, um deine Grille zu sein. Sie hat alle Informationen über dich bekommen, sie soll wie eine normale Bewohnerin hier leben, im Dorf wohnen und arbeiten und sich mit dir anfreunden.«

Daniel musste schlucken.

»Liebe? Sex? Gehört das auch zur Tätigkeitsbeschreibung?«

»Absolut nicht. Die Grille soll dem Bewohner nahekommen, aber auf keinen Fall mit ihm oder ihr intim werden. Allein die Andeutung einer sexuellen Annäherung bestraft die Grille mit Unlustgefühlen.«

»Und wenn es nicht funktioniert?«

»Dann muss man Verstärkung rufen. Alle Grillen stehen im direkten Kontakt mit der Wachzentrale.«

Daniel dachte nach.

Von draußen hörte man den Piepston, als das Tor geöffnet wurde, und kurz darauf sprach der Wachmann mit jemandem. Einer der Ärzte kam offenbar von der Arbeit.

Gisela Obermann schien nichts zu hören. Sie lag schief im Sessel, ihr Körper schien inzwischen genauso weich zu sein wie der der Katze.

»Dieser Chip«, sagte Daniel. »Wann wurde der in mein Gehirn gepflanzt?«

»Gleich nachdem du die Zone 2 betreten hast«, antwortete Gisela Obermann ruhig.

Daniel versuchte, die aufkommende Panik in Schach zu halten. Er war nach dem Stromstoß bewusstlos gewesen. Bewusstlos und dann in Narkose? Er erinnerte sich, dass er nach dem Aufwachen schreckliche Kopfschmerzen gehabt hatte.

Er hatte jedoch keine Operationsnarbe am Kopf bemerkt. Aber vielleicht hinterließ ein kleiner Chip keine großen Spuren? Er fuhr sich mit den Fingerspitzen über den Kopf. Er sah den Chip vor sich, eine kleine metallisch glänzende Schuppe, scharf wie eine Rasierklinge, und er bildete sich ein, sie im Gehirn zu spüren.

»Ich laufe also seit zwei Monaten mit einem Chip im Gehirn herum?«

»Nein, nein. Du hast ihn seit ...« Gisela Obermann schloss ein Auge und dachte nach. »Ein Jahr muss das her sein. Etwas mehr als ein Jahr. Es gibt immer Probleme und Widerstände, bis wir die Bewohner in der Krankenabteilung haben wollen, wir haben also die Gelegenheit genutzt, als du da warst. Du warst ja ziemlich lang bewusstlos, nachdem sie dich im Straßentunnel gefunden haben.«

Daniel musste laut lachen. Die Erleichterung war so groß, dass er nicht aufhören konnte zu lachen. Gisela lachte betrunken mit.

»Danke für die Informationen, Frau Doktor. Jetzt will ich nicht mehr stören, es war nett zu sehen, wie es Ihnen in dieser friedlichen Oase so geht.«

»Friedliche Oase? Hier?« Gisela Obermann starrte ihn mit verschwommenen Augen an. »Mein Lieber, das hier ist eine Schlangengrube. Wir fressen uns gegenseitig auf. Wenn ich nur wüsste, wo ich hinsoll, würde ich keine Minute länger bleiben. Aber ich habe alle Brücken hinter mir abgerissen. Ich habe alles auf dieses verdammte Tal gesetzt.«

Sie schniefte, hob die willenlose Katze unter den Vorderbeinen hoch und drückte sie gegen ihr Gesicht wie ein großes weißes Taschentuch.

Als Daniel durch den Garten ging, hoffte er, dass ihn die beiden Ärzte nicht erkannten, die auf einem der Sitzplätze in der Herbstsonne saßen. Wenn sie feststellen würden, dass er in ihre geschützte Enklave eingedrungen war, stünde es schlecht um ihn.

Aber die Männer waren so miteinander beschäftigt, dass sie ihn nicht bemerkten. Fetzen ihres erregten Gesprächs erreichten ihn, als er eilig an dem Beet mit den verblühten Rosen entlangging.

»Auf Wiedersehen, Doktor Brant«, sagte der Wachmann und verbeugte sich lächelnd, dann ging das Tor auf.

Wie viel von Gisela Obermanns Geschichte war wahr?

Er erinnerte sich, dass der Friseur erzählt hatte, Mattias Block habe ein Gerät gehabt. War das so ein Instrument, wie Gisela Obermann es beschrieben hatte?

Daniel versuchte, sich an alle Begegnungen mit Corinne zu erinnern, aber einen Gegenstand, den man »Apparat« oder »Gerät« nennen könnte, hatte sie nie dabeigehabt.

Das Armband! Das Armband mit den flachen, gefärbten Steinen, das sie immer anhatte. Ob sie trainierte, box-te oder liebte. An dem sie herumgefingert hatte, als er ihr einmal zu nahe kam: »Es erinnert mich daran, wer ich bin.«

49 Für einen Klinikchef hatte Karl Fischer ein erstaunlich bescheidenes Arbeitszimmer. Es lag ganz hinten im Korridor der Ärzteetage und war erheblich kleiner als das von Gisela Obermann. Da es nicht zum Tal hin lag, sondern vor dem etwas deprimierenden Geröllhaldenberg, hatte der Architekt auf ein Panoramafenster verzichtet. Mit seinem Schreibtisch, einem halbleeren Bücherregal und ein paar harten Stühlen machte der Raum einen fast asketischen Eindruck. Keine Vorhänge. Keinerlei Wandschmuck.

»Ich bin froh, dass Sie mich empfangen«, sagte Daniel. »Und ich bitte um Entschuldigung, dass ich so spät komme.«

Er hatte sich an diesem Tag schon ein paar Mal um einen Termin bemüht, aber erst jetzt, gegen acht Uhr abends, den Bescheid bekommen, dass Doktor Fischer ihn empfangen würde.

Der Doktor zog einen der harten Stühle heran und stellte ihn an den Schreibtisch.

»Ich freue mich, dich hier zu haben, mein Freund. Setz dich. Was verschafft mir die Ehre?«

»Als Erstes: das hier.«

Daniel legte das Papier auf den Schreibtisch.

Karl Fischer schob die Lesebrille von der Stirn auf die Nasenspitze und überflog es.

»Aha«, stellte er fest. »Dein Krankenblatt.«

»Das ist die erste Seite von Max' Krankenblatt, so wie es aussah, als er hier in Himmelstal aufgenommen wurde«, erklärte Daniel. Er war aufgeregt und ein wenig außer Atem. »Sehen Sie die Personenangaben ganz oben? Das Geburtsdatum? Wenn es Ihnen nichts ausmacht, möchte ich Sie bitten, es laut vorzulesen.«

Der Arzt schaute ihn fragend über die Brille hinweg an. Dann las er deutlich:

»28. Oktober 1975.«

»Danke. Und ein Stück weiter unten. Unter ›familiäre Situation‹ das Geburtsdatum des Bruders.«

»Ist das eine Art Gesellschaftsspiel?«

»Bitte lesen Sie es vor, Herr Doktor.«

»28. Oktober 1975.«

»Genau. Max und sein Bruder sind am gleichen Tag geboren. Sie sind also Zwillinge. Und da ich der Zwillingsbruder von Max bin, kann ich diese Angabe bestätigen.«

»Aber ...«

»... das ist nicht die Angabe, die Sie haben, Doktor Fischer? Nein, denn nachdem Max hier aufgenommen wurde, hat jemand sein Geburtsdatum im Krankenblatt verändert.«

Doktor Fischer schaute das Papier mit neu erwachtem Interesse an.

»Alles andere ist gleich«, sagte Daniel, »nur das Geburtsdatum ist verändert worden.«

»Woher hast du das?«

»Das kann ich Ihnen leider nicht sagen.«

Daniel streckte sich rasch über den Schreibtisch und riss Doktor Fischer die kopierte Seite aus dem Krankenblatt aus der Hand. Er faltete das Papier zusammen und steckte es in die Innentasche seiner Jacke.

»Max und ich sind also Zwillinge.«

Doktor Fischer nahm die Brille ab und fing an, sie mit dem Hemdärmel zu putzen. Er wirkte plötzlich sehr gelangweilt. Aber Daniel fuhr fort:

»Zweitens möchte ich Ihnen mitteilen, dass ich Vater werde.«

»Wirklich«, sagte der Doktor. Er hob eine Augenbraue,

und putzte weiter seine Brille. »Wer ist denn die glückliche Mutter?«

»Das werden Sie bald erfahren. Wollen Sie mir nicht gratulieren? Ist es nicht schön?«

»Schön? Es ist ein Wunder«, sagte Doktor Fischer trocken.

»Da haben Sie völlig recht. Ein Kind zu zeugen ist immer ein Wunder.«

Karl Fischer nickte ernst.

»Aber du bist sterilisiert, das macht das Wunder umso größer. Auch wenn der Chirurg einen schlechten Tag hatte und du trotz der Operation fruchtbar bist – das kommt in einem von tausend Fällen vor –, dann ist kaum vorstellbar, dass er den gleichen Fehler noch einmal macht. Und ...« Er kontrollierte seine Brille, hauchte sie an und putzte weiter. »... selbst wenn dem so wäre, dann wäre die Wahrscheinlichkeit, dass ausgerechnet ihr beide Gefallen aneinander findet, mikroskopisch klein. Ich ziehe es also vor, es als Wunder zu bezeichnen.«

Er setzte die Brille wieder auf, drehte sich zum Computer und tippte etwas in die Tastatur. Zeilen glitten vorbei.

»Da haben wir es«, rief er fröhlich und klopfte mit dem Finger auf den Bildschirm. »Max Brant. Schnips und fertig.«

»Was beweist, dass ich nicht Max sein kann«, sagte Daniel ruhig. »Wenn es nötig ist, dann ist die Mutter bereit zu einer Fruchtwasseruntersuchung, um meine Vaterschaft feststellen zu lassen. Den dritten Beweis, dass ich nicht Max sein kann, können Sie mit einer Magnetkamera kontrollieren. Max bekam einen Chip in sein Gehirn verpflanzt, nachdem er die Zone 2 betreten hatte. In meinem Gehirn gibt es keinen Chip. Haben Sie das nicht bemerkt, als Sie das letzte MRT von meinem Kopf gemacht haben?«

Nun sah Karl Fischer aufrichtig erstaunt aus.

»Darauf haben wir bei dieser Gelegenheit nicht geachtet. Aber mit wem hast du gesprochen?«

»Das spielt keine Rolle«, sagte Daniel und war zufrieden, endlich eine Andeutung von Unsicherheit bei Doktor Fischer zu sehen. »Aber ich möchte, dass Sie mein Gehirn noch einmal untersuchen. Wenn Sie keinen Chip finden, halten Sie die falsche Person hier gefangen, und dann müssen Sie mich rauslassen.«

Doktor Fischer holte tief Luft. Er schob die Brille in die Stirn, rieb sich die Augen und verzog das Gesicht.

»Du hast Doktor Obermann getroffen, nicht wahr? Hat sie dir vom Pinocchio-Projekt erzählt? Nun ja. Auch egal. Ein ziemlich misslungenes Projekt, wenn du mich fragst. Aber hier in Himmelstal will man hoch hinaus, und wir sollen ja auch eher unkonventionelle Methoden ausprobieren. Das Pinocchio-Projekt ist das Lieblingskind von Doktor Pierce. Er hat jahrelang dafür gekämpft, und schließlich habe ich ihm freie Hand gegeben. Du hast einen Chip implantiert bekommen, das stimmt. Wir haben noch die Bilder von deinem letzten MRT, wir brauchen das nicht noch einmal zu machen. Am besten fahren wir gleich nach unten und schauen sie uns an, dann haben wir das aus der Welt.«

»Wenn Sie keinen Chip in meinem Gehirn finden, glauben Sie mir dann?«, fragte Daniel, während sie auf den Lift warteten.

Doktor Fischers Blick drückte verletzten Stolz aus.

»Ich beschäftige mich nicht mit Glauben, mein Freund, ich betreibe Wissenschaft. Wenn du keinen Chip hast, dann kannst du nicht die Person sein, die wir operiert haben, nicht wahr?«

Sie betraten den Lift. Doktor Fischer drückte auf den Knopf, und sie sausten in der durchsichtigen Röhre nach unten. Auf der einen Seite glitten in raschem Tempo die Stockwerke vorbei, und auf der anderen tauchte schließlich der glänzende Steinboden der Eingangshalle auf. Daniel konnte die Wache sehen, die an einer Säule lehnte.

Aber statt anzuhalten, fuhr der Lift zu seinem großen Erstaunen noch weiter nach unten. Durch den Boden der Eingangshalle hindurch. Es war jetzt keine durchsichtige Glasröhre mehr, sondern ein dunkler Schacht, der Aufzugkorb wurde von einer kleinen Lampe erleuchtet, die er im hellen Licht der Eingangshalle nicht bemerkt hatte.

Etwas lief falsch hier. Die Röntgenabteilung war, soweit Daniel sich erinnerte, im Erdgeschoss. Da hätten sie aussteigen und dem langen Korridor ins Gebäude folgen müssen.

Er schaute Doktor Fischer erstaunt an, aber noch bevor er eine Frage formulieren konnte, blieb der Lift stehen.

Doktor Fischer hielt ihm die Tür auf.

50 Frisch gebohnerter Kunststoffboden glänzte im Licht der Neonröhren.

»Wir müssen ein Stück durch die Tunnelgänge gehen«, sagte Doktor Fischer und ging schnellen Schrittes voran durch den Gang, der sich bald teilte.

»Wohin gehen wir?«, fragte Daniel erstaunt.

»In mein Zimmer.«

»Waren wir nicht gerade in Ihrem Zimmer? In der Ärzteetage?«

Der Doktor schien es plötzlich ziemlich eilig zu haben, Daniel musste fast laufen, um mit ihm Schritt zu halten. Unter ihnen flatterten ihre Spiegelbilder wie verwischte Gespenster über den glatten Boden.

»Ich habe noch ein Zimmer. Wir nehmen eine Abkürzung. Jetzt sind wir unter dem Park. Hier rechts« – ohne stehen zu bleiben, deutete Fischer um die Ecke – »kommst du in die Bibliothek. Man kann alle Gebäude der Klinik durch das Tunnelsystem erreichen. Natürlich nur, wenn man die Türcodes kennt. Im Winter ist das sehr praktisch. Aber es dient vor allem unserer Sicherheit, wie du bestimmt verstehst.«

Das erklärte, warum man die Ärzte so selten im Freien sah.

Sie gingen weiter durch den Gang, der sich immer wieder teilte. Es gab Treppen und Stahltüren, die mit Buchstaben und Ziffern gekennzeichnet waren. Daniel vermutete, dass ein Gang auch zum Wohnareal der Ärzte führte. Nur einmal, an einem sonnigen Morgen, hatte er eine Gruppe Ärzte durch den Park zum Krankengebäude gehen sehen. Es war offensichtlich, dass sie sonst einen anderen Weg benutzten.

»So, hier wären wir«, sagte Doktor Fischer plötzlich

und drückte einen Code neben einer Stahltür. Dahinter war ein kleiner Raum, und dann kam eine weitere Tür, die Doktor Fischer mit einem normalen Schlüssel öffnete.

»Darf ich dir eine Tasse Tee anbieten?«, fragte er.

Viele kleine Lampen gingen gleichzeitig an verschiedenen Stellen im Zimmer an. Sie befanden sich in einem ziemlich großen Zimmer mit vielen Möbeln und orientalischen Teppichen. An den Wänden waren Bücherregale und Bilder, in einer Ecke stand ein schmales Bett mit einem roten Überwurf. Das Zimmer war so gemütlich und so angenehm beleuchtet, dass man fast vergaß, dass es fensterlos war und unterirdisch lag. Daniel ließ den Blick über den Sekretär mit Intarsien gleiten, über das ordentlich gemachte Bett und die Strickjacke mit Lederflicken am Ellbogen, die über einem Stuhl hing. Es gab keinen Zweifel: dies war das Zuhause von Karl Fischer.

Aber auch ein Arbeitszimmer. Ein großer Schreibtisch mit einem Computer stand in den Raum hinein, und das Regal daneben war voller Ordner und Zeitschriften. Das erklärte, warum das Zimmer des Doktors in der Ärzteetage so kahl und unpersönlich war: er benutzte es nur selten. Seine eigentliche Arbeit fand in dieser unter der Erde gelegenen Wohnung statt.

Der Doktor ging zum Schreibtisch und machte den Computer an. Während der hochfuhr, ging er in die kleine Küche. Daniel hörte Wasser laufen.

»Ich habe einen indischen Tee, den ich wirklich empfehlen kann«, rief Fischer. »Ich trinke immer Tee, wenn ich mich entspannen möchte. Nimmst du Milch in den Tee?«

»Nein danke.«

Der Wasserkocher rauschte, und Doktor Fischer hantierte mit Dosen und Tassen, dabei pfiff er eine kleine Melodie. Es war offensichtlich, dass er sich hier zu Hause fühlte.

Daniel stand mitten im Zimmer und ließ den Blick über die Buchrücken mit psychiatrischer und neurologischer Fachliteratur wandern, über Stiche mit alten Bauwerken und ein paar gerahmte Fotografien. Letztere weckten sein Interesse, und er trat einen Schritt näher.

Das eine war ein Gruppenfoto mit dem Forscherteam von Himmelstal. Wenn sie denn als Team arbeiteten. Daniel hatte das Gefühl, dass es sich um einen Trupp ausgeprägter Individualisten handelte. Auf dem Bild standen sie jedenfalls Schulter an Schulter mit Doktor Fischer in der Mitte vor dem Hauptgebäude und lächelten siegessicher. Gisela Obermann sah erstaunlich munter und fröhlich aus.

Das andere gerahmte Foto war auch ein Gruppenbild. Es war im Haus aufgenommen und zeigte sechs Männer und zwei Frauen, die meisten jung, sie waren aufgestellt wie eine Fußballmannschaft. Niemand lächelte. Sie schauten entschlossen und konzentriert in die Kamera. Nur einer nicht, ein junger, blonder Mann. Er schaute auf eine der Frauen, in seinem Gesicht war etwas Weiches, Zärtliches. Daniel hatte ihn noch nie gesehen, aber die Frau erkannte er. Es war Corinne. Die anderen kannte er aus dem Dorf, der Bierstube und dem Speisesaal. Am Rand, sozusagen als Trainer, stand Doktor Pierce.

»So«, sagte Karl Fischer und kam mit zwei dampfenden Tassen aus der Küche. Er reichte Daniel die eine.

»Ich habe doch einen Schluck Milch hineingetan. Nur ein kleines bisschen. Dieser Tee schmeckt sonst ein wenig bitter.« Er nickte in Richtung des Gruppenbilds. »Doktor Pierce und seine frisch geschlüpften Grillen«, sagte er erklärend.

»Wer ist das?«

Daniel zeigte auf den blonden Mann, der Corinne anschaute. Es sah aus, als könne er seinen Blick nicht von ihr losreißen. Vielleicht hatte er auch gerade den Kopf gedreht, um ihr etwas zu sagen, als der Fotograf auf den Auslöser drückte.

»Das ist Mattias Block. Ein gutaussehender junger Mann, nicht?«

Daniel betrachtete das weiche, zärtliche Gesicht und erinnerte sich plötzlich an die Textmitteilung von »M« in Corinnes Handy: *Bin glücklich, wann immer ich dich sehe. Pass auf dich auf.*

»Die Ärmsten wussten nicht, was sie erwartete«, sagte Doktor Fischer mit einem kalten Lachen. »Drei intensive Monate mit physischem und psychischem Training im vierten Stock. Ohne rauszukommen. Dann bekamen sie ihre Geräte, wurden im Tal als neu angekommene Bewohner eingeführt und mussten selbst Kontakt mit ihren Objekten aufnehmen. Mutige Männer und Frauen, oder?«

»Was sind das für Menschen?«

»Eine bunte Truppe.« Doktor Fischer zeigte nacheinander auf die Personen: »Ein abgesprungener Spion. Ein Werbegenie. Ein Hochstapler. Ein Hypnotiseur. Ein Tierkommunikator. Und eine Schauspielerin. An die anderen beiden erinnere ich mich nicht mehr.«

»Was macht ein Tierkommunikator?«, fragte Daniel. Doktor Fischer hatte auf Mattias Block gezeigt.

»Redet mit den Tieren. Er hat angeblich diese Fähigkeit. Redete mit Hunden und anderen Haustieren über ihre Probleme. Doktor Pierce fand diese Begabung besonders wertvoll für das Projekt. Er hat diese Personen sehr sorgfältig ausgewählt.« Fischer seufzte, schüttelte den Kopf, und damit war die Sache für ihn abgeschlossen. »Aber mein Lieber, *setz* dich. Wir wollten doch dein Gehirn anschauen.«

Daniel setzte sich zögernd in einen der Ohrensessel. Der Doktor setzte sich an seinen Schreibtisch, schob die Brille zurecht und schaute in den Computer.

»Da haben wir es«, sagte er zufrieden, schwenkte den Bildschirm, damit Daniel ihn sehen konnte. »Hübsch, nicht wahr?«

Ein aufgeschnittenes Gehirn drehte sich um seine Achse, blau schimmernd, wie die Erdkugel im All.

»Ist das meines?«

»Dein ganz eigenes Gehirn«, bestätigte Doktor Fischer.

Er drehte den Bildschirm zurück, und mit Hilfe von Maus und Tastatur vergrößerte er Teile des Gehirns, drehte und wendete es, vergrößerte es noch mehr. Fasziniert schaute Daniel dem Doktor über die Schulter und verfolgte jeden seiner Schritte.

Karl Fischer schien mit seinem Gehirn zu spielen. Er ließ es Purzelbäume schlagen und wie einen Ball von rechts nach links rollen. Er schnitt es in handliche Scheiben, wie Schnitze einer Wassermelone. Er machte die Scheiben dünner, blätterte sie durch wie ein Kartenspiel, hob sie eine nach der anderen hoch, um sie schließlich wieder zu der ursprünglichen Struktur zusammenzufügen.

Daniels Gehirn verschwand vom Bildschirm, der Doktor setzte sich in einen der Sessel und rührte schweigend in seiner Teetasse.

»Haben Sie einen Chip gefunden, Doktor Fischer?«, fragte Daniel vorsichtig.

»Nein.« Der Doktor nippte an seinem heißen Tee und stellte dann die Tasse auf den Unterteller. »Und das hatte ich auch nicht erwartet.«

»Nicht? Sie waren doch so sicher. Aber jetzt müssen Sie doch zugeben, dass ich nicht Max sein kann?«

Der Doktor nickte.

»Ich habe es die ganze Zeit gewusst.«

51 Daniel schaute ihn verblüfft an. Doktor Fischer war wirklich für Überraschungen gut.

»Dann verstehe ich nicht, warum Sie mich noch hierbehalten.«

»Weil ich noch nicht fertig mit dir bin, mein Freund. Du bist der Patient, der mich am allermeisten interessiert. Mein Lieblingspatient, könnte man sagen.«

Er prustete zufrieden über den Rand der Teetasse.

»Aber ich bin doch nur durch eine Verwechslung hier«, wandte Daniel ein.

Der Doktor schüttelte nachdrücklich den Kopf.

»Nein, nein. Das ist keine Verwechslung. Du hast mich«, sagte er und stellte seine Teetasse ab, »du hast mich interessiert, seit ich weiß, dass es dich gibt.«

»Und seit wann wissen Sie das?«

»Seit Max hier aufgenommen wurde. Ich sah in seinen persönlichen Angaben, dass er einen Bruder mit dem gleichen Geburtsdatum hat, also einen Zwilling. Wie du weißt, sind Zwillinge der Traum aller Wissenschaftler, die sich mit dem Menschen befassen. Natürlich nur, wenn es eineiige Zwillinge sind, und das habe ich schnell herausbekommen.«

»Wie denn?«, fragte Daniel. Ihm wurde zunehmend unbehaglich.

»Ich habe ein weit verzweigtes internationales Kontaktnetz. Ich finde das meiste über unsere Bewohner und ihre Angehörigen heraus. Das ist Teil meiner Arbeit. Ich habe herausgefunden, dass du nicht vorbestraft bist und eine ordentliche Karriere gemacht hast, was mein Interesse noch mehr gesteigert hat. Eigentlich müsstest du die gleichen Erbanlagen haben wie Max. Warum ist er Psychopath und du nicht? Oder ...« Karl Fischer beugte sich vor, zog die Augenbrauen in gespielter Strenge zusammen und zeigte auf Daniel. ». . . kannst du es nur besser verbergen?«

Daniel keuchte aufgebracht.

»Sie wollen also behaupten . . .«

»Nein, nein, nein. Es ist noch viel zu früh, um etwas zu behaupten. Aber es ist nicht auszuschließen, dass du *eine andere Art* von Psychopath bist. Einer, der nicht übereilt und impulsiv handelt. Der Geduld hat und auf den richtigen Moment wartet und der ruhig und kaltblütig genug ist, um die Taten zu vertuschen. Der Gewinn und Risiko berechnen kann. Und der deshalb nie wegen eines Verbrechens festgenommen wird und den wir deshalb auch nie hier in Himmelstal zu sehen bekommen. Das ist die interessanteste Sorte von Psychopathen, und es gibt kaum wissenschaftliche Untersuchungen über sie.«

Daniel schnaubte.

»Ich habe schon so viel Blödsinn gehört, seit ich hier bin, mich überrascht also nichts mehr. Woher wissen Sie denn, dass es diese Sorte gibt, wenn sie nie festgenommen werden? Haben Sie schon mal einen getroffen?«

Doktor Fischer lehnte sich zurück, schien nachzudenken und sagte schließlich.

»In meinem ganzen Leben habe ich vielleicht zwei, drei Psychopathen dieser Sorte getroffen. Man kann sie nur sehr schwer erkennen. Und der Grund, dass ich sie erkennen kann, ist ganz einfach . . .«, er machte eine gleichsam entschuldigende Handbewegung, ». . . der, dass ich selbst einer von ihnen bin.«

»Sie haben einen eigenartigen Humor, Herr Doktor.«

Der Doktor schüttelte den Kopf.

»Ich meine es vollkommen ernst. Schon als Kind zeigte ich typische Symptome eines Psychopathen: ich habe Geld aus dem Portemonnaie meiner Mutter gestohlen, habe meine Spielkameraden geschlagen, wenn sie mir nicht gehorcht haben, und hatte große Freude daran, Frösche, Katzen und andere Tiere zu quälen, wie aus dem Lehrbuch. Das war für mich ganz normal. Ich dachte, alle sind wie ich.«

»Bei Kindern ist das vielleicht nichts Ungewöhnliches«, sagte Daniel in einem wohlwollenden Versuch, die horrible Behauptung des Doktors abzumildern.

Aber Karl Fischer gab nicht nach.

»Ein solches Verhaltensmuster ist *sehr* ungewöhnlich für Kinder, die in guten Verhältnissen aufwachsen. Ich lernte natürlich sehr schnell, dass ein solches Verhalten bestraft wird und mir auf lange Sicht keinen Nutzen bringen würde. Es ging also darum: erstens solche Handlungen zu wählen, die mir nützten; und zweitens sie in größter Heimlichkeit auszuführen. Aber du trinkst ja gar nichts von deinem Tee. Schmeckt er dir nicht? Der Geschmack ist etwas eigen, das gebe ich zu, aber wenn man sich erst einmal daran gewöhnt hat, will man keinen anderen mehr trinken.«

»Er schmeckt mir«, sagte Daniel und trank folgsam ein paar große Schlucke.

Karl Fischer sah zufrieden aus.

Er schmeckte etwas eigenartig. Irgendwie nach Weihnachten – Zimt, Nelke, Kardamom – und nach etwas, trocken und bitter, das er nicht bestimmen konnte.

Daniel wusste nicht, was er von Karl Fischer halten sollte. Meinte er wirklich, was er sagte, oder war sein erstaunliches Bekenntnis nur Ausdruck seines zynischen Berufshumors? Er war jedenfalls nicht der Richtige für ein solches Gespräch, und Daniel beschloss, den Besuch so bald wie möglich zu beenden.

Aber der Doktor lehnte sich zurück und fuhr fort:

»Als kleines Kind bereitete ich meinen Eltern große Sorgen, aber als ich in die Schule kam, war ich ihr ganzer

Stolz. Man sagte, ich sei ›gereift‹. Ich war sehr intelligent, habe zweimal eine Klasse übersprungen, und neben der Schule habe ich eigene Forschungen betrieben, auf einem Niveau, das alle überraschte. Ich studierte Mathematik, Biologie und Chemie, aber am meisten interessierte mich die Medizin. Wie der Mensch konstruiert ist. Das Skelett, das uns aufrecht hält. Das Herz, das Leben in uns pumpt. Das Gehirn, das Gedanken produziert, Erinnerungen und Träume, und diese irgendwo in den Windungen versteckt. Das faszinierte mich enorm. Ich glaube, ich habe in alldem die Antwort auf die Frage gesucht, wer ich bin. Denn mir war vollkommen klar, dass ich nicht wie die anderen war.«

Mit zunehmender Verblüffung hörte Daniel seinem Arzt zu. Er wusste nicht, was er glauben sollte.

»Mitgefühl, Liebe und Rücksicht waren fremde Gefühle für mich. Ich hörte, dass ständig darüber geredet wurde. Als Begriffe waren sie mir so vertraut wie der Dschungel in Afrika. Ich wusste, wie es da aussieht, aber ich war, gewissermaßen, noch nie dort gewesen«, fuhr Doktor Fischer ruhig fort. »Und mir wurde klar, dass ich auch nie dort hinkommen würde. Gleichzeitig erkannte ich, dass diese merkwürdigen Fähigkeiten von allen anderen als selbstverständlich angesehen wurden. Wie ein Analphabet entwickelte ich alle möglichen Techniken, um meinen Mangel zu vertuschen. Ich lernte, das Verhalten der anderen Menschen zu studieren und nachzuahmen. Ich lernte, wann man weinen und trösten oder wann man sagen musste, dass man jemanden liebt. In den frühen Jugendjahren fanden mich die anderen etwas wunderlich und ungehobelt, aber das gab sich mit der Zeit. Als ich Medizin studierte, sagten die anderen Studenten, ich sei spontan, charmant und sogar empfindsam. Du schaust mich so merkwürdig an, Daniel. Kommt dir das bekannt vor?«

Daniel schüttelte erstaunt den Kopf.

»Ich habe noch nie so etwas gehört.«

Karl Fischer lächelte.

»Und wenn es dir bekannt vorkäme, würdest du es nicht zugeben, was? Das gibt man zuallerletzt zu. Das ist das große Geheimnis. *Dass man kein richtiger Mensch ist.*«

»Sie scheinen trotzdem Erfolg im Leben zu haben«, bemerkte Daniel.

»Ja. Ich habe eine glänzende Karriere gemacht. Ohne Gefühle hat man so viel mehr Möglichkeiten, nicht wahr? Man kann Forschungsergebnisse fälschen. Konkurrenten aus dem Weg räumen. Einer ertrinkt, ein anderer fällt bei einer feuchtfröhlichen Feier vom Balkon, ein nie aufgeklärter Raubmord nach einem langen Abend während eines Kongresses. Gar nicht zu reden von den Medikamenten, zu denen ein Arzt Zugang hat und die in hohen Dosen zu bedauerlichen Selbstmorden führen.«

Daniel keuchte, aber bevor er etwas sagen konnte, beugte Karl Fischer sich vor und legte beruhigend eine Hand auf seine Schulter.

»Diese Fälle habe ich mir nur ausgedacht, mein Freund. Möglichkeiten. Fakten bekommst du von mir nicht.«

Der Doktor schwieg und streckte sich nach seiner Tasse.

Daniel bemerkte auf einmal einen Ventilator, der irgendwo brummte. Der Gedanke an frische, hereinströmende Alpenluft beruhigte ihn.

Fischer nippte an seinem Tee und fuhr leise fort.

»In meiner Jugend habe ich einige schlimme Verbrechen begangen. Gewalt- und Eigentumsdelikte. Ich wurde nie gefasst. Als ich älter wurde, machte es mir keinen Spaß mehr. Das flüchtige Gefühl der Befriedigung war das Risiko nicht mehr wert. Da habe ich das Thema gefunden, das fortan all meine Zeit und Energie verschlang: die Erforschung der Psychopathen. Mir wurde klar, dass die meisten, die sich mit diesem Thema befassten, keine Ahnung hatten, wovon sie redeten. Man befasste sich mit den impulsgesteuerten Krawallbrüdern und ließ die Ruhigen und Schlauen unbehelligt. Nimmst du es mir übel, wenn ich über all das spreche?«

Während der Doktor sprach, war es Daniel immer kälter geworden. Er musste an die beiden Türen denken, die Karl Fischer aufgeschlossen hatte.

52 »Wenn Sie nichts dagegen haben, würde ich gerne über etwas anderes sprechen«, sagte er. Er versuchte, nicht auf die Tür zu schauen. »Sie wissen also, dass ich nicht Max bin, und Sie haben kein Recht, mich hier festzuhalten. Ich bin hierhergekommen, weil mein Bruder mich treffen wollte ...«

»Nein, nein, nein«, unterbrach Karl Fischer ihn mit einer abwehrenden Handbewegung. »Ganz falsch. Du bist hierhergekommen, weil *ich* dich treffen wollte. Dein Bruder hat so einen Wunsch nie geäußert. Aber als ich sah, dass Max einen Zwilling hat, beschloss ich, dich nach Himmelstal zu holen.«

»Sie haben das beschlossen, Doktor Fischer?«

»Ja, natürlich. Es ist allgemein bekannt, dass erbliche Faktoren eine gewisse Rolle für die Psychopathie spielen – in welchen Ausmaß, darüber herrscht noch Uneinigkeit. Ich habe bisher nur zwei oder drei Psychopathen von der völlig beherrschten Sorte getroffen. Einer von ihnen war mein eigener Vater. Er war ein angesehener Augenarzt mit tadellosem Ruf und verbarg es gut. Aber er hatte etwas, das mir bekannt vorkam, und je älter ich wurde, desto sicherer war ich meiner Sache. Wenn Vater und Sohn Träger des gleichen Gens sein können, müsste das nicht in noch höherem Grad für eineiige Zwillinge gelten?«

Er machte eine Pause, kniff ein Auge zu und betrachtete Daniel listig.

»Sie sagen, Sie hätten mich hierher geholt«, sagte Daniel. »Wie denn?«

Er beugte sich vor, als wäre er an Doktor Fischers Antwort interessiert, aber tatsächlich schaute er zur Tür. Für die äußere Tür hatte man einen Code benötigt. Brauchte man auch einen Code, um hinauszukommen?

Das wäre vom Standpunkt der Brandsicherheit natürlich Wahnsinn. Aber Daniel hatte erfahren müssen, dass man es in diesem Krankenhaus mit der Brandsicherheit nicht so wichtig nahm.

»Ich war mit Max fertig«, sagte Karl Fischer kurz. »Nach ein paar Gesprächen mit ihm erkannte ich, dass er ziemlich uninteressant war. Seine Geschichte, bevor er hierherkam, und einige Vorfälle mit anderen Bewohnern deuteten darauf hin, dass er so ein impulsgesteuerter Krawallbruder war, der gewalttätig wurde, ohne an die Folgen zu denken. Solche haben wir hier genug. Ich war an dir interessiert. Aber es war natürlich nicht möglich, einen gesetzestreuen, gesunden Mitbürger nach Himmelstal einzuweisen. Als ich im Internet einige neuere Fotos von dir sah, fiel mir eure Ähnlichkeit auf. Ich musste euch also austauschen. Max dazu zu überreden war nicht schwer. Er war begeistert von meinem Plan und schrieb dir einen Brief. Als ich ihn gelesen hatte, brachte ich ihn an der Zensur vorbei mit der Personalpost auf den Weg.«

»Und Sie haben das Geburtsdatum im Krankenblatt verändert?«

»Das habe ich gleich gemacht, nachdem Max hierherkam. Aber du hast offenbar einen sehr frühen Ausdruck in die Finger bekommen. Darf man fragen wie?«

Daniel schwieg.

»Nun ja, das ist jetzt auch nicht mehr wichtig. Auf diesen Fotos im Internet warst du bärtig und hattest eine ziemlich wilde Frisur, dazu eine Brille. Das gefiel mir, denn Max trug weder Bart noch Brille. Ich ermahnte ihn sich weiter zu rasieren und sich die Haare richtig kurz schneiden zu lassen, damit nicht auffiel, dass ihr Zwillinge seid. Und es hat ja auch alles perfekt geklappt, nicht wahr? Max bekam seine Freiheit und ich den Zwilling, den ich haben wollte. Offiziell war nichts passiert, außer dass

Max ein paar Tage lang seinen älteren Bruder zu Besuch gehabt hatte. Dass er sich danach ein wenig eigenartig benahm und bizarre Dinge behauptete, damit muss man an so einem Ort wie hier rechnen, nicht wahr?«

Daniel nickte mechanisch. Er konnte sich kaum auf das konzentrieren, was Doktor Fischer sagte. Er war müde, und seine Gedanken nahmen eigenartige Wege, ganz außerhalb seiner Kontrolle, so wie es ihm vor dem Einschlafen oft passierte. Wie viel Uhr war es eigentlich? Wie lange saß er schon hier und hörte Doktor Fischer zu? Und wo war eigentlich »hier«? Einen kurzen Moment lang glaubte er, im Haus eines älteren Kollegen zu sein, den er einmal in Brüssel besucht hatte. Als er kurz darauf auf die Buchrücken im Regal an der anderen Seite des Zimmers starrte, war er sich ganz sicher, dass sie seinem Großvater, dem Sprachprofessor, gehörten und dass er, wenn er das Zimmer verließ, auf den Götaväg in Uppsala treten würde.

»Du siehst müde aus«, bemerkte Doktor Fischer. »Ich bin eine richtige Nachteule, und um diese Zeit bin ich immer am muntersten. Ich vergesse leicht, dass nicht alle so sind.«

»Ich hätte nichts dagegen, in meine Hütte zurückzugehen. Was Sie erzählen, verwirrt mich, Herr Doktor. Ich muss das erst verdauen«, antwortete Daniel.

Der Doktor nickte.

»Das ist verständlich. Wir werden dieses Gespräch gleich beenden. Das auf *deine* Initiative zurückgeht. Nicht meine«, fügte er hinzu und zeigte lächelnd mit dem Finger auf Daniel.

Dann bemerkte er, dass die Teetasse leer war, und stand auf.

»Soll ich dir auch noch etwas Tee nachschenken?«

»Nein danke.«

Als Doktor Fischer in der Küche verschwunden war, ging Daniel mit raschen Schritten zur Tür. Er drückte die Klinke herunter, es war abgeschlossen. Doktor Fischer redete weiter aus der Küche:

»Da Gisela Obermann sich um Max gekümmert hatte, musste sie sich natürlich auch um dich kümmern. Eine eigenartige Frau. Als sie mit ihren Dummheiten über multiple Persönlichkeiten ankam, musste ich natürlich übernehmen. Sie hatte dich irgendwie liebgewonnen und darüber den professionellen Auftrag vergessen.«

Als Doktor Fischer wieder auftauchte, war Daniel gerade wieder zu seinem Stuhl zurückgekehrt.

»Gisela ist viel zu schwach für die Arbeit in Himmelstal, und in letzter Zeit war sie ausgebrannt und nervös. Ich hätte sie schon vor langer Zeit nach Hause schicken sollen, aber sie hat ihr Leben nicht im Griff und weiß nicht, wohin. Ich hoffe wirklich, dass sie etwas findet«, sagte Doktor Fischer und setzte sich.

»Und Max?«, fragte Daniel. »Wo ist der? Ist er hier im Tal?«

»Hier?«

Karl Fischer lachte laut auf.

»O nein. Der kommt nicht freiwillig hierher zurück, da kannst du sicher sein. Ich habe keine Ahnung, wo er ist.«

»Aber ich habe seine Stimme auf der Mailbox gehört«, wandte Daniel ein. »Und mit dem Handy kann man keine Gespräche von außerhalb empfangen. Er muss hier gewesen sein, wenn er mich anrufen konnte.«

»Ich habe diese Mitteilungen aufgenommen, bevor er Himmelstal verließ. Und noch ein paar mehr, so dass ich immer die passende parat hatte. Max sagte, du würdest dein Handy nur hin und wieder anmachen, um Mitteilungen zu lesen und die Mailbox abzuhören.«

Daniel starrte ihn fassungslos an.

»Warum haben Sie das getan?«

»Weil du, du musst schon entschuldigen, ein ziemlich langweiliges Studienobjekt warst. Abgesehen von dem Ausbruchversuch, mit dem ich natürlich gerechnet habe, hast du dich tadellos benommen. Du bist fast nie irgendwohin gegangen, du hattest nur mit deiner ›Grille‹ Umgang, wie unser phantasievoller Doktor Pierce sie nennt. Du wurdest nur einmal gewalttätig und auch nur, um einen wehrlosen, gefolterten Bewohner zu verteidigen, wodurch du dir bei den meisten meiner gutgläubigen Kollegen einen Heldenstatus erworben hast und die arme Gisela Obermann auf dumme Gedanken gebracht hast. Ich habe dich in die Krankenabteilung bringen lassen und ein paar Tests gemacht, alle sehr enttäuschend. Das MRT zeigte keinerlei Abweichungen der Hirnaktivität bei emotionaler Stimulierung. Dein Gehirn arbeitete überhaupt nicht wie ein Psychopathengehirn, das Emotionen verarbeitet, als seien es rationale Denkprozesse. Und auch mein Praxistest mit dem Brand widerlegte meine Theorie total.«

»Test? Es war also nicht Markos Zigarette im Bett, die den Brand verursacht hat?«

Karl Fischer machte eine Handbewegung.

»Ich habe ein wenig nachgeholfen. Stärkere Schlaftabletten als sonst, eine Zigarette in seinem Bett, als er schlief. Eine Rauchmaschine aus dem Theater ließ das Ganze schlimmer aussehen, als es war. Du hast dich wie ein echter Pfadfinder benommen. Eine große Enttäuschung, wie gesagt. Ich habe dich also zu Keller kommen lassen, um zu sehen, ob dort etwas passiert. Bei Adrian Keller passiert eigentlich immer etwas.«

»Waren Sie bei Keller?«

Der Doktor nickte fröhlich.

»Ja, natürlich. Kowalski und Sørensen haben mich hingefahren. Ich kenne die Herren gut. Sie unterstützen mich bei meinen Forschungen, und ich helfe ihnen bei anderen Sachen. In Kellers Haus sind viele Dinge passiert, die für mich von großem Interesse sind. Und manchmal überlässt mir Keller auch sein Wohnzimmer für Studienzwecke. Der Spiegel dort ist einseitig durchsichtig, und man kann unbemerkt beobachten, was im Raum passiert. Aufgrund meiner Beobachtungen bin ich zu einzigartigen Forschungsberichten gekommen. Ich konnte sehen, was Menschen anderen Menschen anzutun imstande sind. Ich kann diese Berichte natürlich noch nicht publizieren.«

Daniel war wütend, und er musste sich beherrschen, um sich nicht auf Karl Fischer zu stürzen.

»Sie haben mich also durch den Spiegel *gesehen*?«

»Ich saß in der ersten Reihe. Aber leider hast du die Bühne früher als erwartet verlassen. Ihr wurdet von einem Hasen abgelenkt, nicht wahr? Und du hast gedacht, es sei ein Kind.«

Er lachte laut vor sich hin, hielt jedoch plötzlich inne:

»Ein Kind, genau! Du wirst ja Vater. Aber du hast noch nicht gesagt, wer die Mutter ist.«

Er beugte sich vor und blinzelte erwartungsvoll.

Daniel wartete mit der Antwort. Instinktiv spürte er, dass er die Beziehung zu Corinne für sich behalten sollte. Vielleicht um sie zu schützen. Oder vielleicht, weil es das Einzige war, was Doktor Fischer nicht über ihn wusste. Er wollte diese Karte noch eine Weile zurückhalten.

»Das wird sich schon zeigen.«

»Hm. Das ist meistens der Fall«, sagte Fischer nachdenklich.

»Aber wenn sie dich hinters Licht führt? Sie ist vielleicht gar nicht schwanger. Hast du einen Schwangerschaftstest gesehen?«

Daniel schwieg. Und wenn der Doktor recht hatte?

»Lass mich raten, wer es ist.«

Karl Fischer lehnte den Kopf an die Rückenlehne des Sessels, schloss die Augen und tat so, als denke er nach.

»Samantha?«, schlug er dann vor.

Daniel schwieg immer noch. Fischer deutete es als Zustimmung.

»Das habe ich mir gedacht«, grunzte er zufrieden. »Ich sollte dir vielleicht sagen, dass Samantha ungefähr zehn Mal pro Jahr schwanger ist. Sie ist natürlich genauso fruchtbar wie ein Ochse, aber in ihrer Phantasie wird sie ständig befruchtet, und damit das Ganze auch glaubhaft wirkt, sorgt sie für ein abwechslungsreiches Sexualleben. Weißt du, was sie erlebt hat, bevor sie ins Tal kam?«

»Nein.«

»Eine ziemlich tragische Geschichte. Mit sechzehn riss sie von zu Hause aus, mit ihrem Freund, der erheblich älter war, gewalttätig und drogenabhängig. Samantha war schwanger, wollte jedoch keine Abtreibung machen lassen. Im achten Monat trat ihr Freund das Baby in ihrem Bauch tot, und sie musste ein totes Kind gebären. Im Zusammenhang mit der Entbindung geriet sie in eine akute Psychose und kam in die Psychiatrie, wo man sie mit Medikamenten vollpumpte und dann ohne eigentliche Behandlung entließ. Sie zog wieder zu ihren Eltern, brach den Kontakt zu ihrem Freund ab und arbeitete als Hilfsschwester auf einer Kinderkrankenstation. Sie war verrückt nach Säuglingen und kümmerte sich rund um die Uhr und pausenlos um sie. Dann gab es einige Fälle von plötzlichem Kindstod. Und dann noch ein paar. Immer auf der Station von Samantha. Das Personal wurde heimlich überwacht und Samantha entlarvt. Das erste hatte sie mit einem Kissen erstickt. Den nächsten hat sie etwas ins Fläschchen getan. Hat dir das niemand erzählt?«

»Doch, jetzt, wo Sie es sagen«, murmelte Daniel. »Aber ich habe nie richtig verstanden, dass . . .«

»Man will es nicht glauben, nicht wahr? Samantha ist ja eine anziehende junge Frau. Im Gefängnis, in das sie dann kam, flirtete sie mit den männlichen Bewachern und kletterte ihnen fast auf den Schoß. Für einen war die Versuchung offenbar zu groß, denn obwohl sie offiziell nur Besuch von ihrer Mutter gehabt hatte, wurde sie schwanger. Sie wurde zum Abbruch gezwungen. Sie leistete gewaltsamen Widerstand und wurde narkotisiert in die Abtreibungsklinik gebracht. Nach einiger Zeit war sie wieder schwanger. Dieses Mal gelang es ihr, die Schwangerschaft so lange zu verbergen, bis es zu spät für eine Abtreibung war. Sie bekam das Kind unter strenger Bewachung, aber direkt nach der Geburt wurde ihr das Kind weggenommen. Sie drehte vollkommen durch. Sie fand eine Schere, stach einer Schwester in den Hals, einer hochschwangeren Frau in den Bauch und wurde kurz darauf nach Himmelstal gebracht. Meine psychodynamisch ausgerichteten Kollegen betrachteten ihre Nymphomanie als Sehnsucht nach Befruchtung. Aber sie ist natürlich sterilisiert, genau wie alle anderen. An deiner Stelle würde ich also noch ein wenig warten mit dem Champagner.«

»Was für eine traurige Geschichte«, sagte Daniel.

Insgeheim verspürte er eine große Erleichterung. Er erinnerte sich, was Samantha über Corinne und die Säuglinge gesagt hatte. Sie hatte ihre eigene Geschichte erzählt.

»Aber kann man sie denn wirklich als Psychopathin diagnostizieren?«, fügte er hinzu und gähnte. Er war viel zu müde für solche Gespräche.

»Natürlich nicht«, sagte Doktor Fischer schnaubend. »Dieses Tal ist der Abladeplatz für allen möglichen Müll, den man da draußen nicht haben will. Das ist das Problem als Forschungszentrum *und* Verwahranstalt. Wir Forscher wollen eigentlich nur lupenreine Fälle haben. Aber wenn wir weiter unsere Gelder bekommen wollen, müssen wir auch Leute aufnehmen, die nicht hierhergehören. Da darf man nicht wählerisch sein, Daniel.«

Er lachte, kurz und hart, und fuhr dann in sachlichem Ton fort:

»Ehrlich gesagt ist Samantha – genau wie die meisten meiner weiblichen Forscherkollegen – wegen der Frauenquote hier und nicht wegen ihrer Meriten. Wir haben einen großen Männerüberschuss im Tal, und eine attraktive Frau mit nymphomanischen Neigungen löst ein praktisches Problem. Oder was meinst du?«, fügte er mit einem Zwinkern hinzu.

»Trotzdem«, sagte Daniel, der nicht an seine eigene Geschichte mit Samantha erinnert werden wollte, »verstehe ich immer noch nicht, warum Sie mich hierbehalten wollen. Ich entspreche offensichtlich nicht Ihren Erwartungen. Sie wollten herausfinden, ob ich ein ›heimlicher‹ Psychopath bin, und Sie haben die Antwort bekommen: Das bin ich nicht. Sie können mich also nach Hause lassen.«

Doktor Fischer rieb sich besorgt die Stirn.

»Das Problem ist, dass ich das nicht kann. Ich würde damit öffentlich machen, dass ich eine unschuldige Person zwei Monate lang eingesperrt gehalten habe. Und das kann ich nicht, das wirst du verstehen. Da müsste ich meinen Posten als Klinikchef und alle meine Forschungsprojekte aufgeben. Ich muss dich also so lange wie möglich als Max hierbehalten.«

»So lange wie möglich?«

»Ja, und das ist nicht mehr sehr lange. Früher oder später wird dein Bruder hierher zurückkommen.«

Daniel holte Luft, um etwas zu sagen, aber Doktor Fischer kam ihm zuvor:

»Natürlich nicht freiwillig. Aber er wird da draußen irgendeine Dummheit begehen, da bin ich sicher. Er war so voller Hass gegen diese Italienerin. Es grämte ihn unglaublich, dass er nur den Verlobten erschlagen hat und die Frau überlebte. Er hatte nichts anderes im Sinn, als sie zu töten, deshalb wollte er Himmelstal verlassen. Und wenn er erwischt wird, haben wir ihn bald wieder hier. Was sehr verwirrend sein wird. Wir haben ja schon einen Max hier! Dann wird es zu Ermittlungen kommen, und ich werde entlarvt. Wir haben also ein Problem, mein lieber Daniel.«

»Das braucht kein Problem zu sein«, wandte Daniel ein. »Sie müssen nur zusehen, dass ich von hier verschwinde, bevor Max wieder hier auftaucht. Ich kann das Tal unbemerkt verlassen. Dabei können Sie mir ganz bestimmt behilflich sein. Alle werden denken, dass ich einen Unfall hatte oder von einem anderen Bewohner getötet wurde. Wie Mattias Block. Oder wie die anderen, die verschwunden sind und nie gefunden wurden.«

Karl Fischers Gesicht hellte sich auf.

»Eine ausgezeichnete Idee! Genau das werde ich sagen. Dass du spurlos verschwunden bist. Wie Mattias Block. Der Ärmste. Ein Opfer von Doktor Pierce' Wahnsinnsexperiment. Dieser Idiot hat ihn als Grille auf Adrian Keller angesetzt. Hat ihn direkt in die Löwengrube geschickt, um die Bestie mit einem lächerlichen Apparat zu bändigen. Nicht ganz das Gleiche, wie mit Hunden zu sprechen. Und er wusste nicht, dass Keller mein *Löwe* war. Als ich merkte, dass er sich Keller ausgesucht hatte, war es zu spät, der Chip war bereits eingesetzt. Nicht dass ich an die Dressurkünste von Doktor Pierce glauben würde. Aber wenn es Mattias Block wirklich gelungen wäre,

Keller zu zähmen, wären die Vorstellungen in seinem Wohnzimmer für meine Forschungen nutzlos geworden. Keine Folterszenen mehr. Ich würde hinter meinem Spiegel sitzen und gähnen und zuschauen, wie mein Studienobjekt Kreuzworträtsel löst und die Blumen gießt. Ich habe überlegt, Keller den Chip wieder entfernen zu lassen, aber es war dann doch einfacher, Block zu entfernen. Es gelang ihm zwar, seiner Hinrichtung zu entkommen, um dann in einer von Kellers Schlingen den Tod zu finden.«

Daniel hatte kaum verstanden, was der Doktor gesagt hatte. Ein dichter Nebel hatte sich über sein Bewusstsein gelegt. Wie der Nebel im Tal riss er immer wieder kurz auf und ließ die Außenwelt in kurzen, klaren Bildern und Sätzen herein.

»Ich kann also das Tal verlassen?«, fragte er.

»Nein, das wäre viel zu riskant. Du könntest mir große Probleme machen, wenn du rauskommst. Und ich bin noch nicht fertig mit dir. Ich habe noch nicht einmal angefangen. Aber du wirst aus dem Tal verschwinden, das ist eine gute Idee. Eigentlich könntest du schon heute verschwinden. Tatsache ist«, sagte er und schaute auf seine Armbanduhr, »dass du bereits verschwunden *bist*.«

»Wie meinen Sie das?«

»Es ist zwanzig nach zwölf. Ist es nicht erstaunlich, wie schnell die Zeit vergeht, wenn man nett beisammensitzt? Die Nachtpatrouille hat dich nicht in deiner Hütte angetroffen und den Alarm ausgelöst. Die Autos sind schon unterwegs und suchen dich. Und sie machen morgen weiter. Aber nicht allzu lange. Wie du selbst gesagt hast: Man wird glauben, dass du tot bist.«

»Aber«, begann Daniel in einem lahmen Protest. Er suchte nach der zweiten Hälfte des Satzes, er war im Nebel verschwunden, ehe er ihn aussprechen konnte.

»Aber jetzt möchtest du schlafen«, sagte Doktor Fischer hilfsbereit.

Das wollte Daniel überhaupt nicht sagen, das wusste er genau. Er wollte etwas ganz anderes sagen, etwas Wichtiges, aber jetzt war es weg.

»Du bist müde, nicht wahr? Darf ich deine Pupillen sehen?«

Doktor Fischer fasste ihn am Kinn und schaute ihm in die Augen.

»Genau«, sagte er. »Sehr müde.«

Als er protestieren wollte, spürte Daniel, dass er tatsächlich sehr müde war. Er war müder als jemals in seinem ganzen Leben. Er wusste nicht, wie er es schaffen sollte, durch die Tunnel zurückzugehen, durch den Park und nach Hause in seine Hütte.

Doktor Fischer stand auf und ging zu einem Vorhang am anderen Ende des Zimmers. Er zog ihn beiseite und öffnete eine Stahltür, die bisher verborgen war.

»Ich werde dir dein Zimmer zeigen. Komm mit.«

Langsam stand Daniel auf und ging, Schritt für Schritt, hinüber zu Doktor Fischer, dann blieb er in der Türöffnung stehen.

Vor ihm lag noch ein weiterer unterirdischer Korridor. Aber er sah anders aus als die anderen – er war schmaler und niedriger. Irgendwo hörte er Rufe und das Schlagen gegen Metall. Eine Wache, die an der Wand stand, warf ihnen einen desinteressierten Blick zu.

»Wo sind wir?«, fragte Daniel misstrauisch.

Sein Herz schlug so wild, dass ihm übel wurde.

»In einem anderen Teil des Tunnelsystems«, sagte Karl Fischer. »Als die Klinik gebaut wurde, sorgten ich und unser amerikanischer Sponsor dafür, dass wir noch ein paar Räumlichkeiten bekamen, die nicht auf den Plänen verzeichnet waren.«

Er gab Daniel einen leichten Schubs, so dass er über die Schwelle stolperte, und schloss rasch die Türe hinter ihnen beiden.

»Du hast bestimmt schon von dieser Abteilung gehört. Die Bewohner reden viel darüber. Sie haben sogar einen Kosenamen dafür gefunden.«

53 »Die Katakomben?«, flüsterte Daniel.

Doktor Fischer nickte.

»Ich selbst finde den Namen schlecht gewählt. Man sagt, dass es zur Blütezeit des Klosters hier einen unterirdischen Friedhof gab. Davon existiert heute wahrscheinlich nichts mehr. Du siehst hier eine hochmoderne Anlage, und alle sind am Leben.«

Erstaunt betrachtete Daniel die Reihe von Stahltüren, hinter denen er so etwas wie Gefängniszellen vermutete. In die Türen war auf Augenhöhe ein kleines rundes Fenster mit zentimeterdickem Glas eingelassen. An manchen Fenstern sah man dicht am Glas Gesichter. Obwohl einige die Lippen bewegten, als würden sie sprechen, ja vielleicht sogar schreien, hörte man keinen Ton. Die stumm aufgerissenen Münder und das dicke Glas ließen Daniel an Fische in einem Aquarium denken.

»Die Aktivitäten in diesem Teil von Himmelstal sind nicht so bekannt«, sagte Doktor Fischer, als sie an den Türen vorbeikamen. »Wir sind ein kleines Team von hochmotivierten Forschern, die hier unten arbeiten. Unsere Auftraggeber kommen nur selten hier vorbei. Ich informiere sie über das, was sie meiner Meinung nach wissen müssen. Ehrlich gesagt glaube ich nicht, dass sie viel wissen wollen. Sie wollen nur Ergebnisse.«

»Was sind das für Aktivitäten?«, fragte Daniel.

Sie waren mitten im Korridor stehen geblieben, und Doktor Fischer schaute mit nachdenklicher Miene in eines der Fenster.

»Spitzenforschung«, sagte er. »Die Speerspitze der Neuropsychiatrie.«

Er rief eine Wache zu sich.

»Bitte kontrollieren Sie diesen Patienten«, sagte er und

klopfte mit dem Zeigefinger ans Glas. »Ich glaube nicht, dass das normaler Schlaf ist.«

Daniel schaute durch die Fenster in die Gesichter. Wie Geschöpfe aus einer anderen Welt starrten sie ihn durch die kleinen Löcher an. Ihre Köpfe waren ganz oder teilweise geschoren, die Augen entweder voller Gefühle oder ganz leer. Es sah alles so unwirklich aus.

Er wusste, dass es ihn empören müsste, was er da sah, dass er hätte protestieren müssen. Aber er war müde, nicht nur physisch, sondern auch im Denken und Fühlen. Er wollte eigentlich nur schlafen, und Sorge machte ihm im Moment nur, dass der Korridor so lang war und der Boden sich irgendwie zur Seite neigte, als seien sie auf einem Schiff. Die kajütenähnlichen Fenster verstärkten diesen Eindruck, Daniel verspürte eine leichte Seekrankheit.

Das Zimmer, von dem der Doktor gesprochen hatte und in dem er übernachten konnte, kam ihm nun nicht mehr so abstoßend vor. Er würde es sowieso nicht bis nach Hause in die Hütte schaffen. Tatsache war, dass er dieses Bett auf der Stelle brauchte. Er wankte, und der Doktor fasste ihn unterm Arm.

»Es ist nicht mehr weit, mein Freund. Kannst du noch gehen?«

Daniel nickte. Rechts von ihm tauchte ein Frauengesicht auf, wie ein altes Foto mit dem runden, genieteten Stahlrand als Rahmen. Ein mageres Porzellangesicht, sehr blass, mit blauen Ringen unter den Augen und dunklen, schattenhaften Stoppeln auf dem kahlen Schädel. Fremd, unmenschlich und gleichzeitig eigenartig vertraut. Er hatte das Gesicht schon einmal gesehen, er kannte es. War es seine Mutter? Nein, natürlich nicht. Seine Mutter war tot. Aber vielleicht war diese Frau auch tot?

Er drehte sich um und blickte zurück auf die Reihe von Türen, an denen er vorbeigekommen war. Vielleicht waren all diese Menschen tot? Oder wenn nicht tot, so doch wenigstens ... Ja, lebendig waren sie auf jeden Fall nicht, egal was Doktor Fischer behauptete. Sie befanden sich immerhin unter der Erde.

Er erinnerte sich an das dicke, eigenartige Buch, das sein Großvater zu Hause in Uppsala im Regal gehabt hatte und in dem Daniel halb ängstlich, halb begeistert geblättert hatte: Dantes *Inferno* mit Gravuren von Gustave Doré. Nackte, verdrehte Körper, von Schlangen gequält, Feuer und Schrecken, wie man es sich kaum vorstellen konnte. Verurteilt zu ewigem Leiden.

»Wie geht es dir, Daniel?«, sagte Doktor Fischer dicht an seinem Ohr.

»Mir ist ein wenig schwindelig«, flüsterte er.

»Soll ich eine Trage kommen lassen?«

»Nein, ich bin nicht krank.«

Er richtete sich auf, und mit seinem Vergil am Arm stolperte er weiter durch die Unterwelt.

»Da vorne ist es«, sagte Doktor Fischer aufmunternd.

Vor ihnen stand eine Wache und hielt eine Tür auf. Doktor Fischer und Daniel gingen hinein.

Ein scharfer Geruch nach Reinigungsmitteln und Urin schlug ihnen entgegen. Das Zimmer war klein und mit hochglänzender, weißer Lackfarbe gestrichen, die das Licht der Leuchtröhren hart reflektierte. Es gab ein Bett und eine Tischplatte, beide waren an die Wand geschraubt, außerdem einen Hocker, der wie ein Stahlzylinder geformt und mit einem Kissen aus schwarzem Kunststoff bezogen war.

»Hübsch«, murmelte Daniel verwirrt und zeigte auf den Hocker in minimalistischem Design. Dann sank er aufs Bett. Er war so müde, dass er kaum wusste, wo er war.

»Und praktisch«, fügte Doktor Fischer hinzu und klappte den Sitz hoch, so dass aus dem Hocker eine Toilette wurde.

»Phantastisch«, lallte Daniel und schloss die Augen.

»Jetzt darfst du schlafen, mein Freund. Ich glaube nicht, dass es Probleme gibt. Ich habe dir ein ziemlich starkes Medikament in den Tee gemischt.«

Das Licht wurde zu einem angenehmen Halbdunkel gedimmt, die Tür schloss sich mit einem kurzen, saugenden Geräusch, und Daniel öffnete noch einmal kurz die Augen.

Durch das kleine Fenster betrachtete Karl Fischer ihn mit einem väterlichen Blick. Dann war er verschwunden.

Daniel versank im Schlaf. Gesichter schwammen vorbei, schaukelten wie Goldfische im Wasser der runden Gläser. Das schmale, eigentümlich bekannte Porzellangesicht hatte er jetzt vor Augen, es drang aus dem Glas und beugte sich über ihn. Von unten wurde es mit einer Taschenlampe angeleuchtet.

Plötzlich wusste er, wer das war. Die Erkenntnis bohrte sich aus seinem schweren Schlaf nach oben, seine Glieder zuckten aus einem Fluchtinstinkt heraus. Es gelang ihm nicht, wach zu werden, aber er sah es ganz klar: Es war die kleine dunkelhaarige Hostess. Nach der die Wachen in der Stromschnelle gesucht hatten. Abgemagert und ohne Haare sah sie sehr verändert aus. Aber sie hatte ihn durch das runde Glasfenster in einer der Türen angeschaut.

54 »Er ist also verschwunden?«, sagte Hedda Heine besorgt. »Seit wann?«

»Die Nachtpatrouille hat die Wachzentrale gestern um zehn nach zwölf alarmiert«, erklärte Doktor Pierce. »Dann haben sie Kontakt zu Frau Simmen aufgenommen.« Er zeigte auf Corinne, die neben ihm am Konferenztisch saß.

»Ich habe zuletzt vorgestern Abend in Hannelores Bierstube mit ihm gesprochen«, sagte Corinne.

Vor dem Panoramafenster standen die Wolken zwischen den Wänden des Tals, schwer und grauweiß, wie eine Watteschicht in einer Schachtel. Corinne kam nur selten so hoch nach oben. Normalerweise traf sie Doktor Pierce in einem Sprechzimmer im ersten Stock des Krankengebäudes.

»In letzter Zeit war Max immer in seiner Hütte, wenn die Patrouillen ihre Runden machten. Wir hatten keinerlei Probleme mit ihm. Es war also sehr ungewöhnlich, dass er gestern Abend nicht dort war«, fuhr Doktor Pierce fort. »Wir haben gehofft, dass er im Lauf der Nacht von alleine auftauchen würde, aber bei der Morgenpatrouille war die Hütte immer noch leer. Der Letzte, der ihn gesehen hat, war die Eingangswache am Hauptgebäude. Er hat ausgesagt, dass Max gegen neun Uhr gestern Abend in die Ärzteetage hinaufgefahren ist. Er wollte Sie, Doktor Fischer, aufsuchen.«

»Das stimmt«, sagte Doktor Fischer. »Er wollte mich unbedingt treffen, obwohl es schon so spät war. Ich habe ihn empfangen, weil es ihm so wichtig zu sein schien. Er kam mir ziemlich verwirrt vor. Er kam mit absurden Behauptungen.«

»Was für Behauptungen?«, fragte Doktor Pierce.

Karl Fischer verzog müde das Gesicht.

»Das Übliche. Dass er nicht Max ist, sondern dessen Zwillingsbruder. Irgendwie hat er vom Pinocchio-Projekt erfahren. Ich habe den Verdacht, dass er eine Kollegin getroffen hat, die eigentlich keinen Kontakt zu den Bewohnern haben sollte. Ich habe sie krankgeschrieben. Jedenfalls wusste er, dass man Max einen Chip implantiert hat, und wollte, dass ich seine MRT-Bilder kontrolliere, um zu sehen, ob er auch so einen Chip hat. Damit wollte er beweisen, dass er nicht Max ist. Das scheint bei ihm zu einer Zwangsvorstellung geworden zu sein. Er war unglaublich störrisch, und um die Sache aus der Welt zu bekommen, gab ich seinem Wunsch nach. Wir fuhren nach unten und schauten die Bilder an. Ich zeigte ihm den Chip. Er brach zusammen.«

»Sie haben ihm hoffentlich gesagt, dass der Chip völlig ungefährlich ist?«, flocht Doktor Pierce ein. »Die Strahlung ist nicht größer als bei einem Mobiltelefon.«

»Ja, aber ich glaube nicht, dass ihm das Sorge bereitet hat. Ich glaube, er brach zusammen, weil sein Lügengebäude einstürzte. Dass der vortreffliche Zwillingsbruder die reine Phantasie war. Er hat sich selbst betrogen und jetzt die Wahrheit erkannt. Oder alles zusammen war nur Theater. Es war schon spät, und ich wollte ihn loswerden. Ich begleitete ihn durch den Korridor und ließ ihn durch die Bibliothek nach oben. Das war der nächste Weg zu seiner Hütte.«

»Um wie viel Uhr war das?«

Fischer hob die Schultern.

»Zehn vielleicht.«

»Haben Sie gesehen, wohin er ging?«, fragte Hedda Heine.

»Nein. Ich nahm an, dass er zu sich nach Hause ging.«

»Dann sind Sie der Letzte, der ihn gesehen hat«, stellte Pierce fest. »War er sehr erregt?«

Fischer rieb sich sein unrasiertes Kinn, ein schabendes Geräusch war zu hören.

»Nun ja, schon. Aber ich ging davon aus, dass er sich bis zum nächsten Tag beruhigen würde.«

»Sind Sie wirklich sicher, dass Sie einen Chip gesehen haben?«, fragte Pierce.

»Natürlich.«

Pierce fuhr fort:

»Ich war nämlich selbst unten in der MRT-Abteilung und habe Schwester Louise gebeten, die Bilder aufzurufen. Und ich habe keinen Chip gesehen.«

Karl Fischer wollte protestieren, aber Pierce ließ sich nicht beirren:

»Außerdem hat Frau Simmen etwas zu erzählen, was uns alle interessieren könnte.«

Er wandte sich an Corinne und nickte ihr aufmunternd zu.

Sie schaute in die Runde der Sitzungsteilnehmer, richtete sich auf und sagte mit fester Stimme:

»Ich bin schwanger. Von dem Bewohner, der angeblich Max ist, der es jedoch nicht sein kann.«

Die Ärzte schauten sich schweigend und verwirrt an.

Hedda Heine beugte sich vor:

»Sind Sie wirklich sicher, Frau Simmen?«

Corinne nickte.

»Ich habe einen Schwangerschaftstest gemacht.«

»Und es gibt keinen anderen, der ... der Vater sein könnte?«

»Nein«, sagte Corinne bestimmt.

Karl Fischer betrachtete sie stumm.

»Sie sind die Grille des Bewohners, nicht wahr?«, sagte Brian Jenkins. »Soweit ich verstanden habe, gibt es strenge Verhaltensregeln für Grillen. Nähe, aber nicht zu viel, und so weiter. Oder irre ich mich, Doktor Pierce?«

»Ich kenne die Regeln«, sagte Corinne ärgerlich. »Aber in den letzten Monaten stimmte mit meinem Klienten etwas nicht. Er hat überhaupt nicht auf meinen Apparat reagiert.«

Sie hob den Unterarm und zeigte ihr Armband.

»Ich habe es inspiziert und nachjustiert«, sagte Doktor Pierce. »Frau Simmen behauptete, dass es trotzdem nicht funktionierte, und ich vermutete, dass sie es falsch bediente, und wollte sie gegen eine andere Grille austauschen. Aber Frau Simmen weigerte sich. Sie behauptete, Max habe sich stark verändert und sie habe die Pflicht, ihn zu schützen.«

»Was er sofort ausgenützt hat«, sagte Karl Fischer mit einem verächtlichen Blick auf Corinnes Bauch.

»Überhaupt nicht«, sagte Corinne wütend. »Daniel ist nicht Max. Er nützt niemanden aus. Alles, was er erzählt hat, ist wahr. Er ist der Zwillingsbruder von Max, und wir haben Max nach dem Besuch im Juli rausgelassen.«

»Max hat keinen ...«, begann Doktor Fischer.

»Doch!«, sagte Corinne und wedelte mit einem Papier. »Ich habe neulich eine Seite von den Materialien gefunden, die ich während meiner Ausbildung bekam. Wir sollten keine Papiere behalten, ich weiß. Aber ein Blatt habe ich aufgehoben, wegen dem Liedtext, den ich früher einmal auf die Rückseite geschrieben habe. Es waren zufällig die persönlichen Angaben von Max. Und aus denen geht deutlich hervor, dass er einen Zwillingsbruder hat. Jemand muss das verändert haben, kurz nachdem Max aufgenommen worden war.«

Sie ließ die Kopie herumgehen.

Doktor Pierce wühlte in seiner Aktentasche, holte ein paar zusammengeheftete Papiere hervor und ließ auch die herumgehen.

»Frau Simmen hat recht. Ich habe ihre Angaben vom

Einwohnermeldeamt in Schweden kontrollieren lassen. Wir haben den falschen Zwilling hier. Jetzt ist er verschwunden, und ich mache mir große Sorgen um ihn. Ich schlage vor, wir schicken sofort die Wachen los.«

Die Ärzte starrten ihn an, aber Hedda Heine sagte: »Unbedingt. Oder was sagen Sie, Doktor Fischer?«

»Ja, das wird wohl das Beste sein. Sie sollen das Tal durchsuchen«, sagte Fischer desinteressiert und schob die Papiere weiter zum Nächsten. Er hatte sie kaum angeschaut. »Abgemacht. Fahndung nach Max. Pierce kontaktiert die Wachzentrale.«

»Fahndung nach *Daniel*. Nicht Max«, korrigierte Corinne.

Doktor Fischer blickte auf seine Armbanduhr und stand auf.

»Ich habe einiges zu tun, bitte entschuldigen Sie mich«, sagte er.

Kaum hatte er den Raum verlassen, entstand eine lebhafte Diskussion.

Corinne sagte nichts.

Doktor Pierce rief auf seinem Handy die Wachzentrale an. Er war der Einzige, den sie hier kannte, und er hatte sie mit zur Besprechung genommen. Jetzt wollte sie eigentlich wieder gehen.

Aber nun klopfte es an der Tür, und eine Hostess schaute herein. Sie hatte ein Telefon in der Hand.

»Entschuldigen Sie, dass ich störe. Es ist ein Anruf von der italienischen Polizei. Sie wollen mit dem Klinikchef sprechen.«

»Doktor Fischer ist gerade gegangen«, sagte Pierce. »Versuchen Sie es auf seinem Handy.«

»Er antwortet nicht.« Die Hostess wedelte hilflos mit dem Telefon. »Es ist offenbar wichtig.«

»Ich nehme es«, sagte Pierce.

55 Daniel nahm die beiden kleinen Tabletten, die der Wachmann ihm reichte, dazu einen Plastikbecher mit Wasser. Sein Kopf schmerzte, die Zunge fühlte sich rau an und schmeckte schlecht, wie ein fremder Gegenstand in seinem Mund. Er hoffte, die Tabletten würden sein physisches Unwohlsein lindern und die Angst und Klaustrophobie, die langsam in ihm erwachten, dämpfen.

Die Tabletten hatten den gewünschten Effekt. Seine Sinne stumpften ab, eine milde Gleichgültigkeit breitete sich aus, und er war fast schon wieder eingeschlafen, als die Wache wiederkam und ihn zu einem Duschraum brachte, er bewegte sich wie in Zeitlupe dorthin.

»Wir sind nicht unter der Erde. Wir sind unter Wasser«, dachte er, als er durch den Korridor glitt, frisch geduscht und in dem schwarz-weißen Trainingsanzug, den auch die andern Patienten trugen.

Sein Körper und auch seine Gedanken schwammen gleichsam vorwärts.

Vor ihm ging eine magere Gestalt mit rasiertem Kopf. Wie Daniel wurde auch er von einer Wache geführt. Der Mann bewegte sich ruckartig und blieb immer wieder stehen und gab Kommentare ab.

»Ruhig und nett hier. Bisschen zu eng. Hier könnte man es etwas breiter machen.«

Er blieb stehen und schlug an die Wände. Die Wache wartete geduldig. Auch Daniel und sein Begleiter mussten stehen bleiben, weil der Mann den Korridor blockierte.

»Und diese hässlichen Menschen da drinnen«, fauchte der Magere und zeigte auf eines der runden Fenster, wo ein Mann das Gesicht verzog und mit einer Hand lautlos an das Glas schlug. »Ich halte sie nicht mehr aus. Setzt doch schöne Leute rein. Geile Bräute. Das wär's doch, oder?«

Er drehte sich zu Daniel um. Es war Tom, der gewalttätige Holzschnitzer. Er lächelte ihn freundlich an, ehe die Wache ihn weiterzog. Kurz darauf war Daniel wieder in der Zelle, und ein wenig später standen drei Personen in der Tür seiner Zelle: Doktor Fischer, der indische Arzt und ein Mann in Jeans und Hemd, den Daniel erst nicht erkannte, weil er seine Baseballkappe nicht aufhatte.

»Guten Morgen«, sagte Doktor Fischer. »Ich hoffe, du hast gut geschlafen. Wir werden dir ein paar Proben entnehmen. Du kannst so liegen bleiben. Bitte den Ärmel hochkrempeln. Du wirst es kaum spüren, Doktor Kalpak ist sehr geschickt. Ich komme gleich wieder. Ich bringe nur Mr. Jones nach draußen.«

Der indische Arzt strich mit zwei weichen Fingerspitzen über Daniels Armbeuge und senkte dann die Kanüle in die Ader. Es fühlte sich warm an und kribbelte, als das Blut herausfloss und elegant von Doktor Kalpak in einem kleinen Röhrchen aufgefangen wurde.

Mehrere Röhrchen mit dunklem, fast schwarzem Blut waren gefüllt und in einem Gestell untergebracht worden, als Doktor Fischer wiederkam. Der indische Arzt stöpselte die Röhrchen zu, klebte ein Pflaster auf Daniels Arm und entfernte sich mit einer diskreten Verbeugung.

»Doktor Kalpak ist mein persönlicher Chirurg. Unglaublich geschickt. Seine Schwester ist Sologeigerin im London Symphony Orchestra«, sagte Doktor Fischer.

»Wer war der andere Mann?«, fragte Daniel.

»Mr. Jones, meinst du?«

»Ja, ist er auch Arzt?«

»Er ist einer der größten Sponsoren von Himmelstal.«

Daniel setzte sich auf. Die Tabletten hatten ihn ruhig und furchtlos gemacht.

»Er ist Amerikaner, nicht wahr? Es geht das Gerücht, dass er von der CIA geschickt wurde.«

Doktor Fischer zuckte mit den Schultern.

»Es gibt viele Gerüchte im Tal.«

»Und in den meisten ist ein Körnchen Wahrheit enthalten. Was ist das eigentlich für ein Ort? Was macht ihr mit all den Menschen, die hier eingesperrt sind?«

»Ihnen helfen.«

»Helfen?«

»Und nicht nur den Menschen *hier*. Mein Ziel ist es, *allen* Menschen zu helfen.«

Daniel hätte fast laut gelacht. Doktor Fischer war offenbar richtig wahnsinnig.

»Wie denn?«

»Das will ich dir gerne erklären, Daniel. Aber ich schlage vor, dass wir dazu in meine kleine Wohnung gehen. Jetzt, wo Doktor Kalpak dir Blut abgenommen hat, kannst du ein Frühstück bekommen. Ich habe selbst noch nichts gegessen. Wie wäre es mit Tee und etwas Toast?«

Daniel hätte alles dafür gegeben, die übel riechende Zelle zu verlassen, und sei es auch nur für einen Moment, er nahm deshalb das Angebot dankbar an.

Doktor Fischer zog den Samtvorhang vor die Stahltür und machte die Lichter in der gemütlichen kleinen Wohnung an. Der Korridor mit den hermetisch verschlossenen Zellen schien nicht mehr zu existieren, obwohl sie sich gerade noch dort befunden hatten.

Doktor Fischer machte eine einladende Geste, und Daniel sank in den gleichen Sessel, in dem er am Abend zuvor gesessen hatte. Während der Doktor Toast machte und den kleinen Tisch deckte, hatte er plötzlich das Gefühl, dass er in ebendiesem Sessel die ganze Nacht verbracht hatte und die Ereignisse der Nacht und des Morgens nur ein schlimmer Alptraum waren. Aber sein schwarz-weißer Trainingsanzug und das Pflaster von Doktor Kalpaks Blutabnahme sagten ihm etwas anderes. Trotz der Tabletten war er in einem Zustand der Wachsamkeit und Anspannung, und er bekam die Scheibe Toast mit Rhabarbermarmelade, die Doktor Fischer ihm gerichtet hatte, fast nicht herunter.

»Ich lade meine Patienten gern zu einer Tasse und einem Plauderstündchen ein. Ja, natürlich nicht alle. Aber Patienten wie dich schon, Daniel.«

Daniel schaute zum Vorhang in der linken Hälfte des Raums, der, wenn er sich richtig erinnerte, die Tür verbarg, durch die sie am Abend zuvor gekommen waren. Die Verbindung zum offiziellen Tunnelsystem. War es nicht so?

»Ich schätze intelligente Gesprächspartner. Iss nur, mein Freund. Stört dich etwas? Ach so, die Tür da drüben. Du brauchst einen Code und eine Magnetkarte, um herauszukommen. Außerdem ist immer eine Wache in der Nähe. Den Gedanken kannst du also aufgeben. Du trinkst deinen Tee ohne Milch, wenn ich mich recht erinnere.«

Doktor Fischer goss Milch in seine eigene Tasse und rührte um.

»Es ist nichts drin«, sagte er, als er sah, dass Daniel seine Tasse nicht anrührte. »Du hast die Medikamente bekommen, die du für den Moment brauchst. Ich hoffe, ich habe eine gute Wahl getroffen. Ausgeglichen und harmonisch, aber klar genug im Kopf für eine angeregte Konversation.«

Dann beugte er sich vor, als wollte er Daniel ein Geheimnis anvertrauen, und fügte mit leiser Stimme hinzu:

»Ich halte eigentlich nichts von Psychopharmaka. Das ist primitiv und grob. In Zukunft werden wir uns eleganterer Hilfsmittel bedienen.«

Daniel nippte vorsichtig am Tee.

Doktor Fischer nickte zufrieden, räusperte sich und sagte:

»Wie du gemerkt hast, verfolgen wir hier in Himmelstal viele Forschungsprojekte. Wir arbeiten hier auf sehr breiter Front, bis wir herausgefunden haben, worauf die Psychopathie beruht und wie man sie am besten heilt. Du kennst eines der Projekte, das Pinocchio-Modell von Doktor Pierce, wo man den Psychopathen als Holzpuppe betrachtet, die fast, aber noch nicht ganz zum Menschen geworden ist. Du wirst verstehen, dass ich die Puppentheorien von Doktor Pierce nicht teile. Ist ein Psychopath weniger menschlich, nur weil er kein Gewissen hat? Hier kommt es natürlich darauf an, wie man den Begriff Mensch definiert.«

»Was für ein Projekt ist das da drinnen?«, unterbrach Daniel ihn, er interessierte sich nicht für Definitionen.

Doktor Fischer lehnte sich im Sessel zurück und fuhr ruhig fort.

»Du findest mich zu philosophisch? Tatsache ist, dass die Philosophie, die Medizin und die Psychiatrie sich immer mehr annähern. Warum hat die Evolution den Menschen mit einem Gewissen versehen?«

Daniel wusste nicht, ob das eine rhetorische Frage war oder ob eine Antwort von ihm erwartet wurde. Er entschied sich für Letzteres:

»Um aggressive und egoistische Impulse zu dämmen. Ohne Gewissen würden wir uns gegenseitig umbringen und ausrotten.«

»Wirklich?«, rief Karl Fischer mit gespielter Verblüffung aus. »Hat eine Ratte ein Gewissen? Oder eine Kreuzotter?«

Dieses Mal schwieg Daniel.

»Wohl kaum. Gewissen ist keine notwendige Eigenschaft für das Überleben einer Art. Also warum haben wir es?«

Daniel antwortete nicht, Karl Fischer war nicht an einem Gespräch mit ihm interessiert. Er wollte ein Publikum.

»Vermutlich«, fuhr der Doktor fort und machte eine Kunstpause, um Spannung aufzubauen, dann trank er einen Schluck Tee, »vermutlich entwickelte es sich, damit der Stärkste der Gruppe nicht allen anderen das Essen wegaß. Das Überleben der Gruppe war wichtiger als das Überleben des Individuums, und hungrige, bittende Blicke waren Signale, die ein selbstloses Verhalten auslösten. In dieser primitiven Form war das Gewissen nicht mehr als ein Instinkt, eine innere Stimme, so wie Tiermütter instinktiv auf das Wimmern ihrer Jungen reagieren. Aber der Mensch hat, im Unterschied zum Tier, die Fähigkeit, *gegen* seine innere Stimme zu handeln. Und deshalb hat er außerdem noch eine das Verhalten steuernde Feinheit bekommen, die nur er besitzt, nämlich: Schuld. Ein Thermostat, der ausschlägt, wenn er sich allzu weit vom Programm entfernt. Wahrscheinlich hat das in der Steinzeit perfekt funktioniert. Aber heute? Leben wir als Herde in der Wildnis, Daniel? Nein, wir sind Individuen, die auf einem Markt zusammenarbeiten und konkurrieren. Gewissen und Schuld sind für unser Überleben etwa so nötig wie ein Blinddarm. In Wahrheit kommen wir ohne sie ausgezeichnet, vermutlich sogar besser zurecht. Als Art, meine ich natürlich. Bestimmte *Individuen* würden natürlich untergehen, das ist der Preis der Evolution.«

Er schlürfte noch ein wenig Tee, und Daniel ergriff die Gelegenheit, um etwas anzumerken.

»Wenn ich Sie richtig verstehe, Doktor Fischer, sind Sie also nicht daran interessiert, Psychopathen zu *heilen*? Sie betrachten ihr mangelndes Gewissen eher als *Vorteil*?«

»Ich betrachte die Psychopathen anders als die anderen Forscher hier in Himmelstal, das ist richtig«, sagte Doktor Fischer und nickte ernst. »Um weiterhin in evolutionären Begriffen zu sprechen: Psychopath ist nicht gleich Rückkehr auf ein früheres, primitiveres Stadium, wie manche glauben. Im Gegenteil. Diese Anomalie entsteht aus dem gleichen Grund wie alle anderen Anomalien: Die Natur probiert neue Modelle aus. Wenn sie funktionieren, dann überleben sie und bringen neue Individuen des gleichen Modells hervor. Es ist eine Tatsache, dass die Anzahl diagnostizierter Psychopathen in Europa jährlich zunimmt. Als Himmelstal mit seiner Arbeit begann, mussten wir Studienmaterial suchen. Heute ertrinken wir in Anfragen aus allen europäischen Ländern. Wir können nur einen Bruchteil all der Menschen aufnehmen, die man hier unterbringen will. Aus einem evolutionären Gesichtspunkt ist das Psychopathenmodell also ein Fortschritt.«

»Ich kann keine evolutionären Vorteile darin sehen, dass die Zahl von Mördern, Vergewaltigern und Dieben zunimmt«, protestierte Daniel.

»Nein, das ist kein Vorteil, da hast du völlig recht. Himmelstal ist überschwemmt von impulsiven Gewaltidioten. Den meisten Psychopathen fehlt nämlich nicht nur das Gewissen. Sie haben auch keine Geduld, keine Ausdauer und keine Selbstkontrolle, sie sind deshalb für die meisten Aufgaben nicht zu gebrauchen. Was diverse Mafiabosse und Terroristenführer schon oft genug beklagt haben. Deren Traum ist der lenkbare Psychopath. Gefühllos, aber absolut loyal gegenüber dem Auftraggeber. Furchtlos, aber vorsichtig, wenn es sein muss. Intelligent, aber ohne eigene Kreativität. Kurz gesagt: ein Roboter. Du kannst dir vorstellen, wie brauchbar so ein Geschöpf in bestimmten Situationen wäre.«

Karl Fischer machte eine Pause und schaute Daniel vielsagend an, als wolle er kontrollieren, ob dieser seinem Gedankengang folgen könne. Daniel nickte ernst und sagte:

»Kann man so ein Geschöpf erschaffen?«

Fischer öffnete die Handflächen.

»Vielleicht.«

»Ist Mr. Jones deswegen hier? Arbeiten Sie für die CIA?«

»Die CIA lebt in diesem Glauben, ja.« Doktor Fischer grinste. »Amerikaner! Die bilden sich ein, ich könnte menschliche Missiles erschaffen, die sie in einem ihrer Kriege einsetzen können. Und solange sie ihre Dollars nach Himmelstal pumpen, werde ich sie in diesem Irrglauben lassen. Wir hätten uns ohne ihr Geld nie so entwickeln können. Meine eigene Forschungsabteilung zum Beispiel.« Er machte eine Handbewegung in Richtung Vorhang, durch den sie gekommen waren. »Ohne die großzügige Spende von Mr. Jones wäre sie nie zustande gekommen. Deshalb muss ich mich damit abfinden, dass er hier unten in den Gängen umherflitzt wie ein Kaninchen. Ich lasse ihn an manchen Experimenten teilnehmen und stecke ihm hin und wieder kleine geheime Forschungsberichte zu. Natürlich hat er keine Ahnung, was ich eigentlich mache. Er glaubt, ich zähme Bestien. Was falsch ist. Mein Projekt ist viel größer.«

»Und was ist Ihr Projekt?«

»Der glückliche Mensch. Eine Welt ohne Leiden«, sagte Doktor Fischer mit einem leichten Schulterzucken.

»Und wie wollen Sie das erreichen?«

»Das Unglück der meisten Menschen ist, dass sie mehr Gefühle haben, als sie brauchen.«

»Sie wollen also die Gefühle der Menschen abschalten?«, rief Daniel aus. »Sie wollen alle zu Psychopathen machen? Ist das Ihr Ziel?«

Trotz der Tabletten war er so empört, dass es ihn kaum auf dem Sessel hielt.

Karl Fischer legte eine feste Hand auf Daniels Hand und sagte:

»Lass mich zu Ende reden. Ich will nichts ausschalten. Ich will nur ein wenig herunterdrehen.«

Er drückte Daniels Hand ein wenig und lächelte beruhigend, dann ließ er sie los und fuhr fort:

»Als ich während meiner Ausbildung in einer psychiatrischen Praxis arbeitete, war ich erstaunt darüber, wie viel Schuldgefühle die Patienten mit sich herumschleppten. Oft völlig sinnlose Schuldgefühle. Wegen Dingen, für die man nichts kann. Schuldgefühle wegen etwas, für das es zu spät ist. Qualvolle Gefühle und völlig überflüssig. Je mehr ich diesen Patienten zuhörte, desto erstaunter war ich. Da ich selbst so etwas nie verspürt habe, interessierte es mich sehr. All diese Angst. Dieses Leiden. Menschen mit gesunden, funktionierenden Körpern, denen es ausgezeichnet gehen könnte, hätten sie nicht diese ganzen *Gefühle*.«

Er spuckte das Wort aus, als würde es schlecht schmecken.

»Aber sind es nicht gerade die Gefühle, die uns zu Menschen machen?«, protestierte Daniel.

»Und wer entscheidet, was ein Mensch ist? Ist das ein für alle Mal festgelegt? ›Der Mensch ist ein Seil, geknüpft zwischen Tier und Übermensch‹, sagte der alte Nietzsche.«

Daniel wollte etwas sagen, aber Doktor Fischer fuhr eifrig fort:

»Ist es ein Gesetz, dass der Mensch leiden muss? In meiner Praxis habe ich angststillende Medikamente verschrieben, die eine vorübergehende Linderung brachten. Pflaster auf die Wunde. Aber ich will keine Pflaster kleben. Ich will nicht zudecken. Ich will das Böse *wegneh-men*. Stell dir vor, Daniel: Wenn wir das Böse für immer entfernen könnten, wäre das nicht phantastisch?«

»Ich verstehe immer noch nicht, wie ...«, versuchte es Daniel noch einmal, aber Fischer ließ sich nicht unterbrechen, er fuhr im gleichen aufgeregten Tonfall fort:

»Was haben Schuldgefühle nicht alles hervorgebracht! Du sprichst mit einem Deutschen, vergiss das nicht.« Er drohte streng mit dem Finger. »Wir sind *Experten* für das Thema Schuld. Nach dem Ersten Weltkrieg sollten wir gebrochen und erniedrigt werden. Nicht genug damit, dass wir gigantische Reparationen bezahlen und alle unsere Kolonien abtreten mussten und unsere Armee verloren haben. Am erniedrigendsten war, dass wir gezwungen wurden, einen Paragrafen zu unterschreiben, in dem wir die Schuld am Krieg übernahmen. Wir waren also an unserem Leiden selbst schuld! Niemand kann eine solche Schuld tragen. Das hat Bitterkeit hervorgebracht und die Sehnsucht nach Vergeltung. Das heißt, nach einem neuen Krieg. Schuld ist die Ursache für Leiden, Leiden ist die Ursache für Schuld. Das ist ein ewiger Kreislauf. Ich sage: Brich ihn! Nimm die Schuld weg.«

»Ich glaube dennoch nicht, dass ich mit einem Menschen zusammen sein könnte, der kein Schuldgefühl hat«, sagte Daniel leise.

»Aber wenn alle gleich sind? In meiner Welt gibt es keine zartbesaiteten Pedanten wie dich. Schau nicht so schockiert. Was hat dir deine Sensibilität gebracht? Deine Depression – hat sie dir gutgetan?«

»Woher wissen Sie, dass ich eine Depression hatte?«, rief Daniel erstaunt aus, aber Karl Fischer ging nicht darauf ein.

»Du schleppst in einer hochtechnisierten Gesellschaft eine Steinzeitseele mit dir herum, das ist dein Problem,

Daniel. Die Welt braucht Menschen, die erfindungsreich, konkurrenzfähig und hart im Nehmen sind. Die Gewerkschaft und der Staat werden nicht mehr für dich sorgen. Du musst dich selbst durchkämpfen. Die meisten schaffen es nicht. Aus denen werden arbeitslose, verwirrte Wracks, die Psychologen, Alkoholproduzenten und die Pharmaindustrie reich machen. Ich habe all die Leute so *unglaublich* satt, die Geld mit dem Leiden verdienen. Psychotherapeuten, Pillendreher und Gesundbeter. Pfarrer, Schriftsteller und Künstler. Sie sind alle Parasiten auf den empfindsamen Gewissen der Menschen, ihren leidenden Seelen!«

Karl Fischer hatte sich in eine ekstatische Wut hineingeredet, und Daniel wollte protestieren, aber er fühlte sich eigenartig leer. Er wusste, dass Fischer nicht recht hatte, fand jedoch plötzlich keine Argumente mehr. Vielleicht lag das an den Tabletten.

»Ich bin dennoch nicht Ihrer Meinung«, sagte er lahm.

Fischer lächelte freundlich und nahm sich zusammen.

»Natürlich nicht. Du bist ein Teil von alledem und kannst es nicht objektiv sehen so wie ich. Aber glaub mir: Die übertriebene Sensibilität des Menschen ist ein Überbleibsel eines früheren Entwicklungsstadiums. Wie die Körperbehaarung. Du brauchst sie nicht mehr, und deshalb steht es dir frei, sie zu entfernen.«

Aus Doktor Fischers Brusttasche klangen die spritzigen Töne des Forellenquintetts. Er unterbrach sich und nahm das Gespräch an.

»Ausgezeichnet«, sagte er und steckte das Handy zurück. »Das war Doktor Kalpak. Deine Blutwerte sind hervorragend und du bist völlig gesund. Wir können also so schnell wie möglich mit der Behandlung beginnen.«

»Behandlung? Welche Behandlung?«

»Das dauert zu lange, es jetzt zu erklären. Kurz zusammengefasst könnte man sagen, es ist wie das Pinocchio-Projekt, nur umgekehrt.«

Daniel holte tief Luft, und mit einer Stimme, die sehr viel ruhiger klang, als er sich fühlte, sagte er:

»Sie wollen also eine Holzpuppe aus einem Menschen machen?«

»So würde ich es vielleicht nicht beschreiben. Aber die Puppensymbolik scheint dir zu gefallen. ›Eine Kasperlepuppe, in die jemand seine Hand gesteckt hat.‹ Hast du dich nicht selbst so beschrieben?«

Daniel erstarrte.

»Woher wissen Sie das?«

»Du hast dich deinem Psychiater gegenüber so beschrieben. Du hast ihn aufgesucht wegen deiner Depression, nicht wahr?«, sagte Doktor Fischer und ging zum Bücherregal und suchte einen Ordner.

»Ich verstehe nicht, wie Sie Zugang zu solchem Material bekommen.«

»Ich habe ein großes Kontaktnetz. Und wir Ärzte müssen uns gegenseitig unterstützen, wenn es vorwärtsgehen soll.«

Er kam mit einem Ordner zurück und schob Teetassen und Teller beiseite.

»Patientenblätter unterliegen der ärztlichen Schweigepflicht«, wandte Daniel ein.

»Manchmal geht das Wohl der Allgemeinheit vor«, murmelte Fischer und blätterte im Ordner. »Dieser Meinung war zumindest dein Psychiater, nachdem ich ihn habe wissen lassen, dass ich von seiner sexuellen Beziehung zu einer Patientin Kenntnis habe. Eine Information, die, wenn sie in falsche Hände gelangt, seiner Karriere und seiner Ehe großen Schaden zufügen könnte. Aus deinen Gesprächen mit ihm geht hervor, dass du ... hier haben wir es: *ein schwaches Selbstwertgefühl hast und dich dein Le-*

ben lang von deinem Bruder dominiert gefühlt hast. Ja, du hast dich selbst als eine ›blasse Kopie‹ von ihm beschrieben. Sehr interessant. Du hast versucht, deine eigene Rolle im Leben zu finden, aber ohne deinen Bruder hast du dich immer *leer und hohl gefühlt, bereit, vom erstbesten Menschen, der dir nahekommt, gefüllt zu werden. Eine Kasperlepuppe.* Ganz genau.«

Er schlug den Ordner mit einem Knall zu.

»Als ich das las, wusste ich, dass du von großem Wert für mich sein würdest. Du bist zwar nicht so, wie ich gehofft hatte. Aber du hast alle Voraussetzungen, es zu werden.«

56 Der Operationssaal sah sehr provisorisch und primitiv aus, wie geschaffen, um schnell die Opfer einer Katastrophe versorgen zu können: unausgepackte Pappkartons, Apparaturen, die in eine Ecke geschoben worden waren, und ein Plastikeimer voller schmutziger Wattetupfer.

Zu seiner eigenen Überraschung war Daniel nicht besonders nervös. Vermutlich wegen der Spritze, die Doktor Kalpak ihm gerade gegeben hatte. Der Chirurg hatte sie plötzlich und unvermittelt in der Hand gehalten, als hätte er sie aus dem Ärmel geschüttelt. Sie enthielt offenbar das gleiche Mittel, das er am Morgen in Tablettenform bekommen hatte, denn wieder hatte er das Gefühl, zu schwimmen oder Wasser zu treten. Folgsam ließ er sich von den beiden Wachen auf eine Art modernen Zahnarztstuhl drücken, der mitten im Operationssaal stand. Er war mit einem grünen Papier bedeckt, das nach dem letzten Patienten offenbar nicht gewechselt worden war, denn es hatte überall dunkle Flecke und war stellenweise eingerissen, als ob der Patient nicht hätte stillliegen wollen.

Doktor Kalpak führte einen surrenden Gegenstand auf Daniel zu, und als er sah, dass es sich um einen normalen Rasierapparat handelte, war er so erleichtert, dass er laut lachte. Doktor Kalpak lachte auch und entblößte eine schneeweiße Zahnreihe, er zog den Apparat über Daniels Kopf und ließ die dunklen Haare in Büscheln zu Boden fallen.

»Wie beim Friseur, was?«, rief er fröhlich.

Karl Fischer tauchte an Daniels anderer Seite auf. Zwischen Daumen und Zeigefinger hielt er einen kleinen Metallstab, vielleicht fünf, sechs Zentimeter lang. Daniel betrachtete ihn erstaunt.

»Was haben Sie da?«, fragte er.

Fischer drehte den Stab zwischen seinen Fingern, als suche er noch nach einer Antwort.

»Betrachte ihn als die Hand, die dich füllen wird.«

Daniel war mit dieser Antwort nicht zufrieden, aber bevor er etwas sagen konnte, rollte ein donnerartiges Grollen durch die Unterwelt und brachte alle Flaschen und Instrumente auf den Regalen zum Klirren.

»Meine Güte, sie sprengen wieder«, rief Doktor Kalpak. »Wir müssen warten. Ich kann nicht operieren, wenn es bebt.«

»Ist schon vorbei. Nur keine Sorge«, sagte Doktor Fischer ruhig.

»Keine Vibrationen! Absolut keine Vibrationen!«, fuhr Doktor Kalpak ängstlich fort. »Er darf keinen Millimeter daneben sitzen.«

»Das wird er auch nicht. Sie werden ihn genau richtig platzieren.«

Die beiden Ärzte schauten sich über den Stuhl hinweg an und warteten. Außer dem Rauschen eines Ventilators war nichts zu hören.

Fischer nickte aufmunternd, und Kalpak rasierte die letzten Haarbüschel von Daniels Schädel. Mit einem hummelartigen Surren wurde die Rückenlehne in eine liegende Position und dann der ganze Stuhl auf Arbeitshöhe gebracht.

Doktor Kalpak schob etwas über Daniels Stirn – eine Art Metallbügel, der seinen rasierten Kopf fixierte, so dass er ihn nicht mehr zur Seite drehen konnte.

Die Ärzte schauten sich wieder an. Fischers linkes Augenlid zuckte fast unmerklich.

»Was haben Sie ...«, begann Daniel.

Im nächsten Moment explodierte sein Kopf in einem Funkenregen aus Schmerz. Er hörte einen Schrei, vielleicht seinen eigenen, dann riss sein Bewusstsein wie ein durchgeschmorter Filmstreifen.

57 Die vollkommene Dunkelheit, dachte Daniel erstaunt. Dicht und dick wie Materie umgab sie ihn von allen Seiten und drang in seinen Mund und seine Nasenlöcher. Nirgendwo die kleinste Lichtveränderung, keinerlei Nuancen im Schwarzen. Es war, als befände man sich in einem neuen Element, in dem man nicht wusste, wo oben und wo unten war. Wie im All. Dass der Nordpol oben und der Südpol unten ist, das war ja nur ein Vorurteil, warum sagte man das? Oben und unten im Verhältnis zu was?

Er war offenbar tot. Oben und unten gab es nicht mehr. Er hatte keinen Bezug zu nichts. Aber wieso konnte er diese Gedanken denken? O doch, es gab einen Bezug. Etwas Schweres, Kantiges drückte auf sein rechtes Bein und die Hüfte, das war sehr konkret und schmerzhaft. Er versuchte, sich diesem Schweren zu entziehen, es wegzuschieben, aber er konnte sich kaum bewegen. Wo waren Doktor Fischer und Doktor Kalpak?

Dann verstand er, was passiert war. Die Sprengungen. Doktor Fischers unterirdische Forschungsabteilung gehörte nicht zum offiziellen Programm in Himmelstal und war deshalb auf keinem Plan verzeichnet. Deshalb hatte man sie auch nicht berücksichtigt, als man die Dynamitladungen festlegte. Das Zimmer, in dem er sich befand, vielleicht die ganze Forschungsabteilung waren eingestürzt.

Lebendig begraben! Der Gedanke war da, auch wenn er es ablehnte, sich mit ihm zu befassen.

Er schrie, aber der Schrei brachte eher Schmerzen als Laute hervor, sein Hals füllte sich mit Betonstaub und zwang ihn zu einem schmerzhaften Husten.

Mitten im Husten hörte er etwas. Eine Maschine? Eine menschliche Stimme? Langgezogene Töne, vibrierend und jaulend. Er lag ganz still und lauschte konzentriert.

Er glaubte die Melodie zu kennen. War das nicht *The Star-Spangled Banner*, die Nationalhymne der USA? Aber sie klang so merkwürdig. Wie eine menschliche Stimme, die eine E-Gitarre nachmachte.

»Tom!«, rief er. »Bist du das?«

In steigendem Tempo wechselte die eigenartige Stimme zwischen lautem Schreien und dumpfem Bassgrummeln, und nach einem heftigen Crescendo brach sie ab, und eine kleine Flamme schien auf.

Tom erschien im Dunkel. Er hielt ein Feuerzeug in der Hand, in dessen kleinem Lichtkreis sein totenkopfähnliches Gesicht unter dem kahlen Schädel glänzte. Die Gitarrenimitation hatte ihn wohl angestrengt, er war außer Atem, und Speichel lief ihm aus dem Mundwinkel, aber er schien unverletzt zu sein.

»Kannst du mir helfen, Tom? Ich stecke irgendwie fest«, stöhnte Daniel.

»Ja, hier ist es viel zu eng«, seufzte Tom, ohne einen Finger zu rühren.

In dem schwachen Licht konnte Daniel jetzt herabgestürzte Betonblöcke und herausragende Armierungseisen erkennen. Er lag auf dem Fliesenboden, den umgestürzten Operationsstuhl über sich.

»Tom«, stöhnte er noch einmal.

Tom kam näher und leuchtete ihn mit dem Feuerzeug an. Er trat einen Schritt zurück, betrachtete ihn nachdenklich und fuhr sich mit der Hand über den kahlen Schädel. Schließlich entschied er.

»Dieser Scheiß muss weg. Der bedeckt dich.«

»Ganz deiner Meinung«, fauchte Daniel. »Aber ich stecke fest. Kannst du mir helfen?«

Tom kam näher und inspizierte die Lage. Er hockte sich neben Daniel und reichte ihm das Feuerzeug:

»Halt mal.«

Mit aller Kraft drückte er dann seine Schulter gegen den Betonblock, konnte ihn aber nicht bewegen.

»Geht nicht«, entschied er. »Zu schwer.«

»Und wenn du versuchst, mich rauszuziehen?«, flüsterte Daniel.

Tom seufzte und sah ganz so aus, als hätte er dazu jetzt keine Lust, aber er packte Daniel unter den Armen und zog ihn mit einem harten Ruck ein Stück nach oben. Was zur Folge hatte, dass Daniel jetzt das ganze Gewicht auf den Beinen hatte. Er brüllte vor Schmerz, aber es gelang ihm, nach oben zu kriechen und sich zu befreien. Er rollte zur Seite, hielt sich das Fußgelenk und keuchte.

»Du bist viel hübscher ohne den Scheiß«, sagte Tom anerkennend.

Daniel stand auf, vergewisserte sich, dass er sich nichts gebrochen hatte, und leuchtete dann mit dem Feuerzeug umher. Sie waren in einer Höhle eingesperrt, umgeben von geborstenen Betonblöcken und abgebrochenen Armierungseisen.

Tom pfiff und zeigte auf etwas. Unter dem Beton ragte ein Arm in einem weißen Kittelärmel heraus. Die Hand war dunkelhäutig, die Handfläche heller, und die langen schmalen Finger sahen aus wie Blumenstängel.

»Doktor Kalpak«, stellte Tom fest.

Er beugte sich herunter, zog vorsichtig an den langen Fingern und schnalzte betrübt.

»Was hätte der für ein Gitarrenspieler werden können.«

»Seine Schwester spielt die Sologeige im London Symphony Orchestra«, murmelte Daniel und suchte vergeblich nach einem Puls in dem noch warmen Handgelenk.

Er betrachtete den Berg von Beton, der bis zur Decke reichte. Irgendwo da unten lag wahrscheinlich Doktor Fischer.

»Wo warst du denn, als die Gänge zusammenbrachen?«, fragte er Tom.

»Im Wartezimmer. Ich sollte nach dir operiert werden. Ich bin aufs Klo, die Wache wartete draußen. Dann passierte was, als ich spülte. Muss auf den falschen Knopf gedrückt haben. Und du? Warst mitten in der Operation?«

Er zeigte auf Daniels frisch rasierten Kopf, und Daniel spürte plötzlich, wie etwas Warmes, Klebriges über seine Schläfe und Wange lief. Mit einem erschrockenen Keuchen führte er die Hand zum Kopf, hielt inne und berührte dann vorsichtig eine brennende Stelle oberhalb des rechten Ohrs.

Tom nahm das Feuerzeug und leuchtete an Daniels Kopf.

»Nur eine Fleischwunde. Du hast Beton an die Birne gekriegt«, sagte er und fügte entschuldigend hinzu: »Jetzt muss ich schauen, dass ich weiterkomme.«

Er drehte sich ganz um, so dass Daniel jetzt im Dunkeln stand, und mit dem Feuerzeug in der einen Hand kletterte er mit erstaunlicher Beweglichkeit den Betonberg hinauf.

»Pass auf, dass hier nicht noch mehr einstürzt!«, rief Daniel, als Tom wie eine Gemse von Block zu Block hüpfte.

Wo wollte er denn hin?

»Viel zu verdammt eng hier. Das müsste weg«, fauchte er. »Und das auch.«

Tom stand oben auf dem Betonhaufen und zeigte mit den Händen, so dass die kleine Flamme in der Dunkelheit flackerte.

»Hier muss viel weg, Tom.«

Es wurde dunkler, und zu seinem Entsetzen sah Daniel, wie Tom langsam zwischen den Betonblöcken verschwand.

»Warte, wo willst du hin?«, rief er voller Panik. Er fürchtete, allein im Dunkeln zurückzubleiben.

»So, ja. Schon besser«, hörte er von oben.

Toms Kopf und die Hand mit dem Feuerzeug schauten aus einer Lücke zwischen den Betonblöcken und der Decke hervor.

»Kommst du oder willst du da unten bleiben?«, rief er.

»Was ist denn auf der anderen Seite?«, fragte Daniel unruhig und kletterte die Betonblöcke der eingestürzten Wand hinauf.

»Ich weiß nicht, ob es dir gefallen wird. Aber es ist auf jeden Fall nicht so verdammt eng«, sagte Tom.

»Sind es Behandlungsräume? Korridore?«

»So ähnlich.«

»Sind da Menschen?«

Tom drehte sich, der Arm mit dem Feuerzeug verschwand aus der Öffnung, und es wurde dunkel. Seine Stimme hallte eigentümlich.

»Nein. Oder doch. Irgendwie schon.«

»Warte. Mach mal das Feuerzeug an«, rief Daniel, der jetzt stolperte.

Im Stockfinstern suchte er nach einem Halt. Tom und das Feuerzeug tauchten wieder auf, und Daniel stellte zu seinem Entsetzen fest, dass nicht viel gefehlt hätte und er wäre in die Spalte zwischen zwei Blöcken gefallen.

»Leuchte mir, bis ich oben bin, bitte«, sagte er.

Tom seufzte ungeduldig, aber er hielt brav das Feuerzeug und imitierte wie zur Ablenkung erneut Gitarrenmusik.

Als Daniel sich bis nach oben hochgekämpft hatte, zog Tom sich zurück, damit Daniel sich durch die Öffnung quetschen konnte. Es erschien ihm erst ganz unmöglich, aber Tom hatte es schließlich auch geschafft, und auch wenn Daniel nicht ganz so schmal wie Tom war, musste er es auf jeden Fall versuchen. Er hatte keine andere Wahl.

Sein verletzter Kopf schrappte am Beton entlang, Blut lief ihm über die Wange. Aber mit zusammengebissenen Zähnen gelangte er auf die andere Seite.

Als Erstes fiel ihm auf, dass es ganz anders roch. Der trockene Geruch nach Betonstaub wurde von einem kalten, feuchten Geruch nach Erde und Stein verdrängt. Es war genauso dunkel wie auf der anderen Seite, aber irgendetwas sagte ihm, dass sie sich nicht in einem Behandlungszimmer oder Krankenhauskorridor befanden. Er hatte viel mehr das Gefühl, in einem tiefen Brunnen zu stehen.

»Tom!«, rief er. »Wo sind wir?«

Seine Stimme wurde von den Steinwänden zurückgeworfen. Weit weg tropfte Wasser, langsam und widerhallend.

»Wenn es nicht so kalt wäre, würde ich auf das unterirdische Tunnelsystem des Vietcong tippen«, sagte Tom irgendwo im Dunkeln.

»Du klingst so weit weg. Ich sehe nichts. Ist das Feuerzeug an?«, rief Daniel.

Es klickte, und die Flamme zischte in der feuchten Luft. Etwa zehn Meter entfernt stand Tom in einem engen Gang mit gewölbter Steindecke. Der Atem dampfte aus seinem Mund.

»Hast du nicht gesagt, dass hier Menschen sind?«, fragte Daniel.

Tom zuckte die Schultern.

»Ich habe *die da* gesehen«, sagte er und hielt das Feuerzeug an die Wand.

Da sah Daniel, dass in die Wand waagrechte Nischen eingelassen waren, wie Fächer in einem Regal. Vorsichtig näherte er sich der Nische, die teilweise von Toms ausgestrecktem Feuerzeug erleuchtet wurde.

Er ahnte, was er sehen würde, er hatte es in Rom und in Paris gesehen, aber der Anblick der bräunlichen Schädel mit den leeren Augenhöhlen ließ ihn doch nach Luft schnappen. Es war zu dunkel, um in die anderen Nischen zu schauen, aber er wusste, dass dort Skelette lagen, Reihe an Reihe ruhten sie in ihren eingebauten Stockbetten.

»Die Katakomben«, flüsterte er. »Es gibt sie also wirklich.«

»Sieht so aus«, sagte Tom und fügte in einem plötzlichen Anfall von rationalem Denken hinzu: »Wir müssen Gas sparen. Schau dich noch mal um. Dann gehen wir im Dunkeln weiter.«

Daniel zog noch schnell ein paar abgebrochene Stücke Armierungseisen aus dem Betonberg. Wenn sie im Dunkeln gingen, brauchten sie Stöcke zur Orientierung. Er wollte nicht über irgendwelche Hindernisse stolpern.

Das Feuerzeug erlosch, und sie machten sich ins pechschwarze Dunkel auf, Tom ging voran, Daniel folgte. Mit der einen Hand hielt Daniel sich an Toms Joggingjacke fest, und mit der anderen tastete er mit dem Armierungseisen an der Wand entlang, wo die Skelette nur einen halben Meter entfernt in ihren offenen Gräbern lagen.

Es klang hell, als Toms Armierungseisen gegen Stein schlug.

»Was ist da? Geht es nicht weiter?«, fragte Daniel dicht hinter seinem Rücken.

Tom holte das Feuerzeug hervor, und sie stellten fest, dass der Gang rechtwinklig abbog. Er war jetzt enger und niedriger.

Das Feuerzeug erlosch wieder, und sie gingen gebeugt weiter durchs Dunkel, Tom hielt sie mit einem frenetischen Gitarrensolo bei Laune. Ab und zu schlug Daniel mit dem Kopf an die Decke. Er schrie, wenn der Stein an seiner Wunde schrappte und das Blut ihm übers Gesicht lief. Tom nahm davon keine Notiz, er ging weiter voran und stieß Imitationen von elektrischen Klängen aus.

Plötzlich hielt er mitten in einem vibrierenden Jaulen inne.

»Wieder eine Wand?«, fragte Daniel.

Tom ging ein bisschen zur Seite, und Daniel sah, warum er stehen geblieben war. Ein Stück weiter vorne leuchtete ein schmaler Streifen Licht.

»Ich wusste, dass wir irgendwo herauskommen würden«, rief Daniel aus. »Das sieht aus wie ein Tor.«

Aber als sie sich dem Lichtstreifen näherten, sahen sie, dass es kein Tor war, sondern eine gemauerte Steinwand mit einer senkrechten Spalte.

»Es ist auf jeden Fall eine Außenwand«, sagte Daniel.

Er versuchte, durch die Spalte hinauszuschauen. Das Licht war so hell, dass er zunächst geblendet wurde. War das wirklich normales Tageslicht? Er wartete einen Moment, bis die Augen sich an das Licht gewöhnt hatten, und schaute noch einmal. Aber die Spalte war zu schmal und das Licht immer noch zu hell. Draußen war nur weiße Leere. War es ein Zimmer? Ein leeres Untersuchungszimmer mit weißen Kachelwänden und Leuchtröhren?

Nein, der kalte Zug aus der Spalte kam aus keinem Zimmer. Und der Duft, der wunderbare frische Duft nach Natur! Da draußen war das Tal. Und die Freiheit.

Ihm wurde bewusst, wie absurd seine Lage war: das Tal, das er bisher als sein Gefängnis betrachtet hatte, war nun seine Freiheit. Und der Weg dahin führte durch eine zentimeterschmale Spalte. Was für ein Hohn. Er würde hier zusammen mit dem verrückten Tom sterben, sie würden das Grab mit den anderen Skeletten teilen. Er hielt den Mund an die Spalte und schrie um Hilfe. Es war, als würde er gegen eine Wand schreien. Der Ton kam zu ihm zurück, und er zweifelte, ob jemand ihn hören würde, selbst wenn er direkt vor ihm stünde. Die Öffnung war zu schmal, um einen Laut hinauszulassen.

»Du siehst schrecklich aus«, sagte Tom angewidert und zeigte auf Daniels blutüberströmtes Gesicht.

»Ich bitte um Verzeihung«, sagte Daniel.

Zu seiner Überraschung machte Tom den Reißverschluss seiner Joggingjacke auf und zog sie aus. Danach zog er das Unterhemd aus, und Daniel sah seinen ausgemergelten, haarlosen Oberkörper.

»Was machst du denn?«, fragte Daniel. »Du wirst erfrieren.«

Mit ein paar ruckartigen Bewegungen riss Tom sein Unterhemd in Streifen. Daniel starrte ihn an. Für einen kurzen Moment hatte er den rührenden Gedanken, dass sein Kamerad ihn verbinden wollte. Aber Tom rieb nur ziemlich grob das Blut aus seinem Gesicht und von seinem Kopf.

»Das wird gut«, nickte er und betrachtete zufrieden den blutigen Lappen.

Daniel sank an der Steinwand zu Boden. Er hielt seine Hand in den Streifen Tageslicht, der dünn wie ein Faden ins Dunkel fiel. Er führte Daumen und Zeigefinger zusammen, als wollte er ihn fassen. Mit diesem sinnlosen Spiel brachte er die nächsten Stunden zu, bis ihm so kalt war, dass er seinen Köper kaum mehr spürte. Tom ging im Dunkeln auf und ab, plapperte seinen Unsinn und spielte seine Solos. Daniel hörte ihm nicht mehr zu. Er konzentrierte sich auf den Lichtstrahl, der immer blasser und dünner wurde.

58 Mit einem Krachen stürzte das große Steintor auf die Erde und wirbelte etwas auf, das Daniel zunächst für Staub hielt. Stimmen umgaben ihn, froh und jubelnd. Jemand legte ihm eine Decke um die Schultern und führte ihn hinaus. Er blieb stehen, geblendet, er rieb sich die Augen und blinzelte schlaftrunken, wie ein Bär, der aus dem Winterschlaf erwacht.

Dann verstand er, warum er durch die Spalte nichts hatte sehen können, warum da draußen alles weiß und still war.

Himmelstal war ganz und gar im Schnee versunken. Weiche, flauschige Schichten bedeckten den Tannenkamm oben am Berg, die Hausdächer im Dorf und den Talboden mit dem Wildbach.

Aber wo im Tal befand er sich eigentlich? Verwirrt betrachtete er die schwarzen Zaunspitzen und die schiefen Steinkreuze, die aussahen, als hätte man sie mit Schlagsahne verziert.

»Da hast du aber Glück gehabt«, keuchte eine Wache und lehnte sich erschöpft an eine Zaunspitze. »Dieses Tor sollte eigentlich nicht vor dem Jüngsten Tag geöffnet werden.«

Daniel drehte sich um. Das umgestürzte Steintor lag im Schnee, direkt daneben gähnte die dunkle Öffnung eines kleinen Tempels. Mein Gott, er war auf dem Aussätzigenfriedhof. Das Grabmal. Er war einem Grab entstiegen!

Zwei andere Wachen schoben ihn zu den Transportern, die unten auf der Straße standen.

»Und Tom? Wo ist er?«, fragte Daniel und drehte sich noch einmal zur Graböffnung um.

»Tom?«, fragte einer der Wachmänner erstaunt. »Ist er hier?«

Da tauchte Tom aus dem Dunkel auf. Die Wachen konnten ein erschrockenes Keuchen nicht unterdrücken, als er mit wiegendem Schritt aus der Graböffnung kam, halb nackt, mit geschorenem Kopf, misstrauisch nach rechts und links schauend, wie eine Spukgestalt auf der Flucht aus dem Hades.

Kaum hatten die Wachen sich von ihrem Schreck über die gespenstische Erscheinung erholt, legten sie ihm auch schon Handschellen an, warfen ihm eine Decke über die nackten Schultern und führten ihn zu einem Transporter.

Ein weiterer Transporter kam, und noch ehe er richtig zum Stehen kam, sprang Corinne vom Beifahrersitz. Mit roten Wangen und einer pelzbesetzten Mütze auf dem Kopf stapfte sie durch den Schnee auf Daniel zu. Sie umarmte ihn fest und küsste ihn auf Wangen, Mund und Kinn.

Dann trat sie einen Schritt zurück und betrachtete seinen Kopf.

»Das muss man mit ein paar Stichen nähen«, stellte sie fest.

Daniel hätte nie gedacht, dass es so schön sein könnte, in eines der Wachautos zu klettern. Corinne und er setzten sich in das eine Auto. Tom wurde in das andere gebracht.

»Was für ein unglaubliches Glück, dass wir dich aus dem schrecklichen Grab bekommen haben«, sagte sie, als das Auto startete und über die frisch geräumte Straße fuhr.

Sie nahm ihre Pelzmütze ab, rückte an ihn heran und legte ihren Kopf an seinen Hals.

»Werde ich jetzt in die Klinik gebracht?«, flüsterte Daniel, aber er war sich nicht sicher, ob die Worte tatsächlich über seine Lippen kamen. Sein Bewusstsein kam und ging wie der Strom in einem Gerät mit schwacher Batterie.

Einen kurzen Moment lang hatte er ein überirdisches Erlebnis und sah den Transporter von oben, wie er auf seiner elliptischen Bahn durch das enge, winterliche Tal kreiste. Immer im Kreis, mit einem kurzen Stopp am Krankengebäude und wieder weiter im Kreis. Ein Karussell, das ihn in die Klinik zurückbrachte. Da fing alles wieder an. Es gab keinen Weg hinaus. Es gab vielleicht gar keine Welt außerhalb des Tals. Hatte nie eine gegeben.

»Nur um die Wunde zu versorgen«, sagte Corinne und berührte vorsichtig seinen Kopf. »Ich komme mit dir. Mein Gott, bin ich glücklich, dich zu sehen. Wir haben wie die Wahnsinnigen nach dir gesucht. Die Wachen hätten dich nie gefunden, wenn sie nicht die rote Fahne im weißen Schnee gesehen hätten.«

»Die Fahne?«, sagte Daniel erstaunt. »Ach, das war Toms Unterhemd mit meinem Blut. Er hat es an ein Stück Armierungseisen gebunden und durch eine Spalte gedrückt. Ich dachte, er ist verrückt.«

»Natürlich ist er verrückt. Aber er hat dir das Leben gerettet«, sagte Corinne und rieb sich an seinem Hals wie eine Katze.

59 In der Gästesuite des alten Hauptgebäudes lagen Daniel und Corinne zum ersten Mal zusammen in einem Doppelbett.

»Bist du sicher, dass wir morgen abreisen können? Wir beide?«, sagte Daniel.

Corinne lag an seiner Schulter. Vor den hohen Fenstern mit den Samtvorhängen fielen Schneeflocken so groß wie Daunen durch die Dunkelheit.

»Niemand wird uns aufhalten«, sagte sie. »Sie haben kein Recht dazu. Doktor Pierce hat alle deine Angaben aus Schweden bekommen, und du sollst so schnell wie möglich hier raus. Hat er das bei eurem Gespräch nicht gesagt?«

»Er sagte, sie würden einen Ermittlungsausschuss in Bezug auf Fischers Tätigkeit einsetzen und sie müssten später noch einmal mit mir reden. Aber dann sollen *sie* zu *mir* kommen«, sagte Daniel und schlug mit der Faust auf die Matratze. »Wenn ich aus Himmelstal draußen bin, werde ich nie wieder einen Fuß hierher setzen. Und ich will weg sein, bevor Max kommt.«

»Das wirst du.«

Sie strich mit der Hand über seine Wange und die Schläfe und über das Pflaster, das die Stiche auf seinem rasierten Kopf verbarg.

»Ich freue mich so, hier wegzukommen«, flüsterte sie.

»Ich verstehe nicht, wie du freiwillig hier bleiben konntest«, sagte Daniel. »Was hat dich gelockt?«

»Die Spannung, glaube ich. Mein Vater war Bergsteiger. Es liegt im Blut.«

»Und die Macht? Wie war es, das Gehirn eines anderen Menschen zu manipulieren?«

»Das war ... faszinierend«, sagte sie zögernd.

»Das kann ich mir vorstellen. Einen bösen Menschen in einen guten zu verwandeln. Gott zu spielen.«

»Ja. Ein bisschen so war es.«

Sie kuschelte sich in seinen Arm, sie lagen schweigend nebeneinander und sahen zu, wie die Flocken fielen.

»Wie gut kanntest du Mattias Block?«, fragte Daniel.

Er spürte, dass etwas mit ihrem Körper passierte, als er den Namen aussprach.

»Er war der Studienkollege, mit dem ich am liebsten zusammen war. Wir wurden Freunde«, sagte sie mit schwacher Stimme, als würde die Erinnerung sie quälen.

»Nur Freunde?«

Sie seufzte.

»Du bist doch nicht eifersüchtig auf einen toten Mann? Wir waren ineinander verliebt. Aber Liebesbeziehungen zwischen Grillen waren streng verboten. Als wir ins Tal gelassen wurden, um unseren Auftrag zu erfüllen, hatten wir keinerlei Kontakt mehr. Ich kann es Doktor Pierce nicht verzeihen, dass er Mattias ein so gefährliches Objekt wie Adrian Keller zugeteilt hat. Er war die falsche Person dafür.«

»Und Max? Hat er versucht, dich zu verführen?«

»Natürlich.«

»Aber du hast ihn mit dem Armband zurückgehalten?«

»Ja. Wenn er zu nahe kam, dann ... drück.«

Sie streckte den Arm aus und drückte mit dem Zeigefinger der anderen Hand gegen das Handgelenk, als würde sie auf einen Knopf drücken. Aber das war nur Spaß, es gab kein Armband mehr.

»Er selbst behauptete, es seien meine Sommersprossen. Wenn er sie sah, verging ihm die Lust.«

»Das muss Spaß gemacht haben, so mit einem Mann zu spielen.«

Corinne stützte sich auf den Ellbogen und küsste ihn leicht.

»Das ist der Wunschtraum jeder Frau«, flüsterte sie und fuhr mit dem Finger über sein Kinn, den Hals und den Brustkorb. »Begehrt zu werden, aber anzuhalten, wann man will. Eine Selbstverständlichkeit für jeden Mann, aber nicht für Frauen. Wenn wir A sagen, müssen wir auch B sagen, nicht wahr? Alle diese idiotischen Alarmapparate und Sprays, die man in der Hand hatte, wenn man nachts nach Hause ging. Obwohl man eigentlich weiß, dass sie nicht funktionieren. Aber das hier hat funktioniert.«

»Aber nicht bei mir«, sagte Daniel. »Gegen mich hast du keinen Schutz.«

Er zog sie zu sich, küsste sie und legte seine Hand auf ihren Bauch.

»Es ist noch zu früh, man spürt noch keine Bewegungen«, sagte sie.

Aber er ließ die Hand liegen. Wie eine schützende Glocke ruhte sie über dem Leben, das entgegen alle Wahrscheinlichkeit an diesem feindseligen Ort entstanden war. Und nach ein paar Minuten hatte ihre ruhige Bauchatmung ihn in den tiefsten und ruhigsten Schlaf gewiegt, den er jemals in Himmelstal erlebt hatte.

60 Der Schnee fiel leise zwischen den Felswänden.

Die Bagger, die ihre Arbeit am Neubau unterbrochen hatten, als der Schneefall einsetzte, wurden nun benutzt, um die Trümmer beiseitezuräumen, und ein Trupp Arbeiter kämpfte damit, Menschen auszugraben.

Den Bauleiter hatte der Einsturz des Tunnelsystems überrascht, weil es sich viel weiter erstreckte, als es auf seinen Plänen verzeichnet war. Zu seinem Erstaunen stellte er jetzt fest, dass der ganze Hang von Gängen durchzogen war wie ein Kaninchenbau, auch für den Sprengmeister war das neu.

Daniel saß mit Corinne reisefertig in der Lobby der Klinik. Ihre Koffer standen drüben an der Eingangstür. Er selbst hatte gar kein Gepäck. Die Wärme vom offenen Kamin war so stark, dass sie ihre Mäntel hatten ausziehen müssen. Er rutschte unruhig hin und her.

»Warum kommt das Auto nicht?«

»Es kommt, sobald die Straße nach Himmelstal geräumt ist«, antwortete Corinne ruhig und nahm ein Glas Glühwein, das die Hostess ihr reichte. Daniel wurde auch ein Glas angeboten, aber er lehnte mit einem Kopfschütteln ab.

»Und du bist sicher, dass es uns aus dem Tal bringt?«, sagte er. »Ich glaube es erst, wenn es so weit ist.«

Er betrachtete den ausgestopften Fuchskopf an der Wand. Der Feuerschein spiegelte sich in seinen Zähnen und ließ sie rötlich schimmern.

Eine andere Hostess beugte sich mit dem Telefon in der Hand über den Tresen und rief:

»Sie haben noch zwei gefunden. Sie sind nur leicht verletzt.«

Acht Tote waren bisher aus Doktor Fischers unterirdischer Klinik geborgen worden, darunter Doktor Kalpak und Doktor Fischer. Etwa zwanzig weitere waren lebend in ihren Zellen gefunden und in die normale Krankenabteilung gebracht worden. Unter ihnen die verschwundene Hostess und zwei Krankenschwestern, die mit Karl Fischer zusammengearbeitet hatten und die, wie man bisher geglaubt hatte, unvermittelt ihren Dienst quittiert hatten und nach Hause gefahren waren.

Der Besucher und Sponsor Greg Jones war während des Unglücks in einem der Gästezimmer gewesen. Er war so schockiert von dem, was passiert war, dass er sofort seinen privaten Hubschrauber hatte kommen lassen und aus dem Tal geflogen war.

Daniel stand auf, ging zum Eingang und schaute hinaus. Dieser Schnee gefiel ihm nicht.

Das Telefon an der Rezeption klingelte. Die Hostess nahm den Hörer ab und drehte sich dann zu ihnen um.

»Die Straße ist jetzt frei. Das Auto kommt in fünf Minuten. Seid ihr so weit?«

Als sie ins Freie kamen, fielen nur noch vereinzelte Schneeflocken langsam vom Himmel. Das Auto war kein Transporter, sondern ein bequemer BMW, mit dem früher die Gastforscher transportiert wurden. Der Fahrer lud die Koffer ein und öffnete mit ruhigen Bewegungen die Tür zum Rücksitz. Alles schien in Zeitlupe zu geschehen, als hätte der Schnee eine bremsende Kraft. Einen schrecklichen Moment lang war Daniel überzeugt davon, dass alles ein Traum war und er bald aufwachen würde und sich keineswegs in einem Auto befand, das ihn von hier wegbrachte.

»Fahren Sie uns aus Himmelstal heraus?«, fragte er ängstlich.

»Klar«, sagte der Fahrer.

Corinne saß auf dem Rücksitz und schob ihre Mütze zurecht, die beim Einsteigen verrutscht war. Daniel setzte sich neben sie, sie nahm seine Hand und lächelte ihn aufmunternd an.

Langsam rollte das Auto den Abhang hinunter und in das Tannenwäldchen hinein, wo vom Schnee schwere Zweige sie wie in einem Tunnel einschlossen. Ihm war klar, dass der Fahrer bei diesen Straßenverhältnissen nicht schneller fahren konnte, aber natürlich ging es ihm zu langsam.

Sie erreichten den Talgrund, und der fallende Schnee umgab sie wie wogende Spitzengardinen. Die Berge waren kaum zu sehen, im Auto war es dunkel.

»Wenn es so weitergeht, ist die Straße bald wieder zugeschneit, und wir müssen zur Klinik zurück«, murmelte er.

»Keine Sorge. Der Schneepflug fährt die ganze Zeit«, sagte Corinne.

Aber es war wirklich viel Schnee auf der Straße, das Auto konnte nur schleichen.

Sie kamen am Aussätzigenfriedhof vorbei. Die aufgebrochene Öffnung des Grabmals lag wie ein leeres, dunkles und beängstigendes Loch vor ihnen, ein Tor zur Unterwelt, was es ja auch war. Weiter oben am Hang sahen sie die Rettungsmannschaften, die in den eingestürzten Gängen immer noch nach Menschen suchten. Unwillkürlich drückte er Corinnes Hand, sie gab ihm einen Kuss, der nach Zimt und Glühwein schmeckte.

Langsam kamen sie durch das Tal voran. Der Schnee hatte die Landschaft bis zur Unkenntlichkeit verändert. Es war fast nicht zu glauben, dass die schlafenden weißen Felder noch vor kurzem voll saftigem Gras gewesen waren.

Plötzlich fiel Daniel etwas ein.

»Damals, als wir im Gras lagen und du über Kinder gesprochen hast. Dass du in Himmelstal am meisten Kinder vermissen würdest. Als du geweint hast. War das alles gespielt?«

Corinne schaute in den weißen Dunst hinaus. In dem dunklen Auto waren ihre braunen Augen fast schwarz.

»Ich musste meine Rolle spielen«, sagte sie leise. »Wenn herausgekommen wäre, dass ich keine richtige Bewohnerin bin, hätte ich mich in Gefahr gebracht. Es gab Gerüchte über Spione, die für die Ärzte arbeiteten. Ich glaube nicht, dass man mich verdächtigte, aber Mattias wurde ja irgendwie enttarnt, und er musste teuer dafür bezahlen. Ich weiß nicht, was Keller mit ihm gemacht hat, aber er muss vor Angst fast wahnsinnig gewesen sein, sonst wäre er nicht in eine Schlinge gelaufen.«

Ein rasselndes Geräusch übertönte sie, und orangefarbenes Licht schien ins Auto. Von hinten näherte sich ein Schneepflug. Der Fahrer ihres Wagens fuhr an den Straßenrand und ließ den Schneepflug vorbei. Sie fuhren dicht hinter ihm weiter, das sich drehende Licht warf Farbsprengsel auf sie wie in einer Diskothek.

»Dein Weinen hat sehr echt geklungen«, sagte Daniel. »Du klangst richtig verzweifelt.«

»Ich bin Schauspielerin, Daniel.«

»Wie viel von dir war echt und wie viel war Schauspielerei?«

»Schwer zu sagen. Willst du es in Prozent wissen?«

»Und unsere Liebe? War das auch Schauspielerei?«

Sie waren an die westliche Kurve der Straße gekommen, die ellipsenförmig um das Tal herumlief. Hier ging eine Straße ab, wo ein Warnschild mit dem Text »Zone 2« rot blinkte. Vor ihnen fuhr der Schneepflug die Dorfstraße zur Klinik zurück.

»Mein Gott, nein«, sagte sie, »das darfst du nicht glauben.«

Der Fahrer hielt an der Kreuzung an. Der Scheibenwischer lief auf Hochtouren.

Eine Wache kam aus einem Betonhäuschen. Er hielt mit den Händen den Uniformkragen zusammen und duckte sich im wirbelnden Schnee. Er warf einen Blick in den Wagen und ging zum Häuschen zurück. Eine Sekunde später leuchtete das Warnschild grün, und sie bogen ab. Corinne saß aufrecht und starr da und schaute durch die Windschutzscheibe.

Die Alpenwelt lag vor ihnen. Als Daniel sich duckte und aus dem Fenster nach oben schaute, sah er ein letztes Mal die vom Schnee bedeckten mächtigen Gipfel. Keiner von beiden sagte etwas.

Kurz darauf kamen sie zu einem weiteren Warnschild, das von Rot auf Grün sprang, als sie näher kamen. Eine Schranke glitt nach oben, der Schnee darauf rutschte auf den Boden. Langsam rollten sie hindurch, dann senkte sich die Schranke wieder hinter ihnen.

Sie waren heraus aus Himmelstal.

Corinne lehnte ihren Kopf an seine Schulter, das Auto fuhr weiter auf der sich windenden Straße, klein wie ein Spielzeug in der gewaltigen Landschaft.